SV

Gerbrand Bakker
Knecht, allein

Aus dem Niederländischen
von Andreas Ecke

Suhrkamp Verlag

Die Originalausgabe erschien 2020 unter dem Titel
Knecht, alleen bei De Arbeiderspers, Amsterdam.

Dieses Buch wurde klimaneutral produziert.

Klimaneutral
Druckprodukt
ClimatePartner.com/14438-2110-1001

Erste Auflage 2022
Deutsche Erstausgabe

Umschlaggestaltung:
Designbüro Lübbeke, Naumann, Thoben, Köln
Umschlagfoto: Jens Roep
Satz: Dörlemann Satz, Lemförde
Druck: CPI books GmbH, Leck
Printed in Germany
ISBN 978-3-518-43033-0

www.suhrkamp.de

Knecht, allein

– I –

Auf dem Weg zum ersten Termin bei der Sexologin in der Universitätsklinik Amsterdam kam ich am Bastion Hotel vorbei, das in der Nähe des ehemaligen Bijlmer-Gefängnisses steht. Ich sah es von der Metro aus. Es regnete, was der Grund dafür war, dass ich in der Metro und nicht auf dem Fahrrad saß. Im Bastion Hotel war einmal ein Amerikaner aus Portland, Oregon, zu Gast gewesen. In dem Hotel war ich mit ihm zusammen. 1998 war das. Ein gläubiger Amerikaner. Irgendwann fragte er: »And what shall I do with this penis?« Er sprach nicht von seinem eigenen Penis, sondern von meinem. Ich habe nicht geantwortet. Ich dachte: Mach, was du willst. Ich fand seine Frage seltsam. Später landeten wir sogar beide noch auf dem Boden, weil die Doppelbetten in Bastion Hotels zusammengeschobene Einzelbetten waren.

Die Sexologin war noch jung, und offenbar betrachtete sie die Sitzung als Erstgespräch. Wir plauderten über dies und das, aber schließlich musste sie doch unbedingt ein paar Fragen auf ihrer Liste abhaken. Unter anderem, wann ich meine ersten sexuellen Erlebnisse gehabt habe und wann es zur ersten Penetration gekommen sei. Ich dachte kurz darüber nach. »Ich mache es mit Männern«, sagte ich und schaute sie an. »Bei uns ist manches ein bisschen anders. Vielleicht brauchen Sie eine andere Fragenliste?« Nach einer Stunde war das Erstgespräch vorbei, und wir vereinbarten einen Folgetermin.

Ich war an diesem Tag zur Uniklinik gefahren, weil meine Freundin Annelore Kodde vor Monaten »So eine Riesengemeinheit!« ausgerufen hatte. Damals hatte ich mein Antidepressivum abgesetzt, weil ich mich gut fühlte und weil ich eine der ärgerlichsten Nebenwirkungen von Antidepressiva leid war: Verminderung der Libido. Betrüblicherweise verschwand meine Libido in den Monaten nach dem Absetzen so gut wie vollständig. Das war nicht der Sinn der Sache, und als ich Annelore davon erzählte, hatte sie natürlich recht mit der Riesengemeinheit. Aber eine Riesengemeinheit von wem oder was? Das wollte ich herausfinden, zusammen mit der Sexologin in der Uniklinik, zu der mich mein Hausarzt überwiesen hatte.

– 2 –

Zu einem weiteren Gespräch mit der Sexologin ist es noch nicht gekommen. Zwei- oder dreimal habe ich abgesagt. Ich hatte anderes im Kopf, als darüber zu reden, warum ich keinen Orgasmus bekommen kann oder will, oder über eine verflüchtigte Libido oder meine Art, Sex zu haben.

Als ich am 1. Januar 2018 im Haus von Dolf Verroen und Gerard Hemmes am Ankleidezimmer vorbeiging, sah ich dort eine Waage. Schon eine Weile hatte ich das unbestimmte Gefühl, dass mein Körper sich veränderte, und das bestätigte sich, als ich mich auf die Waage stellte. Sechsundachtzig Kilo. Sechsundachtzig! Noch am selben Tag setzte ich sämtliche Süßigkeiten ab. Keine Pralinen, keine Apfeltaschen, keine Zimtschnecken. Nach ein paar Monaten wog ich noch einundachtzig Kilo. Während der Sommer in den Herbst überging, nahm ich weitere sieben Kilo ab. Weil ich nicht essen konnte.

In dieser Zeit unternahm ich mit Pauline Slot und Freund Henk, das ist der mit Hündchen Bas, eine Reise nach Griechenland und zurück. Einen Monat im Auto unterwegs. In mir war alles hohl. Was hohl ist, kann gefüllt werden, nur galt das nicht für mich. Ich fühlte mich hohl vor lauter Angst, Stress, manchmal Panik. Ich kämpfte. Wenigstens schlief ich gut, das war besser als nichts: Am Ende jedes Tages war ich so geschafft, dass Schlaf willkommen war. Neben dem Antidepressivum, mit dem ich wieder angefangen und das mich in diesen Daseinszustand versetzt hatte, nahm ich anderthalb Monate lang Alprazolam; dank meines Therapeuten hatte ich es in einer Apotheke im slowenischen Kranj kaufen können. Der erste Nachmittag mit Alprazolam war schön. Ich stieg mit Freund Henk einen Berg hinauf, es war herrliches Wetter, unterwegs begegneten wir Leuten, mit denen ich mich ganz normal unterhielt, ich hatte das Gefühl, wieder da zu sein. Es war das erste Mal, dass ich dachte: Ich bin wieder da. Das habe ich danach noch sehr oft gedacht, vor allem abends. Dann hatte ich zwei oder drei Gläser Weißwein getrunken und konnte mir nicht vorstellen, dass ich mich am nächsten Tag wieder ganz und gar verloren fühlen würde und gegen die Leere und Bedeutungslosigkeit kämpfen müsste, von denen man nicht genau weiß, woran man sie festmachen soll, und gegen die man mit Gedanken (»Du darfst nicht so viel grübeln!«) nicht ankommt.

Ich saß praktisch immer hinten im Wagen. Ich kann nicht Auto fahren, besitze nicht einmal einen Führerschein. Wir fuhren durch einen langen Tunnel. Ich versuchte mir vorzustellen, dass dieser Tunnel ein Symbol war, dass am Ende nicht nur das Auto samt materiellem Inhalt herauskommen würde, sondern auch ich. Wenn nicht gleich, dann eben morgen oder vielleicht übermorgen. Ich versuchte, das Schlucken der rosafarbenen Tablette möglichst lange aufzuschieben, ich versuchte, mit einer einzigen pro Tag auszukommen. Und wir fuhren und fuhren, durch Albanien, durch Bosnien und Herzegowina, durch Länder, von denen ich nicht das Geringste mitbekam. Bedrohliche Länder, fern von zu Hause, Länder, in denen Krieg gewütet hatte, in denen die Menschen nicht friedliebend waren. Ich merkte, dass ich unwillkürlich darüber nachdachte, ob die Städte, deren Namen auf den Schildern standen, einen Flughafen hatten. Skopje, las ich. Ja, dachte ich, da gibt es einen Flughafen. Da hätte ich mal hinfliegen sollen. Aber ich gab mir Mühe. Hin und wieder fragte ich Pauline und Henk, ob es mit mir auszuhalten sei. »Ja«, sagten sie. Nach einiger Zeit nimmt die Wirkung von Mitteln wie Alprazolam drastisch ab, und nach etwa ein oder zwei Wochen ist man süchtig danach. Man möchte eigentlich immer mehr davon nehmen, aber ich hütete mich, das zu tun. »Heldenhaft«, sagte der Therapeut, als ich ihm ein paar Wochen nach meiner Rückkehr erzählte, dass ich es von einem Tag auf den anderen abgesetzt hatte. Ich hatte Entzugserscheinungen. Immerhin, wenn ich das merkte, war vielleicht eine neue Phase in diesem Kampf erreicht.

– 3 –

Ein paar Wochen nach meiner Rückkehr. Zweieinhalb Wochen lang suchte ich den Therapeuten täglich auf, auch samstags und sonntags. Zusammen versuchten wir, diese Zeit durchzustehen. Er schickte mich zum Krisendienst, weil mein Zustand ihn so erschreckte – er kennt mich schon einige Jahre –, dass er das Schlimmste befürchtete. Und weil ich ihm sagte, dass ich nicht mehr konnte. Dass ich eine Grenze erreicht hatte. Irgendwann in dieser Zeit erinnerte ich mich an einen Vorfall im Zug von Norwich nach Bangor, Wales. Es war

Sommeranfang. Sehr viele Mitreisende. Unter anderem eine Gruppe typisch britischer junger Frauen, die irgendetwas feierten, sie hatten Ballons bei sich. Es war warm im Zug und viel zu voll. Ich bekam einen altmodischen Panikanfall. Den ich zunächst noch distanziert beobachten konnte, mit einer Spur von Vergnügen sogar, weil ich ihn wiedererkannte und glaubte, ihn allein schon dadurch im Keim ersticken zu können. Doch allmählich wuchs er zu etwas heran, das sich in gewisser Weise außerhalb des eigenen Selbst abspielte. Ich stand auf und ging zur Toilette. Um irgendetwas zu tun. Doch nach der Rückkehr an meinen Platz war diese Fluchtroute schon abgehakt, ich konnte nicht noch einmal zur Toilette. Und es wurde immer schlimmer, bald hatte die Panik mich fest im Griff, sie steigerte sich immer weiter, bis zu einem Punkt, an dem man sich fragt, was danach noch kommen kann. Ich saß auf meinem Platz, ich atmete, ich versuchte, aus dem Fenster zu schauen, vor dem die wunderschöne britische Landschaft vorüberglitt, und ganz allmählich spürte ich, wie in meinem Inneren etwas absackte. Ich erzählte meinem Therapeuten davon. Das sollte ich festhalten, sagte er. Diese Erinnerung festhalten. Die Grenze, von der ich sagte, dass ich sie erreicht hätte, was für eine Grenze ist das eigentlich? Existiert sie überhaupt?

Jemand hat mir gesagt, dass es bei ihm noch schlimmer war, dass er nur noch im Bett liegen konnte. Schlimmer?!, dachte ich. Könnte ich doch bloß im Bett liegen, bei geschlossenen Vorhängen! Ich musste mich mit höchster Konzentration von einem Tag zum nächsten schleppen. Ich durfte mich nicht gehen lassen. Ich musste abgelenkt werden. Aber das konnte nur ich selbst. Mein Telefon schaltete ich auf stumm. Alles, was von außen kam, war bedrohlich und störend. Ich las und spielte stundenlang Spiele. Ich sah fern, ebenfalls stundenlang. Ich las, konnte aber nicht lesen. Ich sah fern, konnte aber nichts aufnehmen. Und die ganze Zeit schluckte ich dieses verdammte Medikament einfach weiter, irgendwann musste es doch wirken. Absetzen kommt eigentlich nicht infrage; das dauert lange, weil es nur allmählich geht, und wer konnte garantieren, dass ein anderes Mittel, zum Beispiel mein altvertrautes Citalopram, wirksamer sein würde? Das neue Medikament war Escitalopram, eine verbesserte Version von Citalopram. Das habe ich mir einmal von meinem Apotheker erklären lassen. Pharmazeuten ist es gelungen, die nichtwirksame Hälfte des Citalopram herauszufiltern. Escitalopram enthält also die Hälfte des Wirkstoffs von Citalopram. Den guten, wirksamen Teil. Das beruhigte mich, weil die wirksame Substanz genau die gleiche ist wie in Citalopram. Der Vorteil von Escitalopram soll sein, dass es weniger Nebenwirkungen hat. In meinem Fall kam das nicht so ganz hin.

Als verlorenes Häuflein Mensch tagaus, tagein hinten in einem Auto zu sitzen, das durch fremde Länder rauscht, ist nicht das Wahre für jemanden, der schwer depressiv und voller Ängste ist. Die zwölf Tage, die wir in Griechenland verbrachten – an einem Ort, den ich gut kenne, weil ich im Vorjahr schon dort war und einen Teil von *Echte Bäume weinen nicht* geschrieben hatte –, ließen sich prima aushalten. Vermutlich, weil ich auf Anraten des Therapeuten eine Vierteltablette Escitalopram 10 Milligramm und eine ganze Alprazolam schluckte. Zugegeben, ich fühlte mich »seltsam«, aber ich funktionierte, ich schrieb Kolumnen, ich arbeitete ein bisschen im Garten. All das war vertraut. Ich konnte mich normal gegenüber den anderen Gästen verhalten, darunter eine außerordentlich nette Frau. Romi Jones, aus England, Northumberland. Mit ihr tausche ich bis heute fast täglich WhatsApp-Nachrichten aus. »Heute« ist übrigens der 28. November 2018, aber aus irgendeinem Grund ist das kaum von Bedeutung.

Während der Rückreise war bald Schluss mit dem Funktionieren, ich wurde wieder zu dem verlorenen Häuflein Mensch auf der Rückbank, eine Flasche Wasser und die rosa Pillen in Reichweite, außerdem Kaugummi, weil Kaugummikauen die einzige Möglichkeit war, bohrende Zahnschmerzen zu dämpfen. Nach unserer Rückkehr – zwei Tage früher als geplant, weil ich in Kroatien, in Skradin, verkündete, es »leid« zu sein, und fragte, ob wir nicht bitte einfach in die Eifel zurückfahren könnten – wurde es noch schlimmer. Vor lauter Elend nahm ich sieben Kilo ab. »Es wird schon werden«, meinte der Therapeut.

Irgendwann in den vergangenen Wochen war ich tapfer oder klar genug, um den Zahnarzt anzurufen. Ob er bitte einmal meine Brücke kontrollieren könne. Wie konnte ich dort Schmerzen haben? Der eine Backenzahn war gezogen, und hatte der dahinter nicht eine gründliche Wurzelkanalbehandlung bekommen? Dirk, so heißt mein Zahnarzt, machte eine Röntgenaufnahme und stocherte ein wenig im Zahnfleisch herum. »Da ist eine riesige Tasche«, sagte er. »Und auf dem Foto sieht alles tadellos aus.« Ich war erleichtert. Zumindest eine Sorge weniger. Ich hatte mir schon eine aufwändige Operation vorgestellt; Brücke raus, wieder eine Wurzelkanalbehandlung, dieses scheußliche Gummiläppchen auf dem Mund, schlucken, bis es nichts mehr zu schlucken gibt. Übers Internet bestellte ich dicke Zahnseide, die man in keinem Laden mehr bekommt, fuhrwerkte damit jeden Abend in der Tasche herum (Das tut weh!), und die Zahnschmerzen, die in all diesen Ländern, in denen ich gar nicht sein wollte, so lange gebohrt hatten, ließen nach und verschwanden. Ich schilderte Dirk meinen Zustand. »Beschissen«, sagte er. »Unerfreulich«, schreiben andere. Oder »zum Kotzen«.

– 4 –

Beschissen, *unerfreulich* oder *zum Kotzen* sind verdammt unzulängliche Ausdrücke. Die mich auch wütend machen. Was fängt man damit an, wenn jemand sagt, dass er den geschilderten Zustand »unerfreulich« findet? Soll man »Danke schön« sagen? Es ist unerfreulich, wenn man sich in den Finger schneidet oder Zahnschmerzen hat. Es ist zum Kotzen, wenn einem der Zug vor der Nase wegfährt. Es ist beschissen, wenn die Eisschnellläuferin, die man bewundert, bei den Olympischen Spielen auf der 500-Meter-Strecke stürzt. Die Wut verflüchtigt sich auch schnell wieder, denn immerhin drückt sich auf diese Weise Mitempfinden aus, so ungeschickt und unzulänglich es auch artikuliert sein mag. »Versuch doch, es trotzdem zu genießen«, schrieb jemand per SMS, als ich in Griechenland war. Ich starrte auf die Buchstaben und schüttelte den Kopf. Es zeigte mir wieder einmal, wie schlimm es ist, wenn man anderen Menschen nicht begreiflich machen kann – nicht einmal seinen besten Freunden oder der eigenen Mutter –, was mit einem los ist. Wo man sich befindet. Es ist kein Krebs, keine gebrochene Elle. Es ist unsichtbar und unsagbar. Und es ist schwer, sich in diesen Zustand hineinzuversetzen, wie es sogar für mich selbst wahrscheinlich unmöglich ist, mich in einen anderen Menschen hineinzuversetzen, der an einer Depression leidet. »Ich muss dann immer ganz furchtbar weinen«, sagt Anton Dautzenberg. »Was?!«, erwidere ich. »Aber dann bist du ja gar nicht depressiv! Du weinst, das ist Ausdruck eines Gefühls!« Genauso habe ich reagiert, als ich von einem DJ hörte, der während einer Radio-Livesendung in Tränen ausbrach und bekannte, depressiv zu sein. Er erhielt sehr viel Beifall und Bestätigung. Doch ich dachte im Stillen: Der ist überhaupt nicht depressiv, das ist ausgeschlossen, sonst hätte er nicht geweint, als er auf Sendung war! Schließlich schrieb ich in meinem Blog darüber, wobei ich sofort zugab, eigentlich nichts dazu sagen zu können und zu dürfen, weil ich in den vergangenen Jahren gelernt habe, dass in dieser Hinsicht jeder Mensch anders ist. Gut, in manchen Fällen darf man schon etwas sagen. Wenn zum Beispiel jemand behauptet, er sei depressiv, weil ein bestimmter Mensch gestorben sei. Dann ist man nämlich nicht depressiv, sondern man trauert. Trauer ist ein Gefühl, trauern ist verarbeiten, und natürlich fühlt man sich dann beschissen – um dieses Wort selbst einmal zu gebrauchen –, aber depressiv ist man nicht. Vielleicht ist es ein Seinszustand, auf den das Wort »beschissen« wirklich passt.

Es gab Momente der Erleichterung. In Albanien machten wir in Kruja Station, einer Kleinstadt am Fuß der Berge. Unser Hotel lag hoch oben auf einem Felsen, und wir schliefen in kleinen Chalets. Der Abend und die Nacht waren erträglich gewesen: rosa Pille und Alkohol. Ein unsympathisches schwules Paar aus den Niederlanden ignorierte uns demonstrativ, wahrscheinlich, weil wir als Landsleute ihre Vorstellung von einem einmaligen und authentischen Urlaubserlebnis brutal infrage stellten. Dabei war es dort gar nicht besonders authentisch, in der schmalen Straße unterhalb unseres Felsens gab es nichts als Souvenirläden und Restaurants. Freund Henk stolperte über eine Stufe vor einem der Läden, sodass er eine Tafel mit touristischem Magnetklimbim zum Umfallen brachte. Fassungslosigkeit. Am Ende gab sich die Inhaberin mit fünf Euro Schadenersatz zufrieden. »Die braucht eine ganze Woche nicht mehr zu arbeiten«, meinte Pauline. Die beiden angestoßenen Keramik-Magnete nahm Henk mit. Eins der hässlichen Dinger hängt jetzt an meinem Backofen. Das andere, noch hässlichere (ein Schühchen mit Bommel) habe ich Gartenkumpel Han gegeben, der es nach ein paar Tagen weggeworfen hat. Wir zurück ins Auto. Fast sofort war ich wieder das willenlose Stück Fleisch, von Angst verzehrt. Draußen zog eine unansehnliche Landschaft vorüber, ich vermute, dass ich es kaum erwarten konnte, zur Grenze zu kommen. Albaner fahren tatsächlich so wie in Reiseführern geschildert: wie Irre. Dazu ziehen sie grimmige, finstere Visagen. Ich glaube mich zu erinnern, dass nur die Hälfte der Straßen asphaltiert ist. Wir machten an einer Tankstelle halt. Ich aß eine Banane. Im Grunde bekam ich nichts anderes als Bananen herunter. Weiter. Allmählich veränderte sich die Landschaft, wurde flacher, weniger dicht bewaldet, auf einem niedrigen Hügel stand eine wunderschöne Kirche. »Es gefällt mir hier«, meldete die Rückbank dem Fahrer- und Beifahrersitz. Ich dachte: Ich bin wieder da. Dieser Zustand hielt nicht an.

Ganz ähnlich: die Verleihung des Jan-Wolkers-Preises im Museum Boerhaave in Leiden. Am 21. Oktober. Live in der Radiosendung *Vroege Vogels*. Ich hatte absagen wollen, eigentlich blieb mir fast nichts anderes übrig. Um halb sechs musste ich aufstehen. Eine unerwartet befriedigende Erfahrung. Weil ich roh aus tiefem Schlaf geweckt wurde, lag ich nicht wie gewöhnlich mit einem hohlen Gefühl und einem Puls von hundert im Bett; ein Körper, der sich voller Angst darauf vorbereitet, wieder einen Tag zu überstehen. Ich würgte etwas Brot herunter, schluckte eine rosa Pille und stieg zu Freund Henk ins Auto. Wir holten Gartenkumpel Han in Haarlem ab und kamen schon vor acht in Leiden an.

Ich sollte mich live im Radio äußern, Menno Bentveld sollte mich interviewen. Ich hielt mich aufrecht, ich plauderte mit diesem und jener, unter anderem mit Karina Wolkers, Jan Wolkers' Witwe. Jemand anders gewann den Preis. Ich war mit allem einverstanden. Ich bekam ein Glas Sekt angeboten und trank es aus. Wir fuhren zurück, tranken bei Gartenkumpel Han noch eine Tasse Kaffee, und wenig später lag ich zu Hause auf dem Sofa. Ich döste ein bisschen ein. Ich dachte: Ich bin wieder da. Dieses Gefühl hielt den Rest des Tages und den Abend an.

Eine Fahrt von der Eifel nach Amsterdam. Das war am 25. Oktober. Ich weiß das, weil ich es auf einem Zettel notiert habe. Gartenkumpel Han fuhr. Als Kind haben mich Autofahrten negativ geprägt. Nicht verwunderlich, das war mir klar. Jede Rückfahrt im Auto am Ende der Ferien war eine Katastrophe. Aber jetzt – nach dem Einnehmen einer rosa Tablette – sah ich Dinge außerhalb des Autos. Ich sah Hügel und Bäume und Häuser. Ich versuchte, nicht nachzudenken, und ich spürte ein inzwischen fast schon unbekanntes Etwas in der Magengegend. Hatte ich tatsächlich Hunger? Wie gewöhnlich machten wir beim La Place – früher AC Restaurant – in der Nähe von Nederweert Pause. Wir nahmen beide ein Würstchen im Schlafrock. Noch nie hatte mir Würstchen im Schlafrock so gut geschmeckt. Ein wunderbar triefend fettes, lauwarmes Hackfleischwürstchen in Blätterteig. Ich hätte noch eins essen können und wollen. Ich gab Hündchen Jet etwas von meinem Würstchen im Schlafrock ab. Ich glücklich, Jet glücklich, Han glücklich. Ich versuchte, nicht nachzudenken, ich starrte aus dem Fenster auf die A2 und die vorbeirasenden Autos, und ich spürte: Ich bin wieder da. Dieses Gefühl hielt den Rest des Tages und den Abend an.

Morgen, dachte ich jeden Abend. Morgen bin ich wieder da. Nach ein paar Gläsern Alkohol konnte ich mir nicht vorstellen, dass dieses Gefühl am nächsten Morgen weg sein könnte. Jeden Tag aufs Neue. Ich begann, über die Wirkung von Alkohol nachzudenken. War es denn so einfach? Ein paar Gläser Rutte-Genever oder Weißwein und, zack, mein Empfinden verwandelt sich wie durch Zauberhand? Während ich schon seit Monaten ein Medikament nehme, das dafür sorgen sollte?

»Bist du auch ein bisschen vorsichtig mit Alkohol?«, fragte der Therapeut. »Du hast leicht reden«, antwortete ich. »Wenn er mir doch hilft?«

Und immer wieder gab mir die Uniklinik einen neuen Termin für die Folgewoche. Die kennen da nichts, es ist nicht möglich, selbst einen Termin auszumachen, der einem gut passt. Es wurde Zeit, die Tatsachen offenzulegen. Ich mailte, dass ich depressiv sei und dass es deshalb aus meiner Sicht im Moment keinen Sinn habe, die Untersuchung fortzusetzen. Dafür hatte die Sexologin Verständnis. Und ich bekam einen Termin für die nächste Woche. Später fragte sie, ob sie mit meinem Therapeuten Kontakt aufnehmen dürfe. Das ärgerte mich, ich fand es völlig unnötig. Ich schrieb ihr das, und außerdem, dass ich mich erst einmal auf »meine Genesung« konzentrieren wolle und keine Lust auf Kompliziertes habe. Sie antwortete, es sei auch nicht nötig, sie habe nur wissen wollen, ob man sich gut um mich kümmere. Daraufhin konnte ich ihr wiederum mailen, dass ich sie sehr freundlich und anteilnehmend finde und mich zu gegebener Zeit wieder bei ihr melden werde.

Diese Mails zu schreiben war schrecklich. Ich hatte es benannt. Ich hatte es benannt, also war es real. Der Therapeut drängte mich auch immer wieder einmal zum Schreiben.

»Du bist doch Schriftsteller, oder?«, scherzte er. »Bring es doch zu Papier.« Aber das konnte und wagte ich nicht. Wochenlang habe ich meinen Laptop nicht angerührt, ich wollte und konnte nichts damit zu tun haben. Irgendwann in den vergangenen Wochen habe ich Songschreiber und Sänger Boudewijn de Groot auf die Frage eines Fernsehmoderators, warum er keine Musik mehr schreibe, antworten hören: »Ich komme da nicht ran.« Texten klappte noch, komponieren nicht. Er hatte das schön ausgedrückt, fand ich. *Ich komme da nicht ran*. Meistens will man auch nicht rankommen. Traut man sich nicht. Weil ich es benannt hatte, wurde das Absagen von allerlei Verpflichtungen ein bisschen einfacher. Ich sagte eine Lesung in Wormerveer ab, ich sagte vier Lesungen in Karlsruhe und Stuttgart ab, ich sagte das festliche Wochenende in Harlingen ab, an dem der Anton-Wachter-Preis verliehen werden sollte. Ich war Mitglied der Jury. Jurykollegin Joke Linders mailte: »Komm doch, wir werden dich schon aufmuntern.« Lieb gemeint, aber es machte mich wieder wütend. Aufmuntern?! Kapiert denn wirklich niemand, was es heißt, depressiv zu sein? Da muss man nicht aufgemuntert werden. Ich bin nicht schwermütig.

Nicht schwermütig. Ich glaube, die Vorstellung, die das Wort Depression im Allgemeinen hervorruft, ist die von »Schwermut«. Das ist irreführend. Ich bin überhaupt nicht schwermütig. Ich meine, ich habe keine schwermütige Veranlagung. Ich bin, soweit man so etwas selbst beurteilen kann, ein Macher, jemand, der etwas tut. Ich habe Disziplin. Hätte ich keine Disziplin gehabt, hätte ich natürlich schon beim Aufstehen zur Flasche gegriffen. Wenn Alkohol so *einfach* wirkt, warum sollte man dann nicht den ganzen Tag trinken? Was das Wesen der Depression besser charakterisiert, ist das Wort *nichts*. Niemandsland. Da ist nichts, man selbst ist nichts. Man hat keinen Kontakt zu sich selbst, nicht zu seinem Denken, nicht zu seinem Fühlen, nicht zu seinem Körper, nicht zu anderen. Alle meine Gespräche in den zurückliegenden Monaten habe ich gespielt. Ich habe jemanden gespielt, der sich mit anderen unterhielt. Denn es sagte mir nichts, es interessierte mich nicht. Wenn mich jemand in den Arm nahm – Freund Henk, Pauline Slot –, hatte das keine Bedeutung über das Umarmen hinaus. Ich fühlte nichts. Es tröstete nicht.

Eine Depression ist *nichts*. Man ist nichts. Nichts ist ein Niemandsland. Ein Niemandsland ist eine Welt, in der nichts mehr von Bedeutung ist. Und darin kann man nicht leben.

Entfremdung. Von sich selbst, von anderen, von der Umgebung. Als würde man in einer anderen Welt leben. Das eigene Zuhause fühlt sich nicht wie ein Zuhause an, der Garten in der Eifel wurde zu einem fremden Ort, an dem es unmöglich wurde zu arbeiten. Man ist heimatlos. Man kann nicht nichts sein und doch gleichzeitig physisch da sein. Das ist der Knackpunkt. Daher die Notwendigkeit, mich zu konzentrieren. Jede Sekunde etwas tun, etwas lesen – irgendetwas, aber lieber keine scheußlichen Dinge, und in fast allem, was man liest, stehen scheußliche Dinge –, etwas sehen, so tun, als würde man Leuten zuhören, und auf möglichst adäquate Weise darauf eingehen. Einfach auf dem Sofa zu sitzen und vor mich hin zu starren, war vollkommen unmöglich, denn dann hätte ich diesem Etwas Raum gegeben. Dem Ort in einem selbst, der dafür sorgt, dass man sich in diesem Moment so fühlt, und von dem man sich nicht wegdenken kann. Der Leere, dem Nichts, dem, was kein Ende kennt. *The Black Dog*, wie manche Briten sagen. Nicht einmal ein Therapeut, also auch nicht meiner, kommt da heran, sodass er einem nicht oder kaum helfen kann. Denn es ist in mir und in mir allein, und egal wie viel Mühe ich mir gebe, wie sorgfältig ich meine Worte zu wählen versuche, auch ihm kann ich es nicht genau erklären.

Ich versuchte, *The Power of Now* von Eckhart Tolle in der niederländischen Übersetzung zu lesen. Ein Tipp von meinem Therapeuten. Was ich las, sollte jetzt und sofort auf mich überspringen. Ich bin bis zum Anfang eines Kapitels mit dem Titel »Das innere Ziel deiner Lebensreise« gekommen. Da ahnte ich schon, dass nichts davon geschehen würde, dass man Tolles Lehren nur mit Meditation befolgen konnte, wochenlang, monatelang. Aber ich wollte alles jetzt. Ich wollte jetzt die Kraft der Gegenwart. Trotzdem hat es mir etwas gebracht. Schlicht und einfach das Wort »jetzt«. Die Einsicht, dass das »ich« jetzt einmal keine Verpflichtungen hat, weil ich krank bin. Ich wurde tatsächlich krank, mehr oder weniger. Mein Körper vertrug das ganze Elend nicht gut. Ich bekam Darmbeschwerden, Schmerzen, eine schwere Erkältung. Mein Puls war zu schnell. Ich schwitzte. Ich wurde müder und müder. Manchmal, auf dem Fahrrad unterwegs zum Jordaan-Viertel, wo mein Therapeut wohnt, spürte ich, dass ich an einem noch tieferen Punkt angelangt war, dann wurden der Kreuzfahrtterminal oder das Musikgebäude am IJ oder der Hauptbahnhof zu fremdartigen Gebäuden aus einer anderen, fremdartigen Welt, und ich dachte noch ein bisschen weiter: Wenn es so ist, wenn ich noch tiefer unten bin, als ich je für möglich gehalten hätte, müsste dann jetzt nicht ein Weg nach oben kommen? Bei meinem Therapeuten sprach ich dann auch die uralte Weisheit aus: Bevor man den Weg aufwärts gehen kann, muss man ganz unten angekommen sein. Er nickte und brummte zustimmend. Ja, das ist möglich. Bei diesen Fahrradfahrten hatte ich übrigens nie einen Unfall, ich war immer noch so weit bei mir, dass ich entgegenkommende Fahrzeuge wahrnahm, nach links und rechts blickte, nie wie ein aufgescheuchtes Huhn die Haarlemmerstraat überquerte.

– 5 –

Und immer war da auch das Wissen um das Warum meines Zustands. Als ich vergangene Woche mit einem Freund vier Tage in der Eifel verbrachte, sagte ich zu Christa – der Frau von Dachdecker Rudi, der inzwischen verstorben ist –, der Tag der Geburtstagsfeier ihres Sohnes Johannes, der 9. September, sei so ungefähr der letzte »normale« Tag für mich gewesen. Es war ein Sonntag, Johannes feierte seinen Geburtstag im ehemaligen Rathaus von Nimshuscheid. Es gab Getränke und Essen, es waren viele Leute da, die ich kannte. Ich bin früh nach Hause gegangen, ich hatte das Gefühl, da nicht hinzugehören, ich war unruhig. Jetzt erinnere ich mich sehr deutlich an diesen Abend. Ich weiß noch, wer damals dort war, mit wem ich gesprochen habe, zum Beispiel bin ich Jenny begegnet, die im Friseursalon in Lasel gearbeitet, dort aber aufgehört hatte, wonach ich sie aus den Augen verlor, und bei der Feier war sie eine der Kellnerinnen. Ich weiß noch, was ich gegessen habe, die Gespräche mit den Brüdern von Johannes habe ich fast wörtlich in Erinnerung, ich sehe noch, mit wem ich draußen geraucht habe. Ich habe die Bäume und Sträucher rings um das ehemalige Rathaus gesehen, ich habe den frischen Septembergeruch geschnuppert, ich sehe mich selbst auf dem Weg nach Nimshuscheider Mühle und schließlich nach Schwarzbach, ich schnalzte mit der Zunge den Pferden zu, dunklen Flecken auf der Weide. Ich atmete ein und aus, ich ging weiter bergab.

An den darauffolgenden Tagen fing das Elend an. Ich glaube,

mir war klar, dass ich nicht gut auf das Antidepressivum reagierte, das ich nun wieder nahm. Für mich selbst bezeichnete ich es als Panik, obwohl ich verstandesmäßig nicht in Panik geriet; ich wusste ja, dass dergleichen passieren konnte. Es kommt regelmäßig vor, dass Menschen, die ein abgesetztes Antidepressivum erneut einnehmen, erst einmal – kurze Zeit – weiter abrutschen, bevor das Medikament anschlägt. Ich jätete Unkraut in der Einfahrt und sagte zu mir: Mach einfach weiter, das geht vorbei, dieses schreckliche Gefühl wird verschwinden. Mitte September fuhren Henk, Pauline und ich zum Gästehaus St. Gregor in Plankstetten. In der Hoffnung, dass alles gutgehen würde.

Ich hatte kurz vor Johannes' Geburtstag wieder mit der Einnahme angefangen, weil ich mich nicht so besonders fühlte, um es der Einfachheit halber so auszudrücken. Bei einem Besuch beim Therapeuten – den ich auch manchmal monatelang nicht sehe oder spreche – waren wir zu dem Schluss gelangt, dass bei mir wieder Symptome einer Depression erkennbar waren. Im Juli war etwas passiert, das mich ziemlich fertiggemacht hatte. Ich bekam in der Eifel Besuch von einer manischen Freundin. Sie blieb sechs Tage. Es war nicht auszuhalten. Sie war derart manisch, dass sie vollkommen selbstsüchtig war. Ich versuchte, sie wegzuschicken, ihr klarzumachen, dass sie in ihrem Zustand unmöglich bei einer anderen Person sein konnte, weil das für diese andere Person schlicht unzumutbar war. Das gelang mir natürlich nicht, sie reagierte mit Weinen und Wut auf mich. Sie meinte, ich kapiere einfach gar nichts, und sie fühlte sich unendlich weit über mich erhaben. Mich, ihren Gastgeber.

Gleichzeitig war die Deutsche Dogge Elvis bei mir zu Gast. Das fand ich immer schön. Elvis ist ein unglaublich lieber, anhänglicher Hund, der keiner Fliege etwas zuleide tut und den man außerdem sehr gut ohne Leine laufen lassen kann, weil er immer hört, wenn man ihn ruft. Bis zu dieser Woche. Er schnappte sich ein Schaf. Und zwar nicht irgendwie, sondern so, als wüsste auch ein Hund, der noch nie einen Menschen oder ein anderes Tier gebissen hat, ganz genau, wie man es machen muss, mit einem Biss in den Hals. Um zu töten. Das Schaf hat letztlich überlebt, was aber erst nach Wochen und etlichen hundert Euro an Tierarztkosten feststand. Da hatte ich also diese unmögliche Freundin am Hals, die mir alle Energie raubte, ohne es zu merken, denn sie selbst fühlte sich ja großartig, und wie es mir ging, interessierte sie nicht einen Moment, und außerdem einen Schafkiller, an dessen Fang langsam das Blut trocknete. Der Hund musste weg, ich konnte ihn nicht mehr sehen. Das kostete noch einiges an Nerven. Elvis' Herrchen dachte nicht daran, seinen Italienurlaub abzubrechen, um mich zu erlösen. Ich erinnere mich, dass ich irgendwann weinend mit meiner Mutter telefoniert habe. »Er weint deswegen!«, rief sie meinem Vater zu, der wahrscheinlich gerade auf seinem Stuhl am Fenster *De Telegraaf* las. Schließlich verschwanden sowohl die Freundin als auch der Hund (ein Neffe aus den Niederlanden holte ihn ab, an einem Tag mit 35 Grad Hitze, in einem Kleinbus ohne Klimaanlage), und ich blieb reichlich mitgenommen zurück.

Wenn ich aber daran zurückdenke, wer ich im vergangenen Sommer war, wie ich mich bis Anfang September fühlte, dann verfluche ich den Tag, an dem ich die erste Vierteltablette Escitalopram eingenommen habe. Das habe ich gemeint, als ich weiter oben von dem *Wissen um das Warum meines Zustands* geschrieben habe.

»Es ist kein Paracetamol«, sagte einer der drei Männer, denen ich gegenübersaß, als ich beim Krisendienst gelandet war. Ich weiß nicht mehr, wann genau das war, irgendwann im Oktober.

»Das ist mir bewusst«, antwortete ich ganz ruhig. »Ich habe schon öfter wieder mit einem Antidepressivum angefangen.«

Die Leute vom Krisendienst machen übrigens ihre Sache gut, muss ich sagen. Drei Männer, die einen aufmerksam beobachten, jeder auf seine Weise, dem jeweils eigenen Fachgebiet entsprechend, während man selbst mutterseelenallein auf der anderen Seite des Tisches sitzt und redet. Es war in der Eerste Constantijn Huygensstraat, und offiziell heißt es Psychiatrischer Notdienst Amsterdam. Ich war ruhig; am Vortag – als der Therapeut morgens, noch bevor ich zum zweiten Mal zu ihm fuhr, alarmiert von meinem ersten Besuch unmittelbar nach dem Urlaub, den Termin für mich ausmachte – hatte ich einen guten Tag gehabt, und am Morgen vor meiner Fahrt zum Krisendienst hatte ich natürlich ein Alprazolam eingenommen. Das Gespräch verlief deshalb ausgesprochen ruhig und rational, und die drei Männer kamen zu dem Schluss, dass »keine Gefahr« bestand. Als ich nach Hause radelte, dachte ich: Ich bin wieder da. Dieses Gefühl hielt sich nicht den ganzen Tag. Vor allem nicht, nachdem einer der drei Männer sich später noch telefonisch bei mir meldete und erklärte, dass ich falls nötig jederzeit, Tag und Nacht, anrufen könne.

(Monate später bekam ich eine Rechnung von meiner Krankenversicherung, aus der hervorging, dass ich mit dem Besuch beim Krisendienst auf einen Schlag die Grenze für nicht unbedingt notwendige Leistungen überschritten hatte. Die Viertelstunde in dem kleinen Zimmer – plus einer Dreiviertelstunde, die ich in einem großen, offenen Raum zwischen anderen, ebenfalls unmittelbar Hilfsbedürftigen gewartet hatte – kostete insgesamt 1350 Euro.)

Dass man durch die Einnahme eines Antidepressivums eine lähmende Depression bekommen kann. Das ist schrecklich, andererseits aber auch etwas, woran man sich festhalten kann. Man kann sich sagen: Ich bin oder tue das nicht selbst, es wird durch eine chemische Substanz verursacht. Es ist etwas außerhalb meiner selbst. Das wäre vergleichbar mit dem, was Matt Haig einmal getwittert hat, vermutlich aus dem Buch über seine Depression, *Reasons to stay alive*: »Always, [depression] is smaller than you, even when it feels vast. It operates within you, you do not operate within it. It may be a dark cloud passing across the sky, but – if that is the metaphore – you are the sky. You were there before it. And the cloud can't exist without the sky, but the sky can exist without the cloud.« Er fühlt sich gezwungen, auf Metaphern zurückzugreifen.

Es gab noch einen vierten Moment der Erleichterung. Nachdem ich die Lesungen in Deutschland abgesagt hatte und mit aller Macht versuchte, das Schuldgefühl deswegen zu unterdrücken (»Ich muss überhaupt nichts«), meldete sich irgendeine Deutsche auf Twitter zu Wort. Auf Twitter kann einem jeder folgen und kann und darf jeder alle Arten von Ansichten über einen äußern. Sie verfasste gleich zwei Tweets mit dem Verweis @gerbrandbakker, damit ich sie nur ja zu Gesicht bekam. Der erste: »Ich habe mich auf nichts so gefreut wie auf die Lesung in Karlsruhe am 16.11. Mein Ticket nach Karlsruhe ist seit 3 Wochen gekauft, ich habe eine Übernachtung gemietet, und jetzt fällt Ihre Lesung aus. Ich bin so enttäuscht.« Und der zweite: »Ich habe mich auf nichts so gefreut wie auf die Lesung am 16.11. in Karlsruhe. Frei genommen, Zugticket, Übernachtung gebucht. Jetzt fällt sie aus. Das gibt es doch echt nicht. WARUM?« Ich habe die Tweets an einem Abend nach ein paar Gläsern Wein entdeckt.

Abends, also dachte ich: morgen. Morgen ist alles wieder gut, ich kann mich doch nicht jetzt so fühlen und morgen nicht mehr. Zum Glück habe ich nicht geantwortet, zum Glück habe ich mich zurückgehalten. Ich hoffe, dass sie diese Zeilen liest. Ich hoffe, dass sie sich schämt. Andererseits: Für sie war es ja beschissen, unerfreulich oder zum Kotzen, dass sie die Fahrkarte schon gekauft hatte. Die »Erleichterung« verdankte sich der Wut, die ich empfand. Etwas fühlen, egal was.

– 6 –

Am Dienstag, dem 7. Juli 2016, habe ich bei Freunden in Haarlem zu Abend gegessen. Wir aßen spät, das bin ich von diesem Haushalt gewöhnt, und es macht auch nichts, weil die Zeit bis zum Essen mit Chips und Dauerwurst und Whisky gefüllt wird. Sjoerd kochte, es gab Chili con carne. Mariska mag das nicht, ebendeshalb kochte Sjoerd. Es war gemütlich, es war angenehm, es war vertraut. Mariska machte ein Foto von mir, ein schönes Foto, ich sehe entspannt aus, und ich hatte – das habe ich später auch selbst gesehen – schöne Sachen an. Sie postete das Foto auf Facebook, ohne mich zu fragen.

Um ein Uhr in der Nacht bekam ich Bauchschmerzen. Erst schlief ich wieder ein, später musste ich raus. Ich kotzte wie ein Reiher. Danach legte ich mich wieder hin. Um fünf Uhr konnte ich nicht mehr. Es hatte sich in eine Art von Schmerz verwandelt, für den das Wort »krepieren« erfunden worden ist. (Übers Italienische vom lateinischen *crepāre*, »klappern, knattern, knallen«. Wahrscheinlich nach dem Aufplatzen von verwesenden Leichen.) Ich weckte meinen Neffen Casper, der in Amsterdam studiert und bei mir wohnt, und bat ihn,

Hilfe zu rufen, egal wo und von wem. Das hat er ganz toll gemacht. Ich stützte mich gekrümmt mit den Händen auf die Arbeitsplatte in der Küche. Als um halb sechs Rettungssanitäter eintrafen, wälzte ich mich in meiner beschmutzten Unterhose – ich hatte nicht nur gekotzt, sondern auch mehr oder weniger unkontrolliert Darminhalt von mir gegeben – auf dem Teppichboden im Wohnzimmer. Plötzlich stand ein Eimer vor meiner Nase, ich übergab mich erneut und sagte: »Geht schon wieder.« Darüber haben Casper und ich später noch herzlich gelacht. Ich wollte, dass die Sanitäter wieder gingen. Als ich auf der Fahrtrage lag und auf die Galerie gerollt wurde, kam gerade meine Nachbarin aus ihrer Wohnung. Sie ist Straßenbahnfahrerin und hat manchmal eine sehr frühe Schicht. Prompt lief sie gegen die Trage. »Hab ich mich erschrocken!«, rief sie. Ich sagte nichts, ich hatte mich ganz in die Hände der Sanitäter gegeben.

Man brachte mich zur Notaufnahme des Onze Lieve Vrouwe Gasthuis. Da habe ich den lieben langen Tag gelegen. Eine Notaufnahme ist nicht der allerschönste Ort dafür. Man liegt da vor aller Augen, es herrscht Unruhe, alles und jeder kommt vorbei. Manchmal habe ich übrigens nicht gelegen, dann hatte ich so schreckliche Schmerzen, dass ich aufstehen und mich zusammenfalten musste. Und immer wieder musste ich mich übergeben. Eine Reihe von Untersuchungen wurde vorgenommen, ich wurde geröntgt und was weiß ich noch, man schmierte mir Gel auf den Bauch und bewegte darauf ein Gerät hin und her wie bei einer Schwangeren, und wenn ich mich recht erinnere, hat man mich auch durch ein MRT-Gerät geschoben, nachdem ich einen Liter von einer fiesen Flüssigkeit hatte trinken müssen. Nur, wo soll man einen Liter fiese Flüssigkeit unterbringen, wenn vom Magen an alles verschlossen ist (was zu dem Zeitpunkt allerdings noch niemand wusste)? Irgendwann kam auch Casper und brachte eine Jogginghose, mein Telefon und noch alles mögliche andere. Ich war geistesgegenwärtig genug, meinem Verlag Bescheid zu sagen, dass ich am nächsten Tag höchstwahrscheinlich nicht nach Skopje würde fliegen können, um dort bei der Vorstellung der mazedonischen Ausgabe von *Oben ist es still* anwesend zu sein.

Gegen Ende des Tages sagte mir jemand mit ernster Miene, dass ich sofort operiert werden müsse, man habe andere Operationen dafür verschoben. »Sie werden höchstwahrscheinlich mit einem Stoma aufwachen«, sagte er. Ich glaube nicht, dass ich etwas erwidert habe, ich stand gerade wieder zusammengefaltet neben der Liege. Vorher hatte ich schon eine Krankenpflegerin gebeten, mir endlich etwas gegen die Schmerzen zu geben. »Aber Sie haben schon ganz viel bekommen«, antwortete sie. »Davon merke ich nichts«, sagte ich. Ich war vollkommen mürbe. Man rollte mich zu einem OP, wo man mich auf den Operationstisch hob. Der war angenehm warm. Ich gab dem Chirurgen und noch einigen anderen die Hand und schluckte ohne Murren einen Schlauch. Ich sah meine beschmutzte Unterhose. Ohne dass jemand irgendetwas zu mir gesagt hätte, war ich weg. Ich meine, ohne so etwas wie Runterzählen. In meinem ganzen Leben hatte ich noch nie im Krankenhaus gelegen, ganz zu schweigen von Operationen. Ich hatte angenommen, dass zum Narkotisiertwerden etwas mehr Zuwendung gehörte. Ungefähr zwei Stunden später kam ich im Aufwachraum wieder zu mir. Ich lag auf der Seite. Eine unglaublich liebe Krankenpflegerin sagte, ich müsse jetzt wach bleiben. Ich begriff nicht, warum die Frau nicht Deutsch sprach. Außerdem dachte ich, dass die Operation noch bevorstand. Eine halbe Stunde später lag ich in einem Zimmer mit drei anderen Leuten, darunter eine

Frau aus Flandern, die sich die Brust hatte verkleinern lassen. Später habe ich mich noch manchmal gefragt, warum sie in der Gastroenterologie lag. Durch vorsichtiges Tasten stellte ich fest, dass ich kein Stoma hatte.

Ich lag vollkommen zufrieden in diesem Zimmer. Auf die Idee, jemanden anzurufen, kam ich gar nicht erst. Aus unerfindlichen Gründen hat auch Casper, der am Donnerstag wiederkam und mir noch mehr Sachen brachte – ein Buch, mein Portemonnaie, frische Unterhosen –, niemanden angerufen. Ich aß sehr leckere Frikadellen, während die drei anderen im Zimmer nichts aßen und sich immer wieder übergaben. Ich sah Mauersegler am Fenster vorbeisausen, draußen war richtig schönes Wetter. Sommer. Ich schlief, wenn ich schlafen wollte, lag die halbe Nacht wach, und ich war so unglaublich zufrieden. Keine Schmerzen mehr. Man brachte die Morphinpumpe, die neben meinem Bett stand, wieder weg, weil ich sie nicht benutzte. »Sie müssen sie auch benutzen«, hatte eine Krankenpflegerin gesagt. »Sonst nehme ich sie mit.« Und ich war so zufrieden und glücklich. Schläuche wurden aus meiner Nase und aus meinem Schwanz entfernt. Es tat nicht weh. Ich sah Berichte von der Tour de France in dem kleinen Fernseher. Ich bekam mein Citalopram, offenbar hatte jemand darauf hingewiesen, dass ich das einnahm. Ich setze es ab, dachte ich. Ich bin jetzt doch so zufrieden. Hin und wieder schlurfte ich durch den Gang zum Aufzug, setzte mich in den Innenhof, rauchte und sprach mit anderen Rauchern, alle mit schlimmeren und noch viel schlimmeren Krankheiten. Und dann bekam ich doch noch Besuch. Erst am Donnerstagabend oder Freitag rief ich meine Mutter an. Und fragte, ob ich mich bei ihnen von der Operation erholen könnte. Ich hatte eine lange Operationsnarbe am Bauch, das Gehen fiel mir schwer, die Genesung würde noch Wochen dauern, Bauchoperationen sind schwere Operationen. »Ha, das wird schön«, sagte meine Mutter.

In Wieringerwaard schrieb ich eine Kolumne für *De Groene Amsterdammer*, der ich den Titel »Schamloser Verarbeitungstext« gab:

> Montag, 11. Juli 2016. Wieringerwaard. Ich liege im Garten. Auf einem sehr schweren, hölzernen Liegestuhl, den mir mein Bruder hingestellt hat. Ich darf nämlich keine schweren Gegenstände heben oder schleifen. Es weht ein heftiger Wind. Mir fallen allerhand Dinge auf. Zum Beispiel: Wenn man unter einer Blutbuche liegt, sieht man nicht, dass die Blätter rötlich sind. Es könnte genauso gut eine Rotbuche sein. Ich höre die leisen Laute der Zwerghühner meines Vaters in ihrem Auslauf weit hinten im Garten. Da, wo es immer dunkel ist, wegen der viel zu stark gewucherten Linden. Linden, über die vor Kurzem jemand zu meinem Vater gesagt hat, dass sie eigentlich auf die Liste der Naturdenkmäler gehören. Das halte ich für reichlich übertrieben, diese Linden sind mindestens fünf Jahre jünger als ich, vielleicht sogar zehn. Ich frage meine Mutter, ob Zwerghühner keine Sonne mögen. »Ich glaube doch«, antwortet sie. »Tja, die kriegen sie nie zu sehen.« Sie legen gut, auch wenn die Eier klein sind. Zwei von diesen Eiern habe ich schon gegessen. Es ist also nicht mein eigener Garten, in dem ich liege. Ich kann mich nicht erinnern, dass ich überhaupt jemals in meinem eigenen Garten gelegen hätte. Außerdem liege ich in diesem Garten – hinterm Haus, geschützt vor dem unbarmherzigen Westwind –, weil es sein muss oder zumindest im Moment empfehlenswert ist.
>
> Gestern Abend, nach dem Essen, habe ich auch hier ge-

legen. Auch da stürmte es, noch heftiger als heute, und es war deutlich kälter. Ich hatte mich mit einer kleinen Bettdecke zugedeckt. Und ich dachte, wie verdammt angenehm es doch ist, einfach so unter einer warmen Bettdecke in einem kühlen, von wildem Zweiggepeitsche überkuppelten Garten zu liegen. Ansonsten tat ich nichts. Ich glaube, ich wollte ein bisschen dösen, aber daraus wurde nichts. Ich blickte mich um und vor allem nach oben. Dort taumelten Möwen durch die Luft, Tauben fegten wie Kanonenkugeln vorbei, Mauersegler wurden vom Wind gepackt und zurückgeworfen. Der einsame Nadelbaum fing über das Haus hinweg noch etwas Sonne ein, die Lindenblätter hinten im Garten wechselten blitzschnell von hellgrün zu grau und zurück. Und ich dachte nach. Ich dachte, dass das Wort »sinnieren« eine bessere Umschreibung sei. Ich sinnierte über die neue Küche, die ich in der Eifel haben will. Jetzt endgültig. Wenn einem etwas Unerwartetes widerfahren ist, vor allem wenn es mit Krankenhäusern und gefährlichen Operationen und Man-kann-nie-sicher-sein-dass-man-aus-der-Narkose-erwacht zu tun hat – so sinnierte ich –, dann macht man sich nicht so große Gedanken darüber, ob eine neue Küche fünftausend oder zehntausend Euro kostet. Ich beschloss auf der Stelle – der Wind packte sich gerade den Hängekorb mit fröhlich bunten Sommerblumen –, bei der Anschaffung der Küche nicht knauserig oder ängstlich zu sein. Mir wurde schwer ums Herz, weil ich plötzlich an Dachdecker Rudi denken musste, in seinem kalten Grab in Lasel, von dem die Blumensträuße jetzt wohl entfernt sein werden, und anschließend an Jasper und an Lure, das Hündchen von Gartenkumpel Han und seiner Frau Trijntje, das gestern die Spritze bekommen hat, und in einer Sinnierpause schickte ich

Freund Henk eine Nachricht: Wie viel doch in einem Menschenleben geschieht! Etwas später, ich sinnierte schon wieder, antwortete Henk – der gerade von einer schrecklichen Beerdigung zurückgekommen war –, er könne mir nur zustimmen.
Ich sinniere sonst nie. Ich kann es nicht, oder erlaube es mir nicht. Es gefiel mir. Ein Vogel schiss mir auf den Kopf, eine Meise vermutlich, es war nur ein winziges Häuflein. Durch Gesten versuchte ich meinem Vater hinter der verglasten Schiebewand mitzuteilen, dass ein Vogel mir auf den Kopf gemacht hatte, aber er verstand mich nicht. Es ist ziemlich schwierig, jemandem ohne Worte deutlich zu machen, dass einem ein Vogel auf den Kopf gemacht hat. Darüber sinnierte ich. Vielleicht ist Sinnieren genau das: Sehr wichtige Dinge werden verweht wie die Blütenblätter einer verblühten Rose von einem für die Jahreszeit ungewöhnlich heftigen Wind, während kleine, unbedeutende Dinge so viel Gewicht bekommen, wie man es nie für möglich gehalten hätte. Zum Beispiel, dass es schreckliche und weniger schreckliche und nicht schreckliche Beerdigungen gibt. Abhängig vom Alter des Verstorbenen, dem Grad der Zuneigung und Nähe, der manchmal fragwürdigen Notwendigkeit, gewisse Beerdigungen zu besuchen, und wahrscheinlich noch ein paar anderen Faktoren. Darüber hatte ich nie nachgedacht. Ein dicker Ast brach von einer Pappel ab, glücklicherweise wurde er nicht zu mir hin geweht. Dass man vom Grundstück meines Bruders aus die mächtige Blutbuche hinterm Haus meiner Eltern sieht, während ich jetzt, direkt unter dem Baum, beim besten Willen keine Blutbuche darin erkennen kann.
Meine Mutter bringt mir einen Becher Tee. Gerade heute muss ich sehr aufpassen, wie viel ich trinke, denn ich

habe Durchfall. Das sollte nicht sein, aber ich kann es erklären. Heute Morgen habe ich allzu gierig zwei Magnesiumtabletten geschluckt, obwohl das gar nicht nötig war, und plötzlich fällt mir ein, was eine Krankenpflegerin mir gesagt hat: »Nehmen Sie diese Magnesiumtabletten, solange Sie noch Morphin nehmen, aber passen Sie auf, dass Sie keinen Durchfall bekommen.« Ich habe kein Morphin mehr, und meine Verdauung war gut, warum also trotzdem die Magnesiumtabletten? Selber schuld. Eine andere Krankenpflegerin sagte, meine Sauerstoffsättigung sei für einen Raucher erstaunlich gut. Aha, dachte ich, stur weiterrauchen. So sinniere ich vom einen zum anderen und habe alle eingespielten Abläufe in diesem Haus durcheinandergebracht, was aber niemandem etwas auszumachen scheint. Drinnen läuft schon wieder der Fernseher, die Tour-Fahrer verlassen heute die Pyrenäen. Niemals werde ich die engelhafte Frau im Aufwachraum des OLVG vergessen. Niemals. Ich sinne viel über sie nach (natürlich ist Sinnieren auch dafür gut, Erlebtes zu verarbeiten und einzuordnen), vielleicht auch, weil ich versuche, etwas zurückzuholen, vielleicht, um den Chirurgen, der mein Gedärm aus der Bauchhöhle hervorgeholt hat, meinen Erinnerungen hinzufügen zu können, besonders, nachdem meine Schwester heute Morgen zu mir gesagt hat, es sei eine Schande, dass ich nie mehr mit diesem Chirurgen gesprochen habe, und ich Mitleid mit ihm bekam, weil ich ihn vielleicht einfach vergessen hatte. Sinnieren. Der Engel im Aufwachraum sprach Niederländisch mit mir. Warum spricht diese Frau nicht Deutsch?, dachte ich immer wieder. Sprich doch einfach Deutsch! Außerdem dachte ich: So ist es also, wenn man operiert wird? Zuerst die Hölle, dann wird man von einem Moment auf den nächsten ausgelöscht und kommt in einer Art Limbus wieder zu sich, einem unbeschreiblich schönen Limbus, wo alles piept und singt und seltsamerweise niemand Deutsch spricht. Ich habe mich an das Gewand dieses Engels geklammert, bis jemand anders mich zur Station rollte. »Loslassen, Herr Bakker«, sagte jemand, ich weiß nicht, wer. Sinnieren. Loslassen. Neue Küche. Vogelkacke und ein abgebrochener Pappelast. Wie unglaublich viel doch in einem Menschenleben geschehen kann.

Der ganze Text drückt nichts als Zufriedenheit aus. Da spricht niemand, der leidet. Kein Wort darüber, wie ich mich fortbewegte: gekrümmt wie mein Opa, weil ich nun merkte, dass eine fünfundzwanzig Zentimeter lange Narbe auch wehtun kann. Die Schmerzen sind lange geblieben, vor allem, weil ich anderthalb Wochen später in der Eifel schon wieder schwere Gartenfliesen geschleppt habe. Das war undurchdacht. In Wieringerwaard bekam ich auch Besuch, und mit den Besuchern ging ich dann spazieren, so weit ich konnte, ohne dabei den Rückweg zu vergessen. Doch bei allem, daran erinnere ich mich genau, überwog die Zufriedenheit. Ich lag oft auf dem Liegestuhl unter der kleinen Bettdecke und schaute dann durch die verglaste Schiebewand ins Haus, wo meine Eltern ihren alltäglichen Beschäftigungen nachgingen. Jeden Morgen saß ich schon um sechs Uhr unten, weil ich ausgeschlafen war. Ich brauchte nicht dauernd »Du musst gar nichts« zu mir zu sagen, weil das ohnehin klar war. Den ganzen Tag trank ich dicke Milchgetränke oder dünne Joghurtgetränke, weil das angeblich gut für mich war. Ich saß an dem antiken Esstisch und rauchte und blickte äußerst zufrieden ins Licht des frühen Morgens hinaus. Ich trug eine alte Jogginghose mit verstärkten Knien, weil das die einzige Hose war, die ich bis zum Zwerchfell hochziehen konnte.

Und ich sinnierte vergnügt vor mich hin, während ich sonst nie sinniere.

Mein Dünndarm hatte eine Öffnung in der Aufhängung des Gedärms gefunden und war dort hindurchgeschlüpft, was zum Darmverschluss geführt hatte. Der Chirurg hat den Dünndarm herausgeholt, entwirrt und mehr oder weniger ordnungsgemäß in den Bauch zurückgelegt. Außerdem hat er die Öffnung in der Bauchwand zugenäht, damit nicht noch einmal das Gleiche passiert. Später, bei der Kontrolluntersuchung, hat er gesagt, dass ich Glück gehabt habe, dass der Darm, als er ihn auseinanderzog, langsam, aber sicher seine pechschwarze Färbung verlor und wieder schön rosa wurde. Später empfand ich große Erleichterung darüber, dass ich nicht 1613 zur Welt gekommen bin. In einer Epoche, in der man mit so etwas nach zwei Tagen hinüber gewesen wäre.

Rückblickend verstehe ich diese Zufriedenheit. Ich *hatte* etwas. Ich *hatte* tatsächlich etwas. Jeder, der es wollte, aber auch jeder, der es nicht wollte, bekam meine Wunde zu sehen. Ich brauchte nichts zu erklären, nichts zu verdeutlichen. Ich hatte unerträgliche Schmerzen gehabt, man hatte mich schließlich notoperiert (wenn auch erst nach zwölf Stunden in der Notaufnahme), und mein Körper lieferte den Beweis dafür, dass all dies wirklich geschehen war. Mariska hatte nicht nur ungebeten das schöne Foto auf Facebook gepostet, sie hatte der Welt außerdem mitgeteilt, was mir nach der Aufnahme zugestoßen war. Von meinem Laptop strömte mir ungeheuer viel Zuneigung und Wärme entgegen. Ich *hatte* wirklich etwas, ich war ein verwundeter Mensch, und verwundeten Menschen wird Zuwendung und Liebe und Ermutigung und Besorgtheit zuteil. Sie fühlen sich gesehen und verstanden.

– 7 –

Irgendwann während der Urlaubsreise, während der Fahrt durch das frühere Jugoslawien und zurück (Bosnien und Herzegowina ist geradezu gespenstisch, vor allem an der Grenze zu Kroatien) bin ich lautlos von Facebook und Twitter verschwunden. Ich kam nicht mehr ran, hätte Boudewijn de Groot gesagt. Ich traute mich nicht mehr, ich konnte nicht mehr, ich war mehr tot als lebendig. Erst in der vergangenen Woche ist mir bewusst geworden, dass ich schon ungefähr zwei Wochen lang nicht in dieser virtuellen Freundeswelt gewesen war, vor allem aber, dass niemand, buchstäblich niemand das bemerkt zu haben schien. Niemand meiner ungefähr anderthalbtausend Freunde sowohl auf Facebook als auch auf Twitter war auf die Idee gekommen, einmal nachzufragen, was los war. Genau an dem Tag, als mir das auffiel, meldeten sich zwei Personen – so ist das immer – und fragten, was denn mit mir sei. Ich antwortete, und eine der beiden schrieb, das sei ja unerfreulich, allerdings fügte sie gleich hinzu, »unerfreulich« sei wahrscheinlich ein blöder Ausdruck dafür. Irgendwo dort liegt der Unterschied zwischen einer Darmoperation und einer Depression.

– 8 –

»Depressionen sind den Leuten unheimlich«, sagte der Therapeut heute Vormittag, als ich mit ihm über das oben Geschilderte sprach. Über das Mitgefühl, das einem zuteilwird, wenn man offensichtlich »etwas hat«, und die Stille, die herrscht, wenn im Kopf etwas nicht in Ordnung ist.

»Ich bin wütend«, sagte ich. »Mir ist nicht ganz klar, warum, aber ich spüre, dass ich wütend bin.«

Wütend sein. An und für sich ist das gut. Wut ist eine Emotion, wenn auch anscheinend oft eine abgeleitete. Ein Ersatz für Kummer zum Beispiel. Und dieser Kummer ist im Augenblick noch zu weit weg, ein Gefühl, an das ich – noch – nicht rankomme. Kummer wegen der Einsamkeit. Denn das ist letztlich der Kern einer so schweren Depression. Vollkommene Einsamkeit. Man weiß, dass man selbst damit fertigwerden muss. Man muss es ganz allein ertragen und ganz allein überwinden. Weil jegliche Verbindung zur Außenwelt fehlt. Und doch sucht man die ganze Zeit, manchmal fast verzweifelt, nach Verbindung. Auf keinen Fall will man ein Nichts in einem Niemandsland sein.

Vor einer Woche war ich bei einem großen Fest. Seit langer Zeit zum ersten Mal. Es war ein Fest im Literaturmuseum in Den Haag, mit sehr vielen Leuten, die ich kannte, und vor allem mit sehr vielen, die mich kannten. Ich sah ihm mit Schrecken entgegen. Wenn man sich gut fühlt, macht es einem nichts aus, bei jeder Begegnung gefragt zu werden, wie es einem geht. Man bemerkt es kaum. »Hallo, wie geht's?« Ich kann dann nicht einfach »gut« sagen. Ich kann es nicht. Denn ich will nicht lügen, und wahrscheinlich will ich dem Frager auch deutlich machen, dass es mir nicht gutgeht, vielleicht, um ein eventuell seltsames Verhalten meiner selbst akzeptabel zu machen. Wenn man aber »schlecht« antwortet, muss man auch weitermachen, jedenfalls, wenn der andere ein Mindestmaß an Interesse zeigt. »Alles gut?«, fragte Aad Meinderts, der Direktor des Museums. »Na ja, alles …«, erwiderte ich ausweichend. »Ja gut«, sagte er. »Alles wäre auch verdammt viel.« Ja, hahaha, alles ist verdammt viel.

Es wäre schön, wenn diese leere Frage unter allen Umständen gestrichen würde. Allgemein, immer. Die Antwort wird ohnehin nicht beachtet, oft nicht einmal dann, wenn sie »schlecht« lautet. Gerade dann nicht. Denn was soll man mit der Antwort »schlecht« anfangen? Dafür ist die leere Frage nach dem Befinden nicht gedacht. Könnte man stattdessen nicht einfach »Schön, dich wieder mal zu sehen!« sagen? Oder notfalls: »Was für ein wunderschönes Kleid du anhast!«

Ein paar Stunden später fuhr ich mit Freundin Andrea Kluitmann mit dem Zug nach Amsterdam zurück. Unterwegs beschlossen wir, im Restaurant 1e Klas im Hauptbahnhof zu essen. Da ist es meistens sehr voll, und so war es auch diesmal. Und dort sagte ich: »Sollte es nicht etwas geben, das anderen Leuten, zum Beispiel bei so einem Fest, signalisiert, dass man nicht angesprochen werden will? Man will zwar da sein, für sich selbst, für denjenigen, der gefeiert wird, man will unter Menschen sein, aber man will nicht, dass sie mit einem sprechen. Ein Button oder so.« ICH BIN ZWAR HIER, LASST MICH ABER DOCH LIEBER IN RUHE. Andrea fand die Idee im Prinzip gut, befürchtete aber angesichts der sozialen Natur des Menschen gewisse Schwierigkeiten. »Man kann doch«, meinte ich, »wenn jemand den Text auf dem Button liest, freundlich lächeln, damit klar ist, dass man es nicht böse meint.«

Gestern Abend habe ich in einer Talkshow die Schauspielerin Romana Vrede gesehen. Sie durfte den Abend eröffnen. Sie sei depressiv, verkündete sie. Herbst, Winter, Dunkelheit. Bah, alles furchtbar. Sie las das Gedicht »November« von J. C. Bloem vor. Seit sie das entdeckt habe, lese sie es in solchen Zeiten mehrmals. Es tröste sie. Beim Vorlesen wurde sie sichtlich von Emotionen überwältigt. Da wurde ich wieder wütend. Unberechtigterweise, ich weiß, jeder Mensch hat ein Recht auf seine oder ihre eigene Art von Depression, irgendwo weiter oben habe ich das schon einmal geschrieben, aber ich dachte: Du bist einfach nur etwas trübsinnig, Romana. Das geht schon vorbei, spätestens im Februar, wenn du die ersten Schneeglöckchen siehst. Aber wie kannst du es wagen, das eine Depression zu nennen? Wo dir schon fast die Tränen kommen, wenn du ein Gedicht vorliest! In solchen Momenten spüre ich die Einsamkeit, erinnere ich mich an den Kampf. Wie man sich von einem Tag zum nächsten weiterschleppt, ohne jede Aussicht auf irgendetwas, mit einem Körper, der immer lauter protestiert, weil er auf die Empfindungen, die ihm zugemutet werden, lieber verzichten würde.

»Weißt du, was erst richtig schlimm ist?«, fragte ich den Therapeuten.

»Was?«, fragte er.

»Nicht, dass manche sich während einer Depression umbringen. Das ist leicht, und dann haben sie alles hinter sich.«

»Sondern?«

»Der Kampf, der ist schlimm! Es durchzustehen, ohne sich was anzutun. Das ist erst richtig schlimm.«

»Könnte was dran sein«, meinte er.

»Aber bei den Selbstmördern begreift man dann plötzlich, wie furchtbar schwer sie es gehabt haben müssen, und deshalb – es ist ja wirklich was passiert, jemand ist gestorben, noch schlimmer geht's nicht – bekommen sie dann Mitgefühl, natürlich erst recht, wenn es Prominente waren. Aber dass niemand nachempfinden kann, was jemand durchmacht, der weiterkämpft!«

Er notierte etwas. Ich achte sonst nie darauf. Ich meine, ich sehe ihn zwar manchmal schreiben, aber ich frage mich nie, warum er es tut. Vielleicht, um beim nächsten Mal auf etwas zurückzukommen. Inzwischen führen wir tatsächlich ein Gespräch. In den Wochen, in denen ich täglich zu ihm kam, konnte davon keine Rede sein. Da war er mein täglicher Ankerpunkt, ein Grund, die Wohnung zu verlassen. Jemand, der mir sagte, dass alles gut werden würde, der es tauben Ohren sagte, denn in meinem Kopf kamen solche Äußerungen nicht an. Trotzdem war es gut, es jeden Tag aufs Neue zu hören.

Heute Vormittag habe ich ihm auch erzählt, dass ich schreibe. Und dass ich versuche, keine Metaphern zu gebrauchen, auch wenn ich ihn, das ist mir durchaus bewusst, erst ein paar Sätze zuvor als »Ankerpunkt« bezeichnet habe, was noch dazu eine ziemlich hässliche Metapher ist. Ich will keine Metaphern gebrauchen, weil ich versuchen will, ganz präzise zu beschreiben, was das ist, eine Depression, und wie es sich anfühlt. Die Wolken-und-Himmel-Metapher von Matt Haig war im Grunde nicht notwendig. Du *bist* es nicht, es ist *in* dir. Das müsste doch reichen, das versteht jeder. Oder nicht?

Einerseits ein Nichts in einem Niemandsland zu sein und andererseits physisch da zu sein, da knirscht es. Fahrrad fahren, essen, scheißen, pinkeln, reden, duschen, Zähne putzen, alles mit einem hohlen Gefühl, mit Angst, mit Zeit, die nicht mehr zählt, das ist eine Ungereimtheit, die sich nicht fassen lässt, und dann muss man schon ziemlich stabil sein, um nicht zu vergessen, dass nicht man selbst es ist, sondern etwas, das in einem ist.

Ich warte noch ein Weilchen, bevor ich mir wieder einen Termin bei der Sexologin geben lasse. Das Schlimmste scheint überstanden zu sein, aber ich zittere noch. Manchmal buchstäblich.

– 9 –

Ich lese Voskuil. Schon seit Wochen. Alle Bücher, die er je geschrieben hat, stehen bei mir im Regal. *Das Büro* steht in der Eifel. Die sieben Bände warten dort seelenruhig im unbetretenen und jetzt auch kalten Schreibzimmer auf mich, die Buchrücken jeden Tag von Viertel nach fünf bis elf Uhr schwach von dem Weihnachtslichtschlauch beschienen, den ich beim letzten Mal am Holzschuppen aufgehängt und mit der Zeitschaltuhr verbunden habe. Wenn ich wegfahre, lasse ich den Stecker drin, ich bilde mir ein, dass die Nachbarn sich über die Lichter freuen. *Das Büro* habe ich schon drei Mal gelesen, könnte mir aber auch ein viertes Mal vorstellen. Für mich ist es die schönste Literatur, die je in niederländischer Sprache geschrieben worden ist. Im Augenblick lese ich in *Der Nachbar*. Das brauche ich jetzt: Voskuil als Trostlektüre, eine vertraute und geschützte Welt, in die ich jeden Abend zurückkehren kann. Bücher, die im Grunde von nichts handeln, aber unglaublich schön sind, und so schön karg. Und voller Humor. Nur mit einem seiner Bücher kann ich nichts anfangen: *Bei näherem Hinsehen*. Ich werde es auch nicht noch einmal lesen. Im Jahr 1962, als ich geboren wurde, war Voskuil noch nicht der Autor, den ich jetzt lesen möchte. Als angenehm empfinde ich bei ihm auch, dass er das Wort »deprimiert« gebraucht und nicht »depressiv«. In *Unter anderem* (2007; er lebte noch, als dieses Buch mit »Porträts und Erinnerungen« herauskam) steht der folgende Satz: »[…] Vergessen werden [ist] für den, der es zu genießen weiß, etwas sehr Schönes.«

– 10 –

DACHDECKER RUDI

Leser, die *Jasper und sein Knecht* kennen, kennen auch Dachdecker Rudi. Weiter oben habe ich plötzlich etwas über Blumen geschrieben, die wahrscheinlich von seinem Grab entfernt worden sind. Er hatte Krebs gehabt, der geheilt war. Oder vielmehr geheilt zu sein schien, sich aber an Stellen, wo er für Röntgengeräte und Scanner nicht sichtbar war, wieder eingenistet hatte. Nein, stimmt nicht, hätte man die richtigen Körperteile gescannt, hätte man ihn entdeckt. Das hätte dann aber auch nichts mehr genützt. Im Mai 2016 war der Krebs im Gehirn angekommen, was sich nach einem Anfall unerträglicher Kopfschmerzen herausstellte. Man bohrte ein Loch in seinen Schädel, um den Druck zu verringern, und als er nach einigen Tagen im Krankenhaus wieder nach Hause kam, wurden noch eine spezielle Gehhilfe und alle möglichen anderen Hilfsmittel besorgt, aber Rudi lag im Bett und blieb im Bett und ist nach ungefähr zwei Wochen, in denen es ihm immer schlechter ging, gestorben.

In seiner letzten Woche war ich jeden Tag bei ihm. Das Pflegebett stand im Wohnzimmer. Den einen Tag sah er mich, sprach mit mir, lächelte, am nächsten gab er sich kaum noch Mühe; an einem anderen Tag kam eine alte Freundin, und es war rührend zu sehen, wie sein Gesicht, sobald man ihn geweckt hatte, bei ihrem Anblick aufleuchtete. Später wurde mir klar, wie stark eine alte Freundschaft sein kann, so stark, dass das Sterben dafür einen Moment unterbrochen wird, und ich musste an Rakker denken, einen Shetlandpony-Hengst, der auf einer Weide auf dem Wogmeerpolder im Sterben lag, auf einem Haufen Heu, am Abend; wenn man nach ihm schaute, versuchte er bis zuletzt aufzustehen, obwohl das eigentlich schon unmöglich war. Alles an ihm knirschte und ächzte, aber sein Pferdeinstinkt sagte ihm, dass er aufstehen müsste: Ein Mensch kommt, also begrüßt man ihn. »Ach«, sagte Rudi überrascht und erfreut, und er vergaß mich, spürte meine Hand auf seinem Arm nicht mehr, was ich voll und ganz verstand, denn diese Freundin war jemand von früher, und ich war jemand aus jüngerer Zeit, doch dann schlich sich die Scham bei mir ein, die scheußliche Scham, die etwas mit der Hierarchie des Kummers zu tun hat, nicht zuletzt, weil seine vier Söhne manchmal da waren und dann wieder nicht, und am vorletzten Tag ging ich schnell wieder weg, weil ich dieses Gefühl nicht mehr ertragen konnte, egal wie oft Christa sagte, dass Rudi sich sehr über meine Anwesenheit freue. Ich fühlte mich überflüssig und fehl am Platz. Danach lag Rudi nur noch da, mit weit geöffnetem Mund, regelmäßig, aber langsam atmend. Am nächsten Tag, Rudi war tot, sagte einer der Söhne zu mir: »Du warst gestern aber schnell wieder weg.« Da geht man weg, um nicht zu stören, und bekommt das dann vorgehalten. Rudi war schon nicht mehr zu Hause. Ich sagte, dass ich ihn gern noch einmal sehen würde. Johannes, sein jüngster Sohn, erklärte, das könne ich machen, da und da, aber der Sarg sei schon geschlossen. »Ach«, sagte ich. Dann hatte es wenig Sinn.

Ich hatte nie zuvor an einem Sterbebett gesessen. Meine Eltern leben noch, die Großeltern sind ohne Publikum gestorben, einige Freunde haben ihrem Leben sehr plötzlich ein Ende gemacht, und auch mein kleiner Bruder war völlig unerwartet verschwunden, während wir im Schwimmbad waren. Und ich dachte: Wenn es so ist, kann ich es auch. Dafür bin ich Dachdecker Rudi sehr dankbar. Gar nicht so lange vorher, es wird März oder April gewesen sein, habe ich mit ihm noch ein bisschen am Haus von Pauline Slot gearbeitet. Sie wollte auf ihren Schornsteinen Aufsätze haben. Ich habe hauptsächlich zugeschaut oder im Gegenteil versucht, nicht hinzuschauen, denn ein anderer Mensch als man selbst auf einem Dach, das ist kaum mit anzusehen, und als ich für ihn die schwere Gasflasche die Leiter hinauftragen wollte, hatte ich nach sieben oder acht Sprossen genug. »Gerbrand, Gerbrand«, sagte Rudi grinsend und stieg selbst die Leiter hinauf. Danach habe ich vor allem aufgeräumt. Pauline war nicht da und hatte nur Instantkaffee im Haus. Den mochten wir nicht, weshalb wir zum Kaffeetrinken und Butterkuchenessen zur Densborner Wassermühle fuhren, die Niederländern gehört. Der Kaffee war gut, der Kuchen auch, nur waren die Stücke verdammt klein. Sehr niederländisch. So wenig durfte nicht zehn Euro kosten, und nach einem bissigen Wortwechsel zwischen den Eheleuten wurde der Preis auf neun Euro reduziert. Eigentlich hatte die Wirtin den Kaffee und Kuchen gegen eine Arbeit an einem Schornstein tauschen wollen, doch nachdem Rudi sich den fraglichen Schornstein angeschaut hatte, sagte er, dass man dafür spezielle Leitern brauchte. Beim Wegfahren sagte er zu mir: »Das wird nie was mit diesem Café. Wirklich schade.« Die Arbeit an dem Schornstein ist niemals ausgeführt worden, und inzwischen steht die Wassermühle zum Verkauf oder ist bereits verkauft.

Ich vermisse ihn. Ich vermisse es, dass er hin und wieder einmal zu mir kam, als einer von ganz wenigen. Immer noch, nach sechs Jahren, ist es schwierig bis unmöglich, Deutsche zu einem Besuch zu bewegen. Nachbar Klaus und Dachdecker Rudi haben mich besucht. Rudi war auf dem besten Weg, ein großartiger Freund zu werden. Ich glaube, ich schreibe jetzt einfach einmal unumwunden, dass ich ihn vielleicht geliebt habe. Er war ein Mensch, den man lieben konnte. Er war offen und sanftmütig und gut. Einer, der über den Tellerrand hinausblickte. Die Beerdigung fand an einem warmen Junitag statt. Während des katholischen Gottesdienstes in Lasel tat ich einfach das, was die anderen taten. Außer knien, denn so zu tun, als ob ich beten würde, das ging mir zu weit. Mir fiel auf, dass ich die ganze Zeit auf Deutsch dachte. Weil Dachdecker Rudi so ein großartiger Mensch gewesen war, kamen unglaublich viele Leute zur Beerdigung, und auf dem Friedhof blieb jeder einen Moment vor dem Sarg stehen. Dort standen zwei Behälter mit Wasser und Buchsbaumzweigen. Alle Trauergäste tauchten die Zweige ins Wasser und segneten das Grab. Das machte mich ziemlich nervös, und ich schob mich möglichst unauffällig zu Elektriker Lothar, der ein paar Meter vor mir in der Schlange stand. »Muss ich das auch machen?«, flüsterte ich. »Ach was«, antwortete Lothar nachsichtig. »Wenn du das nicht willst oder kannst, dann machst du's eben nicht.« Eine katholische Beerdigung hat ihren eigenen Charme, der Ritus ist so schön strukturierend (und im Gegensatz zu Beerdigungen, wie ich sie gewohnt war, ganz frei von persönlichen Ansprachen), aber am offenen Grab war es doch schwierig, ein Nichtchrist zu sein. Anschließend gab es Schnittchen und Kaffee und Kuchen, und ich trank ein Pils. Vom Gasthaus Zur Post bin ich mit Christa und der Familie noch einmal zum Grab gegangen, das inzwischen mit Erde zugeschüttet worden war. Danach wieder zurück zum Gasthaus. Ziemlich viele betranken sich. Josef Pütz, achtundsiebzig Jahre alt, fiel hin, als man ihn zu einem bereitstehenden Auto brachte. Die Beerdigung hatte um zwei Uhr angefangen, nach elf war ich wieder zu Hause. Es war meine erste katholische Beerdigung.

Christa und ich haben das gemeinsame Einkaufen, meist freitags, in Ehren gehalten. Weil weder sie noch ich einen

Führerschein besitzen, nehmen wir den 16-Uhr-Bus nach Bitburg. Dort kaufen wir im Kaufland ein, und Sohn Johannes holt uns nach der Arbeit ab.

Auch Nachbarin Trappen ist gestorben. Im Sommer 2017, im Alter von siebenundneunzig. Darüber habe ich bereits in *Echte Bäume weinen nicht* geschrieben. Das Haus stand schon zum Verkauf, weil sie ungefähr ein Jahr zuvor in ein Pflegeheim in Balesfeld gezogen war. Schließlich hat eine ihrer Enkelinnen es gekauft. Um es zu vermieten. Zuerst an ein Paar aus Norddeutschland, Axel und Gabi. Sie züchteten Französische Bulldoggen, die den ganzen Tag im Haus waren und dort überall pinkelten und schissen, weil Axel und Gabi dann arbeiteten. Ich verstand kaum ein Wort von dem, was Axel sagte. Eines Tages hat einer der Hunde Nachbarin Monika in den Arm gebissen, und wenig später waren Axel und Gabi weg. Ob das eine mit dem anderen zusammenhing, weiß ich nicht. Kurz darauf sind Herbert und Christin aus dem Westerwald in das Haus gezogen. Sie haben keine Französischen Bulldoggen, sondern zwei riesige Alaskan Malamutes. Wie Axel kann ich Herbert nur mit Mühe verstehen. Und wenn ich dann »Was?« frage, fängt er an, sehr laut zu sprechen, wahrscheinlich denkt er, dass ich schwerhörig bin. Sie haben einen hohen Zaun um einen Teil ihres Grundstücks gezogen, damit die Hunde Auslauf haben. Nachbar Max, der ein Stück höher wohnt, ist nicht erfreut über diese Verschönerung der Landschaft. Herbert ist ein guter Kerl, nur nimmt er leider jeden Tag aus sogenannten Klaukisten an der L5 oder bei der Bushaltestelle in Nimshuscheider Mühle irgendwelche Käseblätter mit, die er dann allen vorbeibringt. Ich habe ihm schon mehrmals gesagt, dass ich das nicht will, weil ich Anzeigenblätter doch nicht lese, aber wenn ich nicht da bin, stopft er sie in meinen Briefkasten. Nachbar Klaus hat ihm neulich gesagt, dass er das lassen soll, worauf Herbert erwiderte: »Aber Gerbrand liest die Zeitungen gerne!«

Ins höchstgelegene Haus von Schwarzbach sind Rinus und Lien aus Zeeland eingezogen. Hansi und Waltraud sind nach Lascheid zurückgekehrt, Hansis Heimatdorf. Innerhalb weniger Jahre hat sich viel verändert, und weil die Dorfgemeinschaft so klein ist, wirkt sich das auf praktisch alles aus. In den sechs Jahren, nachdem ich mein Haus gekauft habe, sind drei der insgesamt acht anderen Häuser in andere Hände übergegangen. Schwarzbach ist von Zuzüglern übernommen worden, seine Bevölkerung besteht jetzt zu einem Viertel aus Niederländern. Ich weiß nicht, ob es hier nun besser oder schöner ist als vor sechs Jahren. Auf jeden Fall ist es anders.

– 11 –

Es ist der 11. Dezember. Die Sonne scheint, von der Dachrinne tropft Wasser. In der vergangenen Nacht hat es gefroren. Füchse kläfften, als gehe es um ihr Leben. Nachbar Herbert macht Krach, er sägt Holz aus dem Wald hinter seinem Haus. Das darf er eigentlich nicht, denn sie haben das Haus nur gemietet, es sind nicht seine Bäume. Vielleicht sind Herbert und Christin so arm, dass sie sich nicht, wie ich, von Holzlieferant Arnoldy Eichen-Kaminholz liefern lassen können. Am Vormittag hat er schon bei mir angeklopft, ein Anzeigenblatt in der Hand. Ich seufzte und sagte: »Herbert …« Ja, dann hätte ich doch was zu lesen. Gut für mich. Ich brachte es nicht übers Herz, ihm noch einmal zu sagen, dass ich diese blöden Blätter nicht mag. Nebenbei löste er noch ein Rätsel. Bei meiner Ankunft hier am vergangenen Sonntag hatte ich gleich gesehen, dass in meinem Garten irgendetwas eine kleine Verwüstung angerichtet hatte. Eine komplette Pflanze herausgerissen, Zweige von der Aukube hier und da verstreut, eine lange Furche im Rasen. Es hatte gestürmt, und der Sturm hatte das Dach von Herberts selbst gebautem Holzschuppen abgerissen. Eine der Wellblechplatten war quer durch meinen Garten gesegelt und hatte die Vogelfutterstation nur um ein Haar verfehlt.

Gegen elf stand ich unter der Dusche, als es wieder an der Haustür klopfte. Triefend machte ich auf und sah gerade noch Rinus ins Auto steigen. »Rinus!«, rief ich. Er brachte einen Prospekt von einem Weinhändler an der Mosel, der Wein frei Haus liefert. Als er mir den Prospekt zusteckte, sah er mein Unbehagen. »Ja«, sagte er, »jetzt musst du dich wirklich mal lockermachen.« Dann hätten wir das nun auch gehabt: Nachbar Rinus, der mich im Adamskostüm sieht. »Danke«, sagte ich. Lien winkte mir vom Auto aus fröhlich zu. Ich werde die beiden diese Woche mal zu Bohnensuppe mit selbst gebackenem Brot einladen.

Gestern Abend habe ich zum ersten Mal seit zweieinhalb Monaten wieder eine Kolumne für *De Groene Amsterdammer* abgeliefert. Ich schrieb, dass ich allein bin. Und wie im letzten Satz von *Oben ist es still* ist das nicht traurig oder schlimm. Ich kann gut allein sein. Ich muss hier nicht unbedingt mit jemandem zusammen sein. Schlussredakteur Rob van Erkelens, von dem ich, wenn ich mich nicht irre, noch nie eine Mail bekommen hatte, schickte mir eine kurze Nachricht: »Ich freue mich zu lesen, was du wieder schreibst und dass du wieder schreibst.« Seltsamerweise habe ich es geschafft, alle zwei Wochen eine Kolumne für *Trouw* zu liefern, aber mit dem *Groene Amsterdammer* habe ich nach Griechenland aufgehört. Ich vermute, es hängt damit zusammen, dass ich bei dieser Zeitschrift freie Themenwahl habe, während in der *Trouw*-Kolumne etwas über das »literarische Leben« stehen muss. Das ist eine klare Eingrenzung, die Halt bietet. Und die rosa Pillen werden auch geholfen haben.

Am Nachmittag war ich in Bitburg beim Globus und habe mir endlich einen Weihnachtsstern gekauft. Nicht die Pflanze, sondern einen mit Licht. Endlich ein Weihnachtsstern! Ich muss ihn noch zusammensetzen oder zurechtfalten, keine Ahnung, wie diese Dinger konstruiert sind. Und im Spirituosenladen neben dem Toom-Baumarkt habe ich eine Flasche Auchentoshan besorgt, das ist ein Single Malt Whisky, im Augenblick mein Favorit. Außerdem habe ich wieder ein paar wunderschöne deutsche Wörter gelernt.

Krippenzubehör.

Weihnachtsgesteck.

Das erste Wort entdeckte ich in der Weihnachtsabteilung vom Globus auf einem Set mit winzigen hölzernen Mistforken, Schaufeln, Laternen und Futtertrögen. Nach dem zweiten habe ich gesucht, *kerststuk* stand auf meiner Liste, aber mit Weihnachtsgestecken hat man es hier nicht so, und wenn man welche findet, liegt in der Mitte eine Amaryllis und keine Kerze. Stattdessen habe ich das teuerste Vogelfutter gekauft, mit Nüssen. Für die Vögel soll auch Weihnachten sein. Es sind doch seltsame Tiere: Bei Herbert und Christin wimmelt es von Spatzen, bei mir, zehn Meter weiter, sehe ich nie welche. Nach Herberts Ansicht liegt es daran, dass er Haferflocken ausstreut. Halten die Spatzen mein Futter vielleicht für zu teuer? Für überflüssigen Luxus?

– 12 –

Sport. Ich weiß, jeder sagt es. Nach draußen! Sport treiben! Den Körper mal richtig fordern! Psychologe Bram Bakker gehörte früher zu den Fürsprechern von Bewegung und Sport. Bis er selbst psychische Probleme bekam, da hörte man ihn nicht mehr von Sport reden. »Laufen, einfach nur laufen«, sagt der Therapeut. Aber wenn ich ratlos auf dem Sofa lag, reichte schon der Versuch, mich mir selbst auf den Kais der Java-Insel oder der KNSM-Insel vorzustellen, um … ja, um was eigentlich? Nichts. Ich und das Sofa, drinnen. Draußen ist nichts. Ich weiß nicht mehr, von wem die Idee stammte, jedenfalls lag ich eines Tages ausgestreckt auf meinem roten Couchtisch. Das geht, weil der Tisch zwei Meter lang ist. Ich lag nicht auf dem harten Holz, sondern auf einer Isomatte, die sich selbsttätig aufgeblasen hatte. Ich trug meine verschlissene Jogginghose und ein T-Shirt. Ich war barfuß. Freund Henk betätigte sich an mir. Draußen war es grau in grau, von der benachbarten Grundschule war noch kein Kindergeschrei zu hören.

Henk praktiziert Feldenkrais. Feldenkrais ist eine Methode, durch die man lernen soll, sich bewusst zu bewegen. Henk gebraucht lieber das Wort *mindful* statt bewusst. Während seiner Ausbildung hat er hin und wieder an mir geübt. Oft sagte ich dann nach einer Viertelstunde: »Können wir aufhören? Ich finde das langweilig.« Es war noch sehr früh, ich hatte nach dem Aufstehen nur eine Stunde überbrücken müssen, bevor er klingelte. Er stellte mir Fragen, er kniete am Kopfende des roten Couchtisches. Ich versuchte, nur auf ihn zu hören und genau das zu tun, was er von mir verlangte. Ich konzentrierte mich. Er fasste meinen Kopf mit beiden Händen und drehte ihn ganz langsam und zärtlich hin und her. Ich durfte nicht den geringsten Gegendruck ausüben.

Ich musste mich ihm ausliefern. Er spielte sanft und liebevoll mit meinem Körper herum, und ich sollte ihn herumspielen lassen. Nie, nicht eine Sekunde kam ich dabei aus mir heraus. Aus meinem Kopf, aus meinem Körper, aus dem angsterfüllten Niemandsland. Ich wollte weg von mir, ich wollte, dass Henk nicht nur mit meinem Körper herumspielte, sondern auch mit meinem Geist. Etwas später drückte er gegen meine Hüfte und wieder etwas später gegen die andere Hüfte. Zum Schluss kamen meine Füße an die Reihe.

Dieses eine Mal fand es bei mir statt. Später radelte ich zu seiner Wohnung im Middenweg. Das ging, ich kannte den Weg, ich wusste, wo ich geradeaus oder nach links oder rechts musste. Henk hatte einen Spezialtisch mit kleinen Kissen. Hündchen Bas legte sich brav auf sein eigenes Kissen in einer Ecke und schaute zu. Henk fragte mich, was für Beschwerden ich hätte. Das ist eine völlig offene Frage. Ich hatte ja keine Beschwerden, keine körperlichen. Oder doch? Hatte ich nicht leichte Rückenschmerzen? Ganz vorsichtig sollte ich dies tun und danach das. Er drückte und zog. Ganz vorsichtig. Ich versuchte mit aller Kraft, nicht in seinem Wohnzimmer zu liegen, versuchte zu vergessen, was man dort durch die Fenster sieht, versuchte, wenn ich kurz die Augen öffnete und in die Ecke schaute, in der das Hündchen lag, den bohrenden Blick von Bas zu ignorieren, ich wollte dort nicht sein, ich wollte in Besitz genommen werden. Aber das Problem mit Feldenkrais ist, dass alles daran so schrecklich subtil ist. Kleine, winzige Schritte. Was ich wollte, war, dass Henk mich packen und durchs Zimmer schmeißen würde. Ich wollte an die Wand geschmissen werden. Und noch mal, und noch mal. Henk ist ein großer, starker Mann, er hätte es tun können. Ich hätte ihn darum bitten können. »Henk, könntest du mich bitte durchs Zimmer schmeißen?« Ich wollte Schmerzen haben, ich wollte etwas *fühlen*, egal was. Aber das geschah nicht. »Was fühlst du jetzt?«, fragte er, als wir mit dem Rücken fertig waren. Ich wusste es nicht, wirklich nicht. »Es fühlt sich *anders* an«, sagte ich. Danach tranken wir einen Kaffee, und Bas durfte sein Kissen verlassen. Nicht einmal sein kleiner warmer Hundekörper auf meinem Schoß löste etwas in mir aus. Und anschließend musste ich wieder aufs Rad und nach Hause. Und zu Hause war nichts. Zu Hause war Zeit, die herumgebracht werden musste.

– 13 –

Es gibt kein Ende. Wenn man sich ein Bein bricht, wird es eingegipst, und nach ungefähr sechs Wochen kommt der Gips wieder ab. Das sagt einem der Arzt: »In sechs Wochen kommt der Gips ab.« Darauf kann man hinleben, und bis dahin kann man mit einer Stricknadel das Jucken bekämpfen. Hat man einen grippalen Infekt, fühlt man sich mies, aber nach vier, fünf Tagen geht es einem schon wieder besser. Eine langweilige Geburtstagsfeier geht früher oder später zu Ende, und während man sie aushält, kann man schon an das Buch denken, das zu Hause neben dem Bett liegt, und an das Bett selbst. Am nächsten Tag ist alles überstanden. Wenn man im Niemandsland feststeckt, gibt es niemanden, der zu einem sagt: »Noch dreiundzwanzig Tage, dann ist es überstanden.« Es gibt nichts, woraus man schließen könnte, ob sich das Ende nähert. Und wenn man das nicht weiß, wenn man nichts kommen sehen kann, kommt auch kein Ende. Es dauert. Es ist da. Dreiundzwanzig Tage sind auch eine sehr lange Zeit, aber was kein Ende zu finden scheint, ist noch viel länger, selbst wenn es nur neunzehn Tage dauern sollte.

– 14 –

Vor zwei Jahren habe ich mit etwas angefangen, das ein zweiter Band in der Privé-domein-Reihe hätte werden können. Nach ein paar Monaten habe ich damit aufgehört. Ich stellte fest, dass ich nicht einfach ein Tagebuch führen konnte, das hatte keinen Zweck. Auch für so ein autobiografisches Buch braucht man einen Aufhänger, man kann es von mir aus ein Thema nennen. Ein roter Faden ist aus irgendeinem Grund wichtig.

Bei Lesungen mit *Jasper und sein Knecht* in Deutschland merkte ich, dass Leser Rechenschaft von mir forderten. Es war mir noch nie passiert, dass die Leute dort von mir wissen wollten, warum ich den oder den Roman geschrieben hatte. Doch jetzt fragte regelmäßig irgendeine Frau in der ersten Reihe nach einiger Zeit: »Warum?«

Am Donnerstag, dem 6. Dezember, hielt ich zum ersten Mal wieder eine Lesung. Die erste seit Monaten, die ich nicht abgesagt hatte. Es verlangte mir nicht allzu viel ab, die Lesung fand im Südafrikahaus an der Keizersgracht statt, ich hatte Daniel Hugo, der *Oben ist es still* ins Afrikaans übersetzt hat, als Sekundanten, und wir wurden interviewt. Daniel, dem ich vorher nie begegnet war, erwies sich als sehr angenehmer Mensch, es gab Weißwein, es gab Nüsse, der Abend lief gut. Hinterher kam ein Mann zu mir, der *Echte Bäume weinen nicht* signieren lassen wollte. Außerdem fragte er, ob ich nicht immer weiter Bücher für die Privé-domein-Reihe schreiben könnte. »Na ja …«, sagte ich. Er habe monatelang nur in *Jasper und sein Knecht* lesen können und wollen. Ich schaute das Buch an, das ich signieren sollte. »Eigentlich«, sagte ich, »ist dies schon eine Art Fortsetzung. Es handelt zwar von Natur und von Gärten, aber ob störend oder nicht, immer bin ich selbst mittendrin.«

Am 17. Dezember 2016 hielt ich einen Vortrag zum Abschied von Kees Holierhoek, bis zu diesem Tag Direktor der Stichting Lira. Das ist eine Urheberrechtsorganisation für Autoren, Übersetzer und freiberufliche Journalisten, die unter anderem dafür sorgt, dass Autoren jedes Jahr im Dezember eine Ausschüttung für Bibliotheksausleihen erhalten, deren Höhe sich nach der Anzahl der Ausleihen richtet. Aus nicht klar erkennbaren Gründen hat sich der Betrag innerhalb von fünf Jahren drastisch verringert. Viele Bibliotheken seien geschlossen worden, wird als Erklärung angeführt. Das ist nicht überzeugend, es muss eine andere Erklärung geben, die aber noch nicht gefunden wurde, wahrscheinlich, weil niemand danach sucht. Man hatte mich gebeten, einen viertelstündigen Vortrag zu halten, wie unter anderem auch Neske Beks und Mano Bouzamour. Das Thema lautete »Tagebücher«. Kees Holierhoek kannte ich nicht persönlich, weshalb ich mich auf Allgemeines beschränken musste. Ich versuchte, eine Art Rechtfertigung für das Schreiben und Veröffentlichen von Tagebüchern zu liefern. Es bereitete mir große Mühe, es klappte nicht, ich wollte nicht; eine Woche vor der Verabschiedung dachte ich noch ans Absagen, und sogar, als ich schon auf dem Rad zum Rode Hoed unterwegs war, dachte ich: ein miserabler Vortrag, ich kann das nicht. Es ist nichts drin, was die Leute zum Lachen bringen könnte. Aber jetzt muss ich ihn schon halten, ich kann nicht einfach nicht erscheinen.

Ich landete neben Marjan Berk, die mich »Gerda« zu nennen pflegt, oder besser gesagt: Sie stellt mich Leuten vor, die ich schon lange kenne, und sagt: »Das ist Gerda.« Marjan sollte zum Abschluss des Programms ein selbst geschriebenes Lied singen. »Ich hab einen trockenen Mund«, klagte sie. Ich holte ihr ein Glas Wasser. »Vielen Dank«, sagte sie. »Wenn ich dich nicht hätte.« Und dann begann das Programm, moderiert von Hanneke Groenteman. Ich las vor:

Als ich die Tagebücher von Jules und Edmond de Goncourt las, hatte ich nicht die geringste Vorstellung davon, wer sie waren. Anders gesagt, ich hatte noch nie einen Roman des einen oder des anderen gelesen. Edmond lebte von 1822 bis 1896 und sein jüngerer Bruder Jules von 1830 bis 1870. Der Prix Goncourt, der wichtigste französische Literaturpreis, wird jedes Jahr im November von der Académie Goncourt verliehen, deren Gründung Edmond testamentarisch festgelegt hat, zur Erinnerung an seinen Bruder Jules. Dass man vom Schreiben nicht reich wird, beweist dieser Preis: Der Preisträger erhält sage und schreibe zehn Euro. War Edmond de Goncourt so arm? Nein, das war er nicht, ich habe es nachgelesen: Der erste Preisträger, John-Antoine Nau, bekam für seinen Roman *Force ennemie* nicht weniger als fünftausend Franc, und sämtliche Mitglieder der Académie Goncourt, sechs an der Zahl, erhielten eine jährliche Zuwendung in Höhe von sechstausend Franc. Ich habe für Sie auch noch recherchiert, wie viel die fünftausend Franc des Jahres 1903 heute wert sein würden: dreißigtausend Euro. Leider habe ich nicht herausgefunden, ab wann das Preisgeld so drastisch gekürzt worden ist, aber ich nehme an, es geschah, als das Erbe aufgebraucht war. Wahrscheinlich ging das ziemlich schnell, denn allein an die Académie-Mitglieder waren innerhalb von zehn Jahren schon mehr als zwei Millionen Euro ausgezahlt worden. Doch zurück zu meiner Feststellung am Anfang, dass ich die schreibenden Brüder nicht kannte. Machte dieser Umstand das Lesen ihrer Tagebücher weniger interessant? Gewiss nicht. Anscheinend war ich offen dafür, wollte ich gerne lesen, was sie zu schreiben hatten.

Worauf ich hinauswill, ist dies: Kann man ein Tagebuch veröffentlichen, wenn niemand weiß, wer man ist? Nein, das hat keinen Sinn, oder besser gesagt: Natürlich kann man das Tagebuch eines Unbekannten herausbringen, man darf dann nur nicht erwarten, dass dreizehn- oder fünfundzwanzigtausend Exemplare verkauft werden. Ich sollte anders an die Frage herangehen und eine Rezension von *Jasper und sein Knecht* zitieren, die in der *Neuen Rhein Zeitung* erschienen ist. Sie stammt von Andreas Gebbink:

EINE EWIGE PLAUDEREI

»Natürlich kann man sich grundsätzlich fragen, warum man ein autobiografisches Werk von Gerbrand Bakker lesen soll. Gerbrand wer? Wer sich für niederländische Autoren interessiert, der wird seinen Namen ganz ohne Zweifel schon einmal gehört haben. Aber wer seinen Roman ›Oben ist es still‹ nicht gelesen hat, der wird auch nicht für diese Bildungslücke gescholten. Und so greift man erwartungsvoll zu Bakkers neustem Werk ›Jasper und sein Knecht‹ und ist gespannt, was der Autor zu erzählen hat.

Nun, Gerbrand Bakker hat eine Menge zu erzählen. In einem Strom nicht enden wollender Worte plaudert er vor sich hin: Er erzählt über seinen Hund Jasper, über sein neues Haus in der Eifel, den großen Garten, über Vogelnamen und seine Abscheu vor Lesungen. Schonungslos offen berichtet er über sein homosexuelles Leben, über seine Liebeleien in der Schulzeit, über seine schlechten Zähne und die Verdauung des Hundes. ›Jasper und sein Knecht‹ ist keine Autobiografie, es ist eine Mischung aus Tagebuch, Zeitungskolumnen und Reflexionen.

Ein ums andere Mal kämpft man als Leser gegen die hässliche Frage: Warum soll ich das in Gottes Namen alles lesen? Wen interessiert es, ob sein Bad renoviert werden muss, ob der Hund vor die Haustür pinkelt oder Bakker schlechte Zähne besitzt? Bakker selbst fragt sich: ›Warum mache ich das eigentlich?‹ und kritisiert sein Geschriebenes selbst: ›Was für ein Gelaber.‹ Bakker schreibt wie ein Internetblogger, der er auch ist. Fortwährend wird alles mitgeteilt, es gibt nichts Intimes, keine Scheu vor Peinlichkeiten – die eigene Seele wird im Blog freigelegt. Seine Depression teilt er mit der Weltgemeinschaft des Internets. Vielleicht ist das der Grund, warum Bakkers Mutter seine Bücher nicht liest.

Nun ist Gerbrand Bakker zweifelsfrei ein großer Schriftsteller, der mit Worten umzugehen weiß, der wunderbare Formulierungen finden kann. Allerdings ohne große Umschweife. Bakker liebt die direkte, reduzierte Sprache. Er pflegt einen ›ökonomischen Schreibstil‹, wie er sagt, er konzentriere sich auf das Wesentliche.

Was für die reduzierte Sprache gilt, hätte man sich auch gerne für den Inhalt des Buches gewünscht. Denn man kann nicht behaupten, dass Gerbrand Bakker ein aufregendes Leben führt. Er ist ein Schriftsteller aus einem reichen Land Westeuropas, seine Themen umkreisen Wohlstandsproblemchen, die langweilen können. Interessiert mich, dass er seine Unterhosen übers Internet in Australien bestellt, dass er sich über italienische Verlage ärgert, weil sie seine Bücher nicht wertschätzen, oder dass er seine geliebten Deo-Sticks nicht mehr im Handel bekommt?

Er fragt sich, ob er überhaupt ein Schriftsteller ist, oder nicht doch eher jemand, der Bücher geschrieben hat? Er selbst tendiert zu Letzterem. Hat er der Welt etwas mitzuteilen? Oder schreibt er nur um des Schreibens willen?«

Offensichtlich hat der Name Gerbrand Bakker für diesen Rezensenten nicht den gleichen Klang wie damals für mich die Namen Jules und Edmond de Goncourt. Obwohl ja aus seiner Besprechung hervorgeht, dass er zumindest von meinen Romanen weiß, hat er das Buch aus der Grundhaltung »Wer zum Teufel ist Gerbrand Bakker!« heraus zu lesen begonnen. Etwas Entsprechendes hätte auch ich vor Jahren denken können, als ich auf die mir völlig unbekannten französischen Autorennamen stieß. Trotzdem kann ich Andreas Gebbink verstehen. Das Einzige, was ich ihm ein ganz kleines bisschen übelnehme, ist, dass er grundsätzlich »man« schreibt, wo er »ich« meint: Er kann doch nicht für alle Leser der *Neuen Rhein Zeitung* sprechen. Trotzdem: Ich verstehe ihn. Die entscheidende Frage lautet in der Tat: Warum in Gottes Namen soll er das alles lesen? Sogar unabhängig von der Frage, ob der Autor in seinen Augen bekannt genug ist, um die Veröffentlichung zu rechtfertigen.
Die Antwort lautet natürlich ebenso kurz wie bündig: Man muss es nicht. Niemand wird gezwungen, überhaupt irgendein Buch zu lesen. Es gibt Leute, die Arztromane lieben, es gibt Menschen, die Arnon Grunberg lieben, es gibt Menschen, die gern Autobiografisches lesen. Bei Lesungen in Deutschland habe ich mich dabei ertappt, dass ich die Veröffentlichung dieses Tagebuchs mit dem Argument rechtfertigte, es sei in den Niederlanden bei einem anderen als meinem Stammverlag in einer prestigeträchtigen Reihe erschienen. Und es gebe eine kleine, aber treue Gruppe von Lesern, die das Erscheinen eines neuen Bandes in dieser Reihe kaum erwarten können, und das sei an sich schon Grund genug, sich als Autor geehrt zu fühlen, wenn man einen dieser Bände füllen darf. Rechtfertigen, habe ich gesagt. Weil ich mich plötzlich mit einer für

mich völlig neuen Haltung des sonst so höflichen, kultivierten und aufmerksamen deutschen Lesungspublikums konfrontiert sah. »Warum?«, wollte man wissen. Ich sah mich gezwungen, darüber nachzudenken.
Warum? Ich ringe damit. Eigentlich schon, als ich das Buch geschrieben habe, aber vor allem jetzt, im Nachhinein. Ich kann es für mich selbst akzeptabler machen, indem ich immer wieder an Jules und Edmond de Goncourt denke und daran, dass es mir völlig egal war, dass ich Tagebücher und keine Romane las. Doch das ist keine Antwort auf die grundsätzliche Frage. Warum? Weil ich offenbar keine Lust mehr habe, Romane zu schreiben, aber die Arbeit, das Schreiben selbst als Handwerk, nicht missen will oder kann? Ist die Frage damit hinreichend beantwortet? Ich bin nun einmal Schriftsteller, also schreibe ich.
Warum ist ein sehr ärgerliches, manchmal unerträgliches Wort. Ein Wort, das knufft und piesackt, das in unbekannte Tiefen will, oft nach einer Antwort verlangt, die niemand geben kann. Oder eine Antwort provoziert, die nur ausgedacht ist, eine unechte Antwort, die nur diese quälende Frage zum Schweigen bringen soll. Soll ich mich in die Brust werfen und sagen: »Lieber Andreas Gebbink, ich bin Schriftsteller, und das ist meine Berufung! Ich kann nicht anders, ich muss, alles dient einem höheren Ziel! Wie können Sie es wagen, das, was ich schreibe, infrage zu stellen oder langweilig oder überflüssig zu nennen?« Ja, das kann man machen, man kann eine anmaßende und arrogante Haltung einnehmen, was schon eine Menge Warum-Frager zum Schweigen bringt. Dafür braucht es aber die richtige Einstellung und Veranlagung. Außerdem: Man überschreit die Frage. Eine wirkliche Antwort auf das Warum gibt es nicht.

Aber schimmert nicht in der Besprechung in der *Neuen Rhein Zeitung* eine Art Antwort durch, gegeben vom Rezensenten selbst in seinem vorletzten Satz: »Hat er der Welt etwas mitzuteilen?« Nun ja, nein. Und: Ist das nicht wunderbar? Ein ganz gewöhnliches Buch, ohne welterschütternde Meinungen, ohne Analyse der Flüchtlingsproblematik, ohne Standpunkt zu Zwarte Piet oder der DENK-Partei oder Geert Wilders oder Donald Trump? Ein ganz gewöhnliches Buch über ganz gewöhnliche, alltägliche Dinge, selbst wenn es um eine Depression oder einen widerspenstigen Hund geht. Was für ein tolles Buch, was für eine Erleichterung! Der Mann, der es geschrieben hat, kann nicht anders. *What you see, is what you get*, sagen die Briten. Ein Buch von einem, der der Welt nichts mitzuteilen hat. Ein Buch also, dem die Leser selbst entnehmen können, was sie wollen, nichts wird ihnen aufgedrängt, sie können darin stöbern, »Himmel Herrgott noch mal« murmeln oder »bah«, aber auch »Mensch, das kenne ich auch«, oder »ach, nie gewusst, dass *matkop* und Weidenmeise das Gleiche ist, wieder was gelernt«. Ist es vielleicht das, was das Buch zu bieten hat, und ist das nicht auf seine Weise auch ein Statement in turbulenten Zeiten, in denen alles und jeder brüllend und tobend selbst für Turbulenzen sorgt?
Ich musste um jeden Preis einen Band für die Privé-domein-Reihe schreiben. Das war ein Traum, so wie andere davon träumen, in die Mongolei zu reisen oder einen Jaguar von 1976 zu besitzen oder in einer Welt voller Regenbogen-Piete zu leben. Ich habe mich Peter Nijssen von De Arbeiderspers schamlos aufgedrängt, bin dafür sogar fremdgegangen und meinem eigenen Verlag Cossee untreu geworden. Ich habe nicht einmal abgewartet,

ob man nicht an mich herantreten würde, denn dann kann man warten, bis man schwarz wird. Ich habe alles selbst angestoßen, weil ich es unbedingt musste. So und nicht anders war es.
Zugegeben, auch das ist natürlich keine befriedigende Antwort auf das Warum. Ich *musste* es tun, aber ich hätte auch alles für mich behalten können. Ich habe einfach keine Antwort. Ich tue es, aber ansonsten sollte ich besser mein Maul halten. Ich habe auch nicht die leiseste Ahnung, wofür ein Begriff wie »Literatur« steht, ganz zu schweigen davon, was deren Nutzen für die Gesellschaft sein könnte. Und ich habe keine Lust, darüber nachzudenken, weil ich mich dann anschließend fragen müsste, ob es überhaupt zu rechtfertigen ist, dass ich Bücher schreibe und die auch noch herausgeben lasse. Und ausgerechnet mich lädt man ein, hier eine Viertelstunde zu sprechen? Unglaublich.
Hier steht jemand, der keine Antwort auf die Frage hat, warum er ein Jahr lang ein Tagebuch geführt und das hat veröffentlichen lassen, und letztlich auch keine Antwort auf die Frage, warum er seine Romane hat veröffentlichen lassen. »Weil es nun einmal Leser gibt?« »Offensichtlich besteht Nachfrage danach, denn immerhin habe ich mir von den Einnahmen ein Haus kaufen können?« Liegt hier – da ich nun einmal beim Thema bin – der Grund dafür, dass Kees Holierhoek zwei, drei Jahre bevor er Direktor der Stichting Lira wurde, mit dem Schreiben aufgehört hat? Plagte ihn plötzlich das Warum? Es gibt nachher einen Umtrunk, dann können Sie ihn fragen. Vielleicht hat er eine Antwort, vielleicht nicht. Ich muss sie Ihnen vorerst schuldig bleiben.

Kurz danach ging ich weg, weil meine Mutter Geburtstag hatte. Ich fand es sehr schade, dass ich deshalb das Lied von Marjan Berk verpasste.

– 15 –

Warum schreibe ich all das? Ich vermute, weil eine Depression unsagbar ist. Unerklärbar. Das stört mich. Bin ich nicht Schriftsteller? Muss ich also nicht auch in Worte fassen können, was eine Depression ausmacht? In einem Versuch, es zu verdeutlichen, habe ich in einer Kolumne für *De Groene Amsterdammer* Depressionen mit Krebs verglichen. Es war ein Vergleich, keine Metapher. Eine Depression sei schlimmer als Krebs, schrieb ich. Die Kolumne wurde auf der Website veröffentlicht, und kurz darauf bekam ich eine Mail von Jan Postma. Ob man nicht »ebenso schlimm wie« statt »schlimmer als« schreiben könne, denn der eine oder andere würde das vielleicht in die falsche Kehle bekommen. Ich war einverstanden, obwohl ich bei meinem ursprünglichen Standpunkt bleibe.

In *Jasper und sein Knecht* habe ich geschrieben, dass man einen depressiven Menschen liebevoll im eigenen Saft schmoren lassen muss. Weil es im Grunde alles ist, was man tun kann. Die depressive Person ein bisschen im Auge behalten, ihr zu essen geben, sie beschäftigen, in der Nähe sein. Wer depressiv ist, hat nicht das geringste – aufrichtige – Interesse an den Menschen in seiner Umgebung. Wer depressiv ist, ist egoistisch, so gut wie vollständig auf sich selbst bezogen. Das ist für andere nicht angenehm. Wer depressiv ist, der ist sich hierüber völlig im Klaren, sofern er oder sie wenigstens noch ein bisschen Gespür für soziale Kontakte hat. Dann also Rückzug. Anderen nicht zur Last fallen. Oder, wie ich während unserer Reise, sich anstrengen, das Beste daraus zu machen, weil man ja nicht allein in Urlaub gefahren ist, sondern zu dritt. Irgendwie ist man für die anderen ein *pain in the ass*. Einmal kam es zu einer Verstimmung, und zwar, als ich wie erwähnt in Kroatien erklärte, es »leid« zu sein, und fragte, ob wir nicht etwas schneller nach Hause fahren könnten. Das kam bei Pauline nicht gut an, sie fand es ziemlich dreist. Wir saßen auf dem Balkon unserer Ferienwohnung, tranken Wein und blickten aufs Adriatische Meer, das dort tief ins Landesinnere hineingreift. Ich erklärte mich nicht näher. Pauline stand abrupt auf, um eine Runde spazieren zu gehen. Ich vermute, sie bezog meine Bemerkung auf sich selbst; sicher bin ich mir aber nicht, weil wir beide nicht mehr darauf zurückgekommen sind. Wäre ich in einem normalen Zustand gewesen, wäre meine Bemerkung tatsächlich ziemlich unhöflich gewesen. Das Problem war ja gerade, dass ich von einem normalen Zustand weit entfernt war.

Vor etwa anderthalb Monaten war ich ein paar Tage mit Anton Dautzenberg in der Eifel. Ich fühlte mich elend, auch wenn es hin und wieder kurze lichtere Momente gab. Während der Rückfahrt im Auto von Antons Mutter sagte er: »Du musst Geduld haben.« In den Tagen davor hatte er mich liebevoll im eigenen Saft schmoren lassen. Er kochte und bereitete Mahlzeiten zu. Gemüsesuppe, Brötchen, Hamburger, Sauerkraut. Ich brachte ihm Stiche-Raten bei, und er wurde süchtig danach. Das traf sich gut; wir spielten es stundenlang. Um fünf oder halb sechs schenkte ich uns ein Glas Doppelkorn ein. In dieser Zeit schlief ich noch sehr gut, immer noch war ich am Ende jedes Tages abgekämpft. Mit Voskuil zu Bett. Antons Bemerkung kam an. Geduld haben. Es aussitzen. Das »wird schon werden« des Therapeuten, aber ein klein wenig anders formuliert. Das kann ich, dachte ich. Ich kann Geduld haben. Das ist eine Aufgabe, ich muss es als Aufgabe sehen, so wie die englischen Bücher, die meine Verlegerin Eva Cossee mir schickt, weil sie wissen möchte, ob sie es wert sind, übersetzt zu werden, und über die ich dann kurze Gutachten schreibe.

In meinem Haus und Garten in der Eifel stellen sich mir deutlich mehr Aufgaben als in Amsterdam. Es gibt Tage, an denen ich drei Öfen heizen muss. Vergangene Nacht hat es leicht gefroren, und auch jetzt wird das Thermometer kaum viel Positives anzeigen. Feuerholz ins Haus zu holen und es in die Öfen zu schieben, frisst allein schon einiges an Zeit. Anzündholz spalten. Jeden Tag muss ich aus dem Hochbeet, das ich hinter der neuen Mauer an der Straße gebaut habe, Katzenkot entfernen. Von Anfang an hat Felix, der Kater von Nachbar Klaus, ausgerechnet dieses Beet als Klo erwählt. Schön lockerer Boden, durchsetzt mit Holzspänen, der ideale Ort zum Scheißen. Ich finde Katzenkot ziemlich widerlich, viel widerlicher als Hundekot. Vogelfutter nachfüllen. Waschen, spülen, tote Astern abschneiden, ein neues hölzernes Spalier für die Kletterrose bauen, Laub rechen, Kerzen in den Außenlaternen anzünden. Schon deshalb bin ich hier viel lieber als in Amsterdam. Selten denke ich: Was soll ich jetzt bloß machen? Aber es muss auch möglich sein. Hier zu sein, meine ich. Ohne Besuch oder Jasper oder einen Nachfolger. Knecht, allein.

Ich erinnere mich, wie es war, als ich nach dem Urlaub zum ersten Mal wieder hier gewesen bin, mit Gartenkumpel Han. Es ging mir sehr schlecht, ich schluckte viele Alprazolam, überstand gerade so eben den Tag und dachte, kurz bevor ich erschöpft einschlief: morgen. Morgen bin ich wieder da.

Körper, Geist und Gefühl waren vollkommen durcheinander und existierten nebeneinander her. Die große Aufgabe damals war das Bauen des Hochbeets. Wir fuhren nach Bitburg, kauften dicke, sehr teure Balken, die ich an Ort und Stelle zusägen ließ. Eines Morgens ging Han mit Rauhaardackelin Jet spazieren. Zum Scherz sagte er: »Wenn ich zurückkomme, bist du fertig.« Ich machte mich an die Arbeit, kopflos (»Nicht nachdenken, stur weitermachen!«). Als ich den Kasten halb fertig hatte, ging ich zur Straße, um nach Han Ausschau zu halten. Er war viel länger unterwegs als normalerweise. Ich stellte mir alles Mögliche vor, bekam wahnsinnige Angst, mein Puls flog, in meinem Inneren fühlte sich alles hohl an, die Welt drehte sich. Wo bleibt er? Wieder zur Straße, und wieder, eine rosa Tablette, und als ich gerade dachte: Das halte ich nicht mehr aus, kamen die beiden gemütlich angedackelt. Entgegen seiner Gewohnheit hatte Han mit Jet eine lange Runde gedreht und hatte unterwegs ein bisschen verirrt. Ich wollte ihn ausschimpfen, ihn anbrüllen, weinen, aber es ging nicht. Ich sagte nur: »Sieh mal hier.« Eine halbe Stunde später stand das Hochbeet.

Dieses »Das halte ich nicht mehr aus« darf übrigens wörtlich genommen werden. Man ist so völlig getrennt von sich selbst und allem um sich herum, dass man in dem Moment im Grunde nicht mehr existiert. Natürlich ist man noch da, der Körper ist da, der Blutkreislauf funktioniert, man kann Teichfolie aufs Holz nageln, man kann Löcher bohren und Schrauben eindrehen, aber all das wird vom Autopiloten gesteuert, der offenbar irgendwo im selben Körper versteckt ist. Ich glaube, ich konnte weitgehend neutral »Sieh mal hier« sagen, weil inzwischen das Alprazolam zu wirken begonnen hatte und mich vorübergehend von Stress, Angst und Panik erlöste. In der Kolumne für *De Groene Amsterdammer* habe ich auch über das Nichts im Niemandsland geschrieben und dass dieses Niemandsland eine Welt ist, in der nichts mehr von Bedeutung ist. Und dass man darin nicht leben kann. Obwohl man ja lebt. Bizarr.

– 16 –

Warum schreibe ich all das? Weil Schreiben Schreiben ist. Es ist eine Arbeit, die mir gefällt, sie sorgt für Struktur und Halt. Diese Art des Schreibens noch mehr als das Arbeiten an einem Roman. Ich würde jetzt liebend gern ein Buch übersetzen. Die Arbeit hat schon jemand anders erledigt, als Übersetzer muss man es nur noch in die eigene Sprache übertragen. Vor einer Weile habe ich mit einer Übersetzung der englischen Übersetzung von *Meu Pé de Laranja Lima*, *Wenn ich einmal groß bin*, von dem brasilianischen Schriftsteller José Mauro de Vasconcelos angefangen. Nur für mich. Um mich durch den Tag zu schleppen. Cossee könnte es als »vergessenes Meisterwerk« herausbringen, eine Bezeichnung, unter der heute viele Bücher neu ediert werden. Im niederländischen Sprachgebiet ist das eine Marktlücke. Aber ich habe es wie gesagt nur für mich getan, ganz ohne Druck. Das war mir die ganze Zeit bewusst. Es hatte nichts zu bedeuten. Außerdem empfand ich das Buch als unheimlich, was mir bei der ersten Lektüre vor ungefähr zwei Jahren nicht aufgefallen war. Unheimlich, düster, bedrohlich, traurig. Ich habe aufgehört, weil ich so deutlich spürte, dass ich mir selbst etwas vormachte.

Was ich hier schreibe, die Wörter, die ich jetzt tippe, hätte ich vor drei Wochen noch nicht schreiben können. Es wäre schlicht unmöglich gewesen. Beängstigend, bedrohlich, nichtssagend, sinnlos, und ich hätte benannt, was ich nicht benennen wollte, denn was man einmal benennt, existiert. So wie ich das jetzt beschreibe, klingt es, als hätte ich die Wahl gehabt, aber es war keine Wahl, es ging einfach nicht. Es war ausgeschlossen. Ein Nachbar in Amsterdam hat einmal das genaue Gegenteil behauptet. Dass es nämlich, wenn man darüber spricht, im Moment des Sprechens eben nicht existiere. »Oh«, sagte ich. »Das ist ein interessanter Standpunkt.« Ich versuchte, das nachzuempfinden, zu spüren, ob ich mich in der Dreiviertelstunde beim Therapeuten anders fühlte, besser vielleicht. Es gelang mir nicht.

»Betrachte die Depression als alten Kameraden«, sagte der Therapeut. Ich starrte ihn fassungslos an. »Als Kameraden?«

Freund Henk hat endlich *Jasper und sein Knecht* zu Ende gelesen. (Er gehört zu den Menschen, die für Bücher sehr lange brauchen. Mit Hanya Yanagiharas *Ein wenig Leben* zum Beispiel ist er erst nach zwei Jahren fertig geworden. Und zwar hier, in der Eifel, im vergangenen Sommer. »Mein Gott«, sagte er. »Jetzt wird auf eine Stelle am Anfang des Buches zurückverwiesen!«)

»Mir kommt *ein* Wort in den Sinn«, teilte er mir mit. »Versöhnung.«

»Versöhnung mit was?«, fragte ich.

»Na ja, mit dir selbst«, antwortete er.

Ich bekam beides etwa zur gleichen Zeit zu hören, das mit dem Kameraden und das mit der Versöhnung. Es läuft mehr oder weniger auf dasselbe hinaus. Wichtig ist auf jeden Fall das Akzeptieren, glaube ich. Wenn man die Depression akzeptiert, verliert der große Kampf an Schärfe. Aber zulassen ist etwas anderes.

»Ich kann nicht einfach nur auf dem Sofa sitzen und nichts tun«, sagte ich zum Therapeuten. »Vor mich hin starren. Das geht nicht.«

»Warum nicht?«

»Ich darf nicht aufhören, mich zu konzentrieren, ich kann nicht nichts tun. Ich *bin* nichts, das ist schon schlimm genug. Dagegen konzentriere ich mich. Und ich weiß nicht, wo ich lande, wenn ich nur sitze und starre und es zulasse.«

Diesem »Es« in den Rachen blicken. Undenkbar. Sich wehren. Nicht zulassen. Wie soll man die Depression dann als Kameraden betrachten? Wie versöhnt man sich dann mit sich selbst?

»Und jetzt ist Schluss«, sagt meine Schwester. Meine Schwester arbeitet in einem Krankenhaus. Wenn einer aus unserer Familie krank ist, versteht sie also etwas davon. Zum Beispiel hat sie mir nach meiner Darmoperation geraten, über den Tag verteilt kleine Mahlzeiten zu mir zu nehmen, nicht drei große. Wenn mein Vater oder meine Mutter ins Krankenhaus müssen, fährt sie mit. Über meine zwei Alprazolam hat sie nur gelacht, ich solle einmal sehen, was so alles bei ihnen im Krankenhaus lande, Leute, die täglich acht oder zehn einnehmen und trotzdem noch ansprechbar seien. Und jetzt ist Schluss, damit meint sie: Du setzt deine Medikamente nie wieder ab. Vielleicht kommt, wenn es besser wird, eine Halbierung infrage, aber ganz absetzen, nein.

»Richtig«, sagt der Therapeut. »Nach zwei oder drei schweren Depressionen ist das die Leitlinie.«

– 17 –

Gestern Abend waren Bep und ich die dicksten Freunde. Bep ist der Hund meines Bruders, der auf dem Hof wohnt. Zuerst hatten sie einen Hund, der Toos hieß. Toos wurde alt, und sie schafften zusätzlich einen Welpen an. Bep. Wie Toos ein schokoladenbrauner Labrador Retriever. Toos starb unerwartet schnell, schon als Bep noch ein Welpe war. Vermutlich war das nach dem frühen Entfernen von der Mutter ein zweiter Schlag für sie, und sie ist deshalb ein ängstlicher Hund geworden. Immer bellt sie jeden erst wie durchgedreht an, dann rennt sie mit eingekniffenem Schwanz weg. Es hat mich sehr viel Zeit gekostet, zu einer Art vertrautem Umgang mit ihr zu kommen. Aber inzwischen weiß Bep nach anfänglichem Bellen und Ängstlichsein, wer ich bin, und denkt wahrscheinlich: Ach ja, der Kerl ist schon okay. Oft kommt sie tief geduckt als eine Art Kriechtier auf mich zu, unterwürfiger geht es nicht. Doch dann entspannt sie sich, beschnüffelt mein Gesicht und drückt sich an mich. Gestern Abend hat sie zum ersten Mal wild gespielt. Im Matsch auf dem dunklen Hof. Ich brachte es kaum übers Herz, wieder ins Haus zu gehen. Es tut mir gut, ich finde es schön, einen ängstlichen Hund für mich zu gewinnen.

Meine Mutter feierte ihren Geburtstag. Das bedeutet, dass man sich ein paar Stunden lang in einer Lärmhölle aufhält. Jeder bei uns schreit und ist laut, jeder hat Meinungen zu irgendetwas, obwohl eigentlich nie wirklich über etwas gesprochen wird. Aber all das macht nichts, weil wir nichts anderes gewohnt sind. Wir essen Gemüsesuppe, labberige Brötchen mit Brühwürstchen und zum Nachtisch Joghurtvla mit Früchten. Und dann gehen oder fahren alle wieder nach Hause. Ich war mit dem Fahrrad gekommen. Das heißt: Ich fahre samt Rad im Zug nach Schagen oder Anna Paulowna, je nach Windrichtung. Gestern hatten wir Schagen-Wind. Um zwanzig vor neun fuhr ich nach Anna Paulowna. »Schreckt dich der Gedanke an die Fahrt nicht?«, fragte meine Mutter. Nein, der Gedanke schreckte mich nicht. Ich fuhr sehr schnell, sodass ich ganz schön keuchen musste, und rollte um fünf nach neun auf den Bahnsteig, obwohl der Zug erst um 21:15 Uhr abfahren sollte. Es war vier Monate her, dass ich zuletzt nach Wieringerwaard gefahren war. Die ganze Zeit hatte ich es nicht gewagt. Mein Vater und vor allem meine Mutter können nichts mit einem Sohn anfangen, dem »es nicht gutgeht«. Das respektiere ich.

– 18 –

Escitalopram ist wie Citalopram ein Serotonin-Wiederaufnahmehemmer. Serotonin ist ein Neurotransmitter, der von Neuronen im Gehirn abgegeben wird. Wenn man Escitalopram einnimmt, wird die Freisetzung von Serotonin aus dem synaptischen Spalt gebremst und dadurch die Aktivität des Serotonins verlängert. Denn sobald es freigesetzt wurde, verschwindet es gewissermaßen wieder, bindet sich an bestimmte Rezeptoren oder wird abgebaut. Es kommt darauf an, das Serotonin aktiv zu halten. Auf dem Beipackzettel ist es ein wenig anders formuliert: »Diese Medikamente haben Einfluss auf das Serotoninsystem im Gehirn, indem sie den Serotoninspiegel erhöhen.« Es ist fraglich, ob man das so sagen kann. Mir erscheint es sogar als irreführend. Außerdem ist fraglich, ob man Beipackzettel lesen sollte.

Vor einiger Zeit habe ich einmal angefangen, einen Artikel für *Trouw* über die unangenehme Nebenwirkung zu schreiben, die auf dem Beipackzettel etwas euphemistisch als »weniger Lust auf Sex« umschrieben wird. Bei meinen Recherchen stellte ich schnell fest, dass sich Serotonin-Wiederaufnahmehemmer besonders auf sexuelle Funktionen auswirken: mit verminderter Libido, Erektions- und Ejakulationsstörungen. Es gibt auch Antidepressiva, die die Wiederaufnahme von Noradrenalin und Dopamin hemmen. Sie haben weniger sexuelle Nebenwirkungen, weil Serotonin im Wesentlichen hemmend auf sexuelle Aktivität wirkt und Dopamin stimulierend. Mehr Serotonin bedeutet, stark vereinfacht, weniger Sex. Informationen, die ich beim Stöbern im Internet gefunden habe. All das war mir dann aber doch zu kompliziert, beispielsweise ist mir nicht klar geworden, ob Noradrenalin und Dopamin das Gleiche sind. Ich gab das Artikel-Vorhaben wieder auf – wegen der Komplexität der Materie, aber auch, weil ich mich fragte, wie ich all diese Dinge für *Trouw*-Leser formulieren sollte und könnte, ohne in eine derbe Ausdrucksweise zu verfallen. Außerdem ermüdete es mich, und entgegen meiner Gewohnheit dachte ich plötzlich: Was haben andere eigentlich damit zu tun? Ungefähr zu dieser Zeit hatte mir jemand geraten, Viagra zu nehmen. Das hätte aber nicht den geringsten Sinn, denn solche Mittel nimmt Mann, um eine Erektion zu bekommen, und Erektionen waren nicht das Problem. Und konnte ich Wörter wie »Erektion« oder »Schwanz« oder gar »ficken« in einem Artikel für eine doch ziemlich brave Zeitung verwenden? Einmal hatte ich in einer Kolumne das Wort »Maul« (für mein eigenes Maul) gebraucht, und am folgenden Samstag fand ich in der Zeitung an dieser Stelle das Wort »Mund«.

– 19 –

M.

Heute Morgen (*19. Dezember*) bekam ich einen Anruf von einer unbekannten Nummer. Ich hörte es nicht, ich sah es, immer noch ist mein iPhone stummgeschaltet. Es war die Sexologin. Sie fragte, wie es mir gehe. »Besser«, sagte ich. Sie teilte mir mit, dass sie Ende Januar in der Uniklinik aufhört und im Augenblick möglichst viel zum Abschluss zu bringen versucht. »Ich hatte sowieso vor, einen Termin auszumachen«, sagte ich. Ist das nun Zufall? Wo ich gestern das vorige Kapitel geschrieben habe? Oder »hat es so sein sollen«? Ich nehme an, dass es Zufall ist, bin aber jemand, der viel für das »es hat so sein sollen« übrighat.

»Ich könnte dich mit jemandem verkuppeln, den ich kenne«, sagt der Therapeut.

»Ja, aber«, sage ich, »ich bin mein Leben lang immer nur zufällig jemandem über den Weg gelaufen.«

»Und?«

»Na ja, so eine herbeigeführte Begegnung …«

»Er ist ein sanfter Mann«, sagt der Therapeut. »Ich weiß nicht, ob ihr zusammenpassen würdet.«

»Sieht er denn ein bisschen nett aus?«, frage ich.

Darüber muss er nachdenken. »Ich kann das nicht beurteilen.«

»Ist er schlank?«

»Geht so.«

»Was macht er beruflich?«

»Er ist auch Psychotherapeut. Und er schreibt Bücher.«

»Sachbücher?«

»Nein, Romane.«

»Wie kommst du eigentlich dazu, mich mit jemandem verkuppeln zu wollen?«

»Weil wir voriges Jahr darüber gesprochen haben. Weil du das doch eigentlich gern hättest.«

»Wie heißt er?«

»M. Seine Bücher sind übrigens ziemlich wertlos, aber das spielt ja keine Rolle.«

»Na gut«, sage ich, »du kannst ihn fragen, oder nein, wie soll ich sagen, du kannst ihn auf mich aufmerksam machen.«

– 20 –

Erster Weihnachtstag. Heute ist es kalt, draußen ist alles weiß vom Raureif, in der Nacht hat es gefroren. Die Tage davor waren nass und warm. Gartenkumpel Han und Trijntje und Hündchen Jet sind da. Morgen kommt Freund Henk mit Hündchen Bas. Heute Abend essen wir Käsefondue, morgen Roastbeef, vom Metzger Billen in Nattenheim. Heute Morgen haben wir Panettone und Eier gegessen. Die Vögel haben spezielles Weihnachtsfutter bekommen, teures Zeug mit allerhand Nüssen. In drei Räumen bullern die Öfen, im Wohnzimmer ein nagelneuer, den wir gestern in Bitburg im Toom-Baumarkt gekauft haben. Kleiner als der alte »Werkstattofen«, der allzu viel Leistung brachte, sodass man nach einer halben Stunde schon das Gefühl hatte zu ersticken. Der steht nun kalt draußen vor dem Küchenfenster, mit Vogelfutter darauf. Wenn wir uns am Küchentisch still genug verhalten, kommen die Kleiber und Meisen auch dorthin. Nachbar Herbert hat heute Vormittag den Motor des alten Mercedes auf seinem Grundstück eine Stunde laufen lassen, und die Hunde bellten. Trijntje und ich haben eine halbe Stunde gejoggt, wie schon vorgestern. Übermorgen wieder. Beim Laufen habe ich Schmerzen in der rechten Hüfte. Nachbar Klaus ist mit den Nerven am Ende: Er wollte seine Interneteinstellungen aktualisieren, und jetzt hat er gar kein Internet mehr. Wir haben uns seinen Winkelschleifer ausgeliehen, um ein neues Ofenrohr zuzuschneiden. Ich schlafe sehr schlecht. Gefühlt wache ich alle fünf Minuten auf, aber ich weiß, dass Menschen mit Schlafstörungen immer glauben, kaum zu schlafen, obwohl es in Wirklichkeit längst nicht so schlimm ist.

Ich fühle mich seltsam. Ich balanciere an irgendeinem Rand. Nach anderthalb guten Wochen scheint sich mein Zustand wieder zu verschlimmern. Möglich, dass sich jetzt Nebenwirkungen des Escitalopram bemerkbar machen. Möglich, dass die zwanzig Milligramm, die ich im Augenblick nehme, zu viel sind. Ich fühle mich gehetzt, mein Gedärm ist durcheinander, ich habe ein hohles Gefühl in der Herzgegend. Als es mir so richtig schlecht ging, war dieses hohle Gefühl in der Magengegend, beim Solarplexus, dem Mittelpunkt meines Körpers. Ich bin nicht ganz da, die Welt um mich herum ist vertraut, irgendwie aber auch nicht. Ich kann fast nichts vertragen. Ich habe Han und Trijntje schon angeschnauzt und mich sofort dafür entschuldigt. Ich versuche zu erklären, wie ich mich fühle, aber wie gewöhnlich ist das kaum möglich. Gestern beim Tock-Spielen gingen sie mir beide so auf die Nerven, dass ich fast explodiert wäre. Dabei ist es ein völlig harmloses Spiel. Ich lese immer noch Voskuil. Inzwischen *Requiem für einen Freund*. Ich kann mich nur an wenig erinnern, es ist beinahe, als würde ich ein neues Buch lesen. Erst jetzt sehe ich, dass sich dieses Buch sehr gut zusammen mit seinen Wanderbüchern lesen lässt. Wenn man alle Bücher von Voskuil gelesen hat, hat man das Gefühl, dass man den Autor durch und durch kennt, dass man fast jeden

Schritt, den er und seine Frau irgendwann gegangen sind, rekonstruieren kann. Das macht eine Biografie praktisch überflüssig.

Ich würde Lousje Voskuil gern einmal besuchen. Vielleicht sollte ich Detlev van Heest, dem Mitherausgeber von Voskuil-Artikeln, eine Mail schicken (wenn ich denn seine Adresse finde) und fragen, ob das möglich wäre. Sie muss mittlerweile über neunzig sein. Das ist alt.

Es kann übrigens auch sein, dass ich einfach gerade dabei bin, die vergangenen vier Monate zu verarbeiten. Ich kann oder will in gewisser Weise nicht über das Hier und Jetzt hinausdenken. Etwas, das in der Zukunft liegt, nein. Wenn ich Eckhart Tolle glauben soll, müsste das gut sein, aber ein klein wenig Aussicht auf schöne Dinge, die noch kommen, wäre schon erfreulich.

– 21 –

Han und Trijntje und Jet sich heute Vormittag abgereist. Henk ist noch da. Es ist der vierte Weihnachtstag. Freund Henk hat jetzt wieder eine Beziehung. Seit ungefähr einem Monat, und zu Weihnachten haben sein Partner und er schon zusammen ihre Verwandten besucht. »Ach, wie schön!«, sagte Trijntje, als er hier beim Weihnachtsschmaus davon erzählte. »Ich sag nichts«, sagte ich. Neulich in Amsterdam, als wir zusammen ins Kino gingen, hatte er sich wie ein Junge in der Pubertät benommen und nicht wie der Mann von sechsundfünfzig Jahren, der er ist. Ständig wollte er mich knuddeln.

»Lass das bitte mal!«, sagte ich.

»Ich bin verliebt!«, erwiderte er.

Nach dem Film, als wir draußen ein Glas Wein tranken

und rauchten, fügte er noch hinzu: »Und er hat so einen tollen Schwanz.«

Jetzt gibt er mir morgens, wenn er aufgestanden ist – ich habe dann schon den Ofen angemacht und rauche und trinke Kaffee – Küsschen auf die Stirn. »Guten Morgen, mein Schatz«, sagt er. Das hat er früher nie getan. Man – ich – kann das nett finden, oder lieb, aber mir ist schon klar, dass er gar nicht mich meint. Er ist verliebt, und das will er auf jede erdenkliche Weise zeigen. Er fließt über vor Liebe, es ist zu viel für eine Person. »Endlich habe ich jemanden, der seinen Kaffee auch schwarz trinkt«, sagte er heute Morgen beim Frühstück sehr vergnügt. »Wir passen wirklich gut zusammen.« Han und Trijntje freuten sich für ihn.

Draußen ist immer noch alles weiß vom Reif. Beinahe wäre ein Sperber gegen die Scheibe des Küchenfensters geknallt; durch eine scharfe Wende konnte er seinen Kamikaze-Anflug gerade noch abbrechen. Ich biete den Greifvögeln hier ja auch ziemlich leicht zu erbeutende, leckere Häppchen. Die kleinen Vögel sind dann ungefähr fünf Minuten lang alle verschwunden, anschließend tun sie, als ob gar nichts passiert wäre. Ich habe eine Weihnachtskarte von meinen Eltern bekommen. »Ein gutes und gesundes 2019. Es kann leicht besser werden als das vergangene Jahr.« Rinus und Lien haben mir eine Flasche Weißburgunder vor die Tür gelegt. Von dem Händler an der Mosel. Die Flasche ist schon geleert. Trijntje und ich fanden den Wein köstlich. Han fand ihn wässrig.

Ich habe dem Therapeuten eine Mail geschickt. »Ich weiß nicht so genau, was mit mir passiert.«

Henk und ich und Hündchen Bas fahren nach Amsterdam zurück. Wie üblich machen wir beim La Place in Nederweert Pause. Man hat dann mehr als die Hälfte hinter sich, was immer ein angenehmes Gefühl ist. Wenn man erst einmal an dem schrecklichen Eindhoven vorbei ist, kommt Den Bosch und dann Utrecht, und man ist fast schon zu Hause. Ich hole zwei Würstchen im Schlafrock und zwei Kaffee, und wir setzen uns. Nachdem ich Henk mitgeteilt habe, dass ich trotz allem noch das alte AC-Restaurant vermisse, weil ich das noch aus meiner Jugend kannte, dass aber das neue schon ein Fortschritt ist, nicht zuletzt, weil die Würstchen im Schlafrock viel besser schmecken, beschließe ich, einmal Klartext zu reden.

»Henk, hör mal«, sage ich. »Ich bin nicht eifersüchtig, ich gönne dir deine neue Beziehung von Herzen. Aber was ich nicht vertrage, das ist, wenn sich Menschen, die ich gut kenne, plötzlich so sehr verändern. Ich will, dass Menschen immer dieselben bleiben. Das ist übersichtlich.«

»Ich hab mich überhaupt nicht verändert«, erwidert er.

»Also …«, sage ich.

»Vielleicht verhalte ich mich anders.«

»Das sowieso«, sage ich. »Du stehst auf und gibst mir als Erstes Küsschen auf die Stirn!«

»Hab ich das nicht immer schon gemacht?«

Ich schaue ihn an und schweige. Dann erinnere ich ihn an unseren Kinoabend. »Und ich glaube, dass deine Liebkosungen eigentlich nicht für mich bestimmt sind.«

»Natürlich sind sie das!«

»Aber du wirst doch zugeben, dass du jetzt die ganze Zeit an mir rummachst.«

»*Du* gibst mir doch abends einen Kuss!«

»Ach was«, sage ich. »Du fängst mit dem Küssen an.«

Die Würstchen im Schlafrock sind alle. Eine Frau an einem

Nachbartisch betrachtet schmelzenden Blickes Hündchen Bas. Wir stehen auf und gehen zum Wagen zurück. Henk fädelt uns auf die A2 ein. Wie Menschen es schaffen, ein Auto zwischen Hunderte von rasenden anderen Autos einzureihen, ist mir ein Rätsel. »Ich werd's mir merken«, sagt Henk, aber er lächelt dabei.

Mir ist nicht ganz klar, was er sich merken will. Aber ich spüre, dass es immer eine gute Idee ist zu sagen, was man auf dem Herzen hat. »Ach«, sage ich, »man gewöhnt sich an alles.« Das kann ich nur sagen, weil ich offen war. Ich esse Weingummi aus der Tüte, die immer zwischen Fahrer- und Beifahrersitz steht. Es ist das Auto, in dem wir unsere Reise unternommen haben. Damals war in dem Netz auf der Rückseite des Beifahrersitzes auch eine Tüte Weingummi, nur hatte ich damals überhaupt keine Lust darauf.

– 22 –

2019. Ich habe Silvester bei Dolf Verroen und Gerard Hemmes gefeiert. Das ist eine Tradition, gegen die ich in den vergangenen Jahren einige Male verstoßen habe, indem ich den Jahreswechsel in der Eifel verbrachte. Das hing mit Jasper zusammen, der sich nicht für Feuerwerk begeistern konnte. Die Pianistin und Komponistin Caecilia Andriessen kommt auch immer zu Dolf und Gerard. Weil wir dann zu viert sind, spielen wir. Und wir essen und trinken und gehen nicht um 5 Uhr sturzbesoffen schlafen. In dem friesischen Dorf, in dem Dolf und Gerard wohnen, wurde enorm viel Feuerwerk abgebrannt. Wenn ich hin und wieder draußen rauchte, hörte ich nach jedem Knall Vögelchen in den Sträuchern piepen, und mir wurde zum ersten Mal bewusst, dass nicht nur Hunde unter Feuerwerk leiden. Vielleicht erschrecken sich auch Ameisen, Käfer und Maulwürfe fast zu Tode. Am 1. Januar saß ich allein im Fernsehzimmer, sah mir das Skispringen in Garmisch-Partenkirchen an und döste ein bisschen. Das war angenehm, dieses Eindösen. Aber dann kam Gerard herein, und die Niederländische Meisterschaft im Eisschnelllauf-Marathon begann.

»Was ist das?«, fragte Gerard.

»Das sind Frauen, die hundert Runden laufen«, sagte ich.

»Mensch, ist die schnell«, sagte Gerard, als Melissa Wijfje sich vom Peloton absetzte.

Dolf und Gerard haben mit Sport nicht viel am Hut. Das führt manchmal zu Unstimmigkeiten, weil ich nämlich viel mit Sport am Hut habe.

»Warum sind das so viele?«, fragte Gerard.

Das konnte ich nicht beantworten, und wir kehrten beide zu den anderen zurück, um ein paar Runden Rummikub zu spielen. Es war wieder spät genug für Alkohol. Zwei Gläser Oude Genever, lecker. Draußen dämmerte es schon, ab und zu waren noch laute Knalle zu hören, unsere Gastgeber stellten Käsegebäck auf den Tisch. Caecilia kippte ihren zweiten Wodka über das Spiel. Ich trocknete die Spielsteine mit Küchenpapier ab. Nach dem Essen – Grünkohleintopf – spielten wir noch drei Runden Tock, und am nächsten Morgen fuhren Caecilia und ich wieder nach Hause.

Der Therapeut hat auf meine Mail geantwortet. Ich hatte vorgeschlagen, die Dosis zu verringern. Er rät davon ab. Es gebe hierbei immer Ups und Downs. Ruhe bewahren, sagt er. »Sieh es als Nachschwingung.« Soll wohl heißen, dass ich wieder Geduld brauche. »Konkret rate ich auch dazu, mit dem Laufen weiterzumachen.« Um Weihnachten herum habe ich mit Trijntje zusammen dreimal gejoggt. Außer in der Hüfte traten dabei auch heftige Schmerzen an einer der fliegenden

Rippen auf. Als wäre sie gebrochen oder geprellt, obwohl ich mich an nichts erinnern konnte, was als Ursache davon infrage kam. Ich war weder gefallen, noch hatte ich mich gestoßen. Meine ganze Rückenmuskulatur versuchte, diesen Schmerz zu vermeiden, was nur zu noch mehr Schmerzen führte. Was war das nun wieder? Auf dem Beipackzettel des Escitalopram ist unter den sehr seltenen Nebenwirkungen Folgendes aufgeführt: »Nicht bekannt (die Häufigkeit kann aufgrund der verfügbaren Daten nicht bestimmt werden): [...] *Bei Patienten, die diese Art von Medikamenten einnehmen, wurde ein erhöhtes Risiko von Knochenbrüchen festgestellt.« Das kann doch wohl nicht wahr sein!?

– 23 –

Das respektiere ich, habe ich geschrieben, als ich erwähnte, dass meine Eltern nichts mit einem Sohn anfangen können, dem »es nicht gutgeht«. Es zu respektieren bedeutet nicht, dass es nicht weh tut. Irgendwann im August war ich in Wieringerwaard, nachdem ich zum zweiten Mal ein Medikament eingenommen hatte, das dem Therapeuten zufolge für Schlaflust sorgen würde. Es war ein Antidepressivum, das sich als völlig unwirksam gegen Depressionen erwiesen hatte, dafür aber als sehr gut wirkendes Schlafmittel. Mir war nach der Einnahme »komisch« zumute, und nach zwei Tagen setzte ich es wieder ab. Ich schlief schlechter als je zuvor. Wenn ich bei meinen Eltern bin, ist es normalerweise so, dass meine Mutter fragt und mein Vater redet. Das Fragen ist ein Problem. Das Reden weniger, ich lasse es einfach über mich ergehen. Nach vielen Fragen hielt ich es nicht mehr aus und bat meine Mutter, mir nicht ständig Fragen zu stellen. »Das geht im Moment nicht«, sagte ich. Das ärgerte sie, wie ich an ihrem ganzen Verhalten merkte. Es war nicht das erste Mal. Sie begreift nicht, was daran schlimm sein könnte, sie kann sich nicht vorstellen, dass jemand nicht in der Lage ist zu antworten, wenn man ihn etwas fragt. »Ach nein, ich darf dich ja nichts fragen«, sagte sie danach mehrmals mit Nachdruck, nachdem sie mich doch etwas gefragt hatte.

Später aßen wir, und während ich das von meiner Mutter gekochte Essen verspeiste, dachte ich: Jetzt hat sie auch noch für mich gekocht, für dieses in die Jahre gekommene Kind. Ich schämte mich und versuchte zu erklären, dass alles nur an mir liegt und nicht an ihr. Dass sie nichts falsch macht, dass ich aber mit der Situation nicht umgehen kann. »Dann komm nicht«, antwortete sie. Ich sagte, dass ich das doch tun werde, um sie zu sehen, allerdings, und genau da liegt das Problem, unter meinen Bedingungen. Mir ist durchaus klar, dass jemand, dem »es nicht gutgeht«, ziemlich fordernd sein kann. Und auf seinen eigenen Bedingungen zu bestehen, wenn man jemanden besucht, ist natürlich auch unmöglich, sogar wenn es die eigenen Eltern sind.

Ein paar Stunden später, im Zug, wurde mir erst richtig bewusst, was sie gesagt hatte. *Dann komm nicht.* Nach der Darmoperation vor zweieinhalb Jahren gab es keine Probleme. Wie alle anderen verstand auch meine Mutter, dass ich vorübergehend eingeschränkt war. Eine übersichtliche Angelegenheit. Das Kind lag etwas schläpplich auf dem Liegestuhl im Garten. Auch hier wieder das völlige Unverständnis von Menschen um einen herum, wenn man an einer Depression leidet. Sie sehen nichts, sie merken nichts, vor allem dann nicht, wenn der oder die Depressive sich die größte Mühe gibt, so zu tun, als wäre alles in Ordnung. Und trotzdem respektiere ich es. Respektieren bedeutet, dass man versucht, Verständnis für einen anderen aufzubringen, glaube ich. Ich kann verstehen, dass meine Mutter wirklich nicht versteht, was mit ihrem Kind los ist. Andererseits: Dieses *Dann komm nicht* ist ausgesprochen worden. Ich kann nicht so tun, als wäre es das nicht. Aber ich bin auch ein Mann von sechsundfünfzig Jahren, ein erwachsener Mann mit einem eigenen Leben, einem Haus und einer Wohnung, mal mehr, mal weniger Arbeit; auf jeden Fall in der Lage, seinen Lebensunterhalt selbst zu bestreiten. Solange die Mutter lebt, ist man ein Kind. Und solange man Mutter und Kind ist, kann man sich gegenseitig verletzen. Es hat mich verletzt. Ich wiederum habe sie verletzt, indem ich ihr fast verboten habe, mir Fragen zu stellen. Kurz danach ist sie bei einem Telefongespräch darauf zurückgekommen, auf umständliche Weise. »Ach ja, deine Mutter«, sagte sie, ohne dass sie oder ich den Vorfall benannten. Und das war alles. Ich kann nicht anders, wollte sie sagen. Ich bin nun mal so. Und so ist es. Und sie ist meine Mutter.

Vor einiger Zeit hat Dolf Verroen etwas sehr Schönes gesagt, was ihn auch selbst ein wenig gerührt hat. Er feierte seinen neunzigsten Geburtstag und das Erscheinen seines Buches *Traumopa*. Kurz bevor er zum Schluss des Festprogramms noch eine kleine Ansprache hielt, war ihm etwas eingefallen, das er mit den Zuhörern teilen wollte. Er hatte plötzlich an seine längst verstorbenen Eltern denken müssen und sich gefragt, was sie wohl über dieses neunzigjährige Kind gedacht hätten, das dort auf dem Podium im Literaturmuseum in Den Haag stand. Als wäre ihm sein eigenes, langes Leben auf einmal lächerlich kurz vorgekommen und als hätte er eigentlich nicht so recht verstanden, warum seine Eltern nicht in der ersten Reihe saßen.

– 24 –

Draußen grau. Leute mit Hunden gehen vorbei. Kinderstimmen, nicht allzu laut, auf dem Hof der Grundschule, obwohl Weihnachtsferien sind. Ein städtischer Müllwagen leert mit viel Krach einen unterirdischen Müllcontainer. Rufe von Möwen und Blässhühnern. Ich lote meine Gefühle aus. Ich weiß nicht mehr so genau, wie ich mich fühlen sollte. Was normal ist. Geduld. Ich müsste eine Kolumne für *De Groene* schreiben. Abgesehen von einem Werbespot des Autovermieters Sixt, über den ich mich gewaltig geärgert habe – eine Musterfamilie trinkt in einer Raststätte etwas Warmes, der kleine Sohn fragt: »Möchte Oma nichts?«, wonach der Vater seiner Mutter, die in der Skibox auf dem zu kleinen Auto liegt, einen Becher Kaffee bringt (»Schau mal, Oma! Ein leckerer warmer Kaffee! Ist Zucker drin!«) –, abgesehen davon fällt mir auf Anhieb kein Thema ein. Der Spot soll witzig sein, aber ich finde ihn nur schrecklich. Seine alte Mutter in einer Skibox verstauen und dann von Österreich nach Hause fahren, das ist nicht witzig, das ist schrecklich.

Gestern musste ich im Zusammenhang mit dieser Werbung an Alan Hollinghurst denken. Dessen Hauptpersonen sind fast immer ziemlich unsympathisch, und ich habe mich jedes Mal gefragt, ob das Hollinghursts Absicht ist oder ob er unbewusst eigene Charakterzüge auf seine Personen überträgt, womit er verraten würde, dass er selbst ein ziemlich unsympathischer Mensch ist. Jemand sollte ihn mal in einem Interview danach fragen. Ob er sich des Unsympathischen seiner Hauptpersonen bewusst ist. Ich habe alle seine Bücher gelesen, aber durch das neueste – *Die Sparsholt-Affäre* – habe ich mich dann doch seufzend und stöhnend hindurchgequält. Was für ein Schlappschwanz, diese Hauptperson. Immer wieder hatte ich das Gefühl, einen Groschenroman zu lesen. Und fragte mich wieder: Ist er selbst so ein Schlappschwanz, oder hat er nur diese Figur so charakterisiert? Schreibt er absichtlich ein Buch mit Zügen eines Groschenromans? Ich glaube mich zu erinnern, dass der englische Begriff für Groschenroman *airport novel* ist.

Nein, dann lieber Voskuil. Den kann man nicht der Schlappschwänzigkeit bezichtigen. Allerhand anderer Dinge schon. *Requiem für einen Freund* habe ich mit Herzklopfen zu Ende gelesen. Wie die Manie des Jan Breugelman beschrieben ist, fand ich beängstigend. Es erinnerte mich an die Freundin, von der ich berichtet habe. Die manischen Störungen verschiedener Menschen scheinen sich viel ähnlicher zu sein als die Depressionen verschiedener Menschen. Die erwähnte Freundin rief mich eines Tages an, während ich mit der Deutschen Dogge Elvis spazieren ging. Sie redete, ohne auch nur eine Sekunde Luft zu holen, ich kam nicht zu Wort. Irgendwann bat ich sie, einen Moment still zu sein, und als das nichts nützte, brüllte ich, ich könne sie nicht verstehen, und drückte sie weg. Unmittelbar danach rief sie wieder an. Sie habe fast keine Zigaretten mehr. »Das geht nicht! Ich bin unruhig!« »Ich besorge welche«, sagte ich. Als ich wieder zu Hause war, ging ich zu Christa, die auch raucht. Kaum war ich aus der Tür, kam die Freundin hinter mir her.

»Was hast du vor?«, fragte ich.

»Ich komme mit«, antwortete sie.

»Das halte ich für keine gute Idee.«

»Warum nicht?«

»Darum nicht.« Ich konnte mir diese kleine Flucht nicht nehmen lassen, und wenn ich mir vorstellte, dass sie bei Christa in der Küche saß und redete, wie sie mit Pauline Slot in meinem Garten gesessen und auf sie eingeredet hatte, befürchtete ich das Schlimmste. Pauline hatte auf der Heimfahrt bei mir Halt gemacht, war aber nach einer Viertelstunde wieder losgefahren, weil ihr höchst unbehaglich zumute wurde.

Bei Christa nahm ich mir Zeit. Sie drehte mit ihrer Drehmaschine Zigaretten für meine Freundin, während ich rauchte. »Lass dir bitte ruhig Zeit«, sagte ich. Wir sprachen über die Freundin, ich bekam ein Bier, und nachdem sie ganz gemächlich zehn Zigaretten gedreht hatte, gab ich ihr fünf Euro. »Nein, die muss *sie* bezahlen«, sagte Christa. Ich versicherte ihr, dass ich das schon regeln würde. Dann ging ich so langsam wie nur möglich zurück. Die Hitze war unerträglich.

»Ich dachte, du würdest gar nicht mehr wiederkommen«, sagte meine Freundin aufgeregt.

»Tja«, sagte ich.

Ohne sich zu bedanken, setzte sie sich wieder draußen an den Tisch. Darauf stand ihr Laptop. Auf diesem Laptop schrieb sie gerade den Roman, der alle je geschriebenen Romane in den Schatten stellen würde. Der Tisch musste ständig verschoben werden, um im Schatten der Ungarischen Eiche zu bleiben. Bei einer dieser Verschiebereien brach ein Bein ab. Ich kam nicht einmal auf die Idee, mich zu fragen, warum sie nicht in ihr Auto stieg und acht Kilometer fuhr, um selbst eine Packung Zigaretten zu kaufen.

Auch Voskuil lässt unabsichtlich erkennen, wie schwierig es ist, psychische Störungen nachzuempfinden oder Verständnis für die Betroffenen aufzubringen. In *Unter anderem* findet sich eine Geschichte über Fransje, eine Nichte von Lousje. Obwohl Fransje ganz offensichtlich gewaltige psychische Probleme hat, reagiert Voskuil nur verärgert auf sie. Ähnlich, wenn auch mit etwas mehr Einfühlungsvermögen, ist es in *Requiem für einen Freund*. Nachdem ich in den vergangenen Monaten fast das gesamte Werk Voskuils wiedergelesen habe, vermute ich allmählich, dass bei ihm Angst eine Rolle spielt. Angst vor etwas, das auch ihm widerfahren könnte. In seinen Wandertagebüchern ist er morgens beim Aufstehen regelmäßig so nervös »wie eine Krähe«, und hin und wieder macht sich ein Anflug von Panik bemerkbar (wie übrigens auch in *Das Büro*). Als »ich« oder »Maarten Koning« war er ein Mann, der sich in einer ihm feindlich gesinnten Welt behaupten musste. Der seine Dämonen beschwor, indem er ein Tagebuch führte. Indem er schrieb, vielleicht obsessiv.

– 25 –

Gestern war Freitag. Ich dachte, es wäre Donnerstag, und trotz etlicher Hinweise darauf, dass es Freitag war, blieb ich bei meiner Überzeugung. Zum Beispiel sagte mein Neffe Casper am Donnerstag, dass er am Abend ein Hallenfußballspiel habe und wahrscheinlich erst irgendwann am Samstag zurückkommen werde. Ich weiß noch, dass ich dachte: Warum bleibt er so lange weg? Was macht er denn den ganzen Freitag? Woraus folgt, dass ich am Donnerstagabend dachte, es wäre Mittwochabend. Gestern öffnete ich meine Wetter-App, um nachzusehen, wie das Wetter in der Eifel werden sollte. Ganz oben standen die Angaben für Freitag. Nanu, dachte ich. Hat WeatherPro die App seit 1. Januar verändert? Nicht einen Moment kam ich auf den Gedanken, dass wir tatsächlich Freitag hatten. Trijntje fragte, ob ich zum Essen käme. Ja sicher, antwortete ich. Heute Abend? Das ging klar. Nach einem Spaziergang mit Jet saßen wir gegen sechs am Esstisch. Es gab Spinatstrudel. »Natürlich ist eigentlich Pizzatag«, sagte Trijntje. Ich kenne Han und Trijntje schon sehr lange und weiß, dass Freitag ihr Pizzatag ist.

»Aber es ist doch Donnerstag?!«, sagte ich.

»Ach was«, antwortete Trijntje. »Es ist Freitag.«

Ich erschrak fürchterlich, weil ich mich für Freitag mit Freund Wilfred verabredet hatte. Er sollte zu mir zum Essen kommen, und anschließend wollten wir ins Kino. Ich ging in die Diele, weil mein iPhone in der Innentasche meiner Jacke steckte, die dort an der Garderobe hing. Während ich nach dem Telefon griff, dachte ich noch: Habe ich vierundzwanzig Stunden geschlafen, oder was?

»Hi Gerb«, hatte Wilfred geschrieben. »Wann erwartest du mich?« Außerdem hatte er angerufen. Ich rief ihn sofort zurück, aber er nahm nicht ab. »Der ist bestimmt schon unterwegs zu dir«, meinte Trijntje. Kurz danach rief Wilfred wieder an. Er stand auf dem Gehweg vor meinem Haus. Ich hatte gerade den ersten Happen Spinatstrudel im Mund. Ich bat ausführlich um Entschuldigung. »Kann passieren«, sagte Wilfred. Später sah ich auf Facebook, dass er allein ins Kino gegangen war. Während ich gemütlich bei Han und Trijntje gegessen hatte.

Es ist verlockend anzunehmen, dass sich dergleichen durch meinen psychischen Zustand erklärt. Ich vermute aber, dass es eher am Jahreswechsel liegt, der diesmal auf Montag und Dienstag fiel. Weil ich zu Silvester in einer so sonntäglich trägen Stimmung war, habe ich wohl wirklich gedacht, dass am Montag Sonntag wäre. Und bin den Rest der Woche dabei geblieben. Wie dem auch sei, jetzt weiß ich, dass heute Samstag ist. Außerdem hat sich nun gezeigt, dass ich auf meinem Telefon oder iPad nie auf die Datumsanzeige schaue.

Essen war nicht das Einzige, was ich tat. Während ich versuchte, nicht an Wilfred zu denken, inzwischen wieder in seiner eigenen Wohnung, wo kein Essen auf ihn wartete, blätterte ich in einem Hundebuch. Sich ganz auf eine Sache konzentrieren, damit die andere in den Hintergrund gerät. *Handbuch der Hunderassen* von Gino Pugnetti. Darin kommen Hunde vor, von denen ich noch nie gehört hatte. Die Beschreibungen des Charakters der verschiedenen Rassen sind sehr lustig und informativ. So steht zum Beispiel beim Epagneul Breton: »Bei zu straffer, schroffer Führung wird er scheu.« Der Irish Setter ist unter anderem »sentimental«, der Podenco Ibicenco »verträgt sich nicht mit anderen Rüden«, der Harlekinpinscher ist »unterhaltend«, der Griffon Brabançon »etwas launisch«. Im Artikel über den Chow-Chow wird erwähnt, dass in China sein Fleisch gegessen und auch sein Fell verarbeitet wird. »Diese unpersönliche Haltung und das Fehlen von affektiven Beziehungen mit seinem Halter haben das Wesen dieses schönen Hundes stark beeinflusst. Er ist sehr reserviert, abweisend, spielt nur ungern.« Über den Chinesischen Tempelhund: »Trotz seines grimmigen Aussehens ist er ruhig, treu und sogar humorvoll.« Der Barsoi ist »reserviert«, der Dalmatiner »besitzt ein ausgezeichnetes Gedächtnis und vergisst auch nach Jahren kein ihm zugefügtes Unrecht«, der Keeshond ist »lebhaft« und der Boxer »nicht nachtragend«.

»Hier!«, sagte ich zu Han. »Der Deutsch-Stichelhaar. Hart und unbeugsam, aggressiv gegen Unbekannte und von großer Schärfe. Anerkennt nur einen einzigen Meister.«

»Ja«, sagte Han. »Genau der richtige Hund für dich da unten in der Eifel.«

Wir hatten früher zu Hause einen Irish Setter, eine Hündin. Ich versuche mich krampfhaft zu erinnern, worin sich ihre sentimentale Veranlagung äußerte. Ist es sentimental, immer in Gesellschaft von Menschen sein zu wollen? Meine Mutter sagte öfter, der Hund sei so *sels*. Das ist ein nordholländisches Dialektwort, und es drückt tatsächlich aus, dass es der Hündin schwerfiel, allein in der Küche in ihrem Korb zu liegen, wenn alle anderen im Wohnzimmer waren. Sie wollte dabei sein. Oder sind Irish Setter besonders sensibel für die Stimmung im Haus? Fangen sie an zu jaulen, wenn sie schöne, traurige klassische Musik hören? Solche Musik war bei uns nie zu hören, und ich kann mich auch nicht erinnern, dass sie jemals auf irgendetwas aus dem Radio reagiert hätte, das genau über ihrem Korb auf der breiten Fensterbank stand. Mir ist vor allem im Gedächtnis geblieben, dass sie meistens den Kopf hängen ließ und deshalb einen ziemlich unterwürfigen und vielleicht scheuen Eindruck machte. Ein unglaublich liebes Tier. Nicht nachtragend. Soll das bedeuten, dass man einem Boxer einen Tritt verpassen kann und er sich eine Stunde später trotzdem auf dem Sofa an einen schmiegt?

– 26 –

»Schonungslos offen berichtet er über sein homosexuelles Leben«, schrieb Andreas Gebbink in seiner Rezension von *Jasper und sein Knecht*. Ich glaube, damit gab er zu erkennen, dass er mit »homosexuellem Leben« nicht besonders vertraut ist und dass ihm mehr als einige wenige Worte darüber schnell zu viel werden. Soweit ich mich erinnern kann, kommen Schilderungen »homosexuellen Lebens« in dem Buch eher selten vor. So merkwürdig ist das nicht, ich habe mich selbst manches Mal als »ziemlich missratenen Schwulen« bezeichnet. Wobei ich das Fehlen von Beziehungen in meinem Leben meinte. Ich hätte also genauso gut »missratener Mensch« sagen können, denn dergleichen ist natürlich ganz unabhängig von der sexuellen Veranlagung.

Im Augenblick *sehe* ich Männer nicht einmal. Von Libido nicht die kleinste Spur. Für meinen Körper gibt es nur die

Grundbedürfnisse. Um es ganz deutlich zu sagen: Meinen Schwanz benutze ich zum Pinkeln, zu sonst nichts. Das ist nicht ganz so, wie es sein sollte, eigentlich dient dieser Körperteil auch anderen Zwecken. Zwecken, die ich immer eifrig verfolgt habe, ohne die geringsten Probleme. Allein oder mit anderen. Das Wegfallen dieser Möglichkeit war das Letzte, worüber ich mir Sorgen gemacht hätte.

Der Rezensent der *Neuen Rhein Zeitung* hat mit seiner Bemerkung – vermutlich unbeabsichtigt – wieder einmal deutlich gemacht, dass man sich als Homosexueller immer noch rechtfertigen muss. Hätte ich schonungslos offen über mein »heterosexuelles Leben« berichtet, hätte er das in seiner Besprechung mit keiner Silbe erwähnt. Weil es aber in meinem Fall um ein »homosexuelles Leben« geht, ein anderes, von der Norm abweichendes Leben, kommt er darauf zu sprechen.

Im Augenblick (ich schreibe dies am 9. Januar) sorgt in den Niederlanden eine sogenannte Nashville-Erklärung für gewaltige Aufregung. Ich habe nicht gleich verstanden, warum sie Nashville-Erklärung genannt wird (und nichts mit Dolly Parton oder Tammy Wynette zu tun hat). Sie ist aus den Vereinigten Staaten herübergeweht. Es ist die niederländische Übersetzung einer Erklärung evangelikaler amerikanischer Christen, in der Homosexualität als Sünde bezeichnet wird. Sie hätte auch unübersetzt bleiben können, mir ist nicht ganz klar, warum sie übersetzt und veröffentlicht worden ist. Mich persönlich macht sie eigentlich kaum wütend, ich denke eher »Was soll's«, wenn ich solche Äußerungen von … ja, von was eigentlich?, lese. »Homohass« wird es hier und da genannt. Ich nehme an, es hängt mit meinem atheistischen familiären Hintergrund zusammen, dass es mich nicht so trifft. In dieser Hinsicht brauchte ich nicht mit irgendetwas zu ringen.

Bei all meinen Büchern, auch *Jasper und sein Knecht*, habe ich mich bemüht, Homosexualität nicht zum Thema zu machen. Während ich sehr viele Lesungen vergessen habe, ist mir eine ziemlich genau in Erinnerung geblieben. Ich glaube, es war in Deventer, in einer Buchhandlung. Das muss 2006 gewesen sein. Auf jeden Fall war es eine Stadt an einem Fluss, ich erinnere mich, dass ich vor der Lesung einen Spaziergang an diesem Fluss gemacht habe. Nein, Moment, es war in Wageningen, vermutlich Buchhandlung Kniphorst, also war es nicht die IJssel, sondern der Niederrhein. In dieser Buchhandlung steht ein riesiger Tisch, und an diesem Tisch saßen ungefähr fünfzehn Personen, die alle *Oben ist es still* gelesen hatten. Es dauerte eine Weile, aber am Schluss der Veranstaltung stellte dann doch jemand die große Frage: Ist dieser Bauer nun homosexuell oder nicht? Zuerst habe ich nicht geantwortet. Bei den Lesern gab es zwei Lager. Die eine Hälfte meinte, er sei es, die andere, er sei es nicht, und sie stritten sich darüber. Als sie damit fertig waren, schauten mich alle an. »Tja«, sagte ich. »Wenn man nicht will, dass er homosexuell ist, dann ist er's nicht. Wenn man es will, ist er es.«

Natürlich ist Helmer van Wonderen homosexuell, doch weil es nirgends gesagt wird, weil es nicht problematisiert wird, lesen manche darüber hinweg. So soll es auch sein. Hinweise darauf gibt es, aber im Hintergrund, leise. Wie selbstverständlich. Es wird vorausgesetzt. Der Ehemann der Hauptperson in *Der Umweg* ist ebenfalls homosexuell, aber wenn man es nicht erwartet, kann man es überlesen. Ich glaube, er weiß es selbst kaum. Gerson in *Birnbäume blühen weiß*. Kein Wort wird darüber verloren, und doch lässt es sich herauslesen. Nur in *Juni* wird darüber gesprochen, allerdings hauptsächlich von Bruder Johan, der nicht ganz richtig im Kopf ist. Auf jeden Fall ist es nirgends ein Problem, nirgends ein Thema in dem Sinn, dass es explizit problematisiert oder thematisiert würde. Das sollte man auch nicht tun, finde ich. Man sollte die Dinge einfach sein lassen, was sie sind, unbenannt. Beiläufig. Meiner Ansicht nach ist das der Weg, Heteros langsam, aber sicher und ohne jeden Aktivismus bewusstzumachen, dass auch solche Dinge nun einmal dazugehören.

Ich glaube, als ich noch erheblich jünger war, habe ich lange gedacht, homosexuell zu sein wäre schon etwas so »Besonderes«, dass ich mich nicht noch groß anzustrengen brauchte. Ich meine, ich war so anders und individuell, dass es keinen Grund gab, etwas aus meinem Leben zu machen. Wie es war, war es genug. Aber natürlich ist es nicht genug. Immer muss man etwas aus seinem Leben machen. Heute ist mir klar, dass Homosexualität ein Teil des Wesens ist, aber keine Identität.

Im vergangenen Jahr habe ich mit einigen Leuten über *Call Me by Your Name* diskutiert, den Film nach dem Roman von André Aciman. Schon das Buch fand ich ungenießbar, deshalb war es nicht unwahrscheinlich, dass es mir mit dem Film genauso gehen würde. Aber er tauchte gegen Ende des Jahres auf fast allen Listen auf, musste also eigentlich großartig sein. Ich konnte wenig damit anfangen. Mein wichtigster Kritikpunkt war, dass von dem Film nichts übrig bleiben würde, wenn man die homosexuelle Komponente wegließe, wenn sich also der Junge in ein Mädchen verlieben würde. Niemand stimmte mir zu. Was bedeuten kann, dass ich mich komplett täusche. Außerdem gefiel mir die Gegend, in der dieser Film spielte, überhaupt nicht, diese flache italienische Landschaft mit zerzausten Wäldchen, vermutlich in der Po-Ebene. Wenn man in Italien filmt, kann man gefälligst schöne Orte aussuchen.

Als Pauline, Henk und ich Anfang Oktober in der griechischen Stadt Ioannina in einem Restaurant am Ufer eines Sees aßen, saß drei Tische entfernt eine Gruppe von Amerikanern. Ich hatte eine rosa Pille genommen und zwei Gläser Weißwein getrunken. Wir waren auf der Heimfahrt. Heim hatte keine Bedeutung. Einer der Männer sah dem Schauspieler, der in *Call Me by Your Name* den Vater spielt, verblüffend ähnlich. Ich beschloss, mich darin zu verbeißen, und als die Gruppe aufstand, um wegzugehen, stand auch ich auf und fragte den Mann, ob er tatsächlich der Schauspieler sei, der den Vater des Jungen spielt. Das führte zu einer ziemlich unangenehmen Situation, er wurde von lärmenden Amerikanern und Amerikanerinnen umringt. Nein, er sei nicht dieser Schauspieler, aber er müsse sich diesen Film jetzt wirklich einmal ansehen, denn er sei schon öfter auf die Ähnlichkeit angesprochen worden. Die anderen lachten, alle drehten mir den Rücken zu. Gerade wegen dieser seltsamen Atmosphäre dachte ich: Du bist es doch, du hast nur keine Lust, es zuzugeben. An unseren Tisch zurückgekehrt, sagte ich zu Pauline und Henk, er sei tatsächlich der betreffende Schauspieler. Hahaha, machten sie. Wir blieben noch eine Weile, tranken noch etwas Wein. Michael Stuhlbarg heißt der Schauspieler, habe ich gerade nachgesehen. Jahrgang 1968, sechs Jahre jünger als ich. Er war es definitiv nicht.

– 27 –

Nachbar Max kommt, um mir ein gutes neues Jahr zu wünschen. Er trödelt eine Weile vor der Haustür – ich habe noch meine Morgenklamotten an und bin barfuß –, und wie gewöhnlich verläuft unsere Unterhaltung ein wenig zäh. Max ist in Ordnung, ein rechtschaffener Mann, aber ein Gespräch mit ihm zu führen ist sehr schwierig. Er tut, was die Etikette vorschreibt (man hat jedem ein glückliches neues Jahr zu wünschen), und weiß dann eigentlich nicht weiter. Ich frage, ob er einen Kaffee möchte. Nein, Kaffee hat er gerade gehabt, also geht er wieder. Nachbar Herbert schreit mir von seinem Grundstück aus etwas zu. Erst jetzt merke ich, dass er mich »Bruder« nennt und dass er das immer schon getan hat. Es erinnert mich an das Wort »Knecht«, mit dem Opa Keppel uns immer ansprach und das auch meine Mutter noch manchmal gebraucht.

Die Postbotin steckt einen Brief in meinen Kasten. Die Adresse – in der Eifel – stimmt haargenau. Wie das möglich ist, ist mir nicht klar, denn ich kenne den Absender nicht. Auf der Vorderseite des Umschlags ist als Absender »*J*« vermerkt. Der Brief beginnt folgendermaßen: »Lieber Herr Bakker, zum Glück habe ich dieses Jahr Ihre Bücher entdeckt.« »Dieses Jahr«, weil der Brief auf den 17. Dezember datiert ist. Ich erfahre, dass der Absender oder die Absenderin im vergangenen Jahr alles von mir gelesen hat. Außerdem, dass er oder sie sich so sehr auf meine Lesungen in Karlsruhe und Stuttgart gefreut, schon eine Bahnfahrkarte gekauft und ein Airbnb gebucht hatte. Aha, denke ich, das könnte die Frau sein, die getwittert hat, dass sie so enttäuscht war, weil die Lesungen ausgefallen sind. »[…] die ganze Zeit lief die Befürchtung nebenher: was wenn er nicht kommt? Ja, komisch, zum Schluss hatte ich Schuldgefühle, dass meine zu große Vorfreude und meine Befürchtungen zu Ihrer Absage geführt haben. Blöd, oder? Kindisch.« Sie erwähnte noch, dass sie damals schon eine Flasche Wein für mich gekauft habe. Kein Name, keine Adresse, keine E-Mail-Adresse. *J*.

Kurz danach fährt die Postbotin ein zweites Mal vor. Diesmal bringt sie ein Paket. Eine Flasche Wein. Auf dem Paket wieder nur: *J.* Am Flaschenhals ist eine Walnuss mit zwei Kärtchen festgebunden. Auf dem einen Kärtchen steht: »Nuss bitte nicht öffnen. Wünschelnuss.« Auf dem zweiten: »2 plus +«. In der Nussschale ist etwas drin, wenn man sie schüttelt, rappelt es, die Versuchung ist groß, sie doch zu knacken. Aber ich lasse es. Das auf dem zweiten Kärtchen begreife ich nicht. Dem Etikett nach zu urteilen, muss es ein teurer Wein sein. Es ist Nummer 1071 von insgesamt 8755 abgefüllten Flaschen.

Ich habe es also mit einer Frau zu tun, die unbekannt bleiben möchte. Ich kann ihr weder für den Brief noch für den Wein danken. So etwas empfinde ich als bedrohlich. Ich habe nicht die geringste Ahnung, wer sie ist, wo sie wohnt, was genau sie an dem von mir Geschriebenen so anspricht (»Wenn ich jetzt anfangen würde, alles aufzuzählen, was Ihre Literatur so wertvoll an sich und für mich macht ... – nein, das mache ich natürlich nicht.«) *Natürlich* nicht? Ich nehme an, hinter dieser Geheimnistuerei steckt der Wunsch, dass ich zu suchen anfange oder zumindest darüber nachdenke, wer diese Frau sein könnte. Was bewegt Menschen wie sie? Auffällig finde ich, dass es eine Frau ist. Ich habe nämlich schon seit geraumer Zeit eine deutschsprachige Stalkerin. Darüber habe ich einmal in meinem Blog geschrieben. Nach einem unbedeutenden Vorfall bei einer Lesung in der Schweiz. Sie hatte im Saal gesessen, sich nicht vorgestellt, mir aber später per E-Mail mitgeteilt, was sie an dem Abend angehabt hatte. Die Erwähnung in meinem Blog war für sie Anlass genug, mich zur sofortigen Löschung des Textes aufzufordern, er erregte ihr Missfallen. Dabei waren weder ihr Name, ihr Wohnort noch sonst irgendetwas genannt, sie blieb vollkommen anonym. Von Zeit zu Zeit mailt sie mir umfangreiche Texte zu.

Ich lese sie fast nie, sondern klicke sofort auf den Papierkorb. Neulich habe ich doch wieder einmal zwei gelesen, zusammen mindestens tausend Wörter. Der Ton war nun schon sehr aggressiv und boshaft, und wieder oder immer noch drängte sie mich, den beanstandeten Text aus meinem Blog zu entfernen, drohte sogar mit juristischen Schritten. Aus dem, was ich gelesen habe, schloss ich, dass sie alles liest, was ich irgendwo schreibe. Das könnte bedeuten, dass sie Niederländisch lesen kann, denkbar ist aber auch, dass sie meine Texte von Google Translate übersetzen lässt, was wiederum zur Folge haben könnte, dass sie etwas völlig anderes zu lesen bekommt, als ich geschrieben habe. Ich glaubte auch zu verstehen, was sie so wütend macht: Ich habe ihre Freundschaft verschmäht. Ich sei ein typisches Beispiel für Menschen, die immer feige abwarten, ob sich nicht etwas Besseres, Schöneres findet, immer würde ich nur von allerlei Halbgöttern schwärmen. Unglaublich wütend war sie über meine neueste Kolumne in *De Groene Amsterdammer*. Kurz nach deren Erscheinen schickte sie mir nicht weniger als fünf Mails mit Collagen, dazu unverständliche Texte. Auf einem der Fotos stand: *Dich will ich töten*. Es war ein Buchumschlag.

Mir ist klar, dass es besser gewesen wäre, das hier nicht zu schreiben. Regel Nummer eins im Umgang mit Stalkern: Ignoriere sie. Aber das ist schwierig. Sehr schwierig. Sind Stalker eigentlich öfter Frauen als Männer?

– 28 –

Schon seit Tagen regnet es. Es ist warmer Regen, der die Schneeglöckchen aus dem Boden treibt. Ich sitze hier und lote mich aus. Zum Glück hat in den vergangenen drei Tagen die Eisschnelllauf-Europameisterschaft in den Disziplinen Allround und Sprint stattgefunden, was mir zu einem Grund verhalf, stundenlang vor dem Fernseher zu sitzen oder zu liegen. Ich habe aber auch im Garten gearbeitet und aus Holzresten einen Rahmen für die schöne Plexiglas-Nominierungsurkunde des Jan-Wolkers-Preises gebastelt. (Als ich sie aufgehängt hatte und sie aus einiger Entfernung betrachtete, dachte ich: Das hab ich doch wieder gut hingekriegt.) Es gab keinen Grund, Brot zu backen, denn in der Tiefkühltruhe lag noch eins. Ich bin nicht ein einziges Mal gejoggt. Die Vögel fressen täglich Händevoll Streufutter. Ich begreife wirklich nicht, was mit mir passiert. Warum ich mich fühle, wie ich mich fühle. Früher, als alles besser war, hat das Citalopram gewirkt, und ich war zufrieden. Jetzt komme ich nicht von der Stelle. Oder bin ich zu weit gegangen, nehme ich tatsächlich, wie mir mein Gefühl – glaube ich – zu sagen versucht, zu viel ein? Zwanzig Milligramm Escitalopram ist vom Wirkstoff her doppelt so viel wie die zwanzig Milligramm Citalopram, die ich früher eingenommen habe, weil es wie gesagt eine »verbesserte« Version ist, bei der weniger Nebenwirkungen auftreten sollen. Ist das nicht denkbar? Dass man zu viel einnimmt? Dass man am Ziel vorbeischießt? Der Rat meines Therapeuten, die Sache noch eine Weile zu beobachten, ist schon wieder ein paar Wochen alt.

Mein Tinnitus ist schlimmer als je zuvor. Auf dem Beipackzettel ist auch er als Nebenwirkung aufgeführt. Bei mir ist es keine Nebenwirkung, ich leide schon seit etwa fünf Jahren daran. Ich werde nie mehr einen Beipackzettel lesen. Tinnitus, noch so etwas. Hin und wieder erwähne ich ihn, gegenüber beliebigen Personen. Einfach so, zu ihrer Information. Weil man nichts davon sehen kann. Als es mir sehr schlecht ging, vor allem während unserer Reise, habe ich den Tinnitus als alten Freund und Verbündeten empfunden. Als Trost. Weil ich im Bett lag und wie früher dieses Pfeifen im Ohr hatte. Wenigstens etwas Vertrautes. Damit konnte ich umgehen.

Das Problem mit diesem Pfeifen im Ohr ist, dass man davor weglaufen möchte. Man will ihm entkommen. Das geht nicht. Man kann es nicht im Wohnzimmer zurücklassen, wenn man in die Küche geht. Es ist immer da. Trotzdem möchte man ihm entkommen. Das macht einen unruhig. Das Beste ist, sich ihm zu ergeben. Es also gerade nicht zu ignorieren. Für mich ist Klaviermusik am schlimmsten. Man könnte vermuten, dass (laute) Klaviermusik das Pfeifen vorübergehend übertönt, aber in meinem Kopf kommt es zu Rückkopplungen, das Pfeifen beginnt zu jaulen, wandert manchmal sogar vom linken zum rechten Ohr. Klaviermusik ist für mich unerträgliches Geklimper.

Natürlich hat es wenig Sinn, von diesem Tinnitus zu erzählen. So wie es keinen Sinn hat, anderen zu sagen, dass man »nichts« ist. Man braucht nur zu versuchen, sich dieses Nichtssein vorzustellen. Jetzt, in diesem Moment: »Ich bin nichts.« Das kann nicht gelingen. Eigentlich dürfte ich auch niemanden damit belästigen. Wenn da nur nicht diese Hoffnung wäre, dass irgendwo jemand sein könnte, der einen retten wird. Ohne dass ich erklären könnte, worin dieses »Retten« besteht. Ein bedingungsloses, selbstverständliches Retten. Ein Märchen. Vor etwas über zehn Jahren habe ich das folgende Gedicht geschrieben:

DICHTER AUF ZEHENSPITZEN

Du musst kommen, ich kenne bis heute
keinen Mann von fünfunddreißig Jahren,
besonders viel gibt's also nicht zu küssen;
und vorgestern dieser Junge
im benachbarten Ausland,
ja, du weißt schon, der
»dessen Lachen zu seinem Wesen wurde«;
und vorige Woche erst, der Dichter,
der auf Zehenspitzen
über Katzenköpfe ging,
nein, nein, nicht bildlich:
neue Schuhe, Blasen,
alte Stadt.

Und morgen? Was werde ich
morgen noch erleben?
Danach auch noch
übermorgen und so weiter.
Was soll ich denn dann
noch alles über mich ergehen lassen?
Du musst wirklich kommen,
ich schaffe das nicht allein.

Woran merke ich, dass ich nicht da bin? Zum Beispiel, wenn ich Holz spalte (der neue Ofen im Wohnzimmer verlangt nach sehr kleinen Scheiten) und dabei frühere Momente, in denen ich an dieser Stelle gestanden habe, *fühle*. Wenn ich Holz spalte, *erinnere* ich mich, dass ich Holz spalte, und nur dank dieser Erinnerungen fühle ich etwas. Ich lebe und fühle in Erinnerungen. Oder wenn ich nachts im Bett in Arjen Fortuins – übrigens großartiger – Biografie des Verlegers

Geert van Oorschot lese und mich eine Windbö vor dem Fenster zu Windböen in der Vergangenheit transportiert, sodass ich das deutliche Gefühl habe, eigentlich im Bett in meinem Kinderzimmer zu liegen, und Buchen durch turmhohe Pappeln ersetzt werden – obwohl ich ganz genau weiß, dass ich in meinem Schlafzimmer in der Eifel liege. Alles ist Erinnerung, Gefühle, die zu Erinnerungen gehören. Als wäre ich im Jetzt nicht imstande zu fühlen. Wenn ich im Zug von Köln nach Densborn aus dem Fenster schaue und den Sommer sehe, obwohl wir Januar haben. Ich sehe diesen Sommer nicht wirklich, ich erinnere mich sehr genau an den Sommer, weshalb ich »Sommergefühle« bekomme und nicht dort bin, wo ich bin, nämlich im Zug von Köln nach Densborn im Januar. Das ist verwirrend. Ich bin gezwungen, die ganze Zeit hin und her zu springen, in der Zeit, in meinen Gefühlen. Ich bin nicht da. Ich bin nicht ich selbst.

Es ist, als müsste ich aus den Erinnerungen und Bildern, die mich im Überfluss heimsuchen, Lehren ziehen und nach Bedeutung fischen. Als müsste die Vergangenheit mir im Jetzt eine Richtung geben.

– 29 –

DER PORTUGIESE

Das letzte Mal habe ich vor sechs Jahren mit einem Mann im Bett gelegen, und es hat mich vierhundert Pfund gekostet. Er war ein unglaublich hübscher, dreiunddreißigjähriger Portugiese. Ein Portugiese und ein Holländer, aber es geschah in Edinburgh. Ich war als Schriftsteller dort, er arbeitete in der PR-Abteilung des Literaturfestivals. Wir begegneten uns an einem Abend, ich erinnere mich nicht mehr, ob es der Eröffnungsabend oder der Abschlussabend war. Vermutlich war es der Abschlussabend, und ich hatte nichts mehr zu tun. Ich ging zu dem Stand, an dem es Gin Tonic gab. Er auch. Er schaute mich an, ich schaute ihn an, und wir wussten beide sofort, worauf es hinauslaufen würde. So einfach ist es manchmal. Den Rest des Abends umkreisten wir einander – um die Spannung zu erhöhen, nehme ich an – und tranken noch ein paar Gin Tonic. Danach wurde es weniger einfach. Ich war mit einem Freund in Edinburgh (nach dem Festival wollten wir den West Highland Way gehen), und dieser Freund war schon ins Hotel zurückgekehrt. Dorthin zu gehen kam also nicht infrage. Der Portugiese wohnte mit anderen PR-Mitarbeitern zusammen, seine Unterkunft kam ebenfalls nicht infrage. Wir mussten uns ein Hotel suchen. Nicht gerade einfach während des Edinburgh Festivals. Nach längerem Umherirren tief in der Nacht landeten wir im Sheraton Hotel, in dem noch genau ein Zimmer frei war, eine der teuersten Suiten. Vierhundert Pfund. Ohne Frühstück. Der Mann an der Rezeption gab sich, obwohl wir in Schottland waren, auf sehr englische Weise große Mühe, keine Meinung über uns zu haben, und händigte mir die Schlüssel aus. Wonach ich ihm meine Kreditkarte überreichte. »I'll pay half«, hörte ich leise schräg hinter mir. Wir fuhren mit dem Aufzug zu unserer Etage, öffneten die Tür unserer Suite und hechteten ins Bett. Wir blieben noch lange wach, dann schlief er halb auf mir liegend ein. »Don't mind me«, hatte ich gesagt. »I'm on antidepressants.« Das verstand er, das kannte er.

Nicht sterben, dachte ich, während sein schwarzhaariger Kopf an meinem Hals ruhte. Seltsam. Nie zuvor hatte ich das gedacht. Lag es daran, dass er so ruhig schlief und es mir immer wieder so vorkam, als hätte er aufgehört zu atmen? Weil ich die ganze Zeit darauf achten musste, schlief ich nicht. Am nächsten Morgen wollte er im Hotel frühstücken, während ich zu meinem eigenen Hotel zurückwollte, zu meinem Wanderkumpel. Er verschwand in einen langen, marmornen Gang, ich ging durch die Drehtür nach draußen. Ich konnte nicht erkennen, ob er es bedauerte, dass ich nicht mit ihm frühstücken ging. Ein ganz anderer Mann war er geworden, so ist das, wenn man zusammen eine Nacht verbracht hat. Sein Jackett schlabberte ein wenig um seinen Oberkörper. Ich kehrte durch eine stille Stadt zu unserem Hotel zurück. Ich habe ihn nie wiedergesehen, diesen schönen, dreiunddreißigjährigen Portugiesen. Die Nacht kostete ihn den Preis eines Frühstücks, denn auf sein geflüstertes Versprechen an der Rezeption sind wir nicht mehr zurückgekommen. Später einmal hat er davon gesprochen, dass er von Süddeutschland aus, wo er mit seinem steinalten Freund wohnte (so gesehen war ich für ihn ein junger One-Night-Stand), auf der Fahrt nach Norden bei mir in der Eifel Halt machen wollte. Es ist beim Davonsprechen geblieben. Meistens ist das gut, meistens ist die Erinnerung an eine einzige Nacht besser als eine zweite Begegnung, die nur Unbehagen bereitet.

– 30 –

»Rauchen Sie?«

»Ja.«

»Viel?«

»Könnte man sagen.«

»Ein Päckchen pro Tag?«

»Ich rauche Shag. Seit es mir so schlecht ging, rauche ich wirklich sehr viel.«

»Alkohol?«

»Klar. Schmeckt mir auch sehr gut im Moment. Ich fange gegen halb sechs mit einem Schnaps an und trinke dann meistens noch zwei Gläser Weißwein zum Essen. Dann ist man, glaube ich, schon Alkoholiker.«

»Glücksspiel?«

»Was?«

»Glücksspiel. Ob Sie spielen.«

»Nein, das nicht.«

Glücksspiel? Diese Frage hatte ich nicht erwartet. Mir war auch nicht klar, was das mit meiner Sexualität zu tun haben könnte. Rauchen und trinken, das ja. Beides ist nicht gerade dafür bekannt, die sexuelle Leistungsfähigkeit zu erhöhen. Auf meinen Päckchen Van Nelle Stevig steht manchmal: RAUCHEN BEDROHT IHRE POTENZ. Auf dem heutigen steht: KINDER VON RAUCHERN WERDEN OFT SELBST ZU RAUCHERN. Darüber brauche ich mir keine Sorgen zu machen.

Die Sexologin war heute Vormittag energischer als beim vorigen Mal, als sie mich noch hatte plaudern lassen. Sie arbeitete eine sehr lange Fragenliste ab, zum Beispiel wollte sie auch wissen, ob ich gläubig bin. Während ich darauf antwortete, starrte ich aus dem Fenster. Das Wetter war scheußlich, grau und feucht und dunkel, und ständig flogen schwarze Vögel vorbei. Es kamen auch Dinge zur Sprache, über die ich nicht schreiben werde. Alles hat seine Grenzen: was ich über mich preisgeben möchte und, noch wichtiger, was Leser lesen möchten. Die Vorgesprächsphase ist damit abgeschlossen, die Sexologin wird ihre Befunde mit »dem Team« besprechen. Man hat mir kein Blut abgenommen, was ich eigentlich erwartet hatte. Um meinen Testosteronspiegel zu messen. Im Verlauf des Gesprächs kam sie auf meinen Beckenboden zu sprechen, ließ das Thema aber nach ein paar Fragen zum

Harnlassen und zum Stuhlgang wieder fallen. Ich kam später darauf zurück.

»Der Beckenboden«, sagte ich. »Was ist damit?«

»Wenn man die Beckenbodenmuskulatur die ganze Zeit zu stark anspannt, hat man zum Beispiel einen viel weniger intensiven Orgasmus. Sie ist von großer Bedeutung für die physische Komponente von Sex.«

»So?«

»Ja.«

»Interessant«, sagte ich. »Ich habe gemerkt, dass ich immer mit hochgezogenen Schultern sitze oder gehe. Also angespannt. Ich kann mir sehr gut vorstellen, dass ich auch den Beckenboden die ganze Zeit anspanne.«

»Wir arbeiten auch mit speziellen Physiotherapeuten zusammen.«

»So?«

»Ja.« Sie schaute noch kurz in ihre Papiere und in das Büchlein, in dem sie Notizen gemacht hatte. »Ja«, sagte sie dann. »Welche Art Hilfe erwarten Sie von uns?«

Ich schaute sie an. »Welche Art Hilfe ...«, sagte ich nachdenklich.

Überall ist das jetzt so. Beim Hausarzt. Man geht hin, weil man Beschwerden hat, man beschreibt diese Beschwerden, und dann wird man gefragt: »Was erwarten Sie von mir?« Natürlich etwas gegen die Beschwerden zu tun, Medikamente zu verschreiben, was sonst! Würde wohl irgendjemand in dieser Situation sagen: »Ach, lassen Sie mal, ich werde schon selbst damit fertig«?

Wir haben auch noch kurz über den Portugiesen gesprochen. Nicht, dass sie ihn kennen würde, aber ich hatte ihr beim vorigen Mal gesagt, dass ich seit mindestens fünf Jahren mit keinem Mann mehr im Bett gewesen war. Ich hatte ein Jahr unterschlagen, damit es nicht ganz so schlimm klang. Jetzt kam sie darauf zurück, ich erzählte ein bisschen mehr, und sie bemerkte dazu, es sei möglich, dass ich es in gewisser Weise verlernt habe, dass ich nicht mehr weiß, was mich »reizt«, dass ich neue Reize und neue »Belohnungen« brauche. »Ich kann mich nicht erinnern, wann ich zum letzten Mal verliebt gewesen bin«, sagte ich. »Dabei habe ich mich früher alle naselang verliebt.« In zwei Wochen geht es weiter. Ich versuche jetzt – jetzt –, meinen Beckenboden anzuspannen, weiß aber nicht, wie sich das anfühlt. Vielleicht sollte ich noch einmal *Die Kunst stillzusitzen* von Tim Parks lesen, darin geht es um diesen Teil des Körpers. Oder vielleicht wieder einmal mit einem Mann ins Bett gehen, auch wenn ich es nur tue, um zu sehen, was passiert? Aber woher kriegt man auf die Schnelle einen Mann? Und natürlich nicht irgendeinen, sondern einen, den ich anziehend finde?

– 31 –

»Ich habe nie jemandem eine so hohe Dosis verschrieben«, sagt der Therapeut.

Ich habe ihm gesagt, dass es mir nicht gutgeht, dass ich mich von mir selbst entfremdet fühle, dass vor allem beim Aufstehen in meinem Kopf ein Durcheinander herrscht, das im Lauf des Vormittags nur aufreizend langsam entwirrt wird. Ich habe vorgeschlagen, die Dosis zu verringern. »Fassen wir doch mal zusammen, was passiert ist«, sage ich. »Ich nehme dieses Zeug jetzt seit gut viereinhalb Monaten ein. Nachdem wir die Dosis erhöht hatten, ging es mir besser, und um den Geburtstag meiner Mutter herum gab es anderthalb Wochen, in denen ich gedacht und gespürt habe, dass ich wieder da war. Anderthalb Wochen, danach ging's mir wieder schlechter. Ist es dann nicht naheliegend zu denken, dass es an dem Escitalopram liegt? Dass ich jetzt vielleicht einfach zu viel einnehme?«

»Doch«, sagt der Therapeut. »Das klingt plausibel. Dann machen wir das.«

Seit zwei Tagen nehme ich fünfzehn Milligramm. Das ist ein bisschen kompliziert, weil ich Tabletten mit zwanzig und mit zehn Milligramm habe. Die muss ich nun beide halbieren und die beiden Hälften einnehmen. Jeden Morgen komme ich mir vor wie mein eigener Apotheker. Bevor ich ohne allzu große Begeisterung *Trouw* lese, anschließend ein paar Partien FreeCell spiele und dann all meinen Wordfeud-Mitspielern ein Wort liefere, um Gegenwörter legen zu können. Anders als normalerweise träume ich wild und unruhig. Neulich hat Dolf Verroen mich verwundert gefragt: »Aber machst du denn nichts mit diesen Träumen?« Ich fragte, was er damit meinte. »Dass du sie analysierst.« Nein, antwortete ich, das mache ich nie. Heute Morgen zum Beispiel saß ich bei Nadine, das ist eine frühere Schwiegertochter von Christa, mit der ich mich gut verstehe, im Auto. Nicht in der Eifel, sondern auf der Straße von Barsingerhorn nach Wieringerwaard. Sie fuhr viel zu schnell. Noch andere Leute saßen im Auto, wer, weiß ich nicht. Es kann sein, dass meine Schwester auf der Rückbank saß. Ich wusste, dass es nicht gutgehen würde. Wir flogen aus der Kurve, ein Baum kam auf uns zu, aber der Wagen rutschte ganz gemächlich und mit großem Abstand um ihn herum und kam rückwärts auf einer Wiese zum Stehen. Es war sehr still. Dann wachte ich auf. Tja, wie soll man das nun deuten. Alles ist schrecklich, aber letztendlich doch längst nicht so schlimm?

– 32 –

Montagvormittag. Heute ist angeblich »Blue Monday«, und vergangene Nacht war ein Blutmond zu sehen. Ich habe ihn verpasst, weil ich den Wecker nicht gestellt habe. Ich bin von selbst aufgewacht, in Sint Nicolaasga. In der Nacht hatten wir starken Frost, der Garten ist bereift, die Teiche sind fest zugefroren. Dohlen und Turteltauben picken das Vogelfutter auf, das hier in riesigen Mengen ausgestreut wird. Sie streiten sich darum, fliegen auf, landen, streiten sich wieder, verschwinden alle auf einen Schlag und kommen nacheinander zurück. Ich sitze am Tisch im Wohnzimmer. Dolf ist in seinem Arbeitszimmer, Gerard hat in seiner Eigenschaft als Standesbeamter heute schon zwei Trauungen vollzogen (montags vormittags ist das kostenlos und dauert nur fünf Minuten), und Anja ist in der Küche mit Silberpolieren beschäftigt. Sonnenlicht fällt ins Zimmer, das Silber, das Anja an seinen Platz zurückstellt, funkelt. Ich habe gut geschlafen, aber erneut wild geträumt. Was, habe ich vergessen. Gut für die Leser, denn sonst hätte ich den Traum hier erzählt. Ich hasse es, wenn Schriftsteller Träume beschreiben (vermutlich, weil ich mich dann verpflichtet fühle, den Traum zu deuten, wozu ich aber gar keine Lust habe, weil ich mit der Geschichte weiterwill. Also aus dem gleichen Grund, weshalb ich Metaphern hasse, die mich beim Lesen ebenfalls sehr stören), und ich kann mir vorstellen, dass es anderen Lesern auch so geht. Der Autounfalltraum, den ich geschildert habe, wird der einzige bleiben. Versprochen.

Es ist, als müsste ich mich selbst wiederfinden. Als müsste ich mich aus dem dichten Nebel der vergangenen Monate lösen und wieder Form annehmen. Gestern Mittag haben wir bei Andrea Kluitmann gegessen, anschließend bin ich mit Dolf und Gerard nach Friesland gefahren. Das lag an Gerard, der mich fragte, ob ich nicht wieder einmal zu ihnen in den Norden kommen wollte, obwohl ich doch zum Jahreswechsel schon dort war. »Bestimmt«, antwortete ich. »Nein«, schrieb er, »ich meine, ob du nicht am Sonntag mit zurückfahren willst.« Er vermutet zu Recht, dass ich das schön finde, dass ich Gesellschaft brauche, Tapetenwechsel. Es war Sonntag, weshalb ich zum Essen drei Gläser Weißwein getrunken habe. Es war gemütlich, es wurde genüsslich getratscht, Andrea hatte allerhand Leckeres zubereitet. Während der Fahrt wurde es dunkel. Über dem Flevopolder und dem Noordoostpolder war der Himmel wunderschön orange gefärbt. Am Abend fühlte ich mich ganz miserabel. Dass wir zu dritt die Backsendung Heel Holland Bakt sahen, hielt mich halbwegs aufrecht. Der nette rothaarige, gehörlose Junge schied aus, er weinte bitterlich. Zusammen mit ihm verschwand auch der Gebärdendolmetscher. Früh zu Bett. Lesen in *Zwei Mädchen und ich* von A.H. Nijhoff, einem Buch, zu dem ich nur schwer Zugang finde. Es ist eine Aufzählung, ein Vom-Hölzchen-aufs-Stöckchen, es ist nicht das, was ich unter einem Roman verstehe. Das Fenster stand offen, ich mag es, wenn es im Schlafzimmer sehr kalt ist. Beim Lesen fielen mir die Augen zu. Auch das ist schön, nur schade, dass dann niemand anders da ist, der leise das Licht ausschaltet, denn die Bewegung, das Tasten nach dem Schalter, reicht schon, um mich wieder hellwach zu machen. Trotzdem bin ich schnell eingeschlafen, und als ich heute Morgen aufwachte, war es schon hell.

Dolf und Gerard wollen mich mit Arno Brok verkuppeln. Arno ist Kommissar des Königs für die Provinz Friesland. Vor langer Zeit bin ich ihm einmal begegnet, ich glaube, dass er damals noch Bürgermeister von Sneek war. Er hat tüchtig abgenommen, sagen Dolf und Gerard. Sie wissen, dass ich – wenn es ums Körperliche geht – dicke Männer nicht besonders mag. Er habe vor Kurzem nach mir gefragt. Wie es dem »freundlichen Jungen« so gehe.

»Nein«, korrigiert Dolf Gerard, »meiner Ansicht nach hat er ›netter Junge‹ gesagt.«

Ich bin sechs Jahre älter als Arno.

»Macht nichts«, sagt Gerard. »Er steht auf Ältere.«

Dass sie es ernst meinen, habe ich gestern Abend beim Essen gemerkt. Dolf fragte mich, ob sie mehr Leute einladen sollten oder ob es doch besser wäre, zu viert zu bleiben. Ich fragte ihn, was er meinte. Na ja, das Wiedersehen von Arno und mir natürlich. Ach so. Unbewusst beschäftigt es einen dann doch. Ich machte mir gleich Sorgen. Wenn ich bloß nicht mitkommen muss, wenn er irgendeinen Termin beim König und bei Maxima hat, einen Neujahrsempfang oder dergleichen. Dem bin ich nämlich nervlich nicht gewachsen. In *Jasper und sein Knecht* habe ich von einem Lunch in Anwesenheit von Königin Beatrix im Paleis Noordeinde berichtet, bei dem auch ein Frans-Molenaar-Anzug eine Rolle spielt, der hinterher von den Achseln bis zum Jackettsaum durchgeschwitzt war.

Neulich war ich noch einmal in Dolfs und Gerards altem Haus, etwa zwei Kilometer von hier. Ein völlig anderes Haus, groß und dunkel. Alt. Kleine Fenster, knarrende Dielen. Umgeben von dunklem Wald und riesigen Rhododendren. Ein Haus mit einer Vergangenheit. Ein Haus, in dem ich viele Leute kennengelernt habe. Andere bewohnen es jetzt, und zwei Hunde. Vor allem das war ganz merkwürdig. Diese Hunde. Vor zwölf Jahren habe ich folgendes Gedicht geschrieben:

DER GANG

Lass mich nur hier im Gang,
da kann man warme, helle Tage überstehen,
denn: lang verflossne Zeiten herrschen hier.

Lass mich nur hier im Gang;
da ist es dunkel und voll Drama,
mit Türen, angelehnt, sacht neben mir.

Lass mich doch bitte schön in diesem Gang,
ich will nicht mitgenommen werden,
ich möchte nichts als trocknes Leder riechen
und stillen Staub auf hohen Rändern.

Lass mich doch bitte schön in diesem langen Gang,
bohner ihn mit Bienenwachs,
lass die Fenster grau,
wisch nicht das Spinnweb von den Wänden,
schieb die Matte WELCOME
sehr weit weg von mir.

Dieser Gang war der Flur im alten Haus. Und dies ist schon das zweite Gedicht, das ich aus dem Ordner *Verse* herausfische, weshalb ich mir die Frage stelle: Wie ging es mir eigentlich damals, vor zehn oder zwölf Jahren? Ich glaube, gar nicht so schlecht, ich habe viel geschrieben, Bücher von mir sind erschienen. Eine Zeitlang schwamm ich, ohne etwas zu relativieren, auf der Welle des Erfolgs. Trotzdem ist in den Gedichten ein Unterton von Melancholie hörbar, stille Verzweiflung vielleicht, der Wunsch, gerettet zu werden. Ich lasse den Ordner einfach noch eine Weile, wo er ist, es ist ein Unter-Unterordner im Ordner ALTE WP-DOKUMENTE.

– 33 –

DER KINDERBUCHAUTOR

Einer der Menschen, die ich bei Dolf und Gerard kennengelernt habe, war Paul Biegel. Mensch, Paul Biegel!, dachte ich. Es war bei einem Fest; was gefeiert wurde, weiß ich nicht mehr. Es war in der Zeit, als ich dort Wände anstrich, ich war noch lange kein Schriftsteller. Paul fuhr nach Amsterdam zurück, ich fuhr mit. Irgendwo unterwegs hielten wir an. Es war mitten in der Nacht, es war neblig. Wir stiegen beide aus, um zu pinkeln, vielleicht war es auf dem Abschlussdeich. Paul hielt sich aufrecht, ich schwankte stark. Weit nach Mitternacht kamen wir in Amsterdam an, und ich begleitete Paul in seine Wohnung. Dort briet er ein Ei, und anschließend gingen wir zusammen ins Bett. Es war ein Einzelbett. Ich war Mitte zwanzig, Paul dreiundsechzig, und er hatte infolge einer lange zurückliegenden Krebserkrankung ein Stoma. Ich kann mich an nichts aus dieser Nacht erinnern. Was ich aber weiß, heute weiß, ist, dass ich mit ihm ins Bett gegangen bin, weil er Paul Biegel war. Und dass oben auf einem Schrank eine kleine Peitsche lag.

Ich war der Anstreicher von Dolf und Gerard, nun wurde ich auch der Anstreicher von Paul Biegel. Ich war Student und konnte immer Geld gebrauchen. Er wohnte in einem Haus an der Keizersgracht, einem dieser komplizierten Häuser mit Hinterhaus. Ein prachtvolles Haus war es, oder besser gesagt: hätte es sein können, wäre es einmal gründlich renoviert worden. Von all den Malerarbeiten ist mir vor allem im Gedächtnis geblieben, dass dabei grundsätzlich Kabel und Drähte und anderes Zeug im Weg waren; nie war ich mit dem Ergebnis zufrieden, weil man einfach nicht schön gleichmäßig rollen konnte. Paul gehörte zu denjenigen, die ihr Zuhause behelfsmäßig selbst in Ordnung halten. Er hatte auch eine Katze, einen dicken roten Kater. Im Wohnzimmer stand ein Flügel, auf dem Esstisch in der Küche immer eine angebrochene Flasche Rotwein. Paul bereitete gern Lammfleisch mit Pflaumen zu, vielleicht setzte er das allen Gästen vor. Zum Kaffee gab es Jacob's Cream Crackers mit zerbröckelter Schokolade. Am Kamin in der Küche hingen Fotos, unter anderem eins von Paul. Er trug eine Wollweste und war aus der Untersicht fotografiert, weshalb sein Kinnbart drohend vorragte. Es war kein schönes Foto. Sein Blick und seine ganze Erscheinung waren dominant, herrisch, Furcht einflößend. Außerdem hing dort ein Foto von Arthur, seinem Sohn. Der war tot, er hatte sich auf dem Dachboden des väterlichen Hauses erhängt. Ein hübscher Junge. Damals hatte ich noch kein einziges Buch von Paul Biegel gelesen, erst Mitte der Neunziger las ich *Nachts kommen sie*. Er hatte eine Schwester; ihren Namen weiß ich nicht mehr, nur dass ich nie zuvor eine so kleine, zarte, zerbrechliche Frau gesehen hatte. Fast unwirklich klein. Auch im Wohnzimmer gab es einen offenen Kamin, den ich aber nie habe brennen sehen. In der Wohnung unter ihm wohnte ein amerikanischer Cembalobauer. Ebenfalls schwul. Das ganze Haus war schwul.

Das kleine Zimmer des Hinterhauses, in das man von der Küche aus hineinblicken konnte, war hin und wieder, aber nicht immer, bewohnt. Ich glaube mich an einen Mathematiker zu erinnern, einen langen, schlaksigen Mann, der kaum in das Zimmerchen hineinzupassen schien, so winzig war es. Ich weiß nicht, ob Paul eine Beziehung mit seinen Mietern hatte. Als 1925 Geborener gehörte er einer Generation von Männern an, die von Psychologen noch zu hören bekamen, sie sollten einfach heiraten, weil »es dann schon vorübergehen« werde. Einer Generation, in der solche Ratschläge auch tatsächlich beherzigt wurden. Er hatte geheiratet und zwei Kinder bekommen, einen Sohn und eine Tochter. Seine Frau und er trennten sich, sind aber bis zu seinem Tod verheiratet geblieben.

Paul hatte die Gewohnheit, mich zu begrapschen, während ich anstrich. Ich fühlte mich sehr unbehaglich dabei, aber ich war zu unsicher, um dem ein Ende zu machen. Manchmal blieb es nicht bei Unbehagen, dann wurde ich wütend. Er tat, als hätten wir eine Beziehung. Auf die eine Nacht mit dem gebratenen Ei war keine weitere Nacht gefolgt, doch er dachte sich ständig neue Arbeiten für mich aus, damit ich in seiner Nähe blieb. Dann betatschte er meinen Hintern oder küsste mich fest auf die Augen. Das tat er am liebsten: sehr fest meine geschlossenen Augen küssen, was sich jedes Mal wie eine Beschwörung anfühlte, wenn nicht gar wie ein Fluch: Ich bin in dir, und du wirst mich nie mehr los. Herrisch. Das Belecken meines Halses rief das gleiche Gefühl hervor. Er hatte etwas Gefährliches, Unheimliches an sich, das auch auf Fotos sichtbar ist. Jedenfalls für mich. Irgendwann wollte ich nicht mehr bei ihm arbeiten, das war meine Art zu sagen, dass ich keine Lust hatte, ständig befummelt zu werden. Andererseits war es schade, denn trotz der für mein Empfinden eher dunklen Seiten war er ein netter Kerl. Er hätte ein echter Freund sein können. Immer hatte er etwas Schönes zu erzählen.

Dann dachte er sich etwas Neues aus: Er wollte massieren lernen. Er engagierte einen Masseur, der es ihm beibringen sollte, und ich war das ideale Übungsobjekt, vielleicht weil ich damals ziemlich viel Eisschnelllauf trainierte und deshalb »überstrapazierte Muskeln« hatte. Die Unterrichtsstunden fanden in dem winzigen Hinterzimmer statt, das offenbar vorübergehend nicht vermietet war. Ich erinnere mich, dass jemand sagte: »Du hast so wunderbar lockeres Bindegewebe.« Es wird der Masseur gewesen sein, denn Paul wusste bestimmt nicht, was Bindegewebe ist oder wo man es findet. Der Masseur machte etwas vor, Paul machte es nach, vor allem dem »Lendenbereich« wurde viel Aufmerksamkeit zuteil. Außerdem wurden erhebliche Mengen wohlriechender Öle verbraucht. Ich vermute, es ging Paul vor allem ums Zuschauen, er wird kaum die Absicht gehabt haben, ein richtiger Masseur zu werden.

Nach Pauls Tod im Jahr 2006 hat Dolf unter anderem Folgendes über ihn geschrieben: »Er war glücklicherweise sehr kompliziert, sodass man mit ihm immer etwas zu besprechen hatte.« Das finde ich schön gesagt, denn meistens wird Kompliziertheit nur als etwas Lästiges empfunden. Er lachte nicht einfach nur, er krähte, und wenn er richtig Spaß hatte, konnte er einem grob auf die Schulter schlagen, oder anderswohin. Er lachte sehr oft, so gesehen war er ein gut gelaunter Mensch oder schien es zu sein. Er hat mir nie beim Schreiben helfen wollen. Einmal hat er etwas von mir gelesen – es muss mich große Mühe gekostet haben, ihn dazu zu bewegen –, und sein Kommentar war kurz und bündig: »Ich habe selten so viel Unsinn auf einem Haufen gesehen.« Das war doch Kritik, von der man etwas hat. Seine Tochter hat mir später erzählt, dass er kurz vor seinem Tod in *Oben ist es still* gelesen hat und dass es ihm gut gefiel. Erst jetzt wird mir bewusst, dass er da ein Buch las, das auch als Geschichte einer beschnittenen Sexualität gelesen werden kann. Hat er möglicherweise viel von seinem eigenen Leben darin wiedererkannt?

Warum lassen Menschen solche Situationen fortdauern? Warum bin ich nicht viel früher einfach weggelaufen? Warum habe ich nicht irgendwann gesagt: »Paul, würdest du mich bitte mal in Ruhe lassen?« Liegt es an der einen Nacht, dem ersten Mal, dass man sich verpflichtet fühlt, »nett« zu bleiben, oder sogar das Gefühl hat, dem anderen etwas schuldig zu sein? Ist es Mitleid, also Altruismus, wenn man dem anderen gefällig ist und ihn gewähren lässt? Fühlt man sich trotz allem geschmeichelt, wenn man zum Lustobjekt gemacht wird? Sodass man auf dem Umweg über die Augen und Handlungen des anderen für sich selbst zum Lustobjekt wird? Ich hätte ihn einfach wegschieben können, er war zwar nicht so außergewöhnlich klein und zerbrechlich wie seine Schwester, aber als groß und kräftig kann man ihn nicht gerade bezeichnen.

Ich besuche ihn noch manchmal. Er liegt auf dem Friedhof Zorgvlied bei seinem Sohn Arthur. Annie M.G. Schmidt liegt nicht weit entfernt.

– 34 –

Immer noch in Sint Nicolaasga. Wir haben nichts Konkretes abgemacht, auf jeden Fall kein Abreisedatum. Auf meinem iPhone habe ich gesehen, dass es heute noch schneien soll. Ein einziger Spatz sitzt beim Vogelfutter. Ein aufgeplusterter Spatz, der träge, fast abwesend, herumpickt. Gestern habe ich bei Jumbo eingekauft und abends gekocht. Wir haben sechs Runden Tock gespielt. In den Abendnachrichten – wir sitzen dann zu dritt auf einem nicht allzu großen Sofa – Bilder vom ersten Natureis-Marathon in Haaksbergen. Es ist Winter, der 22. Januar.

In Schwarzbach waren es vergangene Nacht, wenn ich meiner Wetter-App glauben darf, dreizehn Grad unter null. Ich müsste dort ständig heizen. Neulich habe ich zu Nachbar Klaus gesagt, dass ich auf einen milden Winter hoffe, damit bestimmte Sträucher in meinem Garten diese Jahreszeit ausnahmsweise unversehrt überstehen. Natürlich geht das, ein Garten in der Eifel, aber einfach ist es nicht. Als ich das letzte Mal hingefahren bin, habe ich einen Beutel mit Gartenentwurf-Utensilien mitgenommen. Dicke Markierstifte, Fineliner, Lineale, Geodreieck. Für eine Zeichnung des Vorgartens. Bisher ist alles ohne Entwürfe entstanden. Die Teile des Gartens neben und hinter dem Haus sind weitgehend fertig. In dem steilen Waldstück bleibt immer etwas zu tun, der Kampf gegen das Unkraut ist längst nicht gewonnen.

Weil nun die Mauer einen Teil des Vorgartens umgibt und ich dort das drei mal anderthalb Meter große Hochbeet gebaut habe, verspüre ich den Wunsch, den Vorgarten gründlich umzugestalten. Nach einem Plan. Wege, Frühbeete, Hecken, ein erhöhter Teich, Blühpflanzen, ein Holzzaun, den ich schwarz streichen werde. Es ist eine beachtliche Fläche, Stadtbewohner wären glücklich, wenn sie hinterm Haus einen gleich großen Garten hätten, und bisher habe ich diesen Platz nicht wohlüberlegt genutzt, sondern wie es sich gerade ergab, bedingt durch das schon Vorhandene. Vorhandenes darf man entfernen, aber manchmal dauert es eine Weile, bis einem das bewusst wird. Und natürlich wird es einiges kosten, vor allem ein etwa zehn Meter langer Holzzaun. Aber das ist mir egal. Dafür muss eine Fichtenhecke weichen, mit einer einzigen Eibe dazwischen. Diese Hecke habe ich im ersten Jahr selbst geschaffen, indem ich eine Reihe magerer kleiner Fichten, die dort schon standen, geköpft und immer wieder zurückgeschnitten habe. Es wird mir nicht leichtfallen, sie umzusägen. Aber die Eibe möchte ich behalten und in Form schneiden. Eine Eibe vor einem schwarzen Zaun.

Es ist gut, dass ich Pläne für den Garten habe. Gerade habe ich hier ein Vogelbuch herumliegen sehen. Es ist auch gut, dass es Vögel gibt. Vögel geben mir ein gutes Gefühl.

Mittlerweile schneit es. Pulverschnee. Wahrscheinlich fahren keine Züge mehr. Natürlich wird es noch eine Weile dauern, bevor ich wirklich mit der Arbeit anfangen kann, gerade in der Eifel, wo März und April oft die kältesten Wintermonate sind. Aber bei Gärten sind das Nachdenken über sie und das Planen schon die halbe Zufriedenheit.

– 35 –

Ich habe etwas über mein *Junior Etymologisch Woordenboek* herausgefunden. Man kann es auf Bol.com bestellen, bei einem Buchgroßhandel in Almere. Das ist seltsam, weil der Verlag schon vor Jahren bankrott gemacht hat und ich damals meine Tantiemen in den Wind schreiben konnte. In *Jasper und sein Knecht* habe ich erwähnt, dass wahrscheinlich ungefähr viertausend Exemplare in irgendeinem Lager verstauben. Das ist also offensichtlich nicht der Fall. Ich nehme an, dass dieser Großhandel sämtliche Exemplare aus der Insolvenz aufgekauft hat. Sie werden zum Normalpreis von 27,50 € angeboten. Vermutlich sind durch die Insolvenz auch alle bestehenden Verträge hinfällig geworden, weshalb der Großhandel im Grunde nichts mit mir zu schaffen hat und mir keine Tantiemen zu zahlen braucht. Das Wörterbuch ist 2006 erschienen. Es war eine sogenannte überarbeitete und erweiterte Ausgabe von zwei älteren, separat herausgegebenen Wörterbüchern, ich habe Einträge gestrichen und etliche neue hinzugefügt. Eine Heidenarbeit, allein schon, weil der Verlag die Satzdateien der beiden älteren Wörterbücher nicht herausrücken wollte. Ich selbst hatte sie nicht mehr, da sie beim Wechsel von meinem alten PC zu einem Mac verloren gegangen waren. Es war eine Art Krieg, in dem man Verbündete finden musste, um den großen Feind, den widerstrebenden Verlag, besiegen zu können. Diese Verbündeten waren unter anderem der Umschlaggestalter der ursprünglichen Ausgabe und eine alte Lektorin. Ziemlich aufregend. Obwohl die Neuausgabe nun auch schon dreizehn Jahre zurückliegt, ist das Wörterbuch nicht veraltet, die Herkunft von Wörtern bleibt die Herkunft von Wörtern, daran ändern dreizehn Jahre nichts. Wenn es tatsächlich so ist, dass die alten Verträge nicht mehr gelten, könnte es neu aufgelegt werden. Ich habe kurz darin geblättert, denn es steht hier bei Dolf im Regal. Es gefällt mir, ich empfinde den Text noch als frisch. Das Problem ist, dass ich auf meinem Laptop leider keinen Umbruch gespeichert habe. Der gesamte Text ist in fast endgültiger Form vorhanden, bei allem rot Markierten handelt es sich um Änderungen, die übernommen worden sind. Es muss die letzte Fassung vor dem Umbruch gewesen sein.

Nur: Wer interessiert sich für ein solches Wörterbuch? Lassen sich Wörterbücher überhaupt noch verkaufen? Im Internet kann man heute so viel finden, Etymologisches zum Beispiel auf etymologiebank.nl. Immerhin könnte ich aber mal bei diesen Buchgroßhändlern anrufen und fragen, wie sie zu dem Restbestand gekommen sind. Ich habe zu Hause genau ein Exemplar und hätte gern mindestens weitere zehn. Für die ich lieber nicht 257 Euro bezahlen würde. Vielleicht lassen sie sich erweichen. Vielleicht sind sie sogar doch noch verpflichtet, mir Tantiemen zu zahlen.

Ansonsten tut sich immer noch einiges mit den Büchern, die ich inzwischen »altbackenes Brot« nenne. *Oben ist es still* erscheint in Albanien (ich kann mir gut vorstellen, dass ich eine eventuelle Einladung zur Buchvorstellung freundlich, aber entschieden ablehne), *Juni* in Spanien und Katalonien, *Birnbäume blühen weiß* in Frankreich. Die Originalausgabe dieses Buches ist 1999 erschienen, vor zwei Jahrzehnten. Wenn man nur lange genug wartet und zehn Jahre keine Romane schreibt, wird so ein Buch ganz von selbst zu einem »modernen Klassiker«, und das ist etwas, worauf im Augenblick alle Verlage ganz wild sind. Es erscheint bei Grasset und nicht bei Gallimard.

Obwohl ich mir vorgenommen hatte, nie mehr einen Verlag zu wechseln, weil das nur Ärger bringt, ist es in diesem Fall wegen eigenartiger Vorkommnisse doch zu einem Wechsel gekommen. Mein Verlag Cossee hatte schon seit Jahren versucht, die *Birnbäume* an andere als nur einen deutschen, spanischen und katalanischen Verlag zu verkaufen, natürlich auch an meinen französischen Verlag. Ohne Erfolg. Bis Grasset ein Angebot vorlegte. Was nicht so merkwürdig ist, weil mein Lektor bei Gallimard, Jean Mattern, zu Grasset gewechselt hat. Unmittelbar nach diesem Angebot kam dann doch ein Angebot von Gallimard, einschließlich einer sehr langen Mail von meiner neuen Lektorin dort. Einer Mail, die an meine Gefühle appellierte, in gewisser Weise ein ziemlich ungehöriges Schreiben. Sogar der an Krebs verstorbene Vater der Lektorin musste dafür herhalten. Ich meine, solche Fragen müssten rein geschäftlich behandelt werden, zwischen den Verlagen. Ich habe nicht geantwortet, sondern die Mail an Cossee weitergeleitet. Wir entschieden uns für Grasset, und da Jean Mattern nun dort arbeitet, ist es gar nicht unbedingt ein Wechsel, man könnte eher sagen, dass ich meinem Lektor folge. Einen Monat später wurde die Lektorin von

Gallimard entlassen. Die *Birnbäume* wären im Durcheinander des Übergangs untergegangen.

Caecilia Andriessen, mit der Dolf und Gerard und ich Silvester gefeiert haben, hat sich bei einem Sturz die Hüfte gebrochen. Sie ist operiert worden und will nun nicht mehr aufwachen. Das ist wörtlich zu verstehen: Die Narkose konnte eigentlich normal ausgeleitet werden, Caecilia liegt nicht im Koma. Es hat sich schon eine WhatsApp-Gruppe namens ZUSTAND CAECILIA gebildet. Den ganzen Tag kommen Töne aus den Telefonen von Dolf und Gerard.

Am Donnerstagnachmittag reise ich ab. Ich nehme den Bus zum Bahnhof Heerenveen, lese im Zug *De Groene Amsterdammer*, starre aber auch viel aus dem Fenster und merke, dass meine Gedanken unbewusst in alle Richtungen schweifen. Denken, ohne zu denken. Überall ist es noch weiß. Der Zug ist proppenvoll. Neben mir sitzt ein zu groß geratener Mann, auf der anderen Seite des Mittelgangs eine Frau, mit der er reist. Mein Rucksack steht zwischen meinen Beinen, der Arm meines Nachbarn drückt ununterbrochen gegen meinen. In Amersfoort werden etliche Plätze frei, auch nebenan. Mein Nachbar bleibt sitzen, denn, so sagt er halb zu seiner Reisegefährtin und halb zu mir: »Wenn ich jetzt aufstehe, bekommt der Herr neben mir Trennungsangst.«

– 36 –

Als der Therapeut mit dem Kaffee hereinkommt, verstecke ich blitzschnell meine Hände unter der Tischplatte. Und darin die kleine Uhr von seinem Tisch. Mir war aufgefallen, dass sie drei Uhr anzeigte, obwohl es zwei Uhr war. Außerdem, dass es der Zitronengeranie ziemlich schlecht geht. Der Pflanze konnte ich so schnell nicht helfen, aber ich konnte wenigstens die Uhr stellen. Dabei war das Zifferblatt aus dem Gehäuse gefallen.

»Was machst du?«, fragt der Therapeut.

Ich zeige ihm meine Hände mit der Uhr. »Ich hab die Uhr kaputt gemacht.«

Er muss lachen und ich auch.

»Mann«, sagt er. »Dass wir hier zusammen noch mal so lachen würden …«

»Vergangene Woche habe ich mich auch ein paarmal dabei ertappt, dass ich laut gelacht habe«, sage ich. »Einmal, als Dolf den Kühlschrank aufmachte und die Frikadellen entdeckte, die Gerard und ich am Vortag gekauft hatten. ›Ha, lecker! Frikadellen!‹, rief er. Darüber hab ich mich kaputtgelacht.«

»Warum?«

»Tja, über die Art, wie er da stand und in den Kühlschrank schaute und wie er es sagte. Ich glaube, man musste einfach dabei sein.«

»Wir nennen das eine Affektbrücke«, erklärt der Therapeut, nachdem ich ihm von den zahlreichen Erinnerungen, Bildern und Gefühlen aus meiner Vergangenheit erzählt habe. Er nickt beifällig.

»Und dass ich in den letzten Monaten so oft an das erste Mal denken musste, damals in Leeuwarden, als ich achtzehn war«, füge ich hinzu. »Oder neunzehn.«

»Auch eine Affektbrücke.«

»Alles völlig unverstanden. Und dass ich mich an gemütliche Abende geklammert habe, an die Nacht, an *Suske und Wiske*-Comics und alte Kinderbücher und an den Hund und an Erinnerungen an Sinterklaas-Abende von früher.«

»Du solltest Schriftsteller werden«, sagt er.

»Hahaha.«

»Etwas anderes hätte es nicht sein können.«

»Nein«, sage ich. Ich zeige auf ein großes, von ihm selbst gemaltes Bild, das immer schon in seinem Sprechzimmer gehangen hat. »Zeichnen kann ich überhaupt nicht, Musik war auch nichts für mich, nach drei Jahren Klavierunterricht konnte ich immer noch keine Noten lesen. Nur das Theaterspielen, das hatte was. Damit konnte ich etwas ausdrücken, wobei ich jetzt mal dahingestellt sein lassen will, wie gut ich war und was die Zuschauer davon hielten.«

»Du darfst nicht vergessen, dass es vielen Leuten etwas gibt«, sagt er, als ich meine Zweifel im Hinblick auf einen zweiten Band für die Privé-domein-Reihe zur Sprache bringe.

»Kann schon sein«, sage ich. »Aber es bleibt die Frage nach dem Warum. Die lässt sich eigentlich nicht beantworten.«

»Diese Frage darfst du gar nicht beantworten wollen.«

»Trotzdem plagt sie mich, obwohl ich mir sage, dass es kaum eine Rolle spielt, was in einem Buch steht, ob es ein Roman oder ein Tagebuch ist.«

»Ich bin verrückt nach den Privé-domein-Büchern.«

»Ich auch, ich lese sie schon mein Leben lang. Wenn ich mich recht erinnere, habe ich mit Edmond und Jules de Goncourt angefangen.«

»Kenne ich nicht.«

»Doch, vom Prix Goncourt in Frankreich. Weißt du, was ich bei Suhrkamp so toll fand? Dass sie *Jasper und sein Knecht* ganz ohne Genrebezeichnung rausgebracht haben. Nicht ›Roman‹ oder ›Memoiren‹ oder ›Tagebuch‹, nein, einfach nur der Titel und mein Name. Die Leser finden dann schon selbst heraus, was es ist. Aber okay, dann sitzen sie auf einmal in der ersten Reihe und fragen mich nach dem Warum von so einem Buch.«

»Hatten wir nicht abgemacht, dass wir hier nicht über Literatur sprechen?«

»Es macht mir aber Spaß«, erwidere ich. »Ich schreibe einfach alles auf, gerade wo es jetzt um Beziehungen zu gehen scheint, oder ihre Unmöglichkeit. Ums Alleinsein. Und natürlich die verdammten Tabletten.«

»Aha«, sagt er. »Wird es eine einzige große Kontaktanzeige?«

Darüber muss ich kurz nachdenken. »Tja«, sage ich dann. »Vielleicht schon.«

»Ich habe mit *Grand Hotel Europa* angefangen«, sagt er.

»Und?«

»Ich gehöre zu denen, die Bücher erst mal zu Ende lesen.«

»Also, ich hab gelernt, ein Buch einfach wegzulegen oder zu verschenken, wenn's mir nicht gefällt.«

»Es wird Zeit, Gerbrand.«

»Ja«, sage ich. »Du hast selbst von Literatur angefangen.«

Darauf geht er nicht ein. »Mach noch eine Zeitlang weiter, aber mit fünfzehn Milligramm. In einem Monat können wir dann noch mal überlegen.«

»Gut«, sage ich und mache in Gedanken aus dem Monat eine Woche.

Draußen ist es nass und unglaublich kalt. Nasskalt. Eine rote Katze läuft vorbei, das wird der Kater von dem italienischen Restaurant sein, der dafür sorgt, dass die Katze des Therapeuten sich nicht mehr aus dem Haus wagt. Ich schließe mein Fahrrad los, wende es und fahre die Straße hinunter. Als ich den roten Kater überhole, sage ich: »Mistvieh.« Ein bisschen die Nachbarschaft tyrannisieren.

– 37 –

Eifel. Die Öfen brennen, der in der Küche summt und knackt. Wenn man sich gut fühlt, legt man sich auf eine der Küchenbänke und schließt die Augen. Hin und wieder hört man dann ein Auto vorbeifahren, es klingt nach Nässe. Die Straße ist die ganze Nacht schneefrei gehalten worden, mit viel Lärm und rotem Blinklicht, das durch mein Schlafzimmer streifte. Ungefähr fünfhundert Meter von meinem Haus gibt es ein Salzdepot. Dieses Stück ist immer als Erstes an der Reihe. Gestern habe ich frisches Vogelfutter ausgestreut und Meisenknödel aufgehängt. Heute sind alle wieder da, einschließlich des Eichelhähers, der in drei, vier Anflügen den ganzen Futtertisch leert. Manchmal versucht er, einen Meisenknödel mit einem einzigen Ruck abzureißen. Das schafft er nicht. »Häher« gibt lautmalerisch den Ruf des Vogels wieder, man vergleiche den volkstümlichen niederländischen Namen *schreeuwekster*, wörtlich Schreielster. Ich bin kurz vor acht aufgestanden. Weil ich aus dem Bett wollte. Das ist lange nicht mehr vorgekommen. Frühstück im grauen Morgenlicht.

Chemische Kriegführung. Dieser Begriff ist mir gestern plötzlich in den Sinn gekommen, seltsamerweise aber in der englischen Form: *chemical warfare*. Was sich in den vergangenen Monaten abgespielt hat, war weniger der Kampf gegen eine Depression als der Kampf gegen eine durch ein Medikament verursachte Depression. Macht das die Sache noch schlimmer als ohnehin? Nun ja, teilweise war es für die Wut verantwortlich, über die ich bereits geschrieben habe. Heute begreife ich nicht, warum ich im September, als ich doch spürte, dass etwas ganz und gar nicht gut lief, die Tabletten nicht abgesetzt habe. Ich nahm eine Vierteltablette und kroch auf den Knien über die Steinchen in der Einfahrt, um Unkraut zu jäten – weil ich irgendetwas tun wollte, in Bewegung bleiben wollte. Mir war klar, dass es am Escitalopram lag. Ich wusste, dass so etwas vorkam; wenn ich recht informiert war, sogar mehr oder weniger regelmäßig: Zuerst geht es einem schlechter, dann besser. Das ist der Grund, weshalb ich im September nicht aufgehört habe. Ich begreife es also doch.

Außerdem erinnerte ich mich, dass es mir schon einmal – vor zwei Jahren? – eine, vielleicht auch zwei Wochen lang genauso ergangen war, weil ich eine Äußerung meines damaligen Hausarztes wörtlich genommen hatte: »Wenn Sie wieder anfangen wollen, tun Sie es ruhig mit voller Ladung.« Das ging offensichtlich nicht. Damals konnte ich Witze darüber machen, ich sagte zu Freunden und Bekannten, es sei doch ein Glück, dass ich auf dem Beipackzettel gelesen habe, die Einnahme könne Suizidneigungen auslösen, und genau das sei der Grund, dass bei mir keine Neigungen dieser Art auftreten: Weil ja auf dem Beipackzettel davon die Rede sei, würden mich solche Gedanken nicht erschrecken.

Nach Scherzen war mir jetzt nicht zumute. Wenigstens schaffte ich es, mir selbst immer wieder zu sagen, dass das, was mir geschah, in erster Linie durch ein Medikament verursacht wurde, auf das ich sehr schlecht reagierte. Ich stellte mir die Tablette als eine Art Paracetamol vor, das nicht wirkte. Schade. Also Zähne zusammenbeißen. Schmerzen sind nicht angenehm, aber meistens von vorübergehender Natur. Um noch einmal auf meinen Darm zurückzukommen: Natürlich habe ich die Morphinpumpe nicht benutzt. Die Schmerzen, die ich nach der Operation hatte, waren so unvergleichlich viel harmloser als die davor, dass allein der Anblick der Mauersegler, die unbekümmert vor dem Fenster des Onze

Lieve Vrouwe Gasthuis vorbeisausten, schon ausreichte, um sie zu betäuben. Zwei Monate später hätte ich alles dafür gegeben, die von mir verschmähte Morphinpumpe neben meinem Sofa stehen zu haben.

Irgendwann während der vergangenen nebligen Monate kam es mir so vor, als würde sich alles, woran ich in meinem Leben je gelitten habe, zusammenballen. Diese große Ähnlichkeit mit dem ersten Mal, mit der Leeuwarden-Zeit – die ich in *Jasper und sein Knecht* geschildert habe. Tagsüber nicht da sein zu wollen, die Dunkelheit zu lieben, die Nacht. Abends ruhelos durch die Gegend zu radeln und in fremde Häuser zu schauen; sich dadurch ein Gefühl der Sicherheit und Geborgenheit verschaffen zu wollen und gleichzeitig beim Anblick dieser Familien, dieses Lebens hinter geschlossenen Türen und großen Fenstern ohne Vorhänge, einen Kloß im Hals zu haben vor lauter Beklemmung und Angst. Dissoziation. Ich habe für die Leser einmal bei Wikipedia nachgesehen: »Dissoziation bezeichnet das (teilweise bis vollständige) *Auseinanderfallen* von psychischen Funktionen, die normalerweise zusammenhängen. Betroffen von dissoziativer Abspaltung sind meistens die Bereiche Wahrnehmung, Bewusstsein, Gedächtnis, Identität und Motorik, aber manchmal auch Körperempfindungen (etwa Schmerz und Hunger).« An sich nicht weiter schlimm, wenn es einem ohne besondere Ursache geschieht, zum Beispiel, wenn man sich sehr konzentriert mit etwas beschäftigt und plötzlich sozusagen aufschreckt und merkt, dass fünf Stunden vergangen sind. Tatsächlich geht es mir oft so, wenn ich im Garten arbeite. Dann können Stunden vergehen, bevor ich denke: Müsste ich nicht mal wieder etwas essen? Das kennt vermutlich jeder. Wenn es aber Teil einer Krankheit ist, wird es zum Problem.

Außerdem Panikanfälle, große Angst, Zwangsvorstellungen; plötzlich wieder – genau wie früher – aus dem Zug springen zu wollen, weil man es im Zug nicht aushält, wobei dieses »es« reichlich vage ist. Was halte ich denn nicht aus? Den Raum? Die Leute? Die Geschwindigkeit? Die Aussicht? Kurz und gut, alles, was ich in meinem Leben je erlebt habe, die depressiven Phasen selbst, aber auch Abwehrreaktionen gegen Depressionen, weil die Abwehrmechanismen immer noch besser als die Depressionen waren, all das kam in den vergangenen Monaten zusammen. Sogar Tics im Gesicht, fast wie damals, als ich ein kleiner Junge war und ständig wie ein Kaninchen mit der Nase zuckte.

Einmal habe ich deshalb beim Therapeuten das Wort »Heimsuchung« gebraucht. Warum diese Heimsuchung? Klar, die Tabletten; und es war ein Warum wie das Warum, wenn jemand viel zu früh und eigentlich vermeidbarerweise gestorben ist. Ein unbeantwortbares. Besser, man fragt nicht, denn es bringt nichts. Was ich durchmachte, empfand ich als Heimsuchung. Ich könnte nicht sagen, von wem oder was, ich meine: von wem auferlegt, durch was verursacht. Man kann eine Heimsuchung als schwere Belastung oder großes Problem sehen, und man kann sie als etwas sehen, womit man umzugehen lernen muss, worauf man eine Antwort finden muss, als ein Etwas, durch das man sich durchkämpfen muss, um auf der anderen Seite gestärkt (?) hervorzukommen. War es eine Kombination mehrerer Faktoren? Sechsundfünfzig Jahre und nicht mehr »rankommen« (Boudewijn de Groot), was das Schreiben von Romanen angeht. Sechsundfünfzig Jahre und sich innerhalb kurzer Zeit aus einem sexuellen Wesen mit einem Körper in ein geschlechtsloses Wesen verwandeln. »Ist das nicht auch beruhigend?«, fragte meine Verlegerin Eva Cossee, als wir eines Nachmittags im Marcella, dem Café an der Ecke, Oude Genever tranken. Sie versuchte mir zu helfen, das ist mir klar, aber nein, ich empfand und empfinde es nicht als »beruhigend«. Es beunruhigt mich.

– 38 –

Anfang Oktober übernachteten wir in einer riesigen Ferienwohnung irgendwo in Kroatien. Es könnte am 6. gewesen sein. Nicht weit von Dubrovnik, ich glaube, das Dorf hieß Doli. Ganz in der Nähe wird Kroatien von einem Korridor durchschnitten, der zu Bosnien und Herzegowina gehört; wenn Bosnier Strandurlaub im eigenen Land machen wollen, steht ihnen dafür ein etwa fünf Kilometer langer Küstenstreifen zur Verfügung. In der Ferienwohnung hätten zwanzig Personen Platz gehabt. Wir waren zu dritt. Hinter dem Haus standen Kiefern, dazwischen blühten wilde Alpenveilchen. Es herrschte eine seltsame Stimmung, Pauline arbeitete wie besessen an ihrem neuen Buch, das kurz vor der Fertigstellung stand, Henk war geistesabwesend und fühlte sich sehr von Fliegen belästigt, weshalb er schließlich abrupt aufstand und verschwand. Ich hatte das Gefühl, dass sich die beiden abgesprochen hatten. Dass man mich mit Absicht von etwas ausschloss. Weil wir am nächsten Tag nicht weit fahren mussten, hatten wir abgemacht, uns am Morgen Zeit zu lassen. Pauline arbeitete immer noch wie gehetzt, Henk tat so, als wüsste er schon genau, wie der Tag verlaufen würde. Dabei war alles offen, wir hatten noch nicht einmal eine Unterkunft für die kommende Nacht gesucht. Ich ging unter die Dusche. Während ich duschte, war ich mir auf einmal sicher, dass sie ohne mich weggefahren waren. Ich sah sie reden und lachen, ihre Taschen packen, ins Auto steigen und losfahren. Dieses Gefühl war so stark, dass ich sofort das Wasser abstellte und mich blitzschnell notdürftig abtrocknete. Tropfend betrat ich den langen Flur. Er teilte das Haus in zwei schmale Teile und war ganz sicher kein Gang, in dem ich zurückgelassen werden wollte, um trockenes Leder oder stillen Staub auf hohen Rändern zu riechen. Sie waren noch da. Niemand sagte etwas, niemand nahm die Straßenkarte zur Hand oder sah auf einem iPad nach, wie die Tagesroute verlief. Eine Horde halbwilder, ziemlich aufdringlicher Katzen trieb sich beim Haus herum. Sie machten sich an Pauline und Henk heran, mich schienen sie gar nicht zu sehen. Mehr als je zuvor befand ich mich in einem Niemandsland, fragte oder sagte aber selbst auch nichts.

Das war neu für mich. Paranoia. Ich glaube, ich habe an diesem Tag zwei Alprazolam eingenommen, und zum ersten Mal seit Wochen war ich fast froh, hinten ins Auto steigen zu können. Wir waren immer noch zu dritt, und wir fuhren nach Norden. Norden war gut. Vorne wurde fröhlich geplaudert. Manchmal tat es mir gut, aufmerksam zuzuhören, manchmal war es besser, das Gesprochene völlig auszublenden. Mal war es beruhigend, mal unerträglich. Irgendwo im Norden war zu Hause, auch wenn ich mir unter dem Begriff zu Hause wenig vorstellen konnte. Würde es mir dort besser gehen? Oder wäre es nicht vielmehr besser, wenn diese Höllenfahrt für mich nie ein Ende nähme? Sollte ich in die Eifel oder nach Amsterdam? Nach Amsterdam natürlich, in Amsterdam gab es Hilfe. Wir mussten mit einer Fähre übersetzen und verließen an Bord für kurze Zeit den Wagen. Henk stieg ein paar Stufen hinauf und fotografierte Pauline und mich unten auf dem Deck. (Später sichtete er die Fotos und schnitt eins davon so zu, dass ich deutlich zu sehen war, ohne Menschen im Hintergrund. »Hab selten ein schöneres Foto von dir gesehen«, sagte er. Ich blicke zu ihm hinauf, forschend. Ich erkannte mich wieder, in seltenen

Momenten schaue ich so. Mein ältester Bruder kann auch so schauen. Forschend, aber abwesend.) Wir aßen irgendwo an der Küste, ein heftiger Wind wehte, aber kalt war es nicht. Ich würgte mein Essen hinunter, trank ein Fläschchen Mineralwasser und verfluchte mich, weil ich keinen Wein bestellt hatte. Gleichzeitig spürte ich, dass ich diszipliniert war. Es war ein idyllischer Ort, die Terrasse war voll besetzt, man hörte Russisch und Englisch, ein Segelboot fuhr vorbei, ich sah ein winziges Inselchen im Meer, Kiefern. Später sahen wir links in der Ferne ein letztes Mal Dubrovnik, weiter unten. Ich sah alles, ich schmeckte, ich hörte, und wenn mich jemand mit einem Messer gestochen hätte, hätte ich es ganz sicher gespürt. Und doch war ich nicht da. Ich lebte in einer Parallelwelt. In der niemand außer mir selbst lebte und atmete. Ich schlief wie ein Stein und empfand den Tinnitus als Verbündeten, als vertrauten Freund.

Monatelang habe ich diese ganze Reise verdrängt, ich wollte nach meiner Rückkehr nichts mehr davon wissen. Ich wollte sie vergessen. Doch jetzt fange ich an, sie zu rekonstruieren. »Natürlich lag es nicht nur am Auto, in dem ich negativ geprägt worden bin«, sage ich zu meinem Therapeuten. »Ich habe auch gemerkt, dass ich es schwierig fand, Pauline und Henk zu sehen.«

Er nickt.

»Ich muss sie von diesem Urlaub trennen«, sage ich.

Noch Monate nach Jaspers Tod habe ich nachts im Bett das ganze Geschehen wie einen Film in meinem Kopf ablaufen lassen. Erst wenn ich alles von A bis Z noch einmal erlebt hatte, war vielleicht an Einschlafen zu denken. Seine unerwartet große Freude, als ich nach einer Woche Spanien das Haus von Gartenkumpel Han und Trijntje betrat. Wie er in meiner Wohnung auf dem Sofa saß, als ich an jenem Sonntagmorgen vom Haarlemer Eisstadion zurückkehrte, wo ich stundenlang für einen guten Zweck im Hundekostüm Schlittschuh gelaufen war. Blind und zitternd auf dem Sofa, der Teppich vollgepinkelt. Wie ich ihn im Grunde ignorierte, indem ich sofort eine Freundin mit Auto anrief, damit wir zur Tierklinik fahren konnten (»Ganz ruhig, Junge«, rief ich ihm immer wieder zu), obwohl ich mich vielleicht besser erst einmal neben ihn aufs Sofa gesetzt und ihn auf meinen Schoß gezogen hätte; wie er im Wartezimmer trotz seines erbärmlichen Zustands ein anderes Hündchen böse anbellte; wie er die Spritze bekam, das Schlafmittel, ich auf dem Boden, er – nun doch – mit Kopf und Vorderpfoten auf meinem Schoß; das Theater ums Mitnehmen, die Panik bei den Mitarbeitern der Tierklinik (»Nein, Sie können nicht einfach mit einem toten Hund durchs Wartezimmer!«), der Abend und die Nacht zu Hause (»Nicht erschrecken, Casper«), wie Han weinte, der nächste Morgen, wie Jet fast wütend bellte, wie er nach nur einer Nacht schon roch, die Fahrt zum Tierkrematorium, wie ich ihn zum letzten Mal berührte und er sich anfühlte wie ein steinhart gewordener Teddybär, wie wir die Urne mit seiner Asche abholten.

Wann hört das auf?, fragte ich mich nach Monaten. Und ohne dass ich es merkte, hörte es auf. Bewusst wird es einem erst, wenn man längere Zeit nicht mehr daran gedacht hat. So wie man zwar ganz bewusst die ersten Mauersegler des Jahres sieht, es aber nicht mitbekommt, wenn sie fortziehen, bis zu dem Moment, in dem einem auffällt, dass man ihr Kreischen, diesen Sommerlaut, schon eine Weile nicht mehr gehört hat. Verarbeiten. Die Darmoperation hatte ich viel schneller verarbeitet. Für mich drückt das deutsche Wort aus irgendeinem Grund besser als das niederländische *verwerken* aus, dass es sich tatsächlich um Arbeit handelt, dass es Mühe bereitet, dass es ein aktiver Vorgang ist. Ein weiterer treffender Ausdruck ist verkraften, das klingt nach noch mehr Anstrengung. Auch das geschah nachts im Bett, wenn der Schlaf nicht kommen wollte.

Jetzt sind es Orte in Deutschland, Slowenien, Kroatien, Nordmazedonien, Griechenland, Albanien, Montenegro, die ich in Gedanken durchgehe, einen nach dem anderen, manchmal muss ich ein Stück zurück, weil ich eine Station übersprungen habe. Ich besitze Fotos, klar, aber die schaue ich mir nicht an. Nächsten Montag kommt Romi Jones, ich habe sie in Kapitel 3 erwähnt, für ein paar Tage nach Amsterdam. Dann wird während des Essens in einem vegetarischen Restaurant zweifellos die Schreibklausur auf Methana ausführlich zur Sprache kommen. Das ist in Ordnung. Verarbeiten.

»Ich bin jetzt so weit, dass ich das Haus nicht mehr verkaufen will«, habe ich heute Morgen zu Nachbar Klaus gesagt. Er war gerade beim Schneeräumen, und ich ging kurz zu ihm, meine Thermosflasche voll Kaffee in der Hand. Schnee schieben kann ich in meiner Einfahrt wegen der Steinchen nicht. Schnee schippen schon. Heute scheint die Sonne, und dann ist eine Schneewelt doch wirklich um einiges schöner als bei grauem Wetter. »Ja, ich bin auf dem Weg zur Arbeit«, sagte ich, als er fragend die Thermosflasche ansah. »Da ist wohl Genever drin?«, fragte Nachbar Rinus, als er kurz danach in seinem Wagen neben uns anhielt. Rinus und Lien waren auf dem Weg nach Bitburg, zum Einkaufen. Ob ich mitfahren wolle. Ob ich etwas brauche. »Ein Brot, bitte«, sagte ich. Das Brot ist gerade geliefert worden, Lien kam auf dem Pfad, den ich freigeschippt habe, zum Haus. Obwohl es windstill ist, fällt hin und wieder ein kleiner Bausch Schnee von den Zweigen der Stechpalme. Das werden die Amseln sein.

Jasper liebte übrigens Kirschen sehr. Das habe ich in dem Buch über ihn gar nicht erwähnt. Seltsam, denn nur wenig anderes fand ich an diesem Hund so liebenswert. In der Kirschenzeit – hier mitten im Sommer – suchten wir die Stellen auf, an denen Kirschbäume stehen. Wenn er nicht angeleint war, vergaß er wegzulaufen. Er las die heruntergefallenen Kirschen eine nach der anderen auf, natürlich ohne die Kerne auszuspucken. Die Geräusche eines fressenden Hundes. Ich habe ein Video von ihm, in dem er systematisch und sehr konzentriert eine dicke Möhre verspeist. Das scharfe Knauknauknau, dieser Blick, mit dem er mich hin und wieder ansieht und der vielleicht sagt: »Hol ruhig schon mal die nächste Möhre raus.«

– 39 –

An der Vogelfutterstation geschieht etwas Erstaunliches. Plötzlich sitzen die Buchfinken und Goldammern auf statt unter ihr. Das habe ich noch nie gesehen, diese beiden Vogelarten picken ihre Nahrung vor allem am Boden auf. Nun ja, auf dem Boden liegt jetzt eine dicke Schicht Schnee, vielleicht bekommen sie nicht gern kalte Füße. Der Schnee fällt stetig, die neue Mauer hat eine wunderschöne Krone, ohne dass ich etwas dafür zu tun brauchte. Eine Haube. Kehle und Brust der Goldammern leuchten, ihr Goldgelb ist fast die einzige Farbe im Garten außer Weiß, Grau und Schwarz.

Meine Mutter hat angerufen, gestern Abend um Viertel vor zehn. Eine Zeit, zu der ich das nicht erwarte, weshalb ich vor dem Abnehmen erst all meinen Mut zusammennehmen musste. Tatsächlich ist jemand gestorben. Oma Keppel, im Alter von sechsundneunzig. Aaltje Aafje Baken, die 1949 meinen Opa Pieter Keppel (1905-1983) geheiratet hat. Oma Keppel war deutlich jünger als Opa Keppel, sie wurde 1923 geboren. Meine Mutter ist eins von drei Kindern aus Opa Keppels erster Ehe. Als im April 1945 der Wieringermeerpolder von den Deutschen unter Wasser gesetzt wurde, flüchteten die Keppels nach Anna Paulowna. 1946 kehrten drei der Keppels auf den wieder trockengelegten Wieringermeerpolder zurück, doch Opa Keppels Frau blieb in Anna Paulowna und zog bei einem Nachbarn ein, mit dem sie anscheinend schon eine Zeitlang ein Verhältnis hatte. Meine Mutter und mein Onkel Bert gingen mit Opa Keppel zurück, Onkel Arie blieb bei seiner Mutter und dem neuen Vater. Opa Keppel stellte eine Haushälterin ein, die für die beiden Kinder sorgen sollte. Diese Haushälterin war Aaltje Baken. Zusammen bekamen die beiden drei weitere Kinder.

Kurz nach Opa Keppels Tod hat Oma Keppel den Kontakt zu meiner Mutter abgebrochen, und wie es in solchen Fällen oft geschieht, haben auch wir Oma Keppel seitdem nicht mehr oder kaum noch gesehen. Trotzdem war sie meine Oma. Die erste Frau von Opa Keppel habe ich nie kennengelernt. Oma Keppels drei Kinder, Onkel Piet, Tante Elly und Onkel Flip, waren ganz selbstverständlich meine Onkel und meine Tante, auch wenn ich Onkel Flip schon viele Jahre nicht mehr gesehen habe, vielleicht schon seit 1985 nicht. Und es ist ausgerechnet Onkel Flip, der heute seine Mutter zum Krematorium in Schagen begleiten wird. Zusammen mit seinem kleinen Hund. Sonst niemand. So hat Oma Keppel es gewollt.

»Aber der Hund darf natürlich nicht mit ins Krematorium«, sagte ich gestern Abend zu meiner Mutter.

»Der bleibt im Leichenwagen!«, rief mein Vater im Hintergrund. »Beim Fahrer!«

»Was für ein Hund ist es eigentlich?«, fragte ich.

Das wusste meine Mutter nicht, immerhin wusste sie, dass es eine Promenadenmischung ist, aber nicht, wie der Hund heißt. In den letzten Jahren hat Onkel Flip zweimal täglich seine Mutter besucht, und jedes Mal kam der Hund mit. Oma Keppel hing sehr an dem Tier. Onkel Flip heißt übrigens offiziell Gerrit Abraham Keppel. Warum er Flip genannt wird, weiß ich nicht. Niemand hat es mir je erzählt.

Jetzt habe ich also gar keine Großeltern mehr. Wie sie ihre eigene Bestattung organisiert hat, ist typisch für Oma Keppel: Sie machte immer, was sie wollte, und es war ihr ziemlich egal, was andere davon hielten. Ich habe noch ihren Vater gekannt, den wir Opa Baken nannten, obwohl er mein Stief-Uropa war. Ein alter Mann, der im Anzug in einem Sessel saß, ein knochiges Gesicht hatte, dicke Zigarren rauchte und, wenn ich mich recht erinnere, nur noch ein Bein besaß. Er war uns deshalb ein bisschen unheimlich.

Ich fand den Nachnamen Keppel immer großartig, wegen Alice Keppel, der letzten Geliebten des britischen Königs Edward VII, dessen Gattin Alexandra ihr 1910 sogar erlaubte, an seinem Sterbebett zu sitzen. In diesen Kreisen machte man damals in England kein großes Theater wegen außerehelicher Beziehungen, sie waren im Gegenteil ziemlich normal und akzeptiert. Diese Alice Keppel ist die Urgroßmutter von Camilla Parker Bowles, möglicherweise war sogar Bowles' Großmutter, Sonia Keppel, eine uneheliche Tochter Edwards VII, was die Ehe zwischen Prinz Charles und Camilla Parker Bowles in einem etwas fragwürdigen Licht erscheinen ließe. Der Ehemann von Alice Keppel, George Keppel (1865-1947), stammte aus altem gelderländischem Adel, der in den Niederlanden van Keppel hieß, aber in England das »van« schon nach zwei Generationen fallen ließ. Wie hieraus ersichtlich, bin ich nicht mit Alice Keppel oder Camilla Parker Bowles verwandt, oder gar mit Prinz Charles. Vielleicht schade.

Ach, wie vorsichtig ich jetzt lebe. Jeder Schritt ist ein Schritt, und ich zähle sie, ich sehe sie. Im wörtlichen wie im übertragenen Sinn. Ich schaue aus dem Fenster und sehe, dass es wie mit dem Fallen des Schnees ist: mal in dicken Flocken, nur mit einem leisen Windhauch, mal ganz fein, wirbelnd und immer weiter wirbelnd, wobei sich trotzdem Zentimeter auf Zentimeter häuft. Hin und wieder der Schneepflug, der alles wild und wüst zur Seite schiebt, auch am Tag mit rotem Blinklicht, und eine Viertelstunde später ist alles wieder flach und weiß und friedlich. Ich lote aus und taste ab, spüre sofort, wenn etwas schiefläuft oder schiefzulaufen droht.

»Weißt du, dass mir erst jetzt klar wird, was in den letzten Monaten mit mir geschehen ist?«, habe ich vorige Woche zum Therapeuten gesagt. »Ich hab es nicht vergessen, wie du vorhergesagt hattest, oder besser gesagt: Du meintest, dass es in ein paar Monaten nicht mehr vorstellbar sein würde. Ich spüre noch ganz genau, wie es war.«

Er nickte.

»Und ich habe Angst«, sagte ich, »dass es zurückkommt.«

Er nickte wieder. »Jetzt noch«, sagte er dann. »Jetzt noch.«

Fast jedes Mal, wenn ich auf dem Rad durch die schmalen Straßen des Jordaan-Viertels zu ihm fahre, muss ich an Tante Bets denken. Keine richtige Tante, eine Freundin meiner Eltern und deshalb, wie alle Nachbarinnen, »Tante«. Sie und »Onkel« Jan hatten ihr Leben lang in Wieringen gelebt, bevor sie sich entschlossen, auf den Flevopolder umzuziehen, wo ihr Sohn als Landwirt bessere Aussichten hatte. Sie ertrug es nicht; die Vorstellung, Wieringen verlassen zu müssen und von da an auf einer weiten, kahlen Ebene zu leben, machte sie fertig, und sie hat einige Zeit in der psychiatrischen Abteilung des Krankenhauses von Den Helder verbracht. Sie hat sich wieder erholt, trotzdem beobachte ich sie bei jeder Begegnung genau: Wenn man so etwas erlebt, kann man es dann jemals wirklich überwinden? Sie ist längst über achtzig, sie raucht und trinkt Wein bei Geburtstagsfeiern. Sie lacht. Trotzdem …

Ich habe eine Metapher verwendet. Das war nicht beabsichtigt.

– 40 –

DIE LERCHE

Der Mann ging über einen kahlen, flachen Hügel, in einer unüberschaubaren Farnwildnis. Der Weg vor ihm war bis zu der Stelle sichtbar, an der er sich leicht zu winden begann. An jedem der zurückliegenden Tage war er in einer anderen Landschaft unterwegs gewesen. Wald, Wiesen mit Bäumen, Flussufer, meilenweit. Er war allein. Das machte nichts. Er hatte Wasser und Brot, dicke Socken, gute Schuhe und nach ungefähr einer Meile den Kopf voller unzusammenhängender Gedanken, ein unwillkürliches Springen von diesem zu jenem, sodass er sich unbemerkt wieder eine Meile weiterbewegte. Hätte er kein Wasser und kein Brot gehabt – so dachte er, als er ein paarmal tief ein- und ausatmete –, hätte er sogar von der Luft leben können. So standen die Dinge. Ringsum Leere, die Sonne schien, aber es gab auch Wolken. In der

Ferne tauchte etwas auf, vielleicht eine Kuh. Oder ein großes Schaf, oder ein gedrungener Baum.
Es war ein Junge. Er ging über einen anderen Weg, einen Weg, den der Mann wegen der kniehohen Farne nicht sehen konnte. Mal schien sich der Junge von ihm zu entfernen, mal kam er näher. Es war ein Junge, der die perfekte Mütze trug, die richtige Jacke, eine teure Hose. Er ging. Beachte mich, dachte der Mann, als sie sich einander näherten. Das war ein seltsamer Gedanke, zumal er schon meilenweit unmerklich von diesem zu jenem gesprungen war, keinen Farn gesehen hatte, keinen Vogel gehört. Der Mann blickte kurz zum Himmel hinauf, auch damit war irgendetwas. Blau, Wolken, Luftnahrung. Beachte mich. Nicht nur ein seltsamer, auch ein fordernder Gedanke. Auf Englisch. Schon seit Tagen sprach er diese Sprache, lebte er in dieser Sprache. *Acknowledge me.* Der Junge ging, entfernte sich wieder etwas von dem Mann. Der Mann dachte: Er wird mich doch grüßen, der Junge, der wie eine Kuh oder ein Schaf, wie ein gedrungener Baum am Horizont erschienen war? Der Junge ging, war nun ziemlich nah. Hersehen, etwas sehen tat er nicht. Eine Lerche stieg auf, schräg hinter ihm, er schien sie nicht zu hören. Beachte mich. Der Mann dachte es, dachte es noch einmal. Der Mann wusste: Er muss irgendwann hersehen. Unterdessen spürte er in seinem Körper, in dem Blut, das durch seinen Brustkorb strömte, eine Sehnsucht, die als das Wort *yearning* in seinen Gedanken ankam. Der unsichtbare Weg lief nicht auf den Weg zu, über den der Mann ging – es hätte sonst keinen Grund für die Existenz von zwei Wegen in dieser Farnwildnis gegeben –, kam aber doch so nah, dass der Mann diese Mütze, diese Jacke, diese Hose – als wäre der Stoff speziell für den Jungen gewebt worden – genau sehen konnte.

Der Junge ging, der Mann sah den Umriss seines Gesichts. Er war mittlerweile stehen geblieben, bewegte seine Füße auf der Stelle. Ganz langsam drehte er sich mit, während der Junge vorbeiging. Er wird sich umsehen, dachte der Mann. Während die Lerche abwärts glitt und es vollkommen still wurde, verschwand der Junge Schritt für Schritt hinter einer Erhebung in der Farnwildnis. Erst waren seine Beine weg, dann sein Rumpf und schließlich die perfekte Mütze.

Der Mann war wieder allein. Mit seinem Wasser und Brot, den dicken Socken und guten Schuhen und immer noch dem Wort *yearning* im Kopf, in der Brust. Die Lerche stieg auf und glitt hinunter, stieg auf und glitt hinunter, sie schien zu jubeln; als würde nun jeden Tag Sommer sein und nie wieder Herbst oder Winter, die Farne braun, der Wind heftig, Jahreszeiten, in denen Menschen und Tiere sich nach warmer Haut oder warmem Fell sehnen, nach süßen Düften, klarem Wasser.

2011 erschien *Populierensap, een bomendagboek* (Pappelsaft, ein Baumtagebuch) in der Reihe »Prominente Autoren« des Online-Buchhandels ECI. Im Internet finde ich nichts über diese Reihe, weiß also weder, wann sie gestartet, noch, wann sie eingestellt worden ist. Ich vermute, dass die Bücher ausschließlich bei ECI erhältlich waren und nie in den regulären Buchhandel gelangt sind. J. Bernlef hat eines geschrieben, andere Marcel Möring, Geerten Meijsing, Gerrit Krol, Cees Nooteboom, Jeroen Brouwers, Tessa de Loo, Heleen van Royen. *Populierensap* ist eine Sammlung von Kolumnen und Texten aus dem Netz zum Thema Bäume. Ganz hinten, auf Seite 85, ist die Kurzgeschichte »Die Lerche« abgedruckt. Im »Autoren- und Quellenverzeichnis« lese ich, dass ich die Geschichte am 24. Dezember 2010 geschrieben habe. Das wird dann wohl stimmen. Ich bin sehr zufrieden mit diesem Büchlein, es ist schön gestaltet, und es lässt sich als eine Art Tagebuch lesen. In meinem Regal steht es zwischen der zweiten Taschenbuch-Auflage von *Tage im Juni* und *De tien geboden, gesprekken met schrijvers* (Die zehn Gebote, Gespräche mit Schriftstellern) von Arjan Visser, darin ein Interview Arjans mit mir selbst. Auch das in gewisser Hinsicht wieder ein Stück Autobiografie. Allein schon für mich persönlich finde ich mein »Ego-Bücherregal« schön, und wenn auch andere Leute diese Bücher in ihr Regal stellen wollen, umso besser.

Der Mann in der Geschichte, das bin selbstverständlich ich. Wahrscheinlich habe ich den Jungen gesehen, als ich allein auf dem Offa's Dyke Path unterwegs war, von Prestatyn aus. Es kann aber auch sein, dass es auf dem Pembrokeshire Coast Path war, im Sommer 2009. Ich weiß es einfach nicht mehr. Auch an den Jungen kann ich mich überhaupt nicht erinnern. Worum es mir jetzt geht, der Grund dafür, dass ich die Geschichte hier zitiere, ist, dass ich ziemlich oft Dinge ganz falsch sehe. Dass ich dort mehr oder weniger gequält und fordernd »Beachte mich« denke, während dieser Junge oder junge Mann einfach nur ein Stück gewandert ist und mich wahrscheinlich gar nicht gesehen hat. Ich meine: Es sagt nichts über mich. Wäre es eine Geschichte von jemand anderem, würde ich denken: Ja, schön und gut das Ganze, auch poetisch, aber eigentlich sollte man diesem Autor einen Tritt in den Hintern verpassen.

Neulich war ich bei einer Buchvorstellung. *De solist* von Rob Waumans. Auch andere Autoren waren anwesend, Herman Koch, Gilles van der Loo, Ivo Victoria und die ehemalige Schriftstellerin Cindy Hoetmer. Irgendwann kam Mensje van Keulen herein. Ha, toll, Mensje, dachte ich. Eine halbe Stunde später war sie weg. In so einem Fall bin ich schnell verärgert und enttäuscht. Warum hat sie mich nicht kurz begrüßt? Es kann mir niemand weismachen, dass sie mich nicht gesehen hat. Natürlich hätte ich auch zu ihr gehen können, aber – so verteidige ich mich nun selbst – dazu hatte ich gar keine Gelegenheit, weil sie so schnell wieder gegangen ist und ich noch mit anderen Leuten sprach. »Ich glaube, Mensje ist ziemlich scheu«, sagte Rob, als ich ihm davon erzählte und mir gleichzeitig an einem Bitterbal die Zunge verbrannte. »Es fällt ihr wohl schwer, jemanden einfach anzusprechen.« Das meine ich, wenn ich schreibe, dass ich Dinge oft ganz falsch sehe. Verärgert und enttäuscht sein, weil ich alles auf mich beziehe, sosehr ich Mensje auch mag. Nicht weit genug denken, nicht erkennen, dass verschiedene Motive und Beweggründe im Spiel sein können. Das Gefühl haben, übersehen zu werden. Nicht als Schriftsteller, sondern als Mensch. Im Grunde ist es engstirnig, trotzdem passiert es mir immer wieder.

Im vergangenen Jahr hat mir mein Übersetzer David Colmer eine weise Lektion in puncto falsche Sicht der Dinge erteilt. Wir waren zusammen auf einem literarischen Symposium in Norwich. Nach meiner Rückkehr habe ich darüber eine Kolumne geschrieben, die es bis auf die Website des *Groene Amsterdammer* geschafft hat:

UMSCHLAGENDES SELBSTBILD

Man kann von Amsterdam nach Norwich fliegen, das dauert ungefähr eine Dreiviertelstunde. Noch dazu ist es spottbillig. Aber ich wollte ja unbedingt umweltfreundlich reisen, weshalb ich ungefähr acht Stunden brauchte,

um ans Ziel zu kommen, was unter anderem an meiner starken Abneigung gegen die Stadt London lag, die mich nötigte, einen Zug ab King's Cross statt eines schnelleren ab Liverpool Street zu nehmen, denn sonst hätte ich mit der U-Bahn fahren müssen. Schon bei der bloßen Vorstellung, in London mit der U-Bahn zu fahren, wird mir übel. Alle Schriftsteller, die an Worlds teilnahmen, waren im Hotel The Maids Head, ohne Apostroph, untergebracht. Achthundert Jahre alt ist dieses Hotel, was man ihm auch anmerkte. Ich bekam ein Zimmer zu einem Innenhof hin, und auf diesem Innenhof dröhnte ein riesiger Apparat vor sich hin. Ich fragte, ob ich ein anderes Zimmer bekommen könnte. Aber natürlich. Das neue Zimmer lag an einer anderen Seite des Innenhofs, und der Dröhnapparat störte mich dort viel weniger, weil sich das Fenster nicht öffnen ließ. So ein Hotel war es.
In einer Kolumne für *Trouw* hatte ich prophezeit, dass unter den Teilnehmern ein oder zwei Schaumschläger und Großmäuler sein würden. Schriftsteller, die ununterbrochen im Mittelpunkt stehen müssen. Der größte Schaumschläger hieß Alex Preston. Als er – mit großer Verspätung – eintraf und erzählte, dass er aufs Land gezogen sei, war das Erste, was ich zu ihm sagte: »So that's why you're wearing a *Monty Don*-outfit.« Eine dieser pseudoschäbigen Jacken, dunkelblau, ein bisschen zu groß und ein bisschen zu lang. Von da an ignorierte er mich, was ich sehr ärgerlich fand, denn für mich war er der bei weitem attraktivste Brite unter den Anwesenden. Ich wollte seine Aufmerksamkeit, ich wollte von ihm auserwählt werden. (»I was vying for his attention«, sagen die Briten dann.) Regelmäßig ließ er Versammlungen aus (die jeweils anderthalb Stunden dauerten und von denen es immerhin fünf pro Tag gab). Er wollte seine Wichtig-

keit betonen, glaube ich. Er telefonierte auch viel, wofür er sich immer ein Stück von den anderen entfernte, aber laut sprach, damit wir auch mitbekamen, was gesprochen wurde. Ein Alphamännchen. *Das* Alphamännchen.

David Colmer, mein Freund und englischer Übersetzer, merkte, dass ich Preston nicht mochte. Denn das traf teilweise zu: Der Wunsch, von jemandem gesehen zu werden, geht bei mir oft mit einem Widerwillen gegen das Verhalten der jeweiligen Person einher. So entwickelte sich zwischen David und mir ein Spiel mit bedeutungsvollen Blicken und gelegentlichen Bemerkungen.

Am letzten Vormittag unternahmen wir eine Bootsfahrt durch ein Naturschutzgebiet mit sehr viel Schilf. Mit zwei Booten, weil wir nicht alle in eins passten. Preston nahm natürlich im zweiten Boot Platz, vielleicht weil er gesehen hatte, dass ich im ersten saß. »Also heute brauchst du dich nicht über Alex Preston zu ärgern«, sagte David. »Genau!«, antwortete ich energisch, obwohl ich eigentlich nicht wusste, wie ich das finden sollte. Das zweite Boot blieb im Schilf stecken, sodass die Gruppe eine Dreiviertelstunde nach uns am Ausgangspunkt eintraf. Dort fing Preston gleich an, laut zu telefonieren, und anschließend reiste er ab, weil seine Frau ihn brauchte.

An jenem Abend tranken David, die Dichterin und Literaturagentin Isobel Dixon und ich zusammen noch ein letztes Glas. Natürlich kamen wir auf Alex Preston zu sprechen, denn wenn man sich so benimmt wie er, kann man sicher sein, dass alle über einen reden. Ich sprach über dieses seltsame Ignorieren und über das Gefühl, dass immer irgendein stiller Wettkampf im Gange war. Und dann geschah es. Dann kam ein für mich so umwerfender Moment der Erkenntnis, dass ich merkte: Ich hatte noch lange nicht genug.

»You are taller than him«, sagte Isobel. »And much more handsome.«
Danke, sagte ich.
»Er hat natürlich auch das Programmheft studiert«, meinte David. »Er hat deine Erfolgsbilanz gesehen. *Du* bist das Alphamännchen.«
Moment. Jetzt wurde mir schwindelig. Ich? Er hat mich also ignoriert, weil er das Gefühl hatte oder sah oder anerkannte, dass ich in der (literarischen) Rangordnung höher stand? Empfand er Respekt vor mir? Blitzschnell zogen frühere Veranstaltungen mit anderen Autoren vor meinem inneren Auge vorbei. Hatte denn immer etwas in dieser Art dahintergesteckt, wenn so ein seltsamer, stiller Wettkampf im Gange war? Mit Ignorieren und Links-liegen-Lassen, weil – in diesem Fall – Preston und – bei früheren Gelegenheiten – andere den Kampf im Stillen schon für verloren hielten? Während ich immer mich selbst für den Underdog gehalten hatte? Ich schnappte nach Luft und ging nicht weiter darauf ein, holte aber an der Theke noch ein paar Gläser Bier. Das war etwas, das ich bei meinem einsamen Streifzug durch Nordwales, der am nächsten Tag folgen würde, verarbeiten musste. Ich sah voraus, dass ich oben auf dem Mount Snowdon mein Selbstbild vollständig würde revidieren müssen.
Am Nachmittag davor, zum Ausklang der dreitätigen Gespräche, hatte ich die britischen und Commonwealth-Autoren noch mehr oder weniger subtil daran erinnert, dass Worlds ein internationales Programm ist. Dass es vielleicht ratsam sein könnte, demnächst einmal bei solch hochintellektuellen Gesprächen nicht ausschließlich Dickens oder Shakespeare oder Keats als Beispiele anzuführen. Dass tatsächlich eine ganze Welt von Literatur jenseits all der Meere und Ozeane liegt, die das Vereinigte

Königreich vom Rest der Welt trennen. Oder vielmehr dafür sorgen, dass es isoliert liegt. Und es sei doch eindeutig eine Schande, dass es Preise gibt, die Three Percent heißen, nach dem Anteil übersetzter Bücher an der gesamten britischen und amerikanischen Buchproduktion. Lest auch mal Ausländisches!, rief ich. Lest Finnen und Schweden und natürlich vor allem Niederländer, aber auch Portugiesen und Chinesen und von mir aus Ukrainer! Ob man in diesem Land vielleicht schon gemerkt habe, dass auch in anderen Teilen der Welt Bücher geschrieben werden, fragte ich. Dass man auch einen Thomas Mann als Beispiel für das eine oder andere anführen könne, oder Fernando Pessoa oder Arto Paasilinna. Bis dahin war ich eher still gewesen, auch wegen der Anwesenheit von Preston, der auf mich ziemlich bedrohlich und einschüchternd wirkte. Und so hörte man mir nun atemlos (das heißt: erstaunt) zu. Preston starrte mürrisch auf die Papiere vor ihm auf dem Tisch. Nicht ein einziges Mal hat er mich angeschaut. Und an jenem Abend schlug alles um. Ein Selbstbild wurde über den Haufen geworfen.

Heute fallen nicht Bäusche, sondern Pakete Schnee von den Bäumen. Es taut. Abgesehen von einem dicken Amselweibchen keine Vögel an der Futterstation, obwohl ein riesiger Berg Streufutter darauf liegt. Nachbar Herbert geht mit Anzeigenblättern in der Hand vorbei. Diesmal schiebt er keins zwischen die Stäbe meines Gartentors. Ich glaube, er hat endlich begriffen, dass ich die Zeitungen nicht will. Gestern und vorgestern bin ich spazieren gegangen. Es war anstrengend, Gehen im Schnee ermüdet. Und wieder, wie neulich im Zug von Heerenveen nach Amsterdam und – ja, verflixt – in der Kurzgeschichte zu Anfang dieses Kapitels, merkte ich, dass meine Gedanken unbewusst in alle Richtungen schweiften, so wie es sich gehört, wie es sein soll. Als wäre es in meinem Kopf zu einer Befreiung gekommen, weil gerade ein Medikament, das die Wiederaufnahme von Serotonin hemmt, Luft und Licht schafft. Fortschritt durch Hemmung. Ich sah, dass die Futterraufe im Weide-Unterstand für die Pferde der Kölnerin leer war. Die Pferde standen draußen, nirgends ein Grashalm zu sehen. Eins der Pferde heißt Rocky. Ich stieg über den Zaun und warf Händevoll Heu in die Raufe. Schön ist das: große Leiber von Pferden, zufrieden fressend im Schutz eines Unterstands. Als ich etwas später auf der anderen Seite des Bachs, der durchs Tal fließt, wieder an dem Unterstand vorbeiging, hob eins der Pferde den Kopf. Es fehlte nicht viel, und sie hätten dankbar gewiehert.

(Die Kurzgeschichte lässt übrigens auch erkennen, dass ich durchaus den Wunsch habe – oder mich sogar danach sehne, wenn ich mir selbst glauben darf –, mit jemandem verbunden zu sein. Jemandem, der mich sieht und so nimmt, wie ich bin. Einem Freund. Einem Mann. Und umgekehrt betrachtet: jemandem, den ich sehen und nehmen will, wie er ist. Vielleicht war ich aber an dem fraglichen Tag einfach nur sehr geil, das kann auch sein. Nur bin ich kein Autor, der das unumwunden sagt. Lieber ein bisschen sublimieren und poetisch um die Sache herum schreiben. Was für ein großartiger Song war doch »Je veux de l'amour« von Raymond van het Groenewoud, der mir jetzt plötzlich in den Sinn kommt. Von wegen Poesie und Um-die-Sache-herum-Schreiben, kein Salbadern über warme Haut oder klares Wasser, nein: Da wird einfach laut die rohe Wirklichkeit herausgeschrien. Vielleicht war es ja deswegen 1980 so ein großer Hit.)

Gestern Abend hat mir beim Kochen eine Wespe Gesellschaft geleistet. Es war der 1. Februar, draußen Schnee und Frost. Eine Wespe? Mir war schnell klar, dass ich vor ihr keine Angst zu haben brauchte, sie merkte kaum, dass sie lebte. Ich schnitt Tomaten und legte ihr ein Scheibchen hin. Es interessierte sie nicht. Sie flog zu einem der Lämpchen unter den Oberschränken hinauf und landete dann auf der leeren Mozzarella-Verpackung, auf der sie sehr lange sitzen blieb. Wo kommt eine Wespe im Februar her? Wie überstehen Wespen normalerweise den Winter? Heute Morgen habe ich sie gesucht, aber sie war nirgends zu sehen, was vermutlich bedeutet, dass sie sich in irgendeiner Höhlung verkrochen hat.

Ich ging in den japanischen Garten hinterm Haus. Dort steht ein Stück Telegrafenmast, das ich einmal aus dem Wald nach Hause geschleppt, mit der Kettensäge zurechtgesägt und in einem Betonsockel befestigt habe. Das obere Ende habe ich mit einem umgedrehten Blumentopf-Untersetzer abgedeckt, um Fäulnis zu verhindern. Unter diesem Untersetzer, das wusste ich, ist ein Wespennest. Nichts ist anziehender für Wespen als weiches, krümeliges Holz. Vorsichtig hob ich den Untersetzer an. Etwa fünfzig Wespen eng zusammen. Ganz behutsam berührte ich eine von ihnen, die Nachbarwespe bewegte sich. Es ist also möglich, dass sie bei eisiger Kälte überleben. Aber vorgesehen ist es nicht. Eine Wespe lebt ein Jahr, nein, noch viel kürzer, und das ganze Volk, das aus Arbeiterinnen und Drohnen besteht, stirbt im Winter ab, nur die Königin überlebt und wird im nächsten Jahr zum Mittelpunkt eines neuen Volkes. Ich werde sie nicht umbringen, sondern lasse sie in Ruhe. Und hoffe, dass sie das merken und mir dankbar sind und mich im kommenden Sommer kein einziges Mal stechen. Eine Königin habe ich nicht gesehen, es ist also nicht so, dass sie sich dort zusammengedrängt haben, um der Königin durch den Winter zu helfen. In vier Wochen werde ich einmal nachschauen, wie es unter dem Untersetzer aussieht.

Ob Wespen den Menschen auf die Idee gebracht haben, aus Bäumen Papier zu machen? Das tun Wespen nämlich. Sie bauen ihre zum Teil riesigen Nester – an der Rückseite einer kleinen Hütte an der Nims habe ich mal so eins gesehen – aus zerkautem Holz, die Nester sehen aber so aus, als wären sie aus Papier. Ich habe es gerade nachgesehen, und tatsächlich: Die Chinesen haben das Papiermachen den Wespen abgeschaut. Nur dass sie nicht ihren eigenen Speichel benutzten, um Holzspäne, Bambusfasern und Seidenabfall zu einem Brei zu verarbeiten, sondern Wasser. Erst im Mittelalter haben Europäer angefangen, selbst Papier herzustellen, weil das einfacher und billiger war, als es aus dem Orient einzuführen.

Vielleicht denken manche Leser hier: »Ja und, interessiert mich das?« Das weiß ich nicht, und es ist mir egal. Mich hat es interessiert. Ich stelle fest, dass ich es sehe, dass ich mir Fragen dazu stelle, dass ich nach Antworten auf diese Fragen suche, dass ich schon zweimal zu dem Nest hinaufgegangen bin. Wenn man in jenem Niemandsland wohnt, kann man sich keine Vorstellung von sich selbst machen. Oder genauer: Man kann sich sich selbst nirgendwo vorstellen, an keinem Punkt in der Zukunft, nicht einmal, wenn man diese Zukunft in einer halben Minute beginnen lässt. Es gibt nur Nichts und Angst. Jetzt habe ich mich durch den schmelzenden Schnee gehen sehen, und das mit einem Ziel, mit einem Gedanken im Kopf, um ihn nach der Rückkehr an den Küchentisch – ich hatte heute keine Lust, den Ofen im Schreibzimmer anzumachen – schriftlich festzuhalten.

– 42 –

Es ist erfreulich, von verschiedenen Seiten indirekt gesagt zu bekommen, dass ich in der Eifel erwünscht bin. Nachbar Klaus sagte: »Fährst du jetzt schon wieder ab?« Nachbar Rinus und Nachbarin Lien hielten mir vor, dass es auf unserem Berg doch viel schöner sei als in Amsterdam (»Ich finde Amsterdam beschissen«, sagte Rinus), warum wollte ich also schon wieder weg? »Iss doch wenigstens noch Erbsensuppe mit uns«, sagte Lien. Christa, die Witwe von Dachdecker Rudi, merkt jedes Mal an, dass ich so schnell wieder abreise, so schnell nämlich, dass wir nie dazu kommen, einmal wie abgemacht essen zu gehen, zusammen mit ihrem Sohn Johannes.

Als ich abends gegen halb elf in Amsterdam von der Straßenbahnhaltestelle Rietlandpark nach Hause ging, sah ich einen weißen Blitz zwischen den Weidenbäumchen auf der Böschung am Ertskade verschwinden. Über den kleinen Platz ging eine dicke Frau. Sie rief den Hund, doch der Hund kam nicht. Ich blieb in einiger Entfernung stehen und beobachtete. »Der ist weg«, sagte ich dann. Sie rief noch einmal nach dem Hund und erwiderte: »Normalerweise hört sie, aber jetzt ist sie völlig aus dem Häuschen.« Schließlich kam die Hündin, springend wie ein Kalb im Frühling auf der Weide, wieder zum Vorschein und lief laut bellend auf mich zu. Ich ging in die Hocke.

»Halten Sie sie bitte am Halsband fest«, rief die Frau.

Ich stellte meine Tasche auf den Boden, was die Hündin

sehr erschreckte, und griff nach dem Halsband, wobei ich leise mit ihr sprach. »Bist du ein schöner Hund?«, fragte ich nach einer Weile das Tier, das aufgeregt meine Nase beleckte.

»Sie denkt ganz was anderes«, meinte die Frau. »Sie denkt: So ein schöner Mann.« Sie hakte die Leine fest. »Herzlichen Dank.« Langsam gingen die beiden weg, der Hund blickte sich immer wieder sehnsüchtig um.

Erst kurz vor meiner Wohnungstür wurde mir bewusst, was die Frau gesagt hatte.

»Hi, Onkelchen!«, rief Neffe Casper, auf dem Sofa ausgestreckt. Im Fernsehen lief eine Comedy-Serie.

»Hat jemand angerufen?« Mein Standardscherz, wenn ich nach Hause komme. Ich habe schon seit mindestens sechs Jahren keinen Festnetzanschluss mehr.

»Hahaha«, machte Casper.

Während ich Tee aufbrühte, hörte ich vom Fernseher her die Ankündigung, dass ab nächste Woche Sonntag eine andere Comedy-Serie wiederaufgenommen werden soll. »Ha, klasse!«, rief ich aus der Küche. Danach sahen wir zusammen eine Sendung, in der Jan Versteegh in den Vereinigten Staaten nach Superreichen sucht. Ich glaube, es soll witzig sein.

»Glaubst du, er hält sich für unwiderstehlich?«, fragte ich Casper.

»Du kannst ihn nicht ausstehen, oder?«, sagte Casper. »Ach nein, es ist Tim Hofman, den du nicht ausstehen kannst.«

»Na ja, nicht ausstehen …«, sagte ich. »Er ist mir nicht geheuer. Die Augen von dem Kerl. Wie er diese Woche in der Talkshow neben dem jungen Asylbewerber saß. Unheimlich. Ich traue ihm nicht über den Weg. Außerdem hab ich ihn ja letztes Jahr auf dem Bücherball gesehen. Dieser wilde Blick, als ob er jeden, der es wagen würde, ihn anzusprechen, zusammenschlagen wollte.« Ich musterte Jan Versteegh noch einmal genauer. »Siehst du, wie er nur mit dem halben Mund spricht?«, fragte ich Casper. Aber ausstehen kann ich Jan Versteegh schon. Ich finde ihn sogar nett.

Casper sah es auch. Er ging Zähne putzen. Bevor er in sein Zimmer verschwand, sagte er noch: »Ich mach dann mal Feierabend.« Das ist seine Standardbemerkung, wenn er schlafen geht.

»Gute Nacht«, sagte ich.

Ich sah die Sendung allein zu Ende, trank meinen Ingwertee und ging dann auch zu Bett. Mit *Der Fürst der Phantome* von Anthony Burgess, das ich gerade wiederlese. Manchmal, selten, lese ich – ob zum ersten oder wiederholten Mal – ein Buch, bei dem ich mich frage, wie ein Mensch es geschafft hat, so etwas zu schreiben. Etwas so Gutes. Sodass man sich neben diesem Autor wie ein Zwerg vorkommt. Und dann ist es auch noch sehr dick. Ich fühlte mich gemocht. Ich hatte einen entlaufenen Hund eingefangen. Man hatte mich einen schönen Mann genannt, wenn auch aus der Perspektive eines Hundes, und nächste Woche läuft eine Serie wieder an, die ich sehr mag. Manchmal sind die Tage ganz in Ordnung.

– 43 –

Die Beziehung von Freund Henk ist vorbei. Genaueres weiß ich noch nicht, weil er nur Pauline davon erzählte, auf der anderen Seite des Tisches, während ich auf meiner Tischseite mit Romi Jones sprach. In De Plantage, einem Restaurant neben Artis. Immerhin hörte ich ihn irgendwann »Er ist einfach ein Arschloch« sagen. Das hatte ich ihn schon einmal sagen hören, und ich folgerte daraus, dass der andere Schluss gemacht hat. Auch Paulines Beziehung ist vergangenes Jahr in die Brüche gegangen. Alle wieder allein, oder »Single«, wie man das heute zu nennen hat, weil es weniger allein klingt. Überschaubar. Romi ist es egal. In der Woche, in der sie in Griechenland war, zog das Orkantief Zorbas darüber hinweg, weshalb Schwimmen tagelang unmöglich war, und das hat doch einer der Höhepunkte jedes Griechenland-Urlaubs zu sein. Schwimmen und Schnorcheln. Und hier in Amsterdam ist es nun verdammt kalt. Nasskalt. Und grau. Aber ihr macht es nichts aus. Ich begleitete sie nach dem Essen zu ihrem Hotel in der Nicolaas Witsenstraat.

»What a beautiful city«, seufzte sie, als wir über die Magere Brug gingen.

Ich zeigte nach rechts. »That's the Stopera«, sagte ich. »Town Hall and Opera House.« Ich zeigte nach links. »That's Carré, a very famous theatre. Where they do a circus every year. A Christmas Circus.«

»With animals?«, fragte sie.

»Sure«, antwortete ich.

Das war gestern Abend. Gleich gehen wir in den Zoo.

Wir sahen sehr viele Tiere. Auch Tiere, die für mich neu waren, ich war sehr lange nicht bei Artis gewesen. Pinselohrschweine, zwei Komodowarane, ein riesenhafter Lungenfisch. Andere Tiere waren für immer verschwunden. Die Mähnenwölfe, die Tiger, die Orang-Utans. Fast alle alten Raubtiergehege waren weg, die Elefanten hatten ein wunderschönes neues Außengehege, man geht auf einem Weg mit Wänden aus Cortenstahl, allmählich abfallend und wieder ansteigend, durch ihren riesigen Badeteich. Es war ruhig, sehr ruhig. Fieses, graues Schmuddelwetter. In De Twee Cheetahs tranken wir Kaffee und aßen eine Kleinigkeit. Romi ein Erdbeerteilchen, womit sie schon ein Fünftel des »Ernährungstellers« zu sich nahm, wie sie es ausdrückte, ich ein Würstchen im

Schlafrock, das nicht besonders lecker war. Eigentlich widerlich. Henk trank nur Tee. Romi arbeitet an ihrem ersten Roman, über einen jungen Mann, der Probleme hat, von London nach Northumberland zieht und dort in einer Hütte am Strand wohnt. Sie erzählte, dass ihre Mitleser die Hauptperson unsympathisch fanden. Jetzt hat sie dem jungen Mann eine Katze gegeben, und auf einmal finden ihre Mitleser ihn sehr nett. Sie ist Mitglied in einer Jazzband, in der sie Altsaxophon spielt, sie ist die einzige Frau. Romi hat eine Freundin, aber weil sie nie von ihr spricht, ist es so, als wäre auch sie allein. Als wir wieder draußen waren, deutete ich nach rechts. »Zebras«, sagte ich.

»I already saw them«, erwiderte sie. »I'm not blind.«

Abends gab es einen »bescheidenen Umtrunk« anlässlich des Erscheinens von *Eine echte Mutter* von Saskia de Coster. Im Ruk en Pluk in der Linnaeusstraat. Erst am Vormittag hatte Saskia mich dazu eingeladen, dabei aber betont, dass sie es sehr gern sähe, wenn ich käme. Saskia und ich begegnen uns regelmäßig im Ausland. Ich finde Saskia sehr nett und ganz besonders klug. Jemand erzählte mir, dass Ruk und Pluk die Namen früherer Besitzer waren, als das Lokal noch eine Schwulenkneipe war. Ich lernte dort einen Gerbrand kennen. Das hat immer etwas Aufregendes, weil es so wenige Gerbrands gibt, es ist jedes Mal, als würde ich einem verlorenen Familienmitglied begegnen. Dieser Gerbrand heißt mit Nachnamen Oudenaarden, und er hat ein Unternehmen, das Veranstaltungen online zugänglich macht. Seine Freundin, Monique, war ebenfalls anwesend, und sie fing an zu erzählen, wie toll sie es finde, dass ihr Freund Gerbrand heißt, weil sie nun nach der Lektüre der großartigen Bücher von Gerbrand Bakker ihren eigenen Gerbrand habe. »Das bin ich«, unterbrach ich sie, um größerer Verlegenheit vorzubeugen.

Das versetzte sie in einige Aufregung. Alle waren aufgeregt, nicht zuletzt Saskias Schwester, die als Juristin für Airbnb arbeitet und der ich sagte, dass ich etwas gegen Airbnb habe, weil es Städte wie Amsterdam kaputt macht. Das erweckte ihren Zorn. Ich sei sehr schlecht informiert, meinte sie. In Zukunft solle ich doch bitte den Mund halten, wenn ich von etwas keine Ahnung habe. In einer Hinsicht war ich tatsächlich schlecht informiert, ich hatte nicht gewusst, dass Airbnb der Name eines amerikanischen Unternehmens ist und nicht nur eine Bezeichnung für eine bestimmte Art der Übernachtung. Sie übersetzte den Anfang des Firmennamens mit »Luftmatratze«, und ich dachte, sie wollte mich auf den Arm nehmen. Joost de Vries war auch da, außerdem Joyce Roodnat und Daniël van der Meer vom Verlag Das Mag. Ich strich ihm über den Rücken.

»Du hast immer noch den schönsten Rücken der Buchbranche«, schmeichelte ich, ich hatte schon eine Menge Bier intus.

»Dafür trainiere ich auch hart«, sagte er. Daniël ist der neue Verleger von Saskia, die früher bei Prometheus war. Auch Saskias Beziehung ist vor Kurzem in die Brüche gegangen.

»Bedauerst du es, dass wir alle keine Beziehung mehr haben?«, fragte sie.

»Ob ich es bedauere?«, fragte ich. »Was sollte ich daran denn bedauern? Ich habe keine Meinung dazu. Nur wenn du selbst es bedauern würdest, täte es mir leid für dich.«

»Nein«, sagte sie. »Warum solltest du auch.«

»Aber irgendwie«, sagte ich, »finde ich Menschen, die allein sind, netter.«

»Ja!«, sagte Saskia. »Finde ich eigentlich auch.«

Im Ruk en Pluk hängt ein riesiger Plastikpenis an der Decke. Alle sehen ihn anscheinend schon beim Eintreten, nur ich entdeckte ihn erst nach ein paar Stunden. Dafür hatte *ich* die Wand mit Fotos von Mitgliedern des Königshauses sofort gesehen. Ich habe Saskia und einem Mann, der eine Beziehung mit jemandem bei Das Mag hat, einen Vortrag darüber gehalten. Auf den Fotos waren zum Beispiel auch Hendrik und Emma und Wilhelmina zu sehen, für Belgier und, wie sich zeigte, auch für manche Holländer völlig Unbekannte. »Euer Königshaus«, sagte ich zu Saskia, »ist wahrscheinlich noch obskurer als unseres, oder?«

Ein paar Stunden zuvor hatte Romi zu mir gesagt, sie vergesse immer wieder, dass auch die Niederlande ein Königshaus haben. Und so zynisch Romi auch über ihr Land spricht – das Brexit-Theater ist in ihren Augen eine Schande für Großbritannien –, indirekt verriet sie mit dieser Bemerkung, wie tief das Gefühl des Britisch-Seins, das Gefühl, eine Ausnahme zu sein, bei den Bewohnern dieser Insel verankert ist und wie stark ihr Gefühl der Überlegenheit. Ihr Königshaus ist das einzige, das zählt.

– 44 –

Als wir damals von Schwarzbach abfuhren, dachte ich wenig nach. »Wiedersehen, Haus«, sagte ich auf der Rückbank des vollgepackten Autos zu meinem Haus. »Wiedersehen, Garten.« Hinter uns verschwanden nacheinander die Nachbarhäuser, das Haus von Herbert und Christin, das Haus der Aachener, Gabi und Hans-Dieter heißen sie, das Haus von Rinus und Lien und schließlich das Haus von Hannelore. Ihre Ziegen grasten wie gewöhnlich auf der steilen Weide darunter. Alles war wie sonst. Ich wusste nicht, ob ich weiter wollte oder zurück. Von der Fahrt ist mir nichts im Gedächtnis geblieben. Wir fuhren nach Berching, zum Gästehaus St. Gregor. Es erwies sich als großes ehemaliges Kloster samt angebauter Kirche. Und es stand nicht in Berching, sondern in Plankstetten. Wir hatten alle ein eigenes Zimmer oder eine Zelle. Riesige Zellen waren das, mit jeweils drei Betten. Ich öffnete die Tür meiner Zelle, schaute mich um, ging wieder auf den Gang hinaus und betrat Henks Zelle. »Darf ich zu dir?«, fragte ich. Ich durfte. Wir aßen in Berching im Restaurant Meteora. Ich habe es im Internet gesucht und die Fotos wiedererkannt. Vermutlich habe ich ein Schnitzel gegessen. Alles dort war vertraut, deutsch. Wir waren noch nicht weit gekommen. Ein Flüsschen durchschnitt das Dorf. Ich trank Weißwein, und wahrscheinlich habe ich im Meteora zum ersten Mal »Morgen bin ich wieder da« gedacht. Die ganze Nacht die Kirchenglocken. Ich schlief wie ein Stein.

Ich hatte mein kleines blaues Notizbuch mit der Aufschrift HAY FESTIVAL auf dem Umschlag mitgenommen. Fast nichts habe ich darin notiert.

15. 9. TAG I
Schwarzbach – Berching/Plankstetten
± 500 km.
Gästehaus St. Gregor.
Alprazolanum 0.5

16. 9. TAG II
Plankstetten – Preddvor (Slowenien)

TAG III Preddvor
– Apotheke Kranj (A. anrufen)

TAG IV Preddvor – Gradište (Kroatien)
über Bosnien und Herzegowina (4 x über die Grenze)

TAG V Gradište – Kumanovo (Nordmazedonien)
»Geschmacklosigkeit«. Denkmal Studena Voda

TAG VI Kumanova – Olympiaki Akti
also Griechenland. Meer, geschwommen. Essen Hotel nebenan.

TAG VII Olympiaki Akti – Delfi/Delphoi/Delphi
herrliche Fahrt durchs Gebirge. Orakel

Das ist alles. Sechsundsiebzig Wörter und Zahlen für sieben Tage. Ich verstehe nicht, wieso schon am ersten Tag das Wort »Alprazolanum« auftaucht (so wird Alprazolam in Slowenien genannt). Davon war nämlich erst am nächsten Tag, in Slowenien, die Rede, weil ich in Preddvor meinen Therapeuten anrief. Das war Henks und Paulines Idee, ich selbst bin so ein Trottel, dass ich darauf gar nicht gekommen wäre. Henk, der mich schon lange kennt, war über mein Gesicht erschrocken. Das heißt über meinen Gesichtsausdruck. In dem Restaurant, das von den Eigentümern unseres Ferienhauses geführt wurde, bekam ich nichts herunter. Ich erinnere mich, dass mein Telefonat mit dem Therapeuten für ein ganz klein wenig Erleichterung sorgte, die allerdings auch dem Weißwein zu verdanken sein konnte oder der Aussicht auf die Tabletten, die vielleicht etwas an meinem Zustand ändern würden. Ich weiß noch, dass die Mitarbeiterin der Apotheke in Kranj ein riesiges Muttermal im Gesicht hatte und ich sie für einen umgebauten Mann hielt. »Two weeks«, sagte sie streng zu mir. »No more than two weeks.« An jenem Nachmittag stiegen Henk und ich einen Berg hinauf, darüber habe ich in

Kapitel 2 berichtet. Die wunderbare Wirkung dieser ersten rosa Pille.

»Geschmacklosigkeit«. Auch das ruft jetzt Erinnerungen wach. Ein neues Haus an einem Sandweg, an dem sonst nur halb eingestürzte und armselige Häuser standen. Nach einer Suche, die kein Ende zu nehmen schien. Meine eigene Rolle bei dieser Suche: entschlossen, einen Laden nach dem anderen zu betreten, um vielleicht einen Hinweis zu bekommen. Der Schock beim Anblick dieser Stadt, die mich gleich an Teheran erinnerte; wir oben auf einem Berg ohne Straße, sogar ohne Weg, und da sollte das Haus sein, das wir über Booking.com gemietet hatten? Zwei abgemagerte Kühe liefen dort herum. Ich pinkelte oben auf dem Berg. Ich dachte: Ich bin wieder da. Das Haus im Stil eines italienischen Palazzo, der geschwätzige junge Eigentümer und seine grellblondierte Frau, alles zusammen schien in die Sphäre der russischen Unterwelt zu gehören, einschließlich des glänzenden Interieurs, der Marmorböden, der Kunstblumen, des protzigen Pools mit eiskaltem Wasser hinterm Haus. Ich hielt mich fest an Gesprächen, laberte einfach mit. Hielt mich fest an den Dingen, die ich ringsum sah. Rotzkranke streunende Katzen, Hunde, Gemüsegärten zwischen den schäbigen Mauern, Bäume, die ich nicht benennen konnte. Wein. Das hartnäckige Gefühl, nicht in Nordmazedonien, sondern im Iran zu sein. Ich schlief wieder in Henks Zimmer. Ich wollte in kein anderes Zimmer als das, in dem Henk übernachtete. Hätte er mir doch dort Küsschen auf die Stirn gegeben, gefolgt von einem lieb gemeinten »Guten Morgen, mein Schatz«! Ich versuchte, mir gar nicht erst vorzustellen, wie es sein würde, allein in einem Zimmer zu schlafen. Als ich in Doli paranoid wurde, war das nach einer allein verbrachten Nacht. Ich konnte nicht allein sein.

Nach dem siebten Tag endete die Reise, wenn ich dem blauen Notizbuch glauben darf. Wir fuhren von Delfi (»herrliche Fahrt durchs Gebirge«? Habe ich davon wirklich etwas mitbekommen? Habe ich es aufgeschrieben, um mich über mich selbst lustig zu machen?) nach Methana, eine Fahrt von nur 280 Kilometern, allerdings hauptsächlich über Nebenstraßen, weshalb sie etwa acht Stunden gedauert haben dürfte. So viel Mühe ich mir auch gebe, es kommen keine Bilder an die Oberfläche. Rückbank. Bananen? Ich glaube, ich habe die ersten Bananen in einem kleinen Laden in Kumanova gekauft. Bananen bekam ich wenigstens noch herunter, und sie enthalten viel Wertvolles, das wusste ich aus der Zeit, in der ich viel mit dem Rennrad gefahren bin.

– 45 –

DAS ORAKEL VON DELPHI

Ich bin in Griechenland. Ich habe eine Kolumne geschrieben. Das hat mich viel Zeit gekostet, ich musste alles Mögliche recherchieren, und das Internet ist hier quälend langsam. Zweimal habe ich versucht, die Datei zu speichern, und beim zweiten Versuch verschwand alles in der blauen Luft oder im azurnen Meer voller Seeigel. Ich fluchte nicht, sondern trank ein Glas Weißwein und dachte: Ich schreibe einfach eine neue. Die verschwundene Kolumne handelte von einem Zeitraum von sechzehn Tagen, an denen ebenso viele Autoren für allerhand Literaturpreise nominiert wurden und andere Literaturpreise gewannen, vom 5. September, an dem die Longlist des Bookspot Literatuurprijs veröffentlicht wurde, bis zum 21. September, an dem Henk van Straten den Preis das Beste Boek voor Jongeren mit *Wij zeggen hier niet halfbroer* gewann. Im Text wimmelte es nur so von Autorennamen. Ich schloss mit der vielleicht ziemlich blöden oder zynischen Bemerkung, dass man sich als Schriftsteller heute schon sehr anstrengen müsse, um nicht wenigstens für irgendetwas nominiert zu werden. Aber gut: alles weg. Und dadurch eine neue Chance und Platz für etwas anderes.

Wir sind zu dritt im Auto hier angekommen. »Hier« ist ein Haus auf Methana, in dem man sich dem Schreiben und dem Yoga widmet. In acht Tagen sind wir quer durch mehrere ehemals jugoslawische Länder gefahren, wobei ein kurzer Abstecher nach Bosnien und Herzegowina einen tiefen Eindruck hinterlassen hat, weil dort immer noch alles kaputt ist. Jeden Abend bestimmten wir, wohin wir fahren wollten (»Ich will auf keinen Fall in Serbien übernachten, wir fahren direkt durch nach Nordmazedonien«), und buchten dann eine Unterkunft für den nächsten Tag. Am vorletzten Tag vor unserer Ankunft hier waren wir in Delfi. Oder Delphi oder Delphoi. Eine kleine Stadt, ziemlich ruhig, die Sommersaison näherte sich dem Ende. Wir waren früh losgefahren und hatten reichlich Zeit, die archäologischen Ausgrabungen zu besichtigen und außerdem das daneben errichtete Museum zu besuchen. Wer Delphi sagt, sagt Orakel. Es ist ziemlich steil dort, man muss sehr aufpassen, wohin man tritt. Irgendwann fielen uns Schildchen auf, die im Sonnenlicht glänzten. Es waren Erklärungen in Brailleschrift. Zunächst nimmt man es einfach zur Kenntnis, aber wenn man darüber nachzudenken beginnt, kommt es einem seltsam vor. Reist man als Blinder nach Delphi, um dort nichts zu sehen, weil man nun einmal blind ist, aber wenigstens überall die Braille-Schildchen zu lesen? Und wie findet man die? Und außerdem, wenn wir schon gut aufpassen müssen, wohin wir treten, wie ist das für einen Blinden? Ohne Begleitung ist es so gut wie unmöglich, sich dort blind zu bewegen. Schließlich legte einer von uns die Hand auf ein Schildchen und zog sie blitzartig wieder zurück: Das Metall war in der Sonne glühend heiß geworden. Da kommt man als Blinder nach Delphi, stolpert auf Schritt und Tritt über alte Steine, und wenn man eins der Braille-Schildchen lesen will, verbrennt man sich auch noch die Finger! Und kann dann mindestens eine Woche lang nicht »lesen«.

Nun also Methana. Ich beteilige mich nicht am Yoga (das außerdem früh am Morgen stattfindet), sodass nur das Schreiben übrig bleibt. Darum habe ich eine Kolumne geschrieben, die danach verschwunden ist. Ansonsten bin ich etwas ratlos. Voriges Jahr habe ich hier an einem Buch gearbeitet, unter anderem über diese Gegend geschrieben. Im Grunde ist es ein Segen, dass die erste Kolumne verschwunden ist. Es ist hier anders als früher, zum Teil deshalb, weil alle mir bekannten streunenden Hunde vergiftet worden sind. Nie mehr dieser große, der spätabends mitten auf der Straße ins Nichts bellte und, wenn man ihn fragte, warum er denn bellte, damit aufhörte. Wenn ich lesen will, lese ich *J. B. W. P. Het leven van Johan Polak* von Koen Hilberdink. Sein Name kam in der verschwundenen Kolumne nicht vor, den Nederlandse Biografieprijs hat am 18. September Onno Blom gewonnen.

Alles in Ordnung, scheinbar. Diese Kolumne war die erste von zweien, die ich aus Griechenland an *Trouw* geschickt habe. Der Laptop war also aufgeklappt, weshalb ich das blaue Notizbuch weggelegt hatte. Die Reise, oder besser gesagt: der Aufenthalt auf Methana, kam nun in Texten zur Sprache, mit denen ich Geld verdiente. Zwei Kolumnen und ein längerer Text, über den Garten in der Eifel, für dieselbe Zeitung. Außerdem erwartete *De Groene Amsterdammer* eine Kolumne von mir. Vier Texte. Vier Aufgaben. »Im Grunde ist es ein Segen, dass die erste Kolumne verschwunden ist.« So wurden aus vier Aufgaben fünf, ich konnte mich länger auf etwas zu konzentrieren versuchen. Zwölf Tage blieben wir dort. Das war viel zu lange. Hier folgt die zweite Kolumne:

WRITING RETREAT

Methana, der Ortsname ist schon in der vorigen Kolumne gefallen. Im vergangenen Jahr war es dort sehr angenehm. Ich arbeitete an einem Buch, und unser Aufenthalt wurde zu einem Teil dieses Buches. Viel besser kann man's nicht haben. Das Wetter war großartig, wie es sich für das Wetter in Griechenland geziemt. Beim Schreiben hörte ich fast ununterbrochen Hans Zimmers Soundtrack für den Film *Dunkirk*. Aufpeitschende Musik. Dieses Jahr ist alles anders. »Zorbas« hat uns heimgesucht; der Orkan selbst dauerte gut zwei Tage, und auch die Tage davor waren grau und windig. Ich hörte keine Musik, denn ich hatte meine Kopfhörer nicht mit. Kein Projekt, an dem ich zu arbeiten hatte. Nun ja, kein Projekt? Ich selbst war das Projekt: Kurz bevor wir zu dieser Reise aufbrachen, habe ich wieder angefangen, ein Antidepressivum einzunehmen, eine »verbesserte« Version des Medikaments, das ich früher genommen habe. Es kommt vor, dass ein solches Medikament zu Anfang das Gegenteil des Erwünschten bewirkt. Und so kam es. Ich wurde in ein schwarzes Loch geworfen (im Englischen nennt man Depressionen auch einen *black dog*) und hatte im Grunde mehr als eine Woche lang vierundzwanzig Stunden am Tag einen Panikanfall. Das ist nie angenehm, auf Reisen ist es einfach ein Unding. Ich versuche gar nicht erst, es zu beschreiben, am besten begnüge ich mich mit dem Ausdruck »Hölle auf Erden«. Ich konnte nichts mehr, nicht einmal essen. Über meinen Therapeuten wurde mir ein -pam verschrieben, das ich irgendwo in Slowenien in einer Apotheke abholte. Das Problem ist: Auch wenn alles in einem danach schreit, darf man das Antidepressivum nicht absetzen, man muss diese Phase durchstehen; irgendwann wird ein Wendepunkt kommen.

So habe ich in dem schönen Haus am Meer und in seiner Umgebung hauptsächlich auf diesen Wendepunkt gewartet. Ich war anwesend und doch auch nicht. In Gesellschaft einer immer wieder anders zusammengesetzten Gruppe von Schriftstellern. Oder eher: Menschen, die Schriftsteller werden wollen. Sie kommen von überall her. Manche sagen, dass schon Bücher von ihnen veröffentlicht worden seien, aber manchmal flüstert mir dann Pauline Slot, die auch hier ist, hinterher zu: »Ja, im Internet.« Im vergangenen Jahr waren hier ein paar englische Damen, die mir gegenüber ein bisschen abweisend waren und denen es noch schwerer fiel, mich anzusehen, nachdem sie gehört hatten, dass ich einen großen internationalen Preis gewonnen hatte. Warum, weiß ich nicht, vielleicht ist nicht vorgesehen, dass »arrivierte« Schriftsteller hierhin kommen, vielleicht soll dies ein Ort sein, an dem alle *aspiring* sind, um mal ein englisches Wort zu gebrauchen. Ein Ort, an dem man träumt und Hoffnungen hat und hegt, und dann ist es natürlich gut, wenn alle gleich sind, weil Träume sonst schnell in Fetzen gehen können. Dieses Jahr habe ich deshalb allen erzählt, dass ich eigentlich kein Schriftsteller mehr bin, Romane »blöd« finde und keine Ahnung habe, was ich mit meinem weiteren Leben anfangen soll, außer Kolumnen für eine Zeitung und eine Zeitschrift zu schreiben.

Dieses Jahr war auch ein Mann namens Piet aus Kampen hier. Piet arbeitete am fleißigsten von allen, und seine Werke werden tatsächlich veröffentlicht, wenn auch auf besondere Weise: Er schreibt Theaterstücke, die von Amateur-Ensembles aufgeführt werden. An einem der letzten Abende, als ich nach dem Essen so weit wie möglich von den anderen entfernt eine Zigarette rauchte, hörte ich in einiger Entfernung Piet zum fünfzehnten Mal einem Neuankömmling erzählen, dass er an einem Theaterstück über einen Roboter arbeite. »Meine Güte«, murmelte ich vor mich hin. Armer Piet, wir Armen allesamt, immer wieder über das Wie und Was und Warum reden zu müssen. Höchste Zeit, wieder abzureisen.

Doch nicht alles in Ordnung also. Im Grunde sehnte ich den ganzen Tag, jeden Tag, die Dunkelheit herbei. Wenn es dunkel ist, kann man zu Bett gehen. Im Bett kann man schlafen. Im anderen Bett Henk, leise schnarchend. Ich war nicht allein, in meiner Nähe waren Romi und Anette (aus Norwegen) und Jean (aus Großbritannien) und Phillip und Will und Mariël und Piet und andere, deren Namen mir entfallen sind. Wenn man sich zu lange an einem Ort aufhält, an dem ständig Leute ankommen und abreisen, hat man nach acht Tagen auch genug, hört man auf, noch Energie in die Neuankömmlinge zu investieren. Vermutlich war es hilfreich, dass ich den Ort schon kannte, er war mir bis zu einem gewissen Grad vertraut, was man über die Orte im früheren Jugoslawien, in denen wir übernachteten, nicht sagen kann. Und ich nahm weiterhin nur eine Vierteltablette, in Kombination mit dem Alprazolam, das damals noch voll und ganz seine Wirkung entfaltete. In der Kolumne schreibe ich, dass ich auf den »Wendepunkt« wartete. Konnte ich ahnen, dass der noch Monate auf sich warten lassen würde?

Vier kurze Texte in zwölf Tagen sind natürlich viel zu wenig, ich habe mehr als gewöhnlich daran gefeilt, und dann kam aus dem Nichts der Text über Paul Biegel hinzu, der auf wundersame Weise einen Platz in diesem Buch gefunden hat. Außerdem arbeitete ich im Garten und ergriff überhaupt jede Gelegenheit, mich irgendwie nützlich zu machen. Ich deckte den Tisch, entzündete abends sämtliche Kerzen, legte einen ganz neuen Sukkulentengarten an. Regelmäßigkeit und Struktur. Mittagessen um 13 Uhr, Abendessen um halb sieben. Und wir hatten das Auto. Wir konnten Ausflüge machen. Nichts unternahm ich allein; wenn ich wanderte, tat ich es in einer Gruppe. Wenn ich schwamm, ging ich nicht allein ins Meer. Wir aßen zusammen, wir schliefen zusammen; wenn ich auf der Toilette saß, fühlte ich mich unendlich einsam. Und dann kam dieser Sturm. Stoff für eine Kolumne im *Groene Amsterdammer*:

AUGENZEUGENBERICHT ÜBER »ZORBAS«

Methana, Peloponnes, Griechenland. Samstag, 29. September, 11:00 Uhr. Heute Morgen sind wir mit Regen und windstillem Wetter aufgewacht. »Much ado about nothing«, sagte jemand, der die Theaterstücke William Shakespeares kennt, vielleicht war ich es selbst. Gut, es regnete heftig, aber wo war dieser sogenannte Medicane? War er im Lauf der Nacht abgeflaut? Gestern Abend waren in Limnisa, in dem Haus mit Garten am Meer, in dem Leute wohnen, um zu schreiben oder Yoga zu praktizieren, eine Reihe von Maßnahmen ergriffen worden. Etwas panikartig; dies ins Haus, das ins Haus, die großen Sonnensegel und Außenvorhänge in Sicherheit, Kabel von Außenlautsprechern wurden einfach durchgeschnitten, um die Boxen möglichst schnell wegschaffen zu können, sämtliche Kissen eingesammelt. Und danach diese ruhige Nacht. Doch eine halbe Stunde nach dem Aufstehen war das Meer nicht mehr glatt, sondern voller Schaumkämme. Ein Grieche, der in der Wohnung unterhalb von unserer wohnt und beruflich »etwas mit dem Meer« zu tun hat (keine Ahnung, was), warnte uns: Es wird mittags noch viel schlimmer, starker Sturm und sehr viel Regen. »Be careful!«, sagte er. Hatte der Medicane seinen Kurs geändert oder verspätete er sich? Medicane, so hatten wir herausgefunden, ist ein Schachtelwort aus Mediterranean und hurricane. Wir eilen von den Ferienwohnungen in Agios Georgios nach Limnisa. Während wir normalerweise gemächlich durch die Olivengärten schlendern, ein etwa zwanzigminütiger Spaziergang, nehmen wir diesmal den Wagen. In Limnisa fällt bald schon der Strom aus, und das Meer unterhalb des Gartens ist eine brodelnde, graue Wasserfläche. Idioten in einem Segelboot; vor der Insel Angistri fährt ein Frachter vorbei. Schon bei der bloßen Vorstellung, bei solchem Wetter in einem Boot zu sitzen, fühle ich mich krank. Versuchen die Segler, vor dem Höhepunkt des Sturms irgendeinen Hafen zu erreichen? Im Haus große Ruhe. Die britischen, deutschen und niederländischen Autoren oder Yoga-Adepten haben sich alle einen Platz gesucht, was gar nicht so einfach war, weil sie ihre Plätze sonst draußen haben, wo es normalerweise warm und sonnig ist. Aus der Küche kommen vertraute Geräusche, die zur Zubereitung einer Mahlzeit gehören. Piet, der Amateur-Theaterstücke schreibt, sitzt auf seinem Stammplatz draußen, als wäre alles normal, er lässt sich durch nichts vertreiben, obwohl plötzlich ein Stück Sonnensegel zwischen ihm und der Außenwelt hängt. Den letzten Nachrichten zufolge soll der Medicane seinen Höhepunkt um etwa 15 Uhr erreichen.

Sonntag, 30. September, gleicher Ort, 10:20 Uhr. Offenbar heißt unser Unwetter auf einmal »Zorbas«. Aus den Niederlanden rief jemand an und fragte, ob Zorbas noch halbwegs erträglich sei. »Wer?«, fragte ich. Auf dem kleinen Strand unterhalb des Gartens, teilweise auch im Garten, liegen meterdicke Bündel Seetang. Die Küstenstraße in Agios Georgios ist unpassierbar, die See hat wild mit großen Steinen um sich geworfen, und an einer Stelle, an der man es nie erwartet hätte, fließt nun ein Fluss bergab zum Meer. Eine große Pappel im Garten unserer Nachbarn ist umgeknickt und auf den Zaun gefallen. Der Außenbereich der Taverne ist verwüstet, Boote im Hafen halb abgesoffen. Gestern Nachmittag gegen sechs saß der Besitzer der Taverne zusammengesunken auf einem Stuhl, während über seinem Kopf die Überdachung des Außenbereichs wegflog. Er starrte brütend auf eine Gruppe von Männern, die im Hafen Boote zu retten versuchten. Alles, was geschah und noch kommen würde, ließ er resigniert über sich hinwegrasen. Inzwischen hat der Wind gedreht und nachgelassen, man kann einzelne Wolken unterscheiden, es ist nicht mehr die einförmig graue Masse, aus der vergangene Nacht zig Millimeter Niederschlag pro Quadratmeter gefallen sind. Das Meer bekommt allmählich wieder etwas Farbe, Schaumkämme sind nicht mehr zu sehen. Von oben ist stetiges Tropfen zu hören, Regenwasser dringt durchs Dach und landet in einem Eimer.

Den gestrigen Nachmittag haben wir brüllend und johlend mit Tock verbracht, das hier um der britischen Teilnehmer willen *cheeseboard* genannt wird. Wie sich herausstellte, johlten und spielten wir uns aber nicht über den Höhepunkt des Sturms hinweg, denn der sollte auf einmal noch etwas später kommen. Am Abend saßen wir in der zweiten Taverne von Agios Georgios. Es gab wieder Strom. Wir waren immer noch laut, wenn auch nur, um uns im Toben des Regens und Windes verständlich zu machen. Wir tranken viel, wir aßen Fleisch und Fisch (ansonsten wird hier strikt vegetarisch gelebt) und rauchten drinnen. Der riesige Fernseher wurde eingeschaltet, es kam die griechische Version von *The Voice*. Geselligkeit am Samstagabend. Wahrscheinlich kann man heute in jedem europäischen Land samstagsabends *The Voice* sehen. Völlige Austauschbarkeit. Ich bat ständig um alle möglichen Dinge – mehr Wein, Mayonnaise, Ketchup, Brot –, sodass der unglaublich liebe junge Kellner mir über den Rücken streichen konnte, wenn er das Bestellte brachte. Das tat er nämlich jedes Mal; oder er legte mir seine warme Hand auf die Schulter. Es war seine Art zu sagen, dass man eigentlich besser nicht mit ihm sprechen sollte, weil er ausschließlich Griechisch verstand und sprach.
Alles in allem hat dieser Sturm, anschwellend und nachlassend, etwa zwei Tage gedauert, und schon an den Tagen davor war der Wind heftig und der Himmel grau; Wind und Wetter so unangenehm, dass die Badehosen und -anzüge trocken am Wäscheständer hängen blieben. Jemand, der in Agios Georgios gewesen ist, berichtet, dass ein großer Bagger die Küstenstraße wieder befahrbar gemacht hat. Später beginnt es wieder zu regnen, genau in dem Moment, als ich mir vornehme, ein bisschen spazieren zu gehen. Und so fangen wir wieder an, Tock zu

spielen, die Lustlosigkeit muss vertrieben werden, und angesichts der außergewöhnlichen Umstände unterwerfen wir uns nicht mehr dem Regime der Stille, das hier sonst während eines Teils des Tages herrscht. Bald wird das Essen auf den Tisch kommen, dazu ein Gläschen Weißwein aus der Umgebung, und morgen bekommen wir vielleicht wieder einmal die Sonne zu sehen. In der Spülküche steht ein Wasserkocher mit Isolierband ums Kabel, und erst jetzt erkläre ich mir, was ich schon eine Woche lang gesehen habe. Aber wieso um alles in der Welt hat man dieses Kabel durchgeschnitten? Ein Wasserkocher im Haus kann doch bestimmt nicht weggeweht werden.

– 46 –

Es gibt einen Weg festzustellen, wie es um einen steht, unabhängig von eigenen Einsichten, Gedanken oder Gefühlen. Über den Mitmenschen, möglicherweise auch über Mittiere. Kommt die folgende Situation Leserinnen oder Lesern bekannt vor? Man ist auf dem Rad unterwegs, und alle sehen einen an, schließlich wischt man sich den Mund ab, weil man glaubt, dass man vielleicht Erdnussbutter oder Marmelade oder Zahnpasta im Mundwinkel hat. Und etwas später – nach weiteren Blicken – wird einem bewusst, dass man gut gelaunt oder fröhlich oder sogar ziemlich glücklich ist. Man sendet Signale aus, die anscheinend von anderen Menschen empfangen werden. Wenn man schwer depressiv ist, sieht einen niemand. Dann kann man zu Fuß, auf dem Rad, in der Straßenbahn, im Bus oder Zug unterwegs sein, ohne dass es irgendwem auffällt. Man ist nichts, und in dem Niemandsland, in dem man wohnt, ist man für die anderen durchsichtig. Wenn es einem besser geht – manchmal sogar, ohne dass es einem selbst gleich bewusst ist –, wird man allmählich wieder angeschaut. Als wären die anderen verwundert, einen zu sehen. Nicht irgendjemanden, nein, speziell einen selbst. Da man nun nicht mehr nichts ist, ist auch der Körper wieder da, buchstäblich. Ein Körper, ein Gesicht, das gesehen wird oder zumindest von anderen gesehen werden kann. Der weiße Hund neulich, warum ist er laut bellend geradewegs auf mich zu gerannt, statt zu seinem Frauchen zu laufen? Weil er mich sah. Ich war eine Entität, ich war *etwas*. Der Hund und ich lebten in derselben Welt. Gestern fiel es mir auf, als ich durch die Haarlemmerstraat radelte. Alle sahen mich an. Auf eine Weise, als würden sie denken: Ha, er ist wieder da. Ich selbst denke das nicht mehr. Ich habe meine Lektion gelernt.

– 47 –

Sublimierung ist ursprünglich ein Begriff aus der Chemie für den Übergang eines Stoffs aus dem festen in den gasförmigen Zustand. Später kamen übertragene Bedeutungen hinzu, und in einer solchen Bedeutung hat Sigmund Freud dem Begriff Bekanntheit verschafft. In der Psychologie wird Sublimierung als Abwehrmechanismus aufgefasst: Als die Umformung oder Kanalisierung von Urkräften wie Angst, Sexualität oder Aggression, sodass sie zu etwas anderem werden, das weniger bedrohlich oder »groß« ist, vor allem Ambitionen im Beruf, in den Künsten oder Wissenschaften. Die sogenannten Urkräfte sind roh und ungeschliffen, unbeherrschbar, sie haben ihren Sitz im Unterbauch. Vielleicht könnte man auch sagen, dass aus etwas Hässlichem etwas Schönes gemacht wird, was allerdings auf Sexualität nicht zutrifft. Denn sie ist im Allgemeinen schön, und Angst hat natürlich auch einen positiven Effekt: dass man flüchtet, wenn es notwendig ist. Nur Aggression hat nichts Positives oder Schönes, sie ist immer schmutzig und gemein.

Ich glaube, mir ist mittlerweile klar, dass die Bücher, die ich geschrieben habe, Sublimierungen von etwas völlig anderem sind, wofür in meinem Fall vor allem Angst infrage kommt. Eine unverstandene Depression: das Gefühl, dass etwas ganz und gar nicht stimmt – aber wie, warum, was um Himmels willen geschieht mit mir? Empfindet das jeder, oder bin ich der Einzige? Ist das normal oder abnormal? Es gab in mir den Drang, »etwas« mitzuteilen, ohne dass ich gewusst hätte, was dieses »Etwas« war, wahrscheinlich sogar, ohne mir selbst meines Mitteilungsdrangs bewusst zu sein. Vielleicht kommt all das am deutlichsten in der Einsamkeit zum Ausdruck, die viele der Personen in meinen Romanen erfahren. Sie suchen auch alle etwas; sie teilen sich nicht mit, weil sie oft selbst nicht wissen, was sie zu sagen hätten. In diesem Sinne könnte man auch sagen, dass die Bücher kaum mein Verdienst sind. Im Grunde habe ich das immer schon so empfunden, und deshalb habe ich mir nie viel darauf eingebildet und bin so seltsam unempfänglich für Komplimente (nur leider nicht für Kritik). Als hätte all das nichts mit mir zu tun.

Andererseits war ich natürlich auch der Einzige, der diese Romane, auf welche Weise auch immer und mit welcher Intention auch immer, schreiben *konnte.* Wenn bei Lesungen in Roden oder Culemborg, nachdem ich erklärt hatte, wie das Schreiben bei mir funktionierte, dass ich »nicht so viel Einfluss« darauf gehabt habe, dass es oft oder meistens »von selbst« gegangen sei, manche Leserinnen im Saal riefen: »Ja aber wenn das alles so einfach ist, dann können wir ja auch ein

Buch schreiben!«, ging das folglich an den Tatsachen vorbei. Dann wurde ich doch ein wenig giftig und sagte: »Prima. In einem Jahr sprechen wir uns wieder, und dann zeigen Sie mir das Buch, das Sie geschrieben haben.« Betretenheit. Ich wollte mir meine Bücher auch nicht ganz nehmen lassen, obwohl ich selbst nicht völlig verstand, was ich da zusammenschrieb.

Als wäre etwas versehentlich oder unbeabsichtigt Geschaffenes weniger wert als das, was mit Überlegung und einem klaren Ziel geschaffen wurde. Als wäre das, was einer unverstandenen Quelle entspringt, ob es nun ein Buch, ein Gemälde, ein Film oder eine Ballettaufführung ist, weniger als das Werk eines Schriftstellers, Malers, Filmemachers oder Choreographen, hinter dem ein hoher Anspruch steht.

(Warum muss ich jetzt an eine Szene vor dem Gebäude denken, in dem der irische Arts Council untergebracht ist? Dublin, November 2017. Ich musste rauchen, natürlich, und war deshalb nach draußen gegangen. »Ah, smoking«, sagte Anne Enright, als sie herauskam. Ich kannte sie, wir waren uns in Irland schon öfter über den Weg gelaufen. Jemand anders – ich war nicht der einzige Raucher dort – fragte sie, womit sie gerade beschäftigt sei. Ach, na ja, weißt du, ein neuer Roman, glaube ich. Sie gebrauchte das Verb *dabble*, etwas nur so nebenher, als Liebhaberei, nicht ernsthaft tun. Anne Enright kann großartig relativieren und übrigens auch herrlich tratschen, wie ich schon einmal festgestellt hatte, als wir über Rachel Cusk sprachen. Mir wurde dieselbe Frage gestellt. »Ich schreibe keine Romane mehr«, sagte ich entschieden, entschiedener als nötig, wie man es nun einmal tut, wenn man in Gesellschaft ist. Ich suchte nach einem anderen Wort für prätentiös. »I find it all so coquettish.« Dergleichen sollte man vielleicht besser nicht sagen, wenn eine Kollegin gerade erklärt hat, dass sie an einem neuen Roman arbeitet. Glücklicherweise forderte mich niemand auf, das näher zu erläutern, aber ich sah Anne Enrights Blick. Sie war verletzt. Sosehr sie auch zum Relativieren neigte, dies ging ihr dann doch zu weit. Nachdem sie noch ein bisschen geplaudert hatte, entfernte sie sich. »I'm off«, sagte sie über die Schulter. »To do a bit of dabbling on something coquettish.«)

Ich habe schon zehn Jahre keinen Roman mehr geschrieben. Bedeutet das nun auch, dass ich nichts mehr zu sublimieren habe? Dass dank eventuell gewonnener Selbsterkenntnis oder der Einnahme eines Antidepressivums für mich kein Grund mehr besteht, einen Roman zu schreiben? Ist es so einfach? Oder bin ich nur faul? Habe ich beim Schreiben eines Buches wie des vorliegenden oder *Jasper und sein Knecht* eine neue Form gefunden, eine Form ohne Sublimierung und Fiktionalisierung, weil ich dazu nicht mehr imstande bin, und die mir deshalb so gefällt? Besteht keine Notwendigkeit mehr? Will ich wie Raymond van het Groenewoud nur noch unverblümt »Je veux de l'amour« schreien und nicht mehr verschleiernd über weiche Haut, süßes Brot, klares Wasser, trockenes Leder und »lang verflossne Zeiten« schreiben?

Wem stelle ich diese Fragen eigentlich? Den Lesern oder mir selbst?

– 48 –

»Wie ich höre, geht's dir doch ganz gut«, sagt der Therapeut.

»Mjoh«, antworte ich. Ich lasse einen Würfel Rohrzucker in meinen Kaffee fallen. »Ich bin immer noch nicht ganz da.« Zugleich merke ich wieder einmal, dass die Anwesenheit in diesem unordentlichen Raum mit den vielen Büchern, dem überfüllten Schreibtisch, der kaputten Uhr auf dem Tisch, an dem wir sitzen, dem riesigen Gemälde von einem spazierenden Mann an der Rückwand, den Pflanzen, der unvermeidlichen Schachtel Papiertaschentücher, schon einen Unterschied ausmacht. Mein »mjoh« hier ist ein ganz anderes »mjoh« als anderswo. »Ich habe hin und wieder eine sehr deutliche Erinnerung daran, wie es gewesen ist. Darauf bin ich nicht scharf.«

Wir schweigen einen Moment. Dann sage ich: »Eine Kollegin bei Cossee, Eva Meijer, hat gerade ein Buch fertiggestellt. *Die Grenzen meiner Sprache*. Ich wollte erst gar nichts davon wissen, aber als ich neulich im Verlag war, hab ich's dann doch mitgenommen. Drin gelesen hab ich noch nicht, aber natürlich renne ich auch ständig gegen die Grenzen meiner Sprache.«

»Was ist eigentlich der Zitronengeranie passiert?«

»Ach ja, das wollte ich *dich* gerade fragen.«

»Hast du nichts damit gemacht? Hat sie sich von selbst so entwickelt?«

»Voll und ganz von selbst. Das Ding ist gewachsen wie verrückt, das weißt du ja. Ich kann dir nicht sagen, was damit passiert ist. Ich hab einen Steckling in Wasser gestellt, ihn eingepflanzt, ein bisschen gedüngt und sehr regelmäßig gegossen.«

Ich stehe auf und gehe zum Kaminsims. Solange ich zurückdenken kann, steht dort die Zitronengeranie. Eine dieser altmodischen Pflanzen, mit denen man im Grunde nichts falsch machen kann. Die sich unendlich und ganz leicht durch Stecklinge vermehren lassen. Stecklinge, die man weitergibt, damit auch andere Leute so eine Pflanze am Hals haben, die nie eingeht. »Auf jeden Fall«, sage ich, »würde ich sie hier abschneiden.« Ich halte zwei lange Zweige hoch. »Diese langen Dinger müssen weg, die Blätter sind viel zu weit entfernt, dann kann sie versuchen, wieder von der Basis her zu wachsen.«

»Hoffentlich. Ich werd's versuchen. Aber ich befürchte das Schlimmste. Ich dachte, diese Pflanzen wären unverwüstlich.«

»Das ist schon ulkig in dieser Praxis«, erwidere ich. »Alle unverwüstlichen Pflanzen gehen irgendwann ein.«

»Na ja, ulkig ...«, sagt der Therapeut.

»Doch, doch«, sage ich, »sogar deine vorige Birkenfeige ist eingegangen.«

»Ähm, Gerbrand, etwas anderes. Ich habe mit meinem Freund und Kollegen M. gesprochen.«

»Ach, ja.«

»Und er möchte dich gern treffen. Ich habe ihm nicht gesagt, wer du bist. Und wenn du noch interessiert bist, gebe ich dir seine E-Mail-Adresse.«

»Hm.«

»Tja, ich weiß ja auch nicht. Ich muss auch nicht allzu viel drüber wissen. Er war auf jeden Fall gleich interessiert. Er trauert sehr um seinen Partner, mit dem er immerhin zwanzig Jahre zusammen war. Seit ungefähr einem Jahr. Die Ähnlichkeiten sind wohl eher gering, aber man kann nie wissen.«

»Ich habe ihn gegoogelt, deshalb weiß ich jetzt, wie er aussieht.«

»Hatte ich denn auch seinen Nachnamen genannt?«

»Ja sicher. Ich habe die Titel seiner beiden Bücher gefunden. Ich fürchte, er ist ein Schriftsteller, der eigentlich keiner ist, sondern nur etwas über Homosexualität sagen will. Homosexualität als Thema. Und der dabei vergisst, dass man beim Schreiben in erster Linie versuchen muss, ein gutes Buch zu schreiben. Was er macht, sollte man besser lassen, finde ich immer.«

»Ja, da sind wir uns einig.«

»Aber das muss natürlich jeder selbst wissen.«

»Er ist einfach ein sehr netter Kerl, und ihr seid in gewisser Weise extreme Gegensätze. Er hat sein Leben lang eine feste Beziehung gehabt und du noch nie. Das ist also schon interessant. Und du bist Bauernsohn, während er aus den höheren Kreisen von Wassenaar stammt.«

»Wir sind gleich alt.«

»In die Richtung habe ich auch gedacht. Und es ist für euch beide ein besonderer Moment im Leben.«

»Wie meinst du das?«

»Na ja, ich meine, dass du manchmal an eine neue Beziehung denkst und dass er anscheinend wieder offen dafür ist.«

»Wo wir gerade davon sprechen: Ich habe gestern eine Mail von der Sexologin im AMC bekommen, bei der ich zum Erstgespräch war. Mit ihr selbst habe ich jetzt nichts mehr zu tun, ich habe Anfang März einen Termin bei einer anderen. Aber sie wollte mich noch anrufen, um mit mir über das weitere Vorgehen zu sprechen, damit ich keine Überraschungen erlebe.«

»Oje.«

»Ja, das hab ich auch gedacht. Was wird diese neue Sexologin denn machen? Da bin ich neugierig.«

Der Therapeut schreibt wieder etwas auf. Ich sehe nicht hin. Ich kann nicht auf dem Kopf lesen.

»Man wird mir dann auch Blut abnehmen. Vielleicht habe ich ja überhaupt kein Testosteron mehr. Wo kommt das eigentlich her, das Testosteron? Aus den Hoden? Oder aus dem Gehirn?«

»Ich dachte, dass es in den Hoden produziert wird, aber sicher bin ich mir nicht. Gute Frage.«

»Es muss doch aber irgendwo im Gehirn landen.«

»Ja, klar. Da wirkt es dann auch, das steht fest.«

»Die Uniklinik heißt natürlich nicht mehr AMC, ich meinte das UMC Amsterdam.«

»Ich soll im Juli kurz nach Rio de Janeiro kommen.«

»Du möchtest natürlich nichts lieber als das.«

»Und es ist nicht Rio, sondern Paraty, das sind noch mal 350 Kilometer mehr. Irgendein Literaturfestival. Dann erscheint dort nämlich mein Buch, hat mir irgendein Brasilianer geschrieben. Punkt eins: Ich hab nicht die geringste Ahnung, welches Buch. Im Ernst. Punkt zwei: Ich habe mal auf Vliegwinkel.nl nachgesehen. Nur die KLM fliegt direkt, das dauert zwölf Stunden, und sonst dauert es fünfundzwanzig oder zweiunddreißig Stunden.«

»Ich dachte, das würde viel schneller gehen.«

»Ach was, Brasilien liegt fast am anderen Ende der Welt.«

»Ich bin im Sommer zufällig nach Kanada geflogen, und das waren nur neun Stunden.«

»Kanada liegt so ungefähr auf unserer Breite, nach Brasilien geht es ziemlich weit runter. Ich glaube, ich verzichte lieber.«

»Fliegen ist aber doch kein Problem mehr, oder?«

»Nein, aber einschließlich Ein- und Aussteigen kann ich dann fünfzehn Stunden nicht rauchen.«

– 49 –

Gestern Nachmittag stand ich in dem gigantischen Loch im Boden, das die Haltestelle Rietlandpark der Straßenbahnlinie 26 ist. Das Wetter war grau. Schon der ganze Winter ist grau, oder liegt es an mir? Aus dem Nichts überfiel mich ein Bild. Ein kleiner Knirps, der an einem steilen Ufer sitzt. Der

Wassergraben ist trocken. Auf der anderen Seite des trockenen Grabens der Schneeglöckchenwald von Nachbar Kaan. Manchmal ist der Knirps allein, manchmal zusammen mit Freunden. Am Ufer stehen Holunderbüsche, deren Zweige man leicht mit der Hand abbrechen kann. Der Knirps – das bin natürlich ich – errichtet aus kleinen Holunderzweigen ein Fachwerkgerüst, das er anschließend mit Moos ausfüllt. Dann noch ein Fachwerkbau und noch einer, sodass allmählich ein kleines Dorf entsteht. Schöne Häuschen sind das, mit Türen und Fenstern, die aus Weggelassenem bestehen, Teilen nicht ausgefüllten Fachwerks. Stundenlang konnte ich, oder konnten wir, uns damit beschäftigen. Stundenlang, tagelang.

Ich starrte nachdenklich auf die gigantischen, aufeinandergestapelten hölzernen Tische der Haltestellen-Architektur, mit den Bienenkästen unter der Platte des obersten Tischs. Moment mal: ein Haus an einer steilen Böschung, die eine Seite des Hauses ist fast *im* Boden, die andere besteht aus deutlich längeren Holunderzweigen. Das ist doch mein Haus in der Eifel, nur mit dem Unterschied, dass die Holunderzweige und das Moos dort Bruchsteine sind und man das Haus nicht umpusten oder mit einem Topf Wasser fortspülen kann. Habe ich hier, an einem grauen Sonntagmittag an der Haltestelle Rietlandpark, plötzlich vor mir gesehen, warum ich mich in das Haus in der Eifel verliebt habe? Warum ich, sogar noch nachdem mir eine deutsche Maklerin eine ganze Reihe anderer Häuser, auch viel größere Bauernhöfe auf Bergen, gezeigt und meine Brüder mir allesamt entschieden abgeraten hatten, doch immer wieder zu diesem alten, ziemlich kleinen, sehr feuchten Haus in einem Tal zurückgekehrt bin, einem Haus, dessen Dachrinne an der Rückseite nur einen halben Meter über dem Boden ist? Und warum ich es schließlich gekauft habe?

Kurz darauf kam ich bei Sjoerd und Mariska an. Nach der Darmoperation habe ich noch sehr oft bei Sjoerd und Mariska gegessen, allerdings haben sie mir nie mehr ein Gericht mit braunen Bohnen vorgesetzt. Ich habe jetzt ein bisschen Angst vor braunen Bohnen. Im Grunde vor allen Bohnen. Bohnensuppe geht gerade noch. Mitten im Zimmer stand ein geschmückter Weihnachtsbaum. Er trieb schon aus, es war ein Weihnachtsbaum mit Wurzelballen, und Sjoerd hatte ihm reichlich Wasser gegeben. »Du liebe Güte!«, rief ich. »Ein Weihnachtsbaum am 10. Februar! Das macht mich depressiv!«

Mariska antwortete nicht, sie tat die Tulpensträuße, die ich mitgebracht hatte, in eine Vase. Diese Vase stellte sie in die Nähe des Fernsehers, sodass Sjoerd und ich die Tulpen gut sehen konnten, während wir die Wettkämpfe des letzten Tages der Einzelstreckenweltmeisterschaft im Eisschnelllauf verfolgten. Sie hatte die Gummibänder nicht von den Sträußen entfernt. »Das macht mich auch ein bisschen depressiv«, sagte ich.

»Dann mach's selbst«, erwiderte sie.

»Ja«, sagte ich. »Nachher.«

Erst mussten Ireen Wüst und Thomas Krol Weltmeister über 1500 Meter werden. Und später noch Irene Schouten beim Massenstart.

– 50 –

Professor Blok ist gestorben. Professor Dr. D. P. Blok, im Alter von vierundneunzig Jahren. Zwei Jahre lang habe ich bei ihm Vorlesungen zur Toponymie besucht. Orts-, Flur- und Gewässernamenkunde. In der Zeit, als das P. J. Meertens Instituut noch in dem prachtvollen Gebäude an der Keizersgracht untergebracht war, Ende der Achtziger. Erst neulich habe ich mich gefragt, ob er wohl noch lebt. Heute Nachmittag findet die Trauerfeier mit Urnenbeisetzung auf dem Nieuwe Oosterbegraafplaats statt. Ich könnte hingehen. Leser von *Das Büro* kennen ihn als Jaap Balk, den Institutsdirektor und Vorgesetzten von Maarten Koning. Die beiden konnten nicht besonders gut miteinander, und ich war nie ganz einverstanden mit dem Bild, das Voskuil von ihm gezeichnet hat. Nun ja, für mich war er ein Dozent, für Voskuil war er ein Vorgesetzter, ich habe ihn nur als wirkliche Person erlebt, während Voskuil eine Romanfigur aus ihm gemacht hat. Dass ich »nie ganz einverstanden« war mit Voskuils Charakterisierung, tut auch nichts zur Sache, ich weiß aus eigener Erfahrung, dass das Weglassen, Überzeichnen, Verdrehen nun einmal dazugehört. Was man schreibt, ist ja für andere bestimmt, für Leser, nicht für einen selbst.

Es waren großartige Vorlesungen, die meiner Erinnerung nach freitags vormittags stattfanden. Es kam vor, dass ich zwischendurch eindöste, im Hörsaal wird es sehr warm gewesen sein: ein altes Gebäude, Einfachverglasung, eine erbärmliche Heizung, die den Raum nur auf der höchsten Stufe warm hielt. Außerdem hatte ich am Donnerstag immer einen anstrengenden Abend auf der Eisbahn: erst Training und dann nach dem Essen gegen zehn Uhr ein Marathon, nach dem mein Adrenalinspiegel so hoch war, dass ich schlecht einschlafen konnte. Die Vorlesungen gaben mir ein Gefühl der Geborgenheit, wir waren eine nicht allzu große Gruppe – einige studierten historische Sprachwissenschaft, andere nahmen zum bloßen Vergnügen oder im Zusammenhang mit irgendeinem Forschungsprojekt teil –, und wir beschäftigten uns mit einem Thema, das ziemlich wenig »gesellschaftliche Relevanz« hatte, um es vorsichtig auszudrücken, in einer Umgebung, die nichts als Altertümlichkeit ausstrahlte. Aber ich fand es so spannend, dass ich die Vorlesungen nicht ein, sondern zwei Jahre lang besuchte. Blok war ein energischer Mann, und so gesehen ist es nicht verwunderlich, dass Voskuil ihn als so schroff dargestellt hat. Seine Tochter Dieuwertje ist ihm ähnlich, beide haben einen Quadratschädel, beide einen schalkhaften Blick. Jan Berns – in *Das Büro* Huub Pastoors – hat in seinem Nachruf auf einer Niederlandistik-Website unter anderem Folgendes geschrieben: »Blok hatte Probleme mit dem *Büro*, er erkannte sich nicht in der Figur des Jaap Balk, obwohl er gerade mit diesem Ungeduldigen, Kantigen und scheinbar Knallharten so treffend charakterisiert ist. Ungeduld, die dem Arbeitseifer entspringt. Ich vermute, wenn Blok in Wirklichkeit Balk geheißen hätte, hätte Voskuil ihn ›Blok‹ genannt.«

(Vor Kurzem habe ich im Internet einen Bericht von einem langjährigen Mitarbeiter des Meertens Instituut gelesen. Er erzählte folgende bemerkenswerte Anekdote: Fast niemand erkannte sich in den von Voskuil geschaffenen Figuren wieder, fast alle waren wütend auf den Schriftsteller. Obwohl, wie der Autor des Berichts aus zuverlässiger Quelle wusste – von den Treffen am Kaffeetisch, bei denen hin und wieder einer fehlte? – , die Kollegen der Ansicht waren, dass alle anderen ungeheuer treffend charakterisiert waren.)

Ich habe auch etwas von diesen Vorlesungen gehabt. 1994 habe ich für das *Noordhollands Dagblad* Artikel über Ortsnamen in der sogenannten westfriesischen Region Nordhollands geschrieben. Wie ich an diesen Auftrag gekommen bin, ist mir heute ein Rätsel. Habe ich die Zeitung einfach ganz unverfroren angeschrieben? Ich war damals doch ein Niemand. Ich meine: Es war noch kein einziges Buch von mir erschienen, dazu kam es erst 1997. Ich glaube, ich bekam hundert Gulden pro Artikel, was mir sehr gelegen kam, lebte ich doch von Sozialhilfe – unter anderem dank meines Interesses für Lehrveranstaltungen, von denen man im wirklichen Leben wenig bis nichts hatte. Mein Opa war ein treuer Leser. Und ein aufmerksamer, wie aus einem Artikel hervorgeht, den ich über den Mieldijk schrieb:

> Vor knapp zwei Jahren stand in dieser Zeitung ein ärgerlicher Fehler, den ich hiermit gern korrigieren möchte. Im Zusammenhang mit einem Interview anlässlich meiner Examensarbeit über die Verwandtschaft zwischen den nordholländischen Dialekten, die man westfriesisch nennt, und der eigentlichen westfriesischen Sprache, saß ich zusammen mit dem Interviewer im Auto des Fotografen, der ein Foto der Ortstafel von Barsingerhorn machen wollte. Die friesischen Laute geisterten noch durch meinen Kopf, und als ich das Straßenschild mit dem Namen Mieldijk erblickte, sagte ich, dass dem ee in den nordholländischen Dialekten in der westfriesischen Sprache oft ein ie entspreche und dass an dieser Stelle früher bestimmt einige Mühlen gestanden hätten, in denen Getreide zu Mehl vermahlen wurde. Ich glaubte in Mieldijk eine friesische Sprachform zu erkennen.
> Als mein Opa, der in Barsingerhorn wohnt, den Artikel zu Gesicht bekam, musste er laut lachen. »Wie kommst du bloß wieder auf so eine Idee?«, fragte er. »Am Mieldijk haben niemals Mühlen gestanden!« Er hatte recht. Als ich den Mieldijk später im *Grote Provincieatlas van Noord-Holland* suchte, stellte ich fest, dass dieser Deich mitten durch den Kaagpolder verlief. Und dieser Tatsache verdankt die Straße wahrscheinlich ihren Namen: Mieldijk ist Middeldijk ohne die ds! Dieses Phänomen, das in der Sprachwissenschaft D-Synkope genannt wird,

hat schon viele niederländische Wörter ihrer ds beraubt (*broeder* – *broer* oder *weder* – *weer*).
So hat sich wieder einmal gezeigt, dass man nie aus dem Handgelenk heraus einen Orts- oder Straßennamen deuten kann. Man muss schon genau wissen, worüber man schreibt. Als Ortsnamenkundler sollte man am besten den jeweiligen Ort selbst eingehend studieren, wenn man darüber etwas schreiben will, das Hand und Fuß hat. Wenn das nicht geht, wäre es vernünftig, wenigstens den *Grote Provincieatlas* zurate zu ziehen. Und wäre es auch nur, um zu sehen, wie das Ganze von oben aussieht.

Dass ich diese Artikel 1994 geschrieben habe, leite ich aus den Worten »vor knapp zwei Jahren« am Anfang des Textes ab, denn ich habe mein Studium 1992 abgeschlossen. Ich glaube, das erwähnte Interview war mein erstes überhaupt, und es war lebensgefährlich, weil der Fotograf meinte, es sei »spaßig«, wenn ich mich auf die Ortstafel setzen würde. Ich fügte mich seinem Wunsch. Etwa vierzig Artikel habe ich geschrieben, dann gingen mir die Ortsnamen aus. Sint Pancras, Hargen, Callantsoog, Eenigenburg, Oude und Nieuwe Niedorp. Und Anna Paulowna: 1844, zwei Jahre bevor dort der erste Raps wuchs und blühte, gab Anna Paulowna ihren Namen dem damals neuen Polder nördlich des Wieringerwaardpolders und der Gemeinde Zijpe. Der Tochter des russischen Zaren Paul I. und Gemahlin des niederländischen Königs Wilhelm II. gefiel die Idee, sich in Kleiboden und Sand verewigt zu sehen.

Anna Paulowna ist ein typischer Stiftername, ein Ortsname, der nichts mit den landschaftlichen Merkmalen oder den sozialen Gegebenheiten des Ortes zu tun hat. Der neue Polder bekam den Namen Anna-Paulowna-Polder, und niemand fand das sonderbar, denn es gibt noch viele weitere Polder und Orte, die einen Personennamen als Namensbestandteil haben. Niemand wundert sich, wenn er mit dem Zug durch Anna Paulowna kommt, der Name ist so mit dem Ort verbunden, dass bestimmt nur wenige an die Frau denken, die ihm ihren Namen gegeben hat.

Anna Paulowna ist der Name des Polders, es ist aber im Laufe der Zeit auch zur Sammelbezeichnung für die Ortsteile Gelderse Buurt, Spoorbuurt und Kleine Sluis der Gemeinde Hollands Kroon geworden. Das Namenselement »Polder« ist weggefallen, und so steht auch auf dem Ortsschild des Bahnhofs nur noch Anna Paulowna. Und niemand findet das seltsam. Aber man stelle sich einmal vor, dass irgendwo in den Niederlanden eine neue Ortschaft gegründet wird. Sie muss einen Namen haben, damit man sie von den Nachbarorten unterscheiden kann. Es wird ein Wettbewerb veranstaltet: Wer Findet Den Schönsten Namen? Das ganze Land macht mit, und alle wollen ihren jeweiligen Helden in dem Ortsnamen verewigt sehen. Die meisten Stimmen entfallen auf den Eisschnellläufer Rintje Ritsma. Die neue Gemeindeverwaltung kann das Votum nicht übergehen: Der Ort wird Rintje Ritsma heißen. »Wo wohnst du eigentlich?« »Ach, in Rintje Ritsma.« Das ist dann doch seltsam.

Ich kann gar nicht zu der Trauerfeier für Professor Blok, fällt mir jetzt ein. In meinem Terminkalender steht, dass mich um drei Uhr die Sexologin anrufen wird. Dann kann ich nicht zwischen Trauergästen sitzen.

– 51 –

Was Tim Parks in *Die Kunst stillzusitzen* tut, mache ich ganz bewusst nicht. Noch nicht ein einziges Mal habe ich im Internet nach Antworten auf die Frage gesucht, was mit mir los sein könnte, während er eine aufwändige Recherche zu möglichen Ursachen seiner Beckenbodenbeschwerden startet. Ich habe diesen Drang nicht; wenn ich eine Urlaubsreise in ein mir unbekanntes Land unternehme, studiere ich auch nicht jede Menge Reiseführer. Ich lasse am liebsten alles ohne Vorbereitung auf mich zukommen. Neulich war ich bei alten Freunden, und einer dieser Freunde war ängstlich und deprimiert. Kurz zuvor war bei ihm Parkinson diagnostiziert worden, weshalb er kurz vor meiner Ankunft angefangen hatte, im Internet zu recherchieren. Was er dort las, hatte ihn so entsetzt, dass er ein Beruhigungsmittel nehmen musste. Wenn man wie ich aufgehört hat, Beipackzettel zu lesen, recherchiert man erst recht nicht im Internet. Ich habe in den letzten Monaten auch nicht auf Leute gehört, die mir bestimmte Bücher empfohlen haben. Bücher über Depressionen. Wer liest denn solche Bücher, wenn er selbst mitten in einer Depression steckt? Ich jedenfalls nicht, dafür war meine Angst zu groß. Das Buch über die Grenzen der Sprache werde ich bestimmt irgendwann noch lesen, aber erst einmal muss ich ein bisschen Abstand zu alldem gewinnen, muss ich das Stadium zu erreichen versuchen, in dem ich mir wirklich nicht mehr vorstellen kann, wie ich mich gefühlt habe.

»Guten Tag, Herr Bakker.«

»Ach, bin ich jetzt plötzlich Herr Bakker?«

»Na ja, so ist das, wenn man telefoniert.«

»Ja.«

»Ich wollte Sie gern noch kurz sprechen und auf das Kommende vorbereiten.«

»Ja, deshalb habe ich auch sofort abgenommen.«

»Sie werden von jemand anderem behandelt, wir haben im Team alles besprochen, und uns erscheint eine kognitive

Verhaltenstherapie als am besten geeignet. Sie wissen, was das ist?«

»Ähm, weiß ich das?« Ich denke fieberhaft darüber nach, was mein Therapeut und ich eigentlich treiben. Wir führen Gespräche, ja, aber ist das kognitive Therapie? »Ich glaube nicht.«

»Dabei geht es darum, negative Gedanken so umzubiegen, dass man das eigene Verhalten anders zu sehen beginnt.«

»Okay.«

»Haben Sie sich schon Blut abnehmen lassen?«

»Nein. Ach, jetzt fällt mir plötzlich ein, dass Sie an Ihre letzte Mail ein Formular angehängt hatten.«

»Ja. Drucken Sie das aus, füllen Sie's aus und bringen Sie es mit. Danach wissen wir, wie es mit dem Testosteron aussieht.«

»Ja. Ich bin gespannt, was da rauskommt, ich vermute immer noch ganz stark, dass es bei mir etwas Körperliches ist, ich weiß nicht genau, warum.«

»Wir werden sehen. Eventuell wird Ihnen die neue Ärztin Gel verschreiben.«

»Gel? Soll ich das dann essen?«

Die Sexologin ist einen Moment still. Ich glaube, ich habe jetzt etwas wirklich sehr Dummes gesagt. Ich sah Radrennfahrer vor mir, die während des Rennens der Einfachheit halber keine feste Nahrung zu sich nehmen, sondern sich Gel aus Tuben in den Mund drücken. »Nein, das ist nicht zur oralen Einnahme. Es wird aufgetragen.«

»Aufgetragen? Oh.« Aber worauf? Diese Frage stelle ich erst einmal zurück.

»Und sie wird Sie wahrscheinlich dazu ermuntern, wieder aktiv zu werden. Sie haben gesagt, dass Sie zuletzt vor fünf Jahren mit einem Mann geschlafen haben, es ist wichtig, neue Reize zu finden.«

»Nur zu!«

»Ja, haha. Außerdem wird auch Ihr Beckenboden untersucht werden und …«

»Ja, das wollte ich noch fragen, ob eine körperliche Untersuchung auch zur Behandlung gehört.«

»Der Beckenboden spielt eine sehr wichtige Rolle für eine Erektion. Wenn man ihn zu stark anspannt, ist das ein Problem. Und dann eventuell eine Behandlung bei einem spezialisierten Physiotherapeuten …«

Sofort sah ich diese Behandlung vor mir. Ein spezialisierter Physiotherapeut. Mein Beckenboden. Sind Physiotherapeuten nicht im Allgemeinen junge Männer mit kräftigen Unterarmen, auf denen sich ein Geflecht von dicken Adern abzeichnet, und mit warmen, großen Händen? Ich möchte ihr widersprechen. Ich habe gar keine Erektionsschwierigkeiten, das habe ich bei den beiden Erstgesprächen auch mehrmals gesagt. Ich bin nicht impotent.

»… dann sind wir jetzt fertig. Ich wollte Sie doch ausreichend vorbereiten.«

»Klar, natürlich, herzlichen Dank. Und viel Erfolg mit allem.«

»Danke. Wiedersehen. Ich bin sehr neugierig, was dabei herauskommen wird.«

»Ich auch. Also auf Wiedersehen.«

– 52 –

Heute Vormittag bin ich vom Flevopark, in dem ich mit Freund Henk und Hündchen Bas gejoggt habe, nach Hause geradelt. Herrliches Wetter, Sonne. Eine Sonne, die schon wärmt. Überall im Flevopark blühten Narzissen und Krokusse. Aus irgendeinem Grund sehe ich oft Menschen an

Fenstern in höheren Etagen, anscheinend schaue ich häufiger nach oben als geradeaus. An einem Fenster in der dritten Etage eines Hauses stand eine Frau, die telefonierte. Ich sah sofort, dass es Wanda Reisel war. Ich winkte, und nach kurzem Zögern – Wer mag das denn wieder sein? – erkannte sie mich und hätte vor Aufregung fast ihr Telefon weggeworfen. Sie winkte, als hinge ihr Leben davon ab, und hüpfte wild. Ich wusste, dass sie irgendwo in dieser Gegend wohnte, aber nicht, wo genau. Jetzt weiß ich es.

Auf der Galerie vor meiner Wohnung fiel mir etwas ein. Dass ich hin und wieder an verzerrter Zeitwahrnehmung leide, ist nicht weiter verwunderlich. Liegt es nicht einfach daran, dass ich etwa drei Monate übersprungen habe? Dass der Spätsommer und Herbst an mir vorbeigerauscht sind, weil ich einfach nicht da war? Dass ich sie buchstäblich nicht erlebt habe, weshalb ich jetzt, halbwegs zur Normalität zurückgekehrt, manchmal nicht weiß, in welcher Jahreszeit ich bin? Das sind Erkenntnisse, die ich beim Therapeuten zum Besten geben kann. Er kann dann etwas über eine Affektbrücke sagen, vielleicht auch über eine unterbrochene. *Aus der Zeit fallen* von David Grossman. Ich habe es nicht gelesen und weiß nicht, wovon es handelt, aber der Titel ist schön.

Ich habe auch darüber nachgedacht, wie es wohl bei der neuen Sexologin weitergehen wird. ich habe gar keine negativen Gedanken über Sex. Keine negativen Gedanken über meinen Körper, ich habe kein Problem mit meinem »Geschlechtsteil«, im Gegenteil, ich mochte und mag es außerordentlich gern. Nie habe ich so etwas wie dieser gläubige Amerikaner im Bastion Hotel gedacht, »And what shall I do with this penis?«, wenn ich meinen Penis oder den eines anderen gesehen habe. Welche negativen Gedanken sollen denn umgebogen werden? Ich werde sie darauf hinweisen, dass ich seit Jahren ein Antidepressivum einnehme. Sie fragen, ob die langfristigen Folgen der Einnahme dieser Mittel erforscht worden sind. Ob eine Nebenwirkung, die auf dem Beipackzettel als mögliche vorübergehend auftretende Nebenwirkung aufgeführt ist, nach längerer Zeit zu einer bleibenden werden kann.

– 53 –

Gestern habe ich bei C&A in Leiden eine Pyjamahose gekauft. Die Jogginghose, die ich vormittags trage, war hier und da schon fadenscheinig. »Wohlfühlhose«, sagte Trijntje, als sie mich mit dieser Hose in der Hand zur Kasse gehen sah. »Mit Karos?!«, rief Gartenkumpel Han. Ich war der gleichen Meinung wie Trijntje: eine Wohlfühl-Pyjamahose mit Karos, eine, die man durchaus mal den ganzen Sonntag anbehalten kann, vor allem, wenn im Fernsehen Eisschnelllauf oder Querfeldeinrennen übertragen werden. Wir waren in Leiden, weil Paulines neues Buch, *Eerste liefde, laatste hart* (Erste Liebe, letztes Herz), in der Buchhandlung Kooyker vorgestellt wurde. Weil wir viel zu früh waren, gingen wir nach dem Essen im De Bruine Boon noch kurz shoppen. Ich finde Buchvorstellungen schwierig, vielleicht sogar »coquettish«, weshalb ich während der offiziellen Feierlichkeiten durch den Laden streifte und in *De Groene Amsterdammer*, den es dort gab, schnell die Rezension las, die Marja Pruis schon über das Buch geschrieben hatte. Ansonsten stand ich neben Willeke van der Meer, der Eigentümerin der Buchhandlung, und tauschte mich mit ihr flüsternd über Belanglosigkeiten aus. »Warum spricht der Mann nicht ins Mikrofon!«, zischte Willeke. »Mit Mikrophonen ist immer irgendwas«, bemerkte ich weise. Die halbe Buchhandlung war mit Klappstühlen vollgestellt, die alle besetzt waren. Pauline wurde von einem Psychiater interviewt, der in ihrer Nähe wohnt; anschließend traten zwei Freunde von Pauline auf, der eine spielte Keyboard, der andere sang. Es klang ziemlich falsch, was aber niemanden zu stören schien. Vielleicht sollte ich besser sagen: Niemand wollte sich dadurch stören lassen, es war ein festlicher Moment, viele der Anwesenden kannten sich, eine Buchvorstellung ist wie eine Geburtstagsfeier mit Freunden, Verwandten und Bekannten, und dann ist es gar nicht schlimm, wenn ein bisschen falsch gesungen wird oder alles ein bisschen zu lange dauert. Außerdem saßen die Leute dicht an dicht auf diesen Klappstühlen, sie konnten nicht weg. Wenn ich Buchvorstellungen »schwierig« finde, sollte ich nicht hingehen. So einfach ist das. Aber auch wieder nicht, denn wenn ein Buch von Pauline vorgestellt wird, kann ich nicht durch Abwesenheit glänzen. Schließlich wurden Bücher verkauft und Wein getrunken. Mit ein paar anderen gingen wir ins De Waag, um dort noch mehr Wein zu trinken. Außer Pauline, sie trinkt keinen Alkohol. »Lies mal die Besprechung von Marja Pruis«, sagte ich zu ihr. »Das wird dir ganz sicher nicht leidtun.«

Gegen zwölf kam ich nach Hause, wo Neffe Casper gerade dabei war, Feierabend zu machen, mit anderen Worten, sich die Zähne zu putzen. Er und seine Mutter Immy reisen morgen für zwei Wochen nach Südafrika. Ich sah noch einen Teil der Wiederholung von *Jinek*. Talkshow-Gäste waren zwei Bäuerinnen mit ihren in einem Ausscheidungskampf eroberten Männern, und Fernsehmoderatorin Yvon Jaspers. Szenen aus *Bauer sucht Frau* wurden gezeigt. Was für unglaubliche Klischees, dachte ich. Die Liebe und alles drum herum ist doch (vor allem in den Medien) zu einer lächerlichen Anhäufung von Plattitüden und Klischees verkommen, und der Tiefpunkt dabei ist der Valentinstag, der hier bei uns immer wichtiger wird, was vermutlich auch der Grund dafür war, dass die Bäuerinnen und ihre frisch angetrauten Männer dort saßen, und auch, wie mir erst in der vergangenen Nacht aufging, der Grund dafür, dass Paulines neues Buch gerade an diesem Tag vorgestellt wurde. *Eerste liefde, laatste hart*. Und wo ich jetzt darüber nachdenke, hat das Paar, das im De Bruine Boon am Nachbartisch saß, Rosésekt trank und das spezielle Valtentinsmenü bestellte, uns voller Befremden gemustert, denn was war das denn für eine Valentinsgesellschaft, zwei Männer, schon älter, und nur eine Frau? Was hatte es damit auf sich? An anderen Tischen ging es so ähnlich zu wie bei diesem Paar. In der Stadt überall junge Frauen mit roten Rosen, junge Männer mit roten Ballons, alle Restaurants proppenvoll, im De Waag vor der Theke riesige Buchstaben: LOVE. Wenn es einem so geht wie mir im Augenblick, hat man fast das Gefühl, in eine Welt hineinversetzt worden zu sein, in der alle den Verstand verloren haben. Oder zumindest in eine Welt, deren Regeln einem völlig unbegreiflich sind. Es kann allerdings auch sein, dass hier ein gewisses Maß von Neid mitspielt.

– 54 –

Ich habe M., wie ich ihn weiterhin nennen möchte, noch keine Mail geschickt. Ich kann es eigentlich nicht mehr. Wie man es auch dreht und wendet, er ist zu einer Person dieses Buchs geworden, und ich habe dem Therapeuten wahrheitsgemäß das Wort »wertlos« in den Mund gelegt, auf M.s Bücher bezogen. Angenommen, ich schicke ihm eine Mail, wir treffen uns, wir kommen uns näher, dann erscheint dieses

Buch, er liest es natürlich, und er begegnet darin sich selbst! Das geht doch nicht! Jetzt kommen sich die Wirklichkeit und das Schreiben doch ziemlich in die Quere.

»Hat A. gesagt, er findet meine Bücher wertlos?«

»Na ja, wertlos ... Ich hab das so geschrieben.«

»Was hat er denn wirklich gesagt?«

»Weiß ich nicht mehr. Es ist so lange her.«

»Etwas hat er doch gesagt, sonst hättest du es nicht aufgeschrieben. Was ich hier lese, ist ja kein Roman.«

»Ja, er hat etwas gesagt.«

»Ja was denn?«

»Sag ich nicht.«

»Das sagst du nicht? Was soll das heißen? Ich habe das Recht auf eine Antwort!«

»Also, Recht ...«

»Glaubst du, es ist schön für mich, so was zu lesen?«

»Ich weiß es nicht. Du schreibst doch selbst auch, du weißt, wie das ist.«

»Ich habe Romane geschrieben! Alles darin habe ich mir aus den Fingern gesaugt!«

»Wer sagt, dass ich mir das hier alles nicht aus den Fingern gesaugt habe?«

»Das will ich doch nicht hoffen. Welchen Sinn hätte dieses sogenannte autobiografische Schreiben dann noch?«

»Okay. Er hat wertlos gesagt.«

»Was?!«

»Trotzdem geht es auf mein Konto. Ich habe es aufgeschrieben. Du darfst und kannst es ihm nicht übelnehmen.«

»Ihr habt über mich geredet!«

»Stimmt.«

»Ich fühle mich beschmutzt.«

»Ach, Mensch, nimm das doch nicht alles so ernst.«

»Nimmst du dein eigenes Werk auch nicht ernst?«

»Doch, natürlich.«

»Na also!«

»Er sagt aber doch auch ganz anderes über dich. Dass du ein sanfter Mann bist.«

»Keine Schmeicheleien jetzt! Es fühlt sich so an, als ob ihr euch gegen mich verschworen hättet.« Kurzes Schweigen. Er hat sich mittlerweile weit von dem Bett entfernt, in dem wir sehr zufrieden zusammengelegen haben, bis er am Schluss von Kapitel 19 dieses Buches ankam. Dann fragt er drohend: »Findest du meine Bücher vielleicht auch wertlos?«

»Ach, also wertlos …«

»Aha!«

Türenschlagen.

(Ich kann ihm dann nicht mehr erklären, dass seine Bücher meiner Ansicht nach gar nicht wertlos sind, nur eben aus der Vorstellung heraus geschrieben, das Thema Homosexualität allein rechtfertige schon ein Buch. Nach dem letzten Gespräch mit dem Therapeuten ging mir ein Licht auf, und ich fand bei mir im Regal eins von M.s Büchern. Das ich vor langer Zeit gelesen hatte. Er hat Homosexualität zum Hauptthema des Romans gemacht, obwohl das Thema allein viel zu wenig hergibt und er außerdem so die Vorstellung bestätigt, Homosexualität sei etwas höchst Spezielles, was sie gerade nicht sein sollte. Ich kann ihm dann auch nicht mehr Joseph Hansens Bücher mit der Hauptperson Dave Brandstetter empfehlen. Zwölf Kriminalromane um den Versicherungsdetektiv Brandstetter, der mit seinem schwarzen Partner Cecil Harris zusammenlebt, als wäre es das Normalste auf der Welt.)

Nein, diese Sache habe ich mir selbst gründlich verdorben. Es sei denn, ich würde von Anfang an mit offenen Karten spielen. Allmählich fürchte ich auch mehr und mehr das Urteil von Andreas Gebbink in der *Neuen Rhein Zeitung*, sollte dieses Buch in deutscher Übersetzung erscheinen. Obwohl … fürchte ich es? Nein, ich freue mich sogar darauf. Manchmal schreibt man etwas, um bestimmte Personen zu ärgern.

– 55 –

»Mann, du läufst ja im Vollbetrieb!«

Das sagt Annelore Kodde zu mir, als wir auf der winzigen Terrasse vor dem Eiscafé Antonio in Broek in Waterland Kaffee trinken. Wir haben in Amsterdam am Hauptbahnhof den Bus in Richtung Edam genommen und sind unterwegs ausgestiegen. Von hier aus wollen wir zu Fuß zu mir nach Hause gehen. Es ist eine Art Frühling angebrochen, und ich habe gehört, dass schon die ersten Uferschnepfen eingetroffen sind. *Mann, du läufst ja im Vollbetrieb.*

»Ist doch toll, oder?«, sage ich. Antonios ängstliches Hündchen schlüpft durch die Tür ins Freie und flüchtet sich gleich wieder zurück ins Haus. Antonios selbstsicheres Hündchen döst drinnen auf einem Kissen. Die Knospen eines großen Magnolienstrauchs im Garten eines Hauses gegenüber scheinen jeden Moment aufbrechen zu wollen. Wenn ich dieser Strauch wäre, würde ich sie noch eine Weile geschlossen halten. Frühling im Februar ist trügerisch. Antonio hat seine Kühltheke wohlweislich noch nicht vollständig mit Eisbehältern bestückt, es gibt nur die beliebtesten Sorten.

Im Vollbetrieb laufen. Ich sehe es als Vergleich, nicht als Metapher. Noch vor anderthalb Monaten war ich ausgeschaltet. Vor zweieinhalb Monaten ebenfalls. Ausgeschaltet sein. Nichts. Niemandsland. Der Vergleich lässt sich mit Begriffen wie Sparmodus oder Stand-by erweitern. Ganz anders als an den neun Tagen im Sommer 2017, als ich an *Echte Bäume weinen nicht* arbeitete, habe ich die zwölf Tage auf Methana im Sparmodus verbracht. 2017 war ich konzentriert, vital, sprunghaft, voller Selbstvertrauen, vielleicht sogar übermütig. Ich konnte Musik ertragen, mehr noch, es ging fast nicht ohne Hans Zimmer, der mich beim Schreiben eines der Kapitel vorwärtsgetrieben hat. Ich schrieb über einen griechischen Jungen, den ich im Meer baden sah, während seine Motocross-Maschine oben am Weg stand. Er hatte nichts mit dem Thema des Buches, Natur und Gärten, zu tun, aber ich brachte ihn auf einem raffinierten Umweg darin unter, kein Problem. Im vergangenen Jahr wartete ich auf einen »Wendepunkt«. Warten war alles, was ich tat, ich driftete ein bisschen mit den Ereignissen um mich herum mit, von diesem zu jenem, ohne jede Initiative. Aufstehen, bei aufgeklapptem Laptop auf die Dunkelheit warten und wieder schlafen gehen. Nicht einmal der liebe junge Kellner in der Taverne kam an mich heran, ich spielte etwas nach, was ich von mir selbst kenne, ich schrieb es für *De Groene Amsterdammer* auf, weil ich normalerweise auch dergleichen schreiben würde, aber was ich fühlte, beruhte gewissermaßen auf Erinnerungen an frühere Kellner. Als wir in peitschendem Regen und stürmischem Wind die Taverne verließen, hatte ich ihn schon vergessen.

Das Fehlen der Hunde schien ein Symptom zu sein, es fehlte etwas Wesentliches; die Begegnungen mit diesen Hunden, der sehnsüchtige Blick aufs Meer. Das Wiedersehen mit einem der Hunde, einem schlanken, dunklen mit spitzer Schnauze, in einem Dorf oberhalb von Agios Georgios, holte mich einen Moment aus allem heraus, er sprang an mir hoch und leckte mir übers Gesicht, als hätte er mich nicht vor einem Jahr, sondern am Vortag zuletzt gesehen. »Er macht Gerbrand für einen Moment glücklich«, schreibt Pauline in *Eerste liefde, laatste hart.* Auch sie arbeitete vor anderthalb Jahren an einem Sachbuch. Im vergangenen Sommer hat sie es abgeschlossen und noch das eine oder andere darin aufgenommen, das sich gerade ereignete. Glücklich? Es ist eine Anspielung auf meinen Zustand, von der die Leser ihres Buches nichts mitbekommen, denn Pauline schreibt über etwas völlig anderes. Kann es sein, dass sie diesen einen kurzen Satz nur für mich geschrieben hat? Der Hund holte mich für kurze Zeit aus dem Sparmodus heraus, genau wie der große, helle Hund des Tavernenwirts in Kaimeni Chora, der auch so tat, als hätten wir uns am Vortag noch gesehen, und uns in aller Ruhe, sich hin und wieder nach uns umblickend, zu dem kleinen Amphitheater führte, das sein Herrchen baute. Zwei mir bekannte Hunde, nicht vergiftet. Vielleicht waren die beiden die einzigen lebendigen Wesen, mit denen ich während des Wartens auf den Wendepunkt wirklich Kontakt hatte.

So angestrengt ich auch Ausschau halte, Uferschnepfen sind noch nicht da. Gänse ja, sie fliegen laut schnatternd nach Norden. Wir sehen sogar schon zwei Lämmer. In Zunderdorp fragt Annelore einen Mann, der seinen Zaun streicht, ob sie seine Toilette benutzen dürfe. Sie darf. Ein anderer Mann, der eine Schubkarre vor sich herschiebt, nutzt die Gelegenheit, mir zu sagen, dass wir sehr schönes Wetter haben und dass Schiphol nun wirklich nicht weiter wachsen darf. »Und aus diesem Moorboden hier soll CO_2 freigesetzt werden?« Bei einem künstlich angelegten Naturschutzgebiet nehmen wir einen Imbiss zu uns. Dort weiden Rinder, typische Naturschutz-Rinder mit langem Fell und langen Hörnern, aber keine schottischen Hochlandrinder. Auf einem

Schild steht, dass sie unberechenbar sein können, weshalb man vorsichtig sein soll. Sie kauen träge und zufrieden vor sich hin, jemand hat ihnen erst vor Kurzem Heu gebracht. Eins der Rinder legt sich mitten hinein.

»Man legt sich nicht in sein Essen!«, brülle ich ihm zu.

»Schrei nicht so«, sagt Annelore.

»Es ist Frühling«, erwidere ich.

Eine Menge Radrennfahrer kommen vorbei, auch Menschen mit Hunden; Enten dösen an den Rändern von Wassergräben.

»Das war eine gute Idee von dir«, sagt Annelore. »Den Bus nehmen, irgendwo aussteigen und nach Hause gehen. Das ist besser, als eine Runde zu laufen.«

Später zeige ich ihr die entzündete Beule unten an meinem Rücken, die mich unterwegs gepeinigt hat, weil sie genau auf Gürtelhöhe ist. »Tut fürchterlich weh«, sage ich.

»Meine Güte«, sagt sie. »Das ist eine riesige, feuerrote Geschwulst.«

»Fühl mal«, sage ich.

Sie tastet, ein kalter Finger an einer heißen Stelle. »Au«, sagt sie.

»Aber das macht nichts«, erkläre ich. »Ich *habe* etwas. Ich *habe* wirklich etwas!«

Darüber muss sie lachen, sie hat sofort verstanden, wie ich es meine. Annelore hat in den vergangenen Monaten zu den wenigen Menschen gehört, mit denen ich Kontakt hatte. »Geh aber trotzdem lieber mal zum Arzt.«

»Ja«, sage ich. Wirklich »etwas« zu haben, sichtbar und für andere überprüfbar, ist kein Grund, wie ein Masochist noch lange mit diesem Schmerz herumzulaufen.

– 56 –

Pauline hat also ein ganzes Buch über ihre erste Liebe geschrieben. Ein Buch, wie ich es nie werde schreiben können. Ich glaube nicht, dass ich je eine erste Liebe gehabt habe. Meine erste Liebe war eher etwas, das sich zwangsläufig ergab: Er und ich waren an der weiterführenden Schule in Schagen *the only two gays in the village*. Eins plus eins macht zwei. Wir hatten unbeholfenen Sex. Ausprobiersex. Es war keine Leidenschaft dabei und keine Lust, in gewisser Weise spielten wir, dass wir eine Beziehung hatten. In *Jasper und sein Knecht* habe ich ihn meinen »Notstandsfreund« genannt. Daraus spricht wenig Liebe. Neulich war er bei mir. Er ist Chefredakteur von *Ons Amsterdam* geworden, in dem es eine feste Rubrik mit dem Titel »Der Spaziergang von …« gibt. Diesmal führte er selbst das Interview, wir gingen meine gewöhnliche Runde (»Ich gehe eigentlich nie mehr durch dieses Viertel«, sagte ich. »Am besten gehen wir die kleine Abendrunde, die ich immer mit Jasper gemacht habe.«), und ich kochte für uns. Vierzig Jahre später ist er allein und bin ich allein. Es war ein gemütlicher Abend, wie man das nennt. Und unterwegs trafen wir Nora, so ungefähr der einzige Hund, mit dem Jasper auskam, dem er nicht gleich an die Kehle sprang. Mein ehemaliger Notstandsfreund hat Nora und ihrem Frauchen einen Platz in seinem Artikel gegeben.

Beinahe hätte ich wieder einen Hund gehabt. Bruno heißt er, eine Kreuzung aus Labrador und Tibet-Terrier. Er schaute mich von zwei Fotos auf Facebook mit braunen Augen treuherzig an. Ein Drahthaar. Ich meldete mich: »Wo wohnt Bruno? Kann ich ihn treffen?« Anschließend ging es zwischen dem Mann, der die Fotos gepostet hatte, und mir mit privaten Nachrichten auf Messenger weiter. In meiner ersten Nachricht gebrauchte ich das Adverb »vielleicht«. Ein paar Nachrichten später fragte er, wann ich Zeit hätte, mir den Hund anzusehen. Ich wies ihn auf das »vielleicht« hin und erklärte, dass ich noch ein bisschen nachdenken wolle. Ich erfuhr, dass sich außer mir auch eine Yogalehrerin für Bruno interessierte. Zwei Stunden später teilte er mir mit, dass Bruno untergebracht sei. Ich brauchte nicht mehr nachzudenken. Ich hatte uns im Zug in Richtung Eifel gesehen, eine fünf-, manchmal auch sechsstündige Fahrt. Ich hatte mir Bruno in meinem Haus und im Garten vorgestellt, bei geschlossenem Tor. Ich hatte mir Bruno überall vorgestellt, wo ich manchmal bin, ich sah mich ihn bei Henk oder bei Han und Trijntje abliefern, damit sie einen Tag oder eine Woche auf ihn aufpassen können, und ich konnte mich nicht recht entscheiden. Was wog schwerer? Einen guten Kameraden zu haben, auch wenn man das immer erst abwarten muss, oder allein für ein Tier sorgen zu müssen? Bedingungslose Liebe zu bekommen oder ständig für das Tier da sein zu müssen? Jasper habe ich damals zu mir genommen, weil ich endlich ein Haus hatte. Ein Haus mit Garten und irrsinnig vielen Hektar Wald und Wiesen ringsum. Er war dann nicht der gute Kamerad, den ich mir gewünscht hatte, und trotzdem habe ich ihn sehr geliebt. Besser noch eine Weile abwarten, dachte ich, bis ich wieder ganz der Alte bin. Oder sollte ich einen Hund genau dazu beitragen lassen? Alles überflüssige Gedanken, die Yogalehrerin war schon mit Bruno auf und davon.

Obwohl ich immer noch wütend bin auf das völlig gleichgültige Facebook, schaue ich mich ab und zu wieder darin um. Auf Twitter bin ich offenbar weniger wütend, da bin ich sogar wieder aktiv, könnte man sagen. Ich wollte mich von beiden sozialen Medien abmelden, aber mittlerweile ist es fast wieder wie früher, nur dass ich auf Facebook nichts mehr poste. Zwischen Facebook und mir ist noch nicht alles wieder im Lot. Auf Instagram habe ich den Teilen-mit-Facebook-Schieber von Grün nach Grau geschoben. Das blöde Facebook bekommt keine Fotos mehr zu sehen. Nicht mehr lange, und ich verabschiede mich ganz.

Was habe ich da geschrieben? *Er war dann nicht der gute Kamerad, den ich mir gewünscht hatte, und trotzdem habe ich ihn sehr geliebt.* Mit einem Hund geht das also. Warum kann ich das nicht mit einem Menschen?

– 57 –

Heute Morgen habe ich mir in der Universitätsklinik Blut abnehmen lassen. Eine weite Fahrt für eine Maßnahme, die zwei Minuten in Anspruch nimmt, plus einer Dreiviertelstunde Warten. Warum ich es nicht bei Atalmedial machen lassen konnte, das bei mir um die Ecke ist, verstehe ich nicht. Können die nicht auch Befunde ans UMC weiterleiten? Ich musste nüchtern bleiben. Wie ich es hasse, ohne Kaffee und Frühstück im Dunkeln das Haus verlassen zu müssen. »Heute wird ein Ärztetag«, sagte ich zur Blutabnehmerin vom Dienst, um ein bisschen zu schwatzen.

»So?«

»Ja. Ich fahre gleich noch zum Hausarzt.«

Weil ich zum Hausarzt musste, konnte ich leider nicht an Ort und Stelle an einem Forschungsprojekt zu Lungenentzündungen teilnehmen. Dafür hätte ich sieben weitere Röhrchen Blut abliefern müssen, außerdem einen Abstrich aus Nase und Afterfurche. Das fand ich schade, der Praktikant, der ins Wartezimmer kam, um mich zu fragen, war ein netter junger Mann. »Den Abstrich in der Afterfurche können Sie selbst vornehmen oder wir«, erklärte er.

»Ich habe es etwas eilig«, sagte ich. »Sonst hätte ich gern mitgemacht.«

Anderthalb Stunden später schnitt der Hausarzt die Geschwulst an meinem Rücken auf. »Eine stark entzündete Atherom-Zyste«, sagte er händereibend. »Da muss sofort was dran gemacht werden. Legen Sie sich gleich mal hin.« Schon während er die Stelle betäubte, verschwand der Druck, und nachdem er die Zyste aufgeschnitten und gesäubert hatte, was ziemlich wehtat, weil die Betäubung zu oberflächlich war, erklärte er: »Jetzt lege ich eine Drainage.« Das erschien mir ein bisschen übertrieben, aber die Drainage bestand aus einem aufgerollten Stückchen Gaze, das er mit einer Pinzette tief in die Wunde hineinschob; zur Hälfte, die andere Hälfte blieb draußen. Das halte die Wunde schön feucht und offen. Ich war ihm äußerst dankbar, denn die Schmerzen waren sofort weg. Jetzt soll das Stück Gaze mindestens anderthalb Tage in der Wunde bleiben, aber ich muss ja auch hin und wieder duschen. Natürlich wird sich diese provisorische Drainage dann verabschieden.

Ich leide – glaube ich – nicht am Münchhausen-Syndrom, aber viel fehlt nicht. Alles Medizinische fesselt mich ungemein, auch wenn ich selbst der Gegenstand bin. Im Augenblick gibt es keine Medizinsendungen mehr im Fernsehen. Das ist schade, denn ich habe immer gern gesehen, wie eine neue Hüfte eingesetzt oder ein Trommelfell repariert wird. Und ich fand es tatsächlich ärgerlich, dass ich keine Zeit hatte, bei dem Lungenentzündungs-Projekt mitzumachen. Der Hausarzt machte ein Foto von der behandelten Zyste, damit ich das Stück Gaze sehen konnte und wusste, wo und wie ich es herausziehen musste.

»Keine Sorge, ich lösche das Foto sofort«, sagte er.

»Auf keinen Fall«, erwiderte ich. »Posten Sie's auf Instagram!«

Selten habe ich etwas Schöneres gesehen als die Aufnahmen aus dem Inneren meiner Blase. Nach der Darmoperation hatte ich weiterhin Schmerzen und andere Beschwerden. So starke Beschwerden, dass eine ganze Serie von Untersuchungen vorgenommen wurde. Prostata, Blase, Nieren. Der Hausarzt führte einen Finger in mein Rektum ein, der Urologe eine Kamerasonde in meine Harnröhre, auch ein MRT-Scan wurde gemacht. Bei der Blasenuntersuchung wird ein Monitor so neben der Liege aufgestellt, dass man selbst alles mitverfolgen kann. Diese kugelförmige, wässrige Innenwelt mit winzigen Äderchen in den Wänden.

»Hier«, sagte der Urologe, als er die Kamera in eine bestimmte Richtung lenkte, »sieht man die Verbindung zur Prostata.«

Gemeinsam betrachteten wir die Bilder.

»Da darf ich nicht hinein«, fügte er hinzu.

Auch der MRT-Scan war ein Erlebnis. Die Kontrastflüssigkeit, die man mir injizierte, wurde sehr warm, fast heiß, ich konnte spüren, wie die Substanz durch meine Adern strömte. Nach dem Scan hat man starke Nierenschmerzen, wahrscheinlich sind die Nieren dann damit beschäftigt, die Kontrastflüssigkeit zu verarbeiten. Später habe ich die Ergebnisse im Internet abgerufen. Mit den Nieren war alles in Ordnung, aber ich stieß auf folgenden interessanten Punkt: »Degenerative Veränderung der Wirbelsäule bei s-förmiger thorakolumbaler Skoliose.« Serendipität: Man sucht etwas und entdeckt dabei zufällig etwas anderes. Jetzt ist mir klar, warum ich manchmal Kreuzschmerzen habe. Ich habe so viel Hochachtung vor Ärzten, dass ich bestimmte potenziell beschämende medizinische Maßnahmen gar nicht als beschämend empfinde. Was soll es mir ausmachen, wenn eine medizinische Assistentin Gel auf meine Eichel aufträgt, damit sich die Sonde leichter einführen lässt, oder wenn der Hausarzt mit einem Finger in meinem Rektum herumtastet? Wenn ich auf einer Art gynäkologischem Stuhl sitze, die weit gespreizten Beine in Stützen? Nichts. Man untersucht mich, um mir zu helfen oder bestimmte Erkrankungen auszuschließen. Hochachtung und Bewunderung.

– 58 –

ICH, SELBST

»Ich bin auf der Suche nach mir selbst«, sagte ich eines Tages zu Anton Dautzenberg und Pauline Slot. Wir hatten gegessen – Anton hatte gekocht –, und ich hatte getrunken. Die beiden nicht, Anton wollte nach Hause fahren und Pauline weiter zum Eifelhaus. Das Gespräch drehte sich um fettfreie Schambeine. So etwas will ich, bei einem anderen Mann. Ich will keinen, der dick ist. Anton mag keine großen Brüste. Er selbst spricht von einem Trauma, weil seine Mutter vor langer Zeit ihre beiden kleinen Söhne dazu gebracht hat, jeweils eine ihrer Brüste hochzuheben und auf eine Waage zu legen. Sie wollte, nur so zum Spaß, wissen, wie schwer ihre Brüste waren. Anton sagt, dass ihm deshalb Frauen mit kleinen, kompakten Brüsten am liebsten sind.

»Ich will mich selbst«, präzisierte ich meine Aussage, damit sie nicht auf den Gedanken kamen, dass ich auf eine spirituelle Weise auf der Suche nach mir selbst bin und demnächst nach Indien verschwinde.

»Ist das narzisstisch?«, fragte Anton.

Obwohl ich antwortete, dass ich es schon seit wer weiß wie langer Zeit nicht mehr über mich bringe, mich im Spiegel zu betrachten, könnte es letztlich durchaus narzisstisch sein, jedenfalls ist es im Ergebnis narzisstisch. Entstanden ist es aber aus einem ganz anderen Gefühl heraus. »Nein, ich glaube nicht«, sagte ich deshalb.

»Bist du deinem Vater ähnlich?«, fragte Pauline. Das ist mir zu simpel, das sind diese eingerosteten freudianischen Vorstellungen.

»Nein, das ist es auch nicht«, antwortete ich. Und dann erzählte ich von meinem Zimmer im Haus meiner Eltern.

In meinem Zimmer hingen Trockensträuße. An der Decke. Irgendwo hatte ich einmal so etwas gesehen, und ich fand, dass es einen Raum gemütlich machte, weshalb ich anfing, selbst Blüten zu trocknen. Wiesen-Sauerampfer, Kamille, aber auch Weizen und Gerste. Aus meinem Fenster konnte ich sehr weit sehen, so weit, dass ich den Horizont als leichte Krümmung der Erde wahrnahm. In einer Ecke, in der früher ein Schrank gestanden hatte, hatte mein Vater eine Schreibtischplatte angebracht. An den Wänden hingen dicht an dicht Bilder und Fotos, eine alte kupferne Laterne. Bücher in einem Tomado-Regal. »Anbauteil fürs Bücherregal« stand jedes Jahr auf meiner Sinterklaas-Wunschliste. Tante Guus hat einmal etwas über die Trockensträuße gesagt und über die anderen »besonderen« Dinge in meinem Zimmer. An einem Geburtstag, vielleicht meinem eigenen. An Geburtstagen kamen die Besucher immer in unsere Zimmer, als wäre das eine besondere Attraktion, gerade an diesem Tag. »Schade, aber Gerbrand ist ein Mädchen«, sagte Tante Guus. Damit brachte sie Oma Bakker, die Mutter von Tante Guus, auf die Palme. So etwas sagt man nicht.

Nein, kein Mädchen, aber schon lange bevor Trockensträuße an meiner Zimmerdecke hingen, wusste ich, dass mit mir irgendetwas war. Etwas, das dafür sorgte, dass ich allein war, trotz all der Brüder und der Schwester und der Freunde und Eltern und Onkel und Tanten und Großeltern. Ich konnte es nicht zu Ende denken, mir nicht vorstellen, dass irgendjemand fühlte, was ich fühlte. Es fing schon an, als ich noch gar kein eigenes Zimmer hatte, als ich drei oder vier war und zusammen mit einem meiner Brüder in einem größeren Zimmer schlief. Und es hörte nicht auf, es änderte sich nicht, als meine Mitschüler und ich später, gegen Ende der Grundschulzeit, Sexspielchen spielten. Obwohl die nackten Körper, steifen Schwänze und warmen Hintern der anderen so selbstverständlich waren, wusste ich, dass es für die anderen ein Spiel war.

Wenn ich im Bett lag, sagte ich mir, dass ich immer Bücher würde lesen können, egal was geschah. Und dass das genug sein könnte. Ansonsten konnte ich ein bisschen beobachten, von der Seitenlinie aus. Doch vor allem begann ich mich nach etwas zu sehnen. Dass sich die Zimmertür öffnen und ich selbst durch diese Tür kommen würde. Ich. Selbst. Mein Kopf mit Gedanken, mein Blick und, warum nicht, meine Seele. Und mein Körper. Ich müsste mit mir selbst zusammen sein können. Das war die Lösung für ein Problem, das ich nicht einmal in Worte fassen konnte. Ich würde mich selbst küssen, ich würde mich selbst streicheln und vielleicht noch andere Dinge mit mir machen. Ich selbst kannte meinen Körper am besten; wenn also eines Nachts mein zweites Ich durch diese Tür käme, wüsste es genau, was es zu tun hatte. So müsste es sein. Es gelang mir nicht, mir vorzustellen, dass so etwas auch mit einem anderen Körper, einem anderen Menschen möglich sein müsste. Das war undenkbar. Ich selbst musste es sein, das wäre am allerschönsten und auch am einfachsten. Jahrelang hielt das an, heute glaube ich, dass ich es auch schon gewollt habe, bevor der Gedanke in mir aufkam, nur unbewusst, irgendwo in einem kindlichen Hinterkopf. Demselben kindlichen Hinterkopf, in dem allerhand Bilder herumgeisterten, die Hände eines Onkels, Hände mit dicken Adern, ein wiederkehrender Traum von dicht behaarten Männerbeinen im Gemüsegarten, später das Bild eines WC-Beckens voller Sperma, in das ich langsam, aber sicher meinen Hintern sacken ließ. Es war auch so selbstverständlich: ich im Bett und mein zweites Ich, das hereinkam. Ich vermute, dass es auch ein bestimmtes Machtverhältnis voraussetzte. Ich wartete, der andere ergriff die Initiative, er kam herein, ich blieb, wo ich war.

Das hatte ich bis dahin noch niemandem erzählt. Wie so etwas urplötzlich an die Oberfläche kommen kann. Nein, es kam nicht aus dem Nichts. Ich hatte Anton und Pauline von einer Gruppe von Schülern der internationalen Schule im schweizerischen Zug erzählt, wo ich Vorträge gehalten hatte. Sie hatten *Birnbäume blühen weiß* gelesen, und ich leitete eine Art Workshop. Eins der Mädchen fragte, warum in meinen Büchern all diese Zwillinge vorkämen, eine Frage, die mir schon sehr oft gestellt wurde. Unbeantwortbar, diese Frage. Nicht weil sie sich nicht beantworten ließe, sondern weil die Antwort (besonders vor einer Schulklasse) so persönlich ist.

Diese Sehnsucht ist nie ganz verschwunden, und ich habe sie, unbewusst, in ein paar Romanen verarbeitet. Bin ich, *war* ich verliebt in mich selbst? Ich bin mir nicht sicher, aber es sieht danach aus. Das »fettfreie Schambein« ist übrigens eine Reminiszenz an den Film *Der verführte Mann* von Patrice Chérau aus dem Jahr 1983. Es geht also nicht um mein eigenes fettfreies Schambein.

Während eines Teils des ersten Lebensabschnitts, in dem alles tiefe Spuren hinterlässt, weil so vieles so neu ist, so vieles zum ersten Mal geschieht, ungefähr zwischen der Geburt und dem achtzehnten Lebensjahr (bei mir die Zeit, in der Juliana Königin war, weshalb sie meine Lieblingskönigin ist, Beatrix mir nie genauso lieb war und ich mich immer noch nicht an Willem-Alexander gewöhnt habe), sah ich mich selbst mein Zimmer betreten. Andere begannen sich anderen zuzuwenden. Ich nicht. Ich hätte nicht gewusst, wie. Bis ich meinem Notstandsfreund begegnete, im Gymnasialzweig unserer Schule. Ich brauche mich also nicht zu wundern, dass es mir schwerfällt, Bindungen einzugehen. Vielleicht bin ich, *war* ich nicht in mich selbst verliebt. Vielleicht war es unvermeidlich, vielleicht konnte ich nicht anders, weil es eine Lösung für das war, was ich anscheinend als unlösbares Problem *empfand*. Auf jeden Fall hatte ich keine Worte dafür.

– 59 –

Ein Kind war hier zu Besuch. Ein fünfjähriger Junge. Während der Zugfahrt in die Eifel fragte er plötzlich nach meinen Kindern.

»O Gott«, sagte ich. »Meine Kinder. Die habe ich vor drei Wochen in der Eifel zurückgelassen. Ich bin sehr gespannt, wie es ihnen geht.«

Diese Mitteilung schien ihn nicht besonders zu beunruhigen. »Wo sind denn die Kinder?«, fragte er.

»Ich glaube, ich habe sie in den Keller gesperrt«, sagte ich.

Danach schlief er auf dem Schoß seines Vaters ein, der Zeitung zu lesen versuchte.

Er schaute durch die Tür. Ich rauchte draußen auf dem Bänkchen vor dem Küchenfenster, weil ich nicht im Haus rauchen will, wenn ein Kind da ist. »Hast du Spielzeug?«, rief er.

»Nein«, antwortete ich.

»Das ist nicht schön für mich!«, rief er.

»Mit dir hab ich nichts zu tun«, sagte ich. Ich beobachtete die Blaumeisen auf der Futterstation.

»Wo ist der Keller?«, fragte er.

»Das sag ich dir nicht«, sagte ich. »Gott, ja, wo du davon sprichst, ich sollte vielleicht mal nach meinen Kindern sehen.«

»Sag mal«, sagte ich zu ihm, »dir schneidet wohl deine Mutter die Haare?«

»Manchmal«, antwortete er.

»Mal sie, mal ich«, sagte mein Freund.

»An deiner Stelle würde ich lieber nur zum Friseur gehen«, sagte ich zu dem Jungen.

»Warum?«, fragte mein Freund.

»Na ja«, sagte ich. »Sieh ihn dir doch mal an.«

»Ich will was trinken!«, rief der Junge.

»Also, was sagst du das nächste Mal, wenn Mama mit einer Schere ankommt?«, fragte ich.

»Friseur!«, rief der Junge.

»Wo bleibt mein alter Vater?«, hatte er am Kölner Hauptbahnhof gefragt. Mein Freund war in einem Lebensmittelgeschäft, ich rauchte davor, der Junge beobachtete die Tauben.

»Warum fragst du das?«, fragte ich. »Ich meine, warum sagst du ›alter Vater‹?«

»Ach«, sagte er gleichgültig, »das sagen meine Freunde.«
»In der Schule?«
»Ja. In der Schule.«

Den Vater des Jungen kenne ich schon sehr lange, etwa drei Jahrzehnte. Ich bin mit ihm im Iran gewesen, 2004. Eines Abends ging er allein spazieren und begegnete einem Iraker. Das war ziemlich bemerkenswert, weil Iran und Irak Todfeinde sind, und dieser Iraker fragte ihn dann auch noch, ob er verheiratet sei. »Nein«, antwortete mein Freund wahrheitsgemäß. Der Iraker riet ihm daraufhin nachdrücklich, gleich nach der Rückkehr in sein Heimatland zu heiraten. Das hat mein Freund getan. Als hätte ihm jemand befohlen, zu Hause gleich ein Eis zu essen. Seine Frau ist um einiges jünger. Die beiden haben zwei Kinder. Eins der beiden ist der Junge, der jetzt bei mir war, seine Schwester ist ein paar Jahre älter. Ihr habe ich etwas nicht verziehen, das ich ihr vermutlich längst hätte verzeihen sollen. Sie hat einmal bei einer Silvesterfete Jasper so getriezt, dass der Hund einen Laut von sich gab, den ich noch nie gehört hatte. Ich sagte ihr, dass sie damit aufhören sollte, weil der Hund sie sonst beißen würde. Die Eltern sagten natürlich nichts. Vielleicht waren sie der Ansicht, dass ich mich nicht in die Erziehung einzumischen hatte, während ich genau spürte, dass Jasper tatsächlich mit seiner Geduld am Ende war. Danach zog sie ihn noch einmal an den Ohren und stellte sich auf seine Pfoten. Nur dem guten Charakter des Hundes war es zu verdanken, dass sie nicht mit Bisswunden im Krankenhaus gelandet ist.

Wir machten einen Spaziergang. Der Junge war uns böse. Schon sehr lange. Kurz nachdem wir losgegangen waren, hatten wir einen Fehler begangen. Wir hatten nicht auf ihn gewartet. »Ich bin müde und ich hab Hunger und ich hab gerade ein bisschen in die Hose gepinkelt!«, quengelte er.

»Ah, du musst mal?«, fragte der Vater.

Ja, der Junge musste pinkeln.

»Ich geh weiter«, sagte ich. »Ich hab mir diesen Vormittag anders vorgestellt.«

Als ich mich umblickte, war das Pinkeln erledigt, und beide zogen an einem Haselnusszweig mit Kätzchen.

Der Junge sagte: »Ich hab Hunger«, »Ich will …«, »Paaa-paaa!«, oder »Ich bin mühüde«.

Mein Freund ging auf alles ein. Ich sagte zu ihm, wir sollten einfach weitergehen. Nicht antworten, weitergehen. Er wird schon kommen. Wie ein Hündchen, das austesten will, wo die Grenzen sind. Am Ende laufen sie hinter einem her, weil die Alternative – allein zu sein und sich zu verirren – viel schlimmer ist.

»Du hast gar keine Kinder«, sagte der Junge schließlich. Vielleicht um auszudrücken, dass ich besser den Mund halten sollte, wenn es um ihn ging, vielleicht weil in seinem Kopf ein scheußliches Bild spukte, von einem Keller.

»Stimmt«, sagte ich. »Ich hab dich zum Narren gehalten. Ich habe gar keinen Keller, bei dem felsigen Boden hier geht das gar nicht.«

Das beruhigte ihn dann doch.

Als ich ihm in einem unbeobachteten Moment einen Kuss auf die Wange gab, sagte er: »Du bist nicht mein Vater!«

»Das stimmt«, antwortete ich. »Aber das bedeutet natürlich nicht, dass ich dir keinen Kuss geben darf.«

Er wischte sich wild über die Wange.

»Wie war das noch«, fragte ich meinen Freund, »in welchem Alter entdecken Kinder, dass es, ähm …« Der Junge lag in diesem Moment auf dem Boden. Wollte keinen Schritt weiter.

»… noch andere Menschen auf der Welt gibt?«, ergänzte mein Freund.

»Ja«, sagte ich. »Wann lernen sie, auf andere Rücksicht zu nehmen. Wann hört diese Selbstsucht auf.«

»Tja«, sagte mein Freund. »Bei manchen nie.«

»Oje«, sagte ich.

Und trotzdem war es sehr schön. Wir hatten herrliches Wetter, und der Junge durfte an zwei Tagen gegen halb sechs einen Film sehen. *Madagascar 3* und *2*. Zu Hause haben sie keinen Fernseher und erst recht kein Netflix. Die Mutter des Jungen kocht neuerdings manchmal vegan. Nach dem Essen – mit Schinken und spanischer Wurst – durfte der Junge die zweite Hälfte des Films sehen und ging anschließend schlafen. Mein Freund und ich sahen dann noch einen Film für Erwachsene. *Moonlight*, den er noch nicht gesehen hatte und der ihn ein bisschen zum Weinen brachte, weil er ziemlich sentimental ist (der Freund, nicht der Film), und einen Science-Fiction-Film mit Jake Gyllenhaal, *Life*. Etwas zu unheimlich für meinen Freund, der aufregende Filme nicht besonders mag. Aus dem Gästezimmer unten war fast ununterbrochen ein bellendes Husten zu hören, während der Junge tagsüber kaum auch nur hüstelte.

Mein Freund liebt seine Kinder. Er kann das. An mir ist kein Vater verloren gegangen, diese Selbstsucht von Kindern finde ich wirklich unerträglich. Ich gehe mit Kindern wie mit Erwachsenen um. »Ich bin sehr streng, das weißt du ja«, warnte ich den Jungen. Er nickte. Ich darf Schluss jetzt! rufen. Mein Freund geht diplomatischer vor, wie es wahrscheinlich auch sein sollte. Trotzdem ist es ein lieber Junge. Und mein Freund ist auch lieb. Ich muss mich zusammennehmen. Es ist mein Problem. Und ich war ein paar Tage in einer anderen Verfassung. Ich sorgte für die beiden, ich plante die Spaziergänge, ich sah zusammen mit meinem Freund auf Netflix Filme. Zusammen, nicht allein.

– 60 –

DER WWOOFER

Auf dem Schreibtisch liegt noch Arjan Vissers *De tien geboden, gesprekken met schrijvers*. Ich blättere ein wenig darin und entdecke etwas, das mir bisher nie bewusst geworden ist: Wie gut ein schriftlich festgehaltenes Interview ist, hängt von der Könnerschaft des Interviewers ab und besonders davon, wie er schreibt. Viele Interviewer können natürlich gar nicht schreiben, sie glauben, es gehe nur darum, was gesagt wird, während es gerade darum geht, wie man es ausformuliert.

[…]

VII. DU SOLLST NICHT EHEBRECHEN

An mir ist etwas … Ich weiß es nicht. Sobald ich denke, mit diesem oder jenem netten Jungen könnte es etwas werden, läuft er plötzlich davon, so schnell er kann. Ich bin es nicht wert, denke ich dann. Billige Laienpsychologie, aber trotzdem: Wie soll man, wenn man sich selbst so gar nicht ausstehen kann, einen anderen jemals wirklich an sich heranlassen? Und doch verliebe ich mich jeden Monat aufs Neue bis über beide Ohren. In die falschen Menschen natürlich, in Menschen, die für mich ohnehin nicht zu haben sind. Neulich habe ich der *Libelle* ein Interview gegeben. Ich sagte, dass ich manchmal den Wunsch verspüre, einen lieben Mann neben mir auf dem Sofa zu haben, einen, der mir zum Beispiel, wenn ich von einer Lesung oder dergleichen nach Hause komme, ein Glas Whisky mit Eis bringt – tinkeltinkel – und fragt, wie es gewesen ist … Kurz und gut, die Zeitschrift ist gerade einmal einen Tag im Handel, und ich bekomme die ersten Mails. Ich wusste gar nicht, dass so viele Männer die *Libelle* lesen. »Hier bin ich!«, »Worauf wartest du«, »Wann kann ich vorbeikommen?«. Aber auf so etwas habe ich keine Lust. Wenn man Pech hat, holt man sich einen Serienmörder ins Haus. Ich bin ein Sexmonster, sehr körperlich – im Erotischen kann ich mich völlig gehen lassen –, aber es darf nichts forciert werden. Keine *Libelle*-Leser, keine Männer, die ich in der Kneipe aufreiße. Ich will das knabbernde Pferd, von dem ich erzählt habe: eine selbstverständliche Intimität. Neulich hatte ich ein schönes Erlebnis mit einem achtzehnjährigen Kanadier, der als WWOOFer – von dem Netzwerk World-Wide Opportunities on Organic Farms, das international freiwillige Helfer an Bio-Bauernhöfe vermittelt – auf einem Hof arbeitete, den ich oft besuche. Ein netter Junge, aber auf ihn hatte ich es gar nicht abgesehen, ich hatte das Auge auf einen anderen WWOOFer geworfen. Wie dem auch sei, dieser WWOOFer rief mich einen Tag später an. Er war in der Stadt und wollte sich mit mir verabreden, doch ich konnte erst am Abend wieder zu Hause sein. Er wollte in einer Jugendherberge schlafen. Ich sagte: »Du spinnst doch, setz dich in die Straßenbahn und komm zu mir. Ich richte ein Bett für dich her und …« Nun, das wurde vielleicht was mit diesem Jungen – wundervoll! Schön, unerwartet, zwei Seelen, die sich gefunden hatten, sehr intensiv. Zwei Tage später musste er weg. Etwas wie dieses Zusammensein, aber für immer, das wünsche ich mir. Ja, ich weiß, an einer Beziehung muss man arbeiten, aber das ist so ungeheuer anstrengend, ich finde es schon schwierig, mich richtig gegenüber den Menschen zu verhalten, mit denen ich keine Beziehung habe. Es wäre so schön, wenn ich auch in Zukunft – hin und wieder – diese tiefen Schichten anbohren dürfte; und den Rest – all die Liebe, all meine Sehnsüchte – versuche ich irgendwie zu sublimieren. Vielleicht bin ich ja deshalb Schriftsteller geworden. […]

Dieser Text verblüfft mich, ich hatte vergessen, dass ich jemals etwas über den WWOOFer gesagt oder geschrieben hatte. Ich sehe ihn noch mit seinem schweren Rucksack über den Zaun neben der Auffahrt zum Piet Heintunnel springen. Es erinnerte mich daran, wie Daniel Day-Lewis in *Mein wunderbarer Waschsalon* fast in Zeitlupe über eine Waschmaschine springt. Damit ist alles gesagt. In der Nacht lagen wir beide in unserem eigenen Bett, erst am Morgen, als er aus dem Badezimmer kam, wagte ich zu sagen: »I wanted to come in«, worauf er einfach nur erwiderte: »Why didn't you?«

Es gab einen Moment, in dem wir statt im Bett kurz auf dem Sofa saßen und ich erfuhr, dass er achtzehn war. Ich fragte ihn, ob er eine Ahnung habe, wie alt ich sei. Das spiele für ihn keine Rolle, das Alter interessiere ihn nicht. Er schielte ein bisschen. Er war Jude. Nachdem er gegangen war – ich wusste, wann seine Maschine zu den Azoren startete, und musste ihn praktisch hinauswerfen –, habe ich lange und ganz still auf einem Stuhl am Fenster gesessen. Wie ich später hörte, ist er statt zu den Azoren nach Israel geflogen. Ich war sein erster Mann. Er war begierig, er wollte etwas lernen. Es war ganz selbstverständlich. Wie es für ihn keine Rolle spielte, dass ich sechsundvierzig war, so spielte es für mich keine Rolle, dass er achtzehn war. Es war, wie es war, und ich fand es wunderbar. Später ist er kaum noch nach Kanada zurückgekehrt, er hat sich auf das Fällen von Bäumen in schwierigen Umgebungen spezialisiert. In Urwäldern, auf Hawaii. Seit geraumer Zeit ist er mit einem Mann seiner eigenen Generation zusammen, nur selten haben wir noch Kontakt, über Facebook oder Instagram. Ich hege die hochmütige Vorstellung, dass ich etwas in ihm befreit habe. Dass dieses Etwas damals schon eine Weile in ihm geschlummert hatte, zu Hause in Kanada, und dass er, als er dann in der Biohof-Wohngemeinschaft auf dem Wogmeerpolder lebte und mich dort sah, gedacht hat: Jetzt wage ich den Sprung. »The barechested arborist«, nennt er sich. David heißt er. Sie haben ein Schoßhündchen, ich glaube, einen Papillon.

Kurz nach seiner Abreise wurde ich auf dem Fahrrad von einem Bekannten eingeholt. Oh, hallo, wie geht's? Ach, sagte ich, ich bin ein bisschen traurig. So, warum denn? Tja, jemand ist aus meinem Leben verschwunden. Och, wie, wo, was? Nachdem ich ihm davon erzählt hatte, lachte er sich fast kaputt. Dieser Bekannte wohnte schon seit zwei Jahrzehnten mit demselben Mann zusammen. »Zwei Tage?!«, fragte er. Ja, antwortete ich, zwei Tage. Er konnte sich offenbar nicht vorstellen, dass zwei Tage mit einem bestimmten Mann zwei Jahrzehnte mit ein und demselben Mann aufwiegen können. Als wäre die Dauer ein Maßstab für die Intensität einer Beziehung. Ich lachte nicht, bestimmt habe ich ihn ein bisschen mitleidig angeschaut. Vielleicht sogar den Kopf geschüttelt angesichts von so viel Ignoranz.

Das Interview ist von 2009. Es liegt ein Jahrzehnt zurück. Dass ich mich »jeden Monat aufs Neue« in die falschen Männer verliebe, ist vorbei. »Sexmonster«?! Die Stelle mit dem knabbernden Pferd bezieht sich hierauf: »Neulich stand ich im Garten meines Bruders. Eine Nachbarin kam vorbei. Mit ihrer Tochter, die auf einem wunderschönen großen Pferd saß. Wir quatschten ein wenig, als das Tier plötzlich an meinem Kopf herumzuknabbern begann – ein größeres Glück ist für mich undenkbar. Ich fühlte mich eins mit dem Pferd. So wie ich mich auch Kind mit den Kindern fühle. Spatz mit den Spatzen. Spinne mit den Spinnen. Ich fühle mich über nichts erhaben.«

Aber gewiss doch, Pferd mit den Pferden. Spatz mit den Spatzen. Spinne mit den Spinnen. Und ob man's glaubt oder nicht, es stimmt sogar. Das »Kind mit den Kindern« ist so zu verstehen: Ich setze sie mir gleich, behandele sie also, wie im vorigen Kapitel, im Grunde als Erwachsene. Das kann insofern nicht gutgehen, als sie eben nicht erwachsen sind und sie mich deshalb unmöglich als Erwachsenen behandeln können. Man kann diese Stelle als gestrichen betrachten. Übrigens ist es so gut wie ausgeschlossen, dass ich das Wort »quatschen« gebraucht habe. Ich habe noch nie im Leben »quatschen« gesagt. Ebenso wenig wie »Butterstulle« oder »Momentchen«.

– 61 –

Voriges Jahr – wahrscheinlich im Sommer, denn es war warm – hat mich in der Eifel eine Frau besucht, um mich für die Zeitschrift *Psychologie heute* zu interviewen. Trotz meiner ausdrücklichen Bitte um ein Belegexemplar wurde mir nach der Veröffentlichung des Interviews wie üblich keins zugeschickt. Ich bekam eine Nachricht von Freundin Andrea Kluitmann, die zu ihrer Verwunderung in einer Ausgabe von *Psychologie heute*, die sie im Flugzeug las, mein Konterfei entdeckt hatte. Ach ja, dachte ich, dieses Interview. Ich fragte nach, gleichzeitig bat ich jemand anderen um ein Exemplar von *De Hovenier*, in dem im vergangenen Herbst etwas über mich stand. Die niederländische Zeitschrift war innerhalb einer Woche in meinem Briefkasten in Amsterdam, die deutsche fand ich schließlich hier in der Eifel vor.

Die Interviewerin hatte kein Auto, weshalb sie mit dem Zug anreiste. Freund Henk und Hündchen Bas waren hier, und so holten wir sie in Densborn ab. Ich setzte mich mit Absicht hinten in den Wagen, eigentlich wollte ich nichts mit ihr zu tun haben. Sie war viel zu fordernd, viel zu intensiv für mich. Während der gesamten Fahrt von Densborn zu meinem Haus saß sie halb zu mir hingedreht auf dem Beifahrersitz. Ich reagierte mit Abwehr, ich fragte mich, warum sie nicht mit Henk, dem Fahrer, sprach. Lass mich in Ruhe, dachte ich, ich habe mich doch nicht von ungefähr auf die Rückbank gesetzt. »Machen Sie es bitte kurz«, sagte ich zu ihr. »Ich fühle mich nicht besonders gut.« Wir saßen an dem großen Tisch auf der oberen Terrasse. Henk lag im Garten in einem Liegestuhl, Bas machte sich unten an der Hecke zu schaffen. Die Blätter der Ungarischen Eiche werden sich sachte bewegt haben, und bestimmt haben die Kamerunschafe von Nachbar Max friedlich gegrast. Ich fragte mich, ob sie auch noch zum Mittagessen bleiben wollte. Henk kochte Kaffee und legte uns eine Tafel Ritter Sport hin. Quadratisch. Praktisch. Gut.

Nachdem ich diese beiden Absätze geschrieben hatte, die man als Einleitung zu dem Interview betrachten kann, übersetzte ich den deutschen Text für mich. Das Fenster stand offen, die Sonne schien, den ganzen Tag flogen Schwärme von Kranichen vorüber. Trügerischer Frühling. Und plötzlich entdeckte ich, dass fast alles, was ich auf der Terrasse zu der Interviewerin von *Psychologie heute* gesagt hatte, in irgendeiner Form schon in diesem Buch steht. Außerdem war es ein langweiliges Interview, die Journalistin vom Dienst war kein Arjan Visser. Ich habe einen knappen Tag vor mich hin übersetzt, es machte Spaß und war bestimmt für irgendetwas gut, und nun habe ich alles weggeworfen, bis auf zwei kleine Fragmente, die im deutschen Original folgendermaßen lauten:

> Einige Jahre ging es ihm – auch mithilfe von Antidepressiva – deutlich besser. Doch derzeit kämpfe er wieder mit seinem Gemütszustand, wie er freimütig erzählt. Anzumerken ist ihm das nur zum Teil. Er wirkt ruhig, in sich gekehrt. Wie jemand, der körperliche Schmerzen hat, aber nicht darüber sprechen möchte. Einmal erwähnt er im Interview, dass es für ihn im Augenblick fast unmöglich sei, dieses Gespräch zu führen. Auf Fragen reagiert er aber sehr gewissenhaft, überlegt eine Weile stumm – und gibt dann durchdachte, oft druckreife Antworten. [...]
>
> *Warum diese Schuldgefühle?*
>
> Weil es eben für die anderen Menschen sehr anstrengend sein kann, wenn man in einer depressiven Verfassung ist. Ich glaube, ich verstehe heute Leute besser, die Selbstmord begehen. Ich denke mittlerweile, die Mehrzahl tut es nicht, weil sie sich selbst nicht mehr aushalten, sondern weil sie den Kontakt mit ihren Bezugspersonen nicht mehr aushalten. Sie müssen weg von den anderen, von ihren Kindern, von ihrem Ehepartner. Sie wollen keine Last mehr sein.

Es kann sein, dass mir diese Erkenntnis während des Gesprächs gekommen ist. So etwas passiert bei Interviews öfter, weil man gezwungen ist, sofort über eine Frage nachzudenken und eine Antwort zu finden. Sodass diesmal – während ich registrierte, dass Henk mittlerweile im Liegestuhl eingeschlafen war, Bas sich an einer anderen Stelle zu schaffen machte, die Alaskan Malamutes von Nachbar Herbert und Nachbarin Christin leise jaulten und die Ritter Sport vor sich hin schmolz – etwas an die Oberfläche kam, das ich wahrscheinlich schon im Hinterkopf gehabt hatte, das aber nie in mein Bewusstsein vorgedrungen war.

Der Mensch ist ein unglaublich soziales Wesen, vielleicht so sozial, dass er oder sie unter Umständen das Wohlergehen anderer über sein oder ihr eigenes stellt. Ich verstehe die Schuldgefühle von Depressiven, ich kann mir vorstellen, wie es ist, wenn zum eigenen Elend noch die Sorge um andere hinzukommt. Denke ich nicht an Suizid, weil ich allein bin? Liegt hier der entscheidende Unterschied zwischen mir und beispielsweise Joost Zwagerman, um nur einen Namen zu nennen, der auch den Lesern bekannt sein könnte? Und all den anderen, die sich das Leben genommen haben, die aber Lesern dieses Buches unbekannt sind, Freunden, Bekannten von mir? Ich bin in einer Weise allein, dass ich die Menschen, die ich gut kenne, vor allem meine Verwandten, nicht oft genug sehe, um mich wegen meines seelischen Zustands besonders schuldig zu fühlen. Ich belaste sie nicht genug, um mich eventuell zu einer so drastischen Handlung wie Suizid zu entschließen. Ich brauche nur mich selbst zu überleben.

Suizid wie der eines alten Indianers, der sich auf einen Berg zurückzieht, wenn er das Ende kommen fühlt. Dem Tod allein ins Auge blicken, ohne andere zu belasten, nicht einmal hinterher: kein Sarg, kein Begräbnis, nur Geier, die den Leichnam beseitigen. Oder wie bei einer uralten Katze, die sich davonmacht und die man nie wiedersieht. Man kann nur vermuten, dass sie tot ist, sich irgendwo verkrochen hat oder – wie bei uns früher – über die Wiesen in Richtung Osten gelaufen ist. Jedenfalls, wenn die Katze auf dem Land lebt. Stadtkatzen kennen diesen Luxus meistens nicht, sondern sterben in großer Zahl auf Behandlungstischen von Tierärzten. Andere nicht zu belasten ist bei Menschen möglicherweise ein so tief verankerter Reflex, dass die Entscheidung für den eigenen Tod als die beste Lösung erscheinen kann. Nur: Stimmt es überhaupt, dass alte Indianer sich zum Sterben auf einen Berg zurückziehen? Ist das nicht eher ein Mythos wie der von den angeblich fünfzig Inuit-Wörtern für Schnee?

»Anzumerken ist ihm das nur zum Teil.« Das scheint mir eine Form von sozial erwünschtem Verhalten zu sein. Trotz meiner inneren Abwehr, trotz meines tiefen Widerwillens gegen dieses schon Wochen zuvor verabredete Interview lasse ich mich befragen, ohne dass mir etwas anzumerken ist. Man kann lediglich vermuten, dass ich Kopf- oder Bauchschmerzen habe oder mir ein großer Zeh wehtut, darüber aber kein Wort verliere.

– 62 –

Ich schreibe das rückblickend. Ich schreibe *jetzt* darüber, wie ich mich *damals* gefühlt habe. Zum Teil, weil ich *jetzt* Worte dafür finden kann, zum Teil, weil es *damals* einfach undenkbar war. In undenkbar steckt das Verb denken. Deshalb war es eigentlich nicht einmal undenkbar, denn denken ging nicht mehr: Ich konnte mich nicht »gesünder« oder »anders« denken, weil das Denken nicht an eine Depression herankommt. Sie ist undurchdringlich. Der Laptop war bedeutungslos, mit einer Andeutung von Angst. Die Espressokanne war bedeutungslos, die Flasche Oude Rutte war bedeutungslos, essen war bedeutungslos, das Gesicht meiner Mutter war bedeutungslos, sogar ein Hund, der mich freudig begrüßte, als wäre ich sein allerbester Freund (Jet), war bedeutungslos. Man braucht Bedeutung, um leben zu können. Wenn alles leer, nichtssagend und sinnlos ist, ist man selbst es auch, sodass man einfach nichts anderes tun kann, als von Minute zu Minute durchzuhalten, in der Hoffnung, dass irgendwann in den unzähligen Minuten, die kommen werden, etwas geschieht, sich etwas verschiebt. *Hoffnung*. Nein, nicht einmal Hoffnung, denn auch Hoffnung ist bedeutungslos. Einfach darauf warten, dass sich etwas verschiebt, verändert, verbessert. Registrieren, dass eine Minute vergangen ist.

Was auch immer ich jetzt schreibe, wie auch immer ich es schreibe, niemals kann es wiedergeben, wie es damals war. Jetzt finde ich Worte, jetzt kann ich nachdenken. Doch das Denken und all die Wörter sind unzulänglich, allein schon, weil Wörter wie »undenkbar« oder »Hoffnung« wieder gestrichen werden müssen. Und mit ihnen sehr viele andere. Man müsste sich so knapp wie nur irgend möglich ausdrücken, um die bedeutungslosen Wörter zu umschiffen. Aber was bleibt dann übrig? Ein Wort wie »warten« kann man benutzen; warten geht ganz von selbst. Und »Geduld«? Ja, ich glaube, das kommt infrage, auch Geduld haben geht mehr oder weniger von selbst. Bei einem Wort wie »leer« dagegen braucht man wieder etwas mehr. Definiere »leer«. *Nichts*. Definiere »nichts«. Und Niemandsland ist eine Metapher. Sparmodus ist eine Metapher. Ich hatte versprochen – mir selbst und den Lesern –, keine Metaphern zu verwenden. Deshalb nenne ich sie Vergleiche, aber das ist so, als würde man Joghurt Vla nennen und jedes Mal beim Essen dieses »Vla« denken: hmm, lecker, dieser Joghurt.

Regelmäßig denke ich jetzt: Hör auf, es ist vorbei. Sei dankbar für das Erreichte. Warum solltest du jetzt noch darüber schreiben wollen oder müssen? Ermüde dich und die Leser nicht länger damit. Ganz vorbei ist es noch nicht, manches ist noch anders als sonst. Der frühe Morgen. Ich empfinde Widerwillen, wenn ich aufwache und sehe, dass es draußen noch dunkel ist. Einschlafen geht dann nicht mehr, während ich mich früher noch einmal genüsslich auf die andere Seite drehte und eine Stunde später zum zweiten Mal wach wurde. Es machte nichts, wenn ich erst um zehn Uhr aufstand; ich brauchte nicht in irgendein Büro, musste nirgendwo zu einem bestimmten Zeitpunkt erscheinen. Ich war und bin mein eigener Herr. Immer noch ein unbestimmtes Gefühl, nicht mit Zeit und Ort Schritt zu halten. Entfremdung.

Entscheidend ist, dass man verstanden wird, dass einem geglaubt wird. Offenbar bin auch ich wie wahrscheinlich sehr viele andere Menschen, normale Menschen, sensibel für Verständnis von anderen. Wenn einen niemand versteht, ist man furchtbar allein. Wenn einem niemand glaubt, ist man auch in dieser Hinsicht ganz auf sich selbst angewiesen. Daraus folgt, wie wichtig das Verbundensein ist. Genau daran aber mangelt es bei mir. Und vielleicht hat man – habe ich – mit dem Fortschreiten der Jahre immer häufiger das Gefühl, dass es zu spät ist. Zu spät und vorbei. *Vorbei, vorbei, für alle Zeit vorbei*, um mit J. C. Bloem zu sprechen. Wenn ich mich überhaupt einmal umschaue, dann nach Jungen, nach jungen Männern, und ich identifiziere mich mit ihnen, während ich mich nach Männern meines Alters umsehen müsste. Aber die finde ich alt, so wie ich mich selbst alt finde. Ich sehe, wie sich mein Körper verändert, faltig wird, schrumpft, mich im Stich lässt, mir gemeine Streiche spielt, wie die Gemeinheit am Anfang dieses Buches.

Es ist nicht verwunderlich, dass das Interesse für meine Bücher und ihr Erfolg mir guttaten. Mir das Gefühl gaben, verstanden zu werden. Doch das war ein falsches Verstehen. Ich bin nicht meine Bücher. Ich bin nicht meine Romane. Deshalb ist es ebenso wenig verwunderlich, dass mich all dies irgendwann anzuwidern begann: Es war ja nicht ich, der verstanden wurde, nicht ich, der Erfolg hatte. Meine Bücher waren erfolgreich. In gewisser Hinsicht könnte ich sie als meine Feinde betrachten, denn sie bekamen, was mir verwehrt blieb; meine Romane gaben Lesern eine Vorstellung von mir als Mensch, die aber falsch war. Wenn das, was aus Sublimierung und Unverstandenem hervorkommt, bejubelt wird, bleibt man als dessen Autor verwaist zurück.

Ist es das? Habe ich hier endlich den Grund dafür zu fassen bekommen, dass ich keine Romane mehr schreiben will oder kann? Dafür aber dies schreiben kann und will, weil ich darin nicht sublimiere und wenigstens den Versuch unternehme zu verstehen?

Jetzt lege ich mich einen Moment hin. Selten so tief nachgedacht. Die Frühjahrsferien sind vorbei, die Kinder von der Grundschule gegenüber kreischen und rennen wieder. Es weht heftig, die Fähnchen auf den Hausbooten am Ertskade stehen stramm im Wind, die kahlen Zweige der gestutzten Weiden peitschen hin und her, am Himmel sausen Möwen vorüber. Ein Himmel, der aus schmutzig weißen Wolken und nachlässig verteilten Flecken Blau besteht.

Ich habe für *Trouw* eine Kolumne über Buchtitel geschrieben. Meine eigenen Titel und – um nicht einen reinen Werbebeitrag daraus zu machen – Buchtitel von Kollegen. *Iets scherps, een priem* (Etwas Spitzes, ein Pfriem) von meinem Kollegen und Freund Gerard van Emmerik, weil ich Titel mit Kommata so schön finde. Ich erwähnte, dass ich selbst einen Titel auf Halde liegen habe, an dem vielleicht irgendwann einmal ein Buch aufgehängt werden wird: *Het was nacht en er waren matrassen* (Es war Nacht, und es gab Matratzen). Prompt hat mir Gerard eine Mail geschickt: *Nacht, twee matrassen.* Sonst nichts. Nacht, zwei Matratzen. Er hat die Kolumne gelesen, aber er schreibt nicht »witzig«, oder »Danke schön«. Er antwortet kurz und knapp mit einem Gegentitel. Und acht Kreuzchen, das dann doch. Acht Küsschen auf meine Stirn.

– 63 –

»Man muss es durchgemacht haben, um das Leben zu kennen!« Trijntje Oosterhuis hat das Wort. Sie sitzt mit Talkshow-Moderator Matthijs van Nieuwkerk am Tisch. Ein bisschen exaltiert ist sie heute, sie strahlt etwas aus, das größer ist als ihre Aufgabe hier: in der Rubrik *Songs in the Key of Life* einen Song von Burt Bacharach zu singen. »Witzige Rubrik!«, hat sie Matthijs zugerufen, der sie gar nicht gefragt hat. Wie ein moderner Guru hebt sie beide Hände, dreht sich links herum und rechts herum, um das ganze Publikum zu bedienen, und erklärt: »Aber es geht vorbei, Leute! Wirklich, es geht vorbei!« Das Thema der »witzigen Rubrik« ist diesmal Liebeskummer. Und nach Erkenntnissen von Guru Trijntje muss man offenbar so etwas durchgemacht haben, weil man sonst einfach nicht weiß, was das eigene Leben oder vielleicht das Leben überhaupt ausmacht.

Dann bin ich wohl so jemand, einer, der das Leben nicht kennt. Denn ich kenne keinen Liebeskummer. Es sei denn, man würde es Liebeskummer nennen, wenn jemand einen Tag ganz still auf einem Stuhl am Fenster sitzt. Tim Hofman

– wie üblich mit sehr eigenartigem Blick – wurde gefragt, ob er Liebeskummer kenne. »Frag bloß nicht!«, antwortete er. Und Matthijs selbst? »Frag bloß nicht!« Fernsehjournalist Eelco Bosch van Rosenthal? »Frag bloß nicht!« Alle haben sie unter Liebeskummer gelitten, monatelang sogar. So schlimm, dass sie allesamt »Frag bloß nicht!« rufen, um auszudrücken, dass sie nicht einmal darüber sprechen wollen oder können.

Ich kenne keinen Liebeskummer, weil ich – fürchte ich – niemals Liebe gekannt habe. Keine Liebe, kein Liebeskummer. Oder doch: Nachdem Jasper gestorben war, habe ich Kummer empfunden. Das war auch Liebe. Aber wenn man so etwas laut sagt, lachen die Leute nur, oder sie schauen einen befremdet an. Nie habe ich mich mit einem Mann so verbunden gefühlt, dass mir eine Trennung Kummer bereitet hätte.

KLAAS

Einer meiner ersten Freunde, in Leeuwarden, als ich um die zwanzig war: Ich war froh, als er Schluss machte, weil ich die Sache mit uns selbst nicht verstand, weil ich aus anderen Gründen als Liebe eine Beziehung mit ihm hatte, vielleicht, weil es mir schmeichelte, dass er mich wollte. Klaas, der begehrenswerteste Junge aus der einzigen Schwulenkneipe, die es in Leeuwarden gab. Incognito hieß sie. Was sage ich: der begehrenswerteste Junge von ganz Leeuwarden. Er besuchte die landwirtschaftliche Fachschule und machte irgendetwas mit Pferden und künstlicher Besamung. Und er wollte mich. Okay, dachte ich. Seht her, hier gehe oder sitze oder liege *ich* mit dem begehrenswertesten Jungen. Das konnte nicht gutgehen. Es endete nach ein paar Monaten in Leiden auf dem Boden der Studentenbude eines früheren Mitschülers. Ich bekam einen heftigen Schlag auf die Nase, weil ich Klaas bei der Studentenparty den ganzen Abend und die ganze Nacht völlig ignoriert hatte. »Warum ignorierst du mich?!«, fragte er mich im Dunkeln. Um uns herum lagen auf Matratzen und in Schlafsäcken andere auf dem Boden, es war ein öffentlicher Streit. Ich kann nicht streiten. Ich hatte mich für ihn wegen seiner kurzen, karierten Hose geschämt, ich konnte mit der Situation – ich zusammen mit meinem offiziellen Freund unter lauter ehemaligen Mitschülern – einfach nicht umgehen. Er warf mir alles Mögliche an den Kopf, und er hatte mit fast allem recht. Wir waren zwar seit Monaten zusammen, trotzdem hatte ich ihn immer ein wenig auf Distanz gehalten. Mehr noch: Ich war nie verliebt in ihn gewesen, von Liebe konnte also gar keine Rede sein.

»Ich bin nicht deine Oma!«, rief er.

In einem dunklen Winkel versuchte jemand, sein Lachen zu unterdrücken.

»Nein«, antwortete ich trocken, »die wohnt in Barsingerhorn.«

Das war der Tropfen, der das Fass zum Überlaufen brachte, der erwähnte Schlag traf meine Nase, er hatte blind ausgeholt. Was ihn zu der Bemerkung mit meiner Oma veranlasst hatte, weiß ich nicht mehr. Ich verließ mit wahrscheinlich gebrochener Nase das Haus und irrte den Rest der Nacht durch Leiden, bis ich es für die klügste Idee hielt, zurückzugehen und an der Tür zu klingeln, irgendwer würde schon aufmachen. Ich sehe mich noch in der Gemeinschaftsküche sitzen, *De Volkskrant* vor mir auf dem Tisch. Im Flur ging Klaas vorbei, er hatte die in meinen Augen lächerliche Hose wieder angezogen. »Tschüs«, sagte er zu meinem Freund, der in dem Studentenhaus wohnte. »Danke.« Mich sah er nicht an. Vielleicht habe ich dort am Küchentisch, umgeben von alten Schulfreunden, sogar »Na, ein Glück« gesagt. Vielleicht hat sich jemand nach meiner Nase erkundigt.

Trijntje Oosterhuis sang am Schluss der Sendung Burt Bacharachs Song über Liebeskummer sehr gefühlvoll. Als hätte sie das Geschilderte selbst mit jeder Faser ihres Wesens erlebt. Tim und Matthijs und Eelco bewegten sich auf ihren Stühlen sitzend ebenso gefühlvoll mit.

– 64 –

DER USBEKE

Oder habe ich doch Liebe gekannt? Hätte ich verständnisvoll nicken können, als Trijntje Oosterhuis diesen Gebrochene-Herzen-Song von Burt Bacharach sang? Könnte ich wie Pauline Slot ein ganzes Buch über eine erste oder spätere Liebe schreiben? Habe ich etwas verpasst oder mir entgleiten lassen?

Vor langer Zeit saß ich einmal in einem Bummelzug von Groningen nach Eemshaven. Keine Ahnung, was ich dort zu suchen hatte. Vielleicht war ich auf dem Weg zum Schloss Menkemaborg bei Uithuizen, um für *De Groene Amsterdammer* darüber zu schreiben. Es waren nicht viele Leute im Zug. Mir gegenüber saß ein junger Mann mit schwarzen Haaren und dunklerer Haut, ich dachte, dass er aus irgendeinem südamerikanischen Land stammte. Er zwinkerte mir die ganze Zeit zu. Ein Tic, dachte ich. Er hätte sich auch anderswo hinsetzen können, es waren mehr als genug Plätze frei. Wir kamen ins Gespräch, auf Englisch. Kolumbien, dachte ich. Da kommt er her. Worüber wir sprachen, weiß ich nicht mehr, nur, dass es irgendwann ums Schreiben ging, vielleicht war *Birnbäume blühen weiß* gerade herausgekommen. Dann wird es 1999 gewesen sein. Er wollte seine Geschichte erzählen, wollte schreiben, doch das ging nicht, weil er das Niederländische kaum beherrschte. Er stammte gar nicht aus einem südamerikanischen Land, sondern aus Usbekistan. Er wohnte in einer Asylbewerberunterkunft in einem der kleinen Dörfer im Norden von Groningen und wartete auf seine Anerkennung als Flüchtling. Er hörte nicht auf, mir zuzuzwinkern. Wir tauschten Telefonnummern aus. Dann musste er aussteigen, es kann also sein, dass ich etwas später in Uithuizen ausgestiegen und zur Menkemaborg gegangen bin.

Zwei Tage später rief er mich an. Als ich seine Stimme hörte, war es um mich geschehen. Am Tag darauf saß er neben mir auf dem Sofa. Meiner Erinnerung nach saßen wir ganz nah beieinander und starrten beide geradeaus. Es war noch in meiner alten Wohnung in der Eerste Atjehstraat. Wir sagten nicht viel. Es geschah etwas zwischen uns, etwas vibrierte, aber anscheinend wussten wir beide nicht, was. Wir wussten auch nicht, wie wir das Patt aufheben sollten. Beide warteten wir ab, was der andere tun oder sagen würde. Obwohl wir bis zum Zerreißen angespannt waren. Erst nach Stunden landeten wir im Bett. Ich kann mir beim besten Willen nicht mehr vorstellen, wie wir es fertigbrachten, so lange zu warten, wie wir diese Stunden gefüllt, ob wir etwas gegessen oder getrunken haben. Einige Jahre ging das so. Er rief an; ich konnte es kaum erwarten, dass er anrief. Ich erinnere mich nicht einmal mehr daran, dass ich ihn gefragt habe, ob er Muslim war, aber er war es. Das hatte Konsequenzen für die Rollen, die wir übernahmen. Er war der Herr, vor allem im Bett, manchmal aber auch außerhalb. Mir machte das nichts aus, ich spiele gern die Rolle des Knechts, bin jedenfalls lieber Knecht als Herr. Er konnte sich auf mich setzen, während ich auf einem Küchenstuhl saß, und fragen: »Warum hast du so hässliche Haut?« Ich erklärte, dass ich Akne gehabt hatte und dass man danach solche Haut hat. »Aber dagegen muss sich doch etwas machen lassen!« Meine Zähne, konnte ich die nicht mal in Ordnung bringen lassen? Oder wir lagen im Bett, und er fing an, von der Frau zu fantasieren, die er einmal heiraten würde. Eine Russin musste es sein, mit grauen Augen. Immer wieder redete er von dieser Russin mit grauen Augen. Meistens ließ ich ihn reden, manchmal fragte ich aber auch, warum er von einer Frau fantasierte, während ich neben ihm lag. »Ach, das ist was anderes«, sagte er dann. Vor meinem Schwanz hatte er große Angst. Alles schön und gut, aber der Schwanz von einem anderen Mann, das war doch nicht ganz so, wie es sein sollte.

Er log. Er hatte immer eine Tasche bei sich, in der ich mir ein Messer vorstellte, denn er war mit einem Algerier befreundet, und es war die Zeit, als in Algerien vieles geschah, Schreckliches, Gefährliches. Manchmal hatte ich Angst vor ihm, und gerade diese Angst weckte in mir die Lust.* Und er hörte nicht auf, so zu tun, als wäre die Sache zwischen uns etwas Vorübergehendes, ein Spielchen, das er mitspielte, bis er seine Russin mit den grauen Augen gefunden hatte. Das mit der Russin kam vielleicht daher, dass er in Kiew studiert hatte. Angeblich. Was ich ihm aber auch nicht glaubte. Kiew ist dreitausend Kilometer von Usbekistan entfernt. Ich fand die

* Ich habe meinem Therapeuten einmal eine Theorie zu der leidigen Nebenwirkung von Antidepressiva vorgelegt. Mir war der Gedanke gekommen, dass »Angst« und »Lust« im Gehirn sehr nah beieinander verortet sein könnten. So nah, dass ein Medikament, das dämpfend auf Angst und Depressionen wirkt, gleichzeitig auch die Lust dämpft. Der Therapeut meinte, das sei eine spannende Theorie. Soweit ich weiß, hat es noch nie Untersuchungen dazu gegeben.

Lügerei nicht so schlimm. Er durfte lügen. Allerdings brachte es mich dazu, ihn ein wenig auf Distanz zu halten. Wenn jemand ständig lügt, was kann man ihm dann noch glauben? Es passierte auch anderes, das ihn plötzlich zu einem kleinen Jungen machte. Einmal waren wir bei Artis, er trug eine nagelneue und vermutlich teure Jacke. Am Serval-Gehege schob er plötzlich die Hand durchs Gitter, um einen Serval zu streicheln. Vielleicht ist es in Usbekistan normal, im Zoo wilde Katzen zu streicheln. Der Serval fühlte sich bedroht und schlug nach seinem Arm. Ein langer Riss im Ärmel der neuen Jacke. Den Rest des Tages war er fix und fertig, bis wir bei mir zu Hause waren und ich mich auszog. Mein Essen fand er ungenießbar, ich könne einfach nicht kochen. Er kündigte an, einmal für mich zu kochen, da würde ich Augen machen! Außerdem kaufte ich immer den falschen Wein. Er versprach, einmal eine gute Flasche Rotwein mitzubringen, da würde ich den Unterschied schon schmecken! Andererseits sagte er, kurz nachdem er sich auf dem Küchenstuhl über meine hässliche Haut geäußert hatte, er werde mich eines Tages nach Usbekistan mitnehmen, in die Berge, und mich seiner Großmutter und seinen Onkeln und Tanten und Cousins und Cousinen vorstellen. Stammte er überhaupt aus Usbekistan? Oder war er Afghane oder Pakistaner oder Tadschike?

Er wollte Eislaufen lernen. Inlineskaten könne er, behauptete er, »schon richtig gut«. Mir war es recht. Bis ich in meiner dünnen, eng anliegenden Eislaufhose auf der Jaap-Eden-Bahn stand und er wie ein kleines Kind wankend und unsicher an meinem Arm hing. Normalerweise hatten wir nichts an, wenn wir so nah beieinander waren. Es war ziemlich peinlich, ich lief Runde um Runde mit einer Latte und konnte nicht einmal tief in die Knie gehen, um sie zu verbergen, weil sich ja der Usbeke an mich klammerte.

»Komm, wir gehen«, sagte ich.

»In Ordnung«, sagte er.

Und dann fuhren wir nach Hause und krochen ins Bett. Da war er wieder der Herr. Mir war es recht. Angeblich war er sechsundzwanzig. Auch darin log er. Ich glaube, er war so alt wie ich, aber er tat immer so, als wäre ich ein alter Sack und er der hübsche junge Bock. Vielleicht ist ihm nie der Gedanke gekommen, dass seine Haut nach wesentlich mehr als sechsundzwanzig Jahren aussah. Und immer musste er wieder weg. Sobald er als Flüchtling anerkannt war, konnte er sich freier bewegen und war oft bei Verwandten, die schon länger in den Niederlanden lebten. Nein, jetzt lüge ich, er musste nicht immer weg. Er wollte im Gegenteil oft bei mir schlafen. Wirklich schlafen. Und dann anscheinend mit mir zusammen aufwachen. Ich habe das nie verstanden, bis zu dem Tag, an dem ich ihn zum letzten Mal sah, etliche Jahre später.

Artis und das Eislaufen waren Ausnahmen. Es ging nicht um Artis und Eislaufen und anderes, das sich fern vom Bett abspielte. Es war pure Lust. Nicht mehr und nicht weniger. Er rief an, und ich konnte nur noch dem Augenblick entgegenfiebern, in dem er an meiner Tür klingelte. Ich kann mich nicht erinnern, dass einer meiner Freunde oder Bekannten ihn je zu Gesicht bekommen hat. Und ich glaube nicht, dass irgendjemand in meiner Familie von dieser Geschichte weiß. Es war eine Sache nur zwischen uns. Ich könnte zwanzig Seiten darüber schreiben oder dreißig, ohne ihr gerecht zu werden. Es war Lust und Sex. Körperlichkeit. Sich im Körperlichen verlieren.

Was ich schön fand: Als er noch ein zwinkernder Kolumbianer war und ich vielleicht auf dem Weg zur Menkemaborg, hatte er etwas in mir gesehen und verstanden. Umgekehrt war das ebenso, glaube ich; und einzig und allein, weil wir beide vielleicht verlegen waren, unsicher im Hinblick auf das, was wir zu fühlen glaubten, hat es dann noch ein paar Tage gedauert, bis wir im Bett landeten. Oder vielmehr, wir wussten schon, was wir fühlten, waren aber beide nicht bereit, den ersten Schritt zu tun. Und dann hatte ich einen Freund, oder besser gesagt: einen Liebhaber, und trotzdem war ich allein. Ich schickte ihn immer weg, ich wollte auf keinen Fall, dass er bei mir schlief. Die Situation erschien mir ideal. Das blieb so, bis ich ihn wegstieß. Warum ich das tat, weiß ich nicht mehr. Irgendetwas muss passiert sein, vielleicht hatte er mich einmal zu oft beleidigt, vielleicht war ich seine Lügerei doch leid, vielleicht konnte ich mich nicht mehr gegen die imaginäre Russin mit den schönen grauen Augen wehren. Vielleicht kam er mir doch zu nahe. Oder bin ich damals meinem ersten Freund aus Leeuwarden (nein, nicht dem mit den Pferden) wiederbegegnet? Mit ihm fing ich einfach wieder an, weil es für uns beide so vertraut war, auch wenn fünfzehn Jahre vergangen waren. Es dauerte nicht lange, er verliebte sich in einen anderen.

Während ich das schreibe, erinnere ich mich plötzlich, dass er sehr eifersüchtig war. Er hörte immer äußerst angespannt zu, wenn ich von anderen Männern sprach. Was wollte ich denn mit denen? Das ging doch nicht! Und wenn ich dann sagte, dass es nur Freunde oder Bekannte waren und sonst nichts, glaubte er mir erst nicht und hakte so lange nach, bis er halbwegs beruhigt war.

Nach ein paar Jahren rief er mich wieder an. Ich weiß noch, dass ich unterwegs war, dass er auf mich einredete, während ich durch irgendein Neubauviertel mit halb fertiggestellten Häusern, aufwirbelndem Sand und Bergen von Straßenklinkern ging. Das Alcatel, mit dem ich damals telefonierte und SMS verschickte, besitze ich noch. Ein wunderschönes, schlankes, solides Mobiltelefon mit bordeauxroter Vorderseite. Er überrumpelte mich. Er redete und redete, ich musste nicht viel sagen. Ob wir uns wieder einmal treffen könnten. Ich brauchte nicht lange nachzudenken.

Es hatte sich manches verändert in den zurückliegenden Jahren. Er hatte sich »im Handel« nach oben gearbeitet und fuhr einen unbezahlbaren roten Sportwagen. Er sagte nicht mehr nur, dass mein Rotwein untrinkbar sei, sondern brachte tatsächlich teure Rotweine mit. Er hatte das größte, modernste Telefon. Er klopfte mir auf den Hintern und sagte, ich müsse für ihn schon ein bisschen in Form bleiben. Wir nahmen den Faden einfach wieder auf, die vergangenen Jahre schienen bedeutungslos zu sein. Er konnte sich jetzt auf mich legen und hatte keine Angst mehr vor meinem Schwanz. Anscheinend war er im Begriff, etwas zu überwinden. Und er wollte immer noch bei mir übernachten. Er war noch genauso selbstsicher wie früher, aber viel entspannter. Es war gleichzeitig vertraut und anders, fühlte sich anders an.

Eines Abends, wir waren ein paar Monate weiter, saßen wir auf dem Sofa, und er zeigte mir Fotos auf seinem Mobiltelefon. Eine Frau. Kinder.

»Wer ist das?«, fragte ich.

»Meine Frau«, sagte er. »Meine Kinder.«

»Aha«, sagte ich. Ich trank einen Schluck teuren Rotwein.

»Das verstehe ich nicht«, sagte ich dann.

»Ich bin verheiratet«, erklärte er.

»Ja«, sagte ich, »*das* habe ich verstanden.«

Ich begann mich sehr unbehaglich zu fühlen. Nicht weil er verheiratet war und Kinder hatte. (Ich denke folgendermaßen darüber: Ich bin allein und ungebunden, der gebundene andere trifft eine Entscheidung. Er ist verantwortlich. Es wundert mich manchmal, welch heftige Wut manche Menschen auf den oder die »Dritte« im Spiel empfinden. Warum richtet sich diese Wut nicht in erster Linie gegen die oder den »Untreuen«? Das ist doch die Person, die etwas in Gang setzt, eventuell etwas »kaputt macht«, ganz einfach, indem er oder sie aus dem Bestehenden ausbricht. Natürlich könnte man als »Dritter« sehr nobel erklären: Ich mache das nicht, denn du bist verheiratet, aber letztendlich trifft der »Untreue« die Entscheidung und ist deshalb der Verantwortliche.) Mein Unbehagen hatte andere Gründe. Ich erinnerte mich an meine anfängliche Angst, an die im Rückblick unsinnige Vorstellung, dass er vielleicht mit einem Messer in der Tasche herumlief, an seine Freundschaft mit einem Algerier. Jetzt, auf dem Sofa in meinem vertrauten Zuhause, ein Glas Rotwein in Reichweite, überlegte ich, mit welchen Mitteln man wohl in Usbekistan die »Ehre« der Familie zu verteidigen pflegte. Oder von mir aus in Pakistan oder Afghanistan oder Tadschikistan. Mir wurde mulmig, ich bekam es mit der Angst zu tun. Ich schickte ihn weg. Ich sagte, er solle nach Hause, zu Frau und Kindern. Das war der Grund, den ich ihm vorspiegelte. Es war feige. Weg! Sofort! Er verstand nicht, was plötzlich in mich gefahren war. Es verging noch eine ganze Weile mit Diskussionen, bis er wirklich ging. Gleich danach fing er an, mir SMS zu schicken. Dass er wieder zu mir wolle. Dass ich die Sache nicht verstehe. Dass er mich furchtbar nett finde. Ich antwortete jedes Mal, blieb aber bei meinem Standpunkt: So geht es nicht. Seine letzte SMS lautete: »Ich habe immer nur dich gewollt!« Ohne einen einzigen Rechtschreibfehler. Darauf habe ich nicht mehr geantwortet.

Es war herzzerreißend. Dieser Raymond-van-het-Groenewoud-artige Schrei aus tiefster Seele: *Ich habe immer nur dich gewollt!* Jetzt verstand ich, warum er immer bei mir hatte übernachten wollen. Ich verstand seine Zerrissenheit: dass er mich wollte und gleichzeitig wegstieß. Dass er nicht nur für Sex bei mir sein wollte, aus Lust, sondern um meiner selbst willen. Dass er einen Menschen wollte, mit dem zusammen er bestimmte Dinge tun, mit dem er einschlafen und aufwachen konnte. Dass er eine Beziehung haben wollte, wie fast alle sie haben. Wegen seiner Religion, wegen der Sitten seines Heimatlandes, vielleicht auch wegen des sozialen Drucks von Landsleuten hier konnte das nicht sein, durfte das nicht sein. Ich verstand im Nachhinein seine Eifersucht: Er empfand viel mehr, als er erkennen ließ. Er versuchte, unter den gegebenen Umständen das Beste aus der Sache zu machen. Ich versuchte das Gleiche. Doch wir haben einander niemals wirklich verstanden. Wäre ich auf seine letzte Nachricht eingegangen, hätte er – vermutlich – doch nicht auf dem Absatz kehrtgemacht. Gewisse Dinge sind zu tief verwurzelt, nicht einmal das leidenschaftliche Verlangen nach einem anderen kann etwas daran ändern.

– 65 –

DIE WETTERFAHNE

Ich hatte einmal einen Freund, der so wurde, wie seine Partner waren. Der sich wie eine Wetterfahne mit dem Wind drehte. Ganz kurz haben wir es miteinander versucht, doch es klappte nicht. Was nicht schlimm war. Für ihn nicht und für mich nicht, sodass wir Freunde im eigentlichen Sinne wurden. Er war auf der Suche nach einem Partner. Nach jemandem, mit dem er sein Leben teilen konnte. Jedes Mal, wenn er einen neuen hatte, veränderte er sich. War der neue

Partner ein Fitnessstudio-Typ, ging auch mein Freund fünfmal pro Woche ins Studio und war nach einem Monat fast genauso breit und muskulös wie der andere. Möglich war das, weil sein Körper schon ein wenig vortrainiert war und die Muskulatur nur durch regelmäßige Beanspruchung weiter ausgebildet werden musste. Hatte der neue Partner einen Bart, war mein Freund nach kürzester Zeit ebenfalls bärtig. Als er eine Beziehung mit einem friesischen Bauern anfing, verwandelte er sich selbst in einen Bauern, er trug Overalls und karierte Hemden, seine Muskeln bildeten sich zurück und sein Kinn war wieder glatt. Manchmal habe ich mich gefragt, wie er wohl ausgesehen hätte, wenn wir eine Beziehung gehabt hätten. Ich glaube nicht, dass ich etwas Spezifisches an mir habe. Vielleicht hätte er dann unspezifisch ausgesehen.

Ich sah, wie es geschah. Ich sah, wie er sich jedes Mal aufs Neue verwandelte, und wusste, dass diese Verwandlung genauso lange anhalten würde, wie die Beziehung dauerte. Selten äußerte ich mich dazu. Wenn er in einer Kneipe seinen Oberkörper bis aufs Hemd entblößte und ich vor seinen Muskelpaketen erschrak.

»Was ist denn mit dir passiert?«, fragte ich.

»Nichts«, sagte er dann.

Aber es war natürlich etwas passiert, in gewissem Sinne unterwarf er sich jedem neuen Partner, man könnte aber auch sagen, dass er in dem großen Wer-gibt-sich-mehr-Mühe-der-andere-zu-sein-Wettkampf unbedingt gewinnen wollte, oder wenigstens ein Unentschieden erreichen. Nie war es umgekehrt, nie sah ich seine Partner alles tun, um er zu sein. Immer war nach kurzer Zeit Schluss. Jedes Mal. Warum, weiß ich nicht, aber ich könnte mir vorstellen, dass es für seine Partner nicht angenehm war, mit jemandem zusammen zu sein, der sich so unendlich viel Mühe gab, ihnen zu gefallen, dass er sich in gewissem Sinne sogar selbst verleugnete. Dann verwandelte er sich langsam in den zurück, der er gewesen war. Er weinte sich aus, und wir aßen wieder zusammen oder radelten zum Strand. Manchmal sagten wir dann, es sei doch seltsam, dass wir nicht zusammenkommen konnten. Woran lag das eigentlich, welche Mechanismen waren da am Werk? Wieso fingen wir nicht doch einfach eine Beziehung an? Bis wieder ein neuer Partner kam und er sich Cowboystiefel kaufte oder eine Wollmütze einer bestimmten Marke.

Wir haben uns aus den Augen verloren. Meine Schuld. Meine Unfähigkeit, mich zu erklären. Weil ich selbst nicht begriff, woran ich litt, konnte er es selbstverständlich noch viel weniger. Ich verhielt mich aus seiner Sicht oft unfreundlich oder undankbar. Oder stellte mich an. War unberechenbar. Er war ein lieber, guter Kerl. Einer der Bruchmomente war, wenn ich mich recht erinnere, ein Besuch der Thermae 2000 in Valkenburg. Er hatte die Karten besorgt. Ich fand es fürchterlich dort, all die nackten Menschen, zusammengepfercht in viel zu warmen Räumen. Nackte Menschen, die alle so taten, als wären sie vollkommen entspannt. So kam es, dass er und ich den Tag überwiegend getrennt verbrachten. Ich im Schwimmbad, mit Badehose, er in so gut wie allen verfügbaren Saunen. Schon nach einer Stunde wollte ich am liebsten nach Hause. Wir trafen uns im Restaurant, wo er mit großem Appetit aß, während ich kaum etwas herunterbekam. Er war böse auf mich. Ich verdarb ihm den Tag. Wann genau die Freundschaft endgültig in die Brüche ging, weiß ich nicht mehr, ich erinnere mich nur an einen Abend kurz nach dem Thermenbesuch, an dem wir bei ihm zu Hause aßen und ich ihm praktisch versprechen musste, mir mehr Mühe zu geben. Hinterher hatte ich das Gefühl, dass er mich zur Rechenschaft gezogen hatte, und ich sah nicht, wie ich es schaffen sollte, künftig all seinen Erwartungen, vielleicht sogar Anforderungen, zu entsprechen. Im Grunde ist aber nichts Ernsthaftes passiert, das uns auseinandergetrieben hätte. Ich denke manchmal daran, wieder Kontakt zu ihm aufzunehmen. Weil mir inzwischen klar ist, warum ich damals so war, wie ich war, und es jetzt erklären könnte. Von einem gemeinsamen Bekannten habe ich erfahren, dass er sich wie ich einen Hund zugelegt hatte. Und vor ein paar Monaten habe ich mehr oder weniger versehentlich (ich war irrtümlich viel zu früh zu einem Termin beim Therapeuten aufgebrochen und drehte eine große Runde durchs Jordaan-Viertel) vor seiner Tür gestanden. Neben der aber kein Schildchen mit seinem Namen mehr hing. Er war verschwunden. Ich hörte kein Hundegebell.

In der Grundschule saß ein hagerer Junge in meiner Klasse, der Sohn eines Gerbers. Er wurde nicht gemobbt, er war wie wir alle. Anscheinend hat er aber unter seiner Hagerkeit gelitten. Als ich ihn viele Jahre später wiedersah, dauerte es eine Weile, bis ich ihn erkannte. Es war derselbe, nun aber mit ziemlich kleinem Kopf. Sein Körper war aufgepumpt. Wo ich ihm begegnet bin, weiß ich nicht mehr, aber ich sah ihn mit entblößtem Oberkörper, fällt mir jetzt ein. Ein aufgeblasener Körper. Anders als mein chamäleonartiger Freund war er nicht vortrainiert gewesen, sein Training im Fitnessstudio hatte ihm nicht zu gut ausgebildeter Arm- und Beinmuskulatur oder einem Waschbrettbauch verholfen. Er hatte nur einfach einen großen, vierschrötigen Leib, aufgepumpt wie ein Fahrradschlauch, an dem sich beim Pumpen außer Umfang und Inhalt nichts verändert. Ein bis zum Platzen aufgepumpter Fahrradschlauch mit kleinem Kopf.

– 66 –

Weil ich zum ersten Mal mit dem Rad zur Universitätsklinik fuhr, kamen mir Erinnerungen an einen Tag Ende Juni 1998. In letzter Zeit war ich dreimal mit Straßenbahn und Metro hingefahren, jetzt näherte ich mich dem UMC aus einer ganz anderen Richtung, ich erkannte den tiefer gelegenen Parkplatz wieder, eine Treppe, die von dort hinaufführt, und sah deshalb auch den Haupteingang aus einer anderen, bekannteren Perspektive. Die kleine Tochter meiner Schwester war vom Krankenhaus in Alkmaar in die Amsterdamer Uniklinik verlegt worden, die damals noch AMC hieß. Sie war ins Wasser gefallen, zu spät gerettet worden und lag nun hirntot auf der Kinder-Intensivstation. Ein Teil der Familie blieb die ganze Nacht im Krankenhaus. Meine Mutter, die immer wieder weinend »Ich kann nicht helfen!« rief, was nicht stimmte, denn sie war da, sodass wir sie in den Arm nehmen konnten und sie uns; eine Schwägerin, eine gute Freundin meiner Schwester, mein ältester Bruder. Und noch andere, mein Vater wird auch da gewesen sein, mein Schwager natürlich. Das Mädchen drückte meinen Finger. »Sie drückt meinen Finger!«, sagte ich zu meiner Schwester. »Ein Reflex, unkontrolliert«, sagte meine Schwester, die längst wusste, wie es stand. Am frühen Morgen wurde entschieden, alle Schläuche und Leitungen zu entfernen. Mein ältester Bruder und ich hielten uns aneinander fest. Die Sonne war schon vor einiger Zeit aufgegangen, der längste Tag des Jahres lag noch nicht weit zurück, grelles Licht fiel herein. »Komisch, was«, sagte mein ältester Bruder, »zwei Körper, die sich so ähnlich sind, so aneinander.« Später rauchten wir auf dem Parkplatz. Meine Schwester und mein Schwager nahmen ihr Töchterchen mit nach Hause. Wie sie sich mit diesem Wunsch durchgesetzt haben, weiß ich nicht, es ist nämlich eigentlich gar nicht erlaubt.

Mein ältester Bruder verhält sich öfter so. Plötzlich, meist völlig unerwartet, in den seltsamsten Momenten sagt er etwas, das ankommt. Eigenartig, dass ich mich an diesen Moment nicht erinnert habe, als ich Kapitel 57 schrieb.

Ich verirrte mich hoffnungslos in Amsterdam-Südost, fuhr eigensinnig in eine Richtung, die ich nicht hätte einschlagen sollen, kam an Zickzack-Wohnblocks vorbei, die ich von den Fernsehbildern vom Absturz der El-Al-Frachtmaschine kannte. Gerade noch rechtzeitig kam ich bei den Sexologen an. Die neue Sexologin war eine unglaublich nette Frau, die viel lachte. »Schwanz, Pimmel, Geschlechtsteil, Penis, Schniedel, ich weiß nie, was ich sagen soll.« Auch darüber musste sie lachen. »Es sind alles blöde Wörter«, meinte sie. Leider waren die Ergebnisse der Blutuntersuchung durchweg gut. Ich hatte auf einen Testosteronwert von 9 nmol/l oder weniger gehofft, der Normalwert liegt bei erwachsenen Männern wohl im Bereich von 9 bis 30 nmol/l. Bei mir waren es 17. Das ist zwar näher an der 9 als an der 30, trotzdem war alles völlig in Ordnung, denn dieser Wert allein sagt nicht alles, man muss ihn in Relation zum SHBG-Wert setzen. Dieses Sexualhormon-bindende Globulin ist ein Protein, das Testosteron an sich binden und in inaktiver Form im Blut durch den Körper transportieren kann. Ich weiß mittlerweile auch, wo Testosteron produziert wird: in den Hoden und in geringer Menge auch in der Nebennierenrinde. Ich fragte sie, ob etwas über die Nebenwirkungen bekannt sei, die über einen längeren Zeitraum oder nur sporadisch eingenommene Antidepressiva in dieser Hinsicht haben können, über einen möglichen Übergang von einer Nebenwirkung zur eigentlichen Wirkung. Sie wollte der Frage nachgehen.

Nichts Auffälliges im Blut, da bleibt nur das Gespräch. Nein, keine negativen Gedanken über meinen Körper oder speziell mein Geschlechtsteil, meinen Schwanz, Schniedel, Pimmel oder Penis. Wie es früher war? Ach, ganz gut. Allerdings kam es bei mir von klein auf zu körperlichen Reaktionen auf psychische Problemchen. Oft im Darm. Ein sensibler Darm. Und Entzündungen, ich bin wirklich äußerst anfällig für Entzündungen, vor allem im Mund. Und ja, schon mit drei Jahren bin ich – so sehe ich es heute – depressiv gewesen, oder wie immer man es nennen will. Aber nein, mit Sex habe ich nie Probleme gehabt. Ich war verrückt nach Sex. Und impotent bin ich nicht, bestimmt nicht. Alles funktioniert noch. Ich hatte mit allem gerechnet, Lungenkrebs, Schlaganfall, geplatztes Trommelfell, was weiß ich, aber dies ist das Letzte, was ich hätte kommen sehen. Wie ich das meine, dass es mir zugeflogen ist? Ach, das soll nur heißen, dass ich nie Probleme mit Sex gehabt habe, dass alles normal lief, gut lief, ohne dass ich mir Gedanken darüber gemacht habe. Ja, das stimmt, nie Probleme. (Einen winzigen Moment hatte ich das Gefühl, dass sie mir einen Vorwurf machte, weil ich, ohne mir irgendwelche Gedanken zu machen, immer unbekümmert Sex gehabt hatte.) Könnte es nicht doch sein, dass das Zunähen einer Öffnung in meiner Bauchwand schuld sein könnte? Narbenverklebung oder ein Keloid? Nein, antwortete ich mir gleich selbst, das hätte zu einem körperlichen Defekt geführt, und wir reden hier ja über Verlangen und Lust.

»Genau«, sagte sie. Und: »Sie können sehr gut formulieren.«

»Ich bin Schriftsteller«, erwiderte ich.

»Ja«, sagte sie, auf eine Weise, die nicht darauf schließen ließ, ob sie mir darin zustimmte, dass Schriftsteller gut formulieren können sollten, oder ob sie es sagte, weil sie wusste, wer ich bin.

»Sex ist für mich«, sagte ich, »eine wichtige Lebenskraft. Wenn Sie wissen, was ich meine. Verlangen und Lust sind etwas Wunderbares für mich. Schon die Möglichkeit, Sex zu haben. All das gibt Hoffnung.«

»Es sorgt dafür, dass Sie das Gefühl haben, lebendig zu sein.«

»Ja. Ich möchte es nicht missen.«

»Es könnte sein, dass Sie es anders sehen müssen. Dass sich etwas ändern muss.«

»Ich habe nichts dagegen«, sagte ich.

Das Telefon in ihrer Hosentasche meldete sich.

»Ist die Stunde schon um?«, fragte ich. In dem Zimmer hing keine Uhr. Es war ein kleines Zimmer in der Gynäkologie-Abteilung.

»Darf ich meine Geschichte noch kurz zu Ende erzählen?«

»Natürlich.«

Sie ist wirklich eine unglaublich nette Frau. Wir haben einen neuen Termin ausgemacht, in drei Wochen. »Ist das auch nicht schlimm?«, fragte sie. »Dass es so lange dauert?«

»Aber nein«, antwortete ich. »Es bringt mich schon nicht um.«

Die Rückfahrt war einfacher. Ich erinnerte mich nicht nur an den Parkplatz, die Treppe und den Eingang, sondern wusste auch wieder genau, wie ich fahren musste. An Ikea vorbei natürlich, und dann Richtung Amstelstation. Etwas später hatte ich meine Schwester am Telefon. Ich erzählte ihr von der Erinnerung, die mir plötzlich gekommen war.

»Blieb dir auch das nicht erspart«, sagte sie.

»Ach«, sagte ich, »das machte nichts.«

»Gut«, sagte sie.

Auch meine Schwester ist eine unglaublich nette und liebe Frau. Und stark und tapfer. Vier Brüder habe ich, aber sie, die einzige Schwester, ist von uns wohl die stärkste und tapferste. Bei der Geburtstagsfeier meiner Mutter – vor nun schon wieder knapp drei Monaten – war ich klar und stabil genug, um meiner Schwester und meiner Schwägerin – der Mutter von Casper – offiziell dafür zu danken, dass sie mir im Oktober und November so sehr geholfen hatten. Es war mir egal, dass andere es hörten. Vielleicht wäre das ein Moment gewesen, in dem ich in Tränen hätte ausbrechen können, aber weinen kann ich nicht. Die Sexologin hatte mich auch danach gefragt, natürlich, weil sie herausfinden wollte, ob ich Gefühle äußern kann, und ich hatte geantwortet, dass ich zum letzten Mal am 13. März 2016 geweint habe. (Was gelogen war, siehe Kapitel 5.) Stattdessen bekam meine Schwester feuchte Augen. »Gern geschehen«, sagte sie. Meine Schwägerin stieß mit mir an. »Passt du auch auf, dass du nicht süchtig wirst nach diesen Pillen?«, rief mein jüngster Bruder aus einem anderen Winkel des Wohnzimmers. Ich schaute ihn an und brachte es fertig, nichts zu sagen.

– 67 –

Im Zug sehe ich einen jungen Mann mit einem Schmutzstreifen auf der Stirn. Neben mir und gegenüber sitzen ein Bildhauer, den ich vom Eislaufen kenne und dem ich auf dem Bahnsteig begegnet bin, ein Brite, der ziemlich schwer verständliches Niederländisch spricht, und ein junges Paar auf dem Weg nach Zandvoort. Regen prasselt ans Fenster.

»Zandvoort?«, frage ich. »Was will man denn bei solchem Wetter in Zandvoort?«

»Wir kommen aus Berlin«, erklärt die junge Frau. Der junge Mann bleibt still, vielleicht spricht er kaum oder gar nicht Englisch.

»Ach so«, sage ich.

Zwischen dem Briten und dem jungen Mann aus Berlin sehe ich dauernd die Stirn des anderen jungen Mannes. Er hat Kopfhörer in den Ohren und sieht mich nicht ein einziges Mal an. Ich würde ihm gern sagen, dass er Dreck auf der Stirn hat. Vielleicht weiß er es nicht, so wie es auch passieren kann, dass einem der Hosenschlitz offen steht und man dankbar ist, wenn einen jemand darauf hinweist.

»Sogar bei solchem Wetter ist Zandvoort schön«, meint der Brite.

»Sie sprechen aber gut Englisch für eine Deutsche«, sage ich zu der jungen Frau.

»Ich nehme das als Kompliment«, erwidert sie.

»So ist es gemeint«, sage ich. »Man kann da auch gut Muscheln essen.«

»Ba, Muscheln.« Der junge Mann verzieht sein Gesicht, nachdem seine Freundin ihm *mussels* in Muscheln übersetzt hat.

Ich starre auf den Schmutzstreifen.

»Ihr müsst Fahrräder mieten«, sagt der Brite.

»Ja, das hatten wir vor.«

Ich schaue auf mein iPhone. »Morgen ein paar Schauer, aber auch Sonne. Prima Fahrradwetter.«

Eine Zugbegleiterin kommt. Es dauert lange, bis ihr Gerät meine ÖPV-Chipkarte liest. »Wollte erst nicht«, sagt sie.

»Ich habe sie gerade erst aufgeladen«, sage ich, »und danach ist sie nass geworden.«

»Nein, nein«, antwortet die Zugbegleiterin. »Das liegt an meinem Gerät.« Sie geht weiter und tippt dem jungen Mann mit dem Schmutzstreifen auf die Schulter. »Der Herr mit dem Aschekreuz«, sagt sie.

Der junge Mann antwortet nicht, nimmt seine Ohrstöpsel nicht heraus, reicht ihr seine Chipkarte.

Ein Aschekreuz. Ein Glück, dass ich ihn nicht angesprochen habe. Noch nie habe ich jemanden mit einem Aschekreuz auf der Stirn gesehen.

»Einen schönen Aufenthalt«, sage ich zu dem jungen Paar, als ich in Overveen aussteige.

»Vielen Dank«, sagt die junge Frau, nicht erstaunt darüber, dass ich Deutsch spreche.

Danach kümmere ich mich um eine Eibe. Sjoerd und Mariska haben in ihrem Vorgarten eine Eibe der Zuchtform *Taxus baccata »Fastigiata«*. Fastigiata kommt vom lateinischen *fastigium*, »Höhe«, »Spitze«, auch »Giebel«, und drückt aus, dass der Baum in konischer Form in die Höhe wächst. Schon mehrmals sind die Bewohner ihrer Straße im Mitteilungsblatt des Viertels dazu aufgefordert worden, Bäume und Sträucher neben dem Gehweg im Zaum zu halten, weil Menschen im Rollstuhl oder mit Rollator sonst schlecht daran vorbeikommen. Mariska glaubt, dass damit speziell ihre Eibe gemeint ist. So ein Baum wächst zwar in die Höhe, aber wenn man ihn nicht in Form hält, auch gern in die Breite. Ich habe eine zehn Meter lange Sisalschnur und meine Felco-Astschere dabei. Zuerst schneide ich die Spitze ein gutes Stück zurück, einen bis anderthalb Meter. Anschließend lege ich die Schnur in ungefähr anderthalb Metern Höhe zwischen dicken Ästen an der Straßenseite und ebensolchen Ästen auf der Gartenseite im Zickzack um den Baum und ziehe sie dabei so straff wie möglich. Zum Schluss schneide ich die Eibe noch an der Straßenseite zurück. Eine ältere Frau mit aufgespanntem Schirm kommt, es regnet immer noch. »Wenn Sie im Rollstuhl sitzen würden, kämen Sie doch jetzt wieder problemlos vorbei, oder?«, frage ich. Sie erschrickt fürchterlich, murmelt etwas vor sich hin und geht schnell weiter. Ich treibe mich noch ein bisschen bei der Eibe herum und rauche eine Zigarette, doch leider lässt sich kein Rollstuhlfahrer blicken. Ich rolle die vollgestopfte grüne Tonne durch ein Gässchen zum Garten hinterm Haus. Als ich zurückkomme, sehe ich eine alte Frau mit Rollkoffer und eine Nachbarin, die sich unterhalten. Ich gehe in den Vorgarten, warte in Ruhe ab, bis die Frau mit dem Rollkoffer vorbeigeht, und trete dann plötzlich neben dem Taxus auf den Gehweg.

»Und?«, frage ich.

»Haben Sie diesen Strauch zurückgeschnitten?«, fragt sie.

»Ja«, sage ich. »Es hatte Beschwerden von Rollstuhlfahrern gegeben. Oder eher von Leuten, die Rollstühle geschoben haben.«

»Ah«, sagt sie. »Also, mich hat nichts gestört. Sieht aber wieder ordentlich aus.«

»Danke schön«, sage ich. »Wiedersehen!«

»Wiedersehen.«

»Ich hoffe nur, dass diese Schnur noch ein bisschen verblasst«, sagt Sjoerd, als er von der Arbeit nach Hause kommt und den Baum inspiziert. »So sieht es unmöglich aus.«

»Gern geschehen«, sage ich. »Gib mir lieber einen Whisky.«

»Na gut, komm«, sagt er.

Mariska schenkt ein. Wie immer so viel, als wäre Whisky Limonade, wahrscheinlich, weil sie selbst keinen Alkohol mehr trinkt.

»Meine Güte, Mariska!«, sagt Sjoerd.

»Das trinkt er schon. Und nachher noch ein Glas, wirst schon sehen.«

Wir essen um neun Uhr, was mir aber nichts ausmacht, weil ich es von den beiden so gewöhnt bin. Bis dahin ist die Flasche Famous Grouse Smoky Black leer, und von den Chips und der Dauerwurst ist auch nichts mehr übrig. Alles wie gewohnt an diesem Abend.

– 68 –

Kroatien. Flaches Land, ein Reihendorf, die Straße voller Schlaglöcher. Alles ein bisschen ärmlich, bellende Hunde, Stromleitungen an hölzernen Masten. Die Vermieterin redete viel zu viel. Sie trug ein schmuddeliges T-Shirt, schwitzte, roch sogar irgendwie unangenehm. Sie zeigte uns den umgebauten Bauernhof, wir konnten selbst wählen, in welchen Zimmern wir übernachten wollten. Das Haus war wie ein Museum, ein Heimatmuseum. Wir kamen spät an, es wurde schon dunkel. Wir wollten etwas essen. Kein Problem, aus einer kleinen Stadt in der Nähe konnte man Pizza kommen lassen, sie würde das schon machen. Wein? Weiß? Natürlich, auch das. Ob wir auch Frühstück haben wollten. Nein danke, wir hatten selbst Frühstück bei uns.

Nach der Pizza (am nächsten Tag aß Henk das letzte Stück bei einer kleinen Kirche in Bosnien und Herzegowina, jenseits der unbefestigten Straße zerstörte Häuser) und zwei Gläsern Weißwein wollte ich mir ein bisschen die Beine vertreten. Ich fragte die Vermieterin, in welche Richtung ich am besten gehen sollte. Nach links, sagte sie, nach ein paar hundert Metern gebe es da etwas mit Licht. Ich verstand nicht, was sie meinte, dachte aber: Ich werde schon sehen. Es gab einen Fußweg neben einem flachen Wassergraben. Hier und da Straßenlampen. Hunde schlugen an. Es war so, wie ich mir das ländliche Ungarn vorstelle, in der Dunkelheit konnte ich mich mühelos in die Puszta denken. Das Etwas mit Licht erwies sich als Kreuzweg. Vierzehn Stationen zum andächtigen Verweilen. Die meisten waren dunkel, die Lampen kaputt. Zwischen den Bildnissen sorgfältig zurückgeschnittene Sträucher. Die Christusfiguren hatten keine Bedeutung, die Sträucher hatten keine Bedeutung. Am Ende des Kreuzwegs stand eine kleine Kapelle, die Tür war abgeschlossen. Ich drehte mir eine Zigarette und setzte mich auf eine Bank. In einiger Entfernung stieg der Weg leicht an, wie ich an der Reihe von Straßenlampen sah. Noch im weiten Umkreis waren Lichter zu sehen. Häuser in einer Ebene. Am Himmel unzählige Sterne. Viel zu viele, beängstigend viele. Hinter mir Christus mit dem Kreuz, Christus, der die weinenden Frauen tröstet, Christus, der seiner Kleider beraubt wird. Morgen, dachte ich. Morgen bin ich wieder da. Als ich zurückging, sah ich ein älteres Bauernpaar, das sich auf einem Hof hinter einem ziemlich hohen Zaun an einem Karren voller Maiskolben zu schaffen machte, im Licht einer einzelnen Lampe. Ich ließ eine Spur bellender Hunde zurück. Ich war also doch hin und wieder – oder nur dieses eine Mal? – allein.

In der Nacht schlief ich wie gewöhnlich sehr gut. Am nächsten Vormittag gab es eine Führung nur für uns, denn tatsächlich war im Vorhaus ein richtiges Museum untergebracht. Alte Kissen, Trachten, schön verzierte Kalebassen, Spitze, alte landwirtschaftliche Geräte. Die Räume waren blitzsauber. Und die Vermieterin erzählte und erzählte. Weiter, dachte ich, bitte sprich stundenlang weiter über Bauernmärkte und deine Schwiegermutter und deinen verstorbenen Mann und das Verzieren dieser Kalebassen, von Einbrennen und Ablöschen mit Säure und einer Lackschicht war die Rede. Dennoch hatten auch die Kalebassen keine Bedeutung. Und wir selbst hinderten sie am Weitererzählen, weil wir weitermussten, quer durch Serbien nach Nordmazedonien, zu diesem auffälligen, nach russischer Unterwelt aussehenden Protzhaus an einem Sandweg, immer weiter nach Süden, immer weiter weg von zu Hause.

– 69 –

Meine Schwester sagt zu meinem Vater: »So geht das nicht mehr.« Sie setzt ihn auf einen Ikea-Hocker in der Spülküche und holt die Haarschneidemaschine. Sie legt ihm ein rotweiß kariertes Geschirrtuch um und drückt ihm eine Plastik-Kehrschaufel in die Hand. Dann schneidet sie ihm mit wüsten Bewegungen die Haare kurz. Als sie fertig ist und die Maschine wieder in das Futteral stecken will, sage ich: »Warte noch.« Meine Eltern schauen von der Tür aus zu, ich habe den Hocker umgedreht, anscheinend will ich nicht so sitzen wie mein Vater. Ich bekomme nicht die Kehrschaufel in die Hand gedrückt.

»Nur unten ein bisschen rasieren«, sage ich. »Den Nacken.«

Kaum hat sie angefangen, ist sie schon mitten auf meinem Hinterkopf. Ich ertaste einen Rand. »Das sieht unmöglich aus!«, rufe ich.

»Gar nicht so übel«, sagt meine Mutter.

»Dann rasier jetzt auch weiter.«

»Tja, du hast immer noch diese beiden Wirbel.«

»Hab ich?«, frage ich. »Obwohl mein Haar oben so dünn wird?«

»Wirklich«, sagt sie und fährt mit der Maschine über meinen Kopf.

»Ich hab weniger Haare als mein Vater«, sage ich.

»Ja.«

»Alles ist ungleich verteilt auf der Welt. Was soll dieser alte Mann mit so viel Haar?«

Er steht in der Tür, die Arme verschränkt. Er nickt zufrieden.

Nach dem Auffegen der grauen Haare wird das Blutdruckmessgerät geholt. Erst mein Vater. Dann ich. Als Dritte meine Mutter, und weil das Gerät nun einmal da ist, kontrolliert auch meine Schwester ihren Blutdruck. Von uns vieren habe ich den höchsten unteren Wert. Wobei anzumerken ist, dass meine Mutter blutdrucksenkende Tabletten nimmt.

»Und?«, fragt meine Mutter. »Wie geht's meinem dritten Sohn?«

Ich kann es vertragen. Ich bin nicht allergisch gegen Fragen. Außerdem ist es die erste Frage, die sie mir stellt, und ich bin doch schon mindestens eine Stunde hier. »Och«, sage ich, »ich bin noch nicht ganz da, wo ich sein sollte. Ich glaube, ich muss noch etwas runter mit der Dosierung.«

»Lass das bloß sein!«, ruft meine Schwester. »Nicht auf eigene Faust!«

»Natürlich nicht«, sage ich. »Alles nur in Abstimmung mit dem Therapeuten. Vorerst versuche ich es weiterhin mit anderthalb Tabletten.«

»Ich finde, du siehst um einiges besser aus«, sagt meine Mutter.

»Es ist nicht mehr wie vor ein paar Monaten, nein. Außerdem, das wisst ihr noch gar nicht, bin ich jetzt auch noch bei einer Sexologin in Behandlung.«

»Doch«, sagt meine Mutter, »beim letzten Mal hast du von deiner Libido gesprochen. Das Wort hab ich nachgesehen.«

»Im Computer?«, fragt meine Schwester.

»Nein, im Wörterbuch.«

»Ich hab auch überhaupt keine Libido mehr«, sagt mein Vater.

»Überhaupt nicht?«, frage ich. »Gar nichts?«

»Na ja, ich …«

Meine Schwester ruft etwas dazwischen, ich weiß nicht, was, und mein Vater spricht nicht weiter davon.

»Ja«, sagt meine Mutter nach einer Tasse Kaffee mit einem Stück Gewürzkuchen.

Wir halten den Atem an, denn wenn meine Mutter einen Satz mit »Ja« einleitet, folgt meist etwas Gewichtiges. Dann will sie wirklich etwas sagen.

»Ja, ich würde eigentlich gern eine Liste mit Namen schreiben. Menschen, die ich noch sehen möchte.«

»Was ist das denn nun wieder, Mutter«, sagt meine Schwester. »Du triffst doch jede Menge Leute. Ihr seid doch ständig unterwegs!«

Mein Vater sieht mich an. »Nein«, sagt er bedächtig. »Nein, das ist überhaupt nicht lustig. Sie tut so, als ob sie demnächst sterben wird.« Danach schaut er aus dem Fenster, jemand radelt vorbei. »Da fährt Kees Kaan, er hat Stöcke mit Fähnchen bei sich.«

Kees Kaan ist der Nachbar meiner Eltern. Weit über achtzig, aber nicht kleinzukriegen. Seine Frau, die deutlich jünger war als er, ist vor ein paar Jahren gestorben. In jedem Frühjahr sät er Weizen aus. Im Augenblick ärgern ihn Dohlen, die ihm angeblich die Weizensaat auffressen. Er hat schon Stöcke in den Acker gesteckt, zwischen den Stöcken Drähte gespannt und an den Drähten Silberfolie befestigt. Doch anscheinend reicht ihm das nicht, er glaubt, dass er zusätzlich längere Stöcke mit weißen Fähnchen in die Erde stecken muss. »Sie haben das natürlich immer schon gemacht«, sagt mein Vater. »Immer fressen Vögel Saaten, trotzdem steht hier in ein paar Monaten der Weizen hoch.«

»Na ja«, sagt meine Mutter, »auf jeden Fall sollten demnächst mal alle kommen, damit wir die Sachen verteilen können.«

»Welchen Schrank möchtest du?«, fragt mich meine Schwester.

Ich schaue mich um. Das ganze Zimmer ist mit alten

Schränken vollgestellt, aber in der Küche steht ein schöner blauer Hindelooper Schrank. »Den hätte ich schon gerne.«

»Nein, der ist für Jeroen. In der Diele steht noch einer.«

»Der gefällt mir nicht, der hat runde Formen.«

»Meine Aufkleber sind schon unter ziemlich vielen Sachen«, sagt meine Schwester.

Sie fährt mich zum Bahnhof von Anna Paulowna. Wir sprechen über die Krankenhausaufenthalte meiner Eltern und darüber, dass mein Vater lieber nicht mehr Auto fährt, vor allem nicht im Dunkeln. Meine Schwester und mein Bruder, der auf dem Hof wohnt und viel freie Zeit hat, fahren abwechselnd unsere Eltern nach Den Helder oder Heerhugowaard oder Alkmaar. »Ach ja«, sagt meine Schwester, »neulich haben sie uns beiden tausend Euro zugesteckt.« Darüber lacht sie so unbändig, dass sie fast in den Kanal fährt. Der Standardscherz. Sobald in unserer Familie ein Umschlag mit Geld geöffnet wird – sagen wir, mit fünfzig Euro –, ruft jemand: »Mensch, zweihundertfünfzig Euro!« Und immer, immer fällt einer darauf herein.

In Heerhugowaard gibt es eine Augenklinik, in der sich meine Mutter hin und wieder untersuchen und behandeln lassen muss; in einem Auge hat sie eine Makuladegeneration, im anderen Star. Vor einer Stunde sagte sie, sie wolle dort einmal eine Zweitmeinung einholen. Wir haben ihr erklärt, dass man das nicht dort tut, wo man schon in Behandlung ist.

– 70 –

Kelly Catlin beging am 7. oder 8. März 2019 Suizid. Sie wurde von ihrer Mitbewohnerin im gemeinsamen Zimmer auf dem Campus der Stanford University gefunden. Dort hatte Catlin Computational and Mathematical Engineering studiert, nachdem sie bereits an der University of Minnesota ein Bachelor-Studium in Mathematik (summa cum laude) und Chinesisch abgeschlossen hatte. Sie wurde am 3. November 1995 in Saint Paul, der Hauptstadt von Minnesota, als Drillingskind geboren, sie hatte eine Schwester und einen Bruder. Mit siebzehn wurde sie Radrennsportlerin. Bei drei Bahnweltmeisterschaften gewann sie Gold in der Mannschaftsverfolgung. Bei den Olympischen Spielen 2016 in Rio de Janeiro gewann sie mit der amerikanischen Mannschaft in der gleichen Disziplin die Silbermedaille. Außer auf der Bahn war sie auch im Straßenradrennsport aktiv, sie fuhr für das Team Rally Cycling. Sie spielte Violine; im Oktober 2018 twitterte sie: »Körperliches Training einer anderen Art. Vergesst Mozart; wenn man lockere Hände braucht, bringen einen nur Bazzini und Paganini weiter.« Auf der Website der amerikanischen Bahnmannschaft beantwortet sie ein paar Fragen. Ihre Lieblings-Ernährungssünde ist Bitterschokolade. Als gesundes Lieblingsessen nennt sie Vollkorn-Couscous mit Hühnerflügeln. Auf die Frage nach ihren Tipps für ein gesundes Leben antwortet sie: »Sei glücklich, und wenn du das nicht bist, steig aufs Fahrrad. Radrennen fahren, langsam oder schnell, besitzt die wundersame Fähigkeit, alle Krankheiten zu heilen.« Warum findet sie Radrennen so toll? »Ich liebe das Gefühl, das einem die Geschwindigkeit gibt, den Adrenalinstoß im Wettkampf. Ich liebe es zu gewinnen. Ich liebe die Herausforderung, besser zu werden, allmählich auf ein Ziel hinzuarbeiten. Ich liebe die stillen Nachmittage und das Summen von Reifen im Regen, im Dunst des frühen Morgens, wenn keine lebende Seele draußen ist.« Als Hobbys nannte sie Einradfahren, Lesen, Schreiben und Zeichnen. Sie liebte Pferde.

Am 27. Februar erschien auf VeloNews.com ein Beitrag von ihr, acht oder neun Tage vor ihrem Suizid.

Computational and Mathematical Engineering zu studieren, ist einfach. Zu studieren und gleichzeitig dem amerikanischen Bahnrennteam anzugehören, ist oft etwas schwieriger. Am schwierigsten ist es, wenn man eine dreistündige Wiederholungsprüfung ablegen muss, nachdem man gerade erst die letzte Runde einer Mannschaftsverfolgung gefahren ist. Studentin, Bahnradsportlerin und Straßenradsportlerin zu sein: Man muss Zeitreisen unternehmen können, um all das zu schaffen. Und selbst dann geht einem noch manches durch die Lappen.
Ihr erwartet hier wahrscheinlich irgendein Klischee wie etwa: »Auf das Zeitmanagement kommt es an.« Oder vielleicht einen schönen, aufmunternden Slogan wie: »Dass ich studiere, macht mich zu einer besseren Sportlerin!« Denn tatsächlich halte ich ja alle Bälle in der Luft, nicht wahr? Natürlich. Ja, irgendwie stimmt das schon. Aber die Wahrheit ist, dass ich meistens gar nicht alle Bälle in der Luft halte. Es ist, wie mit Messern zu jonglieren, und ich lasse ziemlich viele fallen. Meistens landen sie aber auf dem Boden und nicht auf mir.
Manches läuft falsch, trotz Zeitmanagement und Struktur und Disziplin. Das Leben ist etwas, das einem zustößt, und Radrennsport und Murphys Gesetz sind fast Synonyme. Gebrochene Arme, Gehirnerschütterungen, Materialschäden, verlorene Bücher, langsame Internetverbindungen und so weiter. Das Unplanbare lässt sich nicht planen und – um auf den Jongliervergleich zurückzukommen – manchmal treffen einen die Messer eben doch. Und was macht man, wenn das passiert?
Jetzt werde ich doch ein Klischee gebrauchen: Man fin-

det die meiste Kraft, wenn man seine Schwächen anerkennt und lernt, um Hilfe zu bitten, wenn man sie braucht. Das ist eine Lektion, die ich während der ersten Monate meines Studiums zu lernen beginne, langsam und mit Mühe. Ich scheitere immer noch. Als Sportler sind wir sozial darauf programmiert, stoisch mit unseren Schmerzen umzugehen, unsere Lasten still zu tragen und nicht zu klagen, nicht einmal, wenn das *Stoische* zum *Stumpfsinnigen* wird und die Lasten uns Schaden zufügen. Solche Gewohnheiten legt man nicht einfach ab.

Nach ihrem Tod erschien in der *Washington Post* ein Artikel, in dem ihr Drillingsbruder zu Wort kommt:

> Colin Catlin, der dritte der Drillinge, sagte, es sei seiner Überredungskunst zuzuschreiben, dass seine Schwester angefangen habe, Radrennen zu fahren. Und es habe ihr eigentlich gar keinen Spaß gemacht, doch dann habe sie angefangen zu gewinnen, und sie sei versessen gewesen aufs Gewinnen. Außerdem habe er ihr Interesse für Datenwissenschaft geweckt. »Ich habe mich selbst immer als den Planer gesehen, und sie war die Macherin«, sagte er in einem Telefoninterview. »Ich habe uns drei immer die Welt erobern sehen. Zusammen waren wir ein gewaltiges Energiebündel, und wir haben uns bei allem gegenseitig unterstützt.«

Im Oktober 2018 brach sie sich bei einem Sturz den Arm, und im Dezember erlitt sie eine Gehirnerschütterung. Sie zog sich aus dem Mannschaftsverfolgungsteam zurück, das vom 27. Februar bis zum 3. März in Polen an der Bahnweltmeisterschaft teilnahm. Dafür ging sie im Januar mit der Straßenmannschaft ins Trainingslager in Kalifornien. Noch im gleichen Monat unternahm sie einen ersten Suizidversuch. »Sie war nicht mehr die Kelly, die wir kannten«, sagte ihr Vater. »Sie sprach wie ein Roboter. Wir brachten sie zwar zum Reden, aber wir fragten uns, was um Himmels willen mit unserer Kelly passiert war. Die Welt lag ihr zu Füßen, aber ihr Denken hatte sich verändert, und sie konnte nicht mehr in die Zukunft blicken, über ihre Depression hinaus, so nenne ich es mal. Nach ihrer Gehirnerschütterung verfiel sie dem Nihilismus. Das Leben war sinnlos. Es gab kein Ziel. Das war ein Mensch, der an einer Depression litt. Sie konnte sich nicht mehr auf ihr Studium konzentrieren und sie konnte nicht mehr hart trainieren. Sie konnte nicht mehr ihre selbst auferlegten Verpflichtungen erfüllen, sie konnte ihren eigenen Anforderungen nicht genügen. Sie sah nicht ein, dass sie eine Ruhepause brauchte, dass sie gesund werden musste. Wir suchten alle nach den magischen Worten, mit denen wir ihr begreiflich machen könnten, dass das Leben lebenswert war.«

Ihre Schwester Christine umschreibt ihre Gefühle als »betäubt, denn es ist so, als hätten wir schon nach dem ersten Versuch einen Trauerprozess durchgemacht. Es fühlt sich unwirklich an, aber ich bin froh, dass wir nach diesem ersten Versuch die Chance hatten, für sie da zu sein und ihr zu zeigen, wie sehr wir sie liebten.«

Wenn man all das liest – und ich habe nichts davon erfunden –, ist das Erste, was einem auffällt, die Einsamkeit, oder besser gesagt: die Abwesenheit der Hauptperson. Der erste Suizidversuch misslang, weil die Familie nach einer langen, beunruhigenden E-Mail von Kelly die Polizei verständigte. Die Äußerungen des Drillingsbruders sind mehr als ärgerlich. *Ich habe mich selbst immer als den Planer gesehen, und sie war die Macherin*, und: *Wir haben uns bei allem gegenseitig unterstützt*. Ach ja? Wo warst du denn dann im Februar und Anfang März? Was gibt dir das Recht, das Leben deiner Schwester zu planen? Auch was die Schwester sagt, ist fürchterlich: *Ich bin froh, dass wir nach diesem ersten Versuch die Chance hatten, für sie da zu sein und ihr zu zeigen, wie sehr wir sie liebten.* So? Warum war sie dann allein in ihrem Zimmer auf dem Campus? Warum ist seit dem Januar nicht Tag und Nacht jemand bei ihr gewesen? Die Schwester will nur ihr Schuldgefühl besänftigen, sie spricht von sich selbst und den anderen Angehörigen und unternimmt keinen Versuch, das Gefühlsleben ihrer Schwester zu ergründen. Und den Beitrag für die Radsportwebsite hat Kelly nach ihrem ersten Suizidversuch geschrieben. Sicher, im Nachhinein sieht man alles klarer. Von einem »Hilfeschrei« schrieb der *Berliner Kurier* in einem Nachruf. Das Problem ist natürlich, wie immer, dass niemand erkannt oder gespürt hat, was wirklich in der Schwester, der Tochter, der Teamkameradin vorging. Alles, was die anderen sagen, besonders der Vater, klingt sehr rational, während bei Kelly wahrscheinlich von Ratio keine Rede mehr sein konnte. Andererseits: Was soll man denn tun? Wie kann man jemanden retten, dem man nicht ansieht, was mit ihm los ist? Bitterschokolade, Couscous mit Hühnerflügeln und das Summen von Reifen im Dunst des frühen Morgens. Mein Gott.

– 71 –

Es gibt hier eine Blaumeise, die gegen sich selbst kämpft. Gegen ihr Spiegelbild in einer der Fensterscheiben des Wohnzimmers. Sie fängt damit an, nachdem ich aufgestanden bin, ich höre sie nie, wenn ich noch im Bett liege. Sie hält es den ganzen Tag durch. Es kommt vor, dass ich am Fenster stehe, sie mich aber nicht sieht, weil sie so mit sich selbst beschäftigt ist. Nun ja, mit sich selbst ... sie, besser gesagt: er sieht ein anderes Blaumeisenmännchen, und das muss verjagt werden. Ein Männchen, als solches schwer zu erkennen: »Bei ihnen sind die Geschlechter gleich«, wird in *Die Vögel Europas* von Peterson, Mountfort und Hollom über die Meisen gesagt. Ich glaube irgendwo gelesen zu haben, dass es Männchen sind, die sich selbst angreifen, ob in meinem Wohnzimmerfenster oder im Seitenspiegel eines Autos. Manchmal sieht es mich doch, und dann fliegt es geradewegs zur Futterstation, wo es alle anderen Vögel, die sich gerade dort aufhalten, vertreibt. Ein Macho, dieses Blaumeisenmännchen. Es wird wohl lange so weitermachen; voriges Jahr war es ein Kohlmeisenmännchen am Küchenfenster. Ich befürchtete, es würde sich noch umbringen oder zumindest eine leichte Gehirnerschütterung zuziehen. Immer Meisen, vielleicht sind das besonders auf Konkurrenz ausgerichtete Vögelchen; oder die Kleiber, Rotkehlchen und Buchfinken sind einfach ein bisschen schlauer. Und immer kommt der Tag, an dem sie damit aufhören. Haben sie dann ein Weibchen erobert? Ist das erste Ei gelegt? Der erste Jungvogel geschlüpft? Ich weiß es nicht. Endlich habe ich hier wieder eine Goldammer, und die Spatzen, die immer bei Herbert und Christin sind, haben den Flug zu mir hinüber gewagt.

Regen. Der Winter war mild hier in der Eifel. Die Holundersträucher schlagen schon aus, die Kletterrose hat leuchtende Knospen, der Lavendel ist nicht erfroren, und die Schneeglöckchen haben ihre beste Zeit längst hinter sich. Schon tagelang Regen. Ein Glück, dass ich viel zu schreiben habe. Gestern erwartete ich Besucher, aber ich habe sie nicht gesehen und auch keine Nachricht bekommen. Seltsam. Ich bin zu dickköpfig, um nachzufragen, was los ist. Gestern Abend habe ich ein Cordon bleu gegessen, das schon gut zwei Tage im Kühlschrank gelegen hatte. Wenn ich jetzt eine Lebensmittelvergiftung bekomme, dachte ich, ist niemand hier. Aber anscheinend kann man gefahrlos ein Stück Fleisch essen, das zwei Tage im Kühlschrank gelegen hat. Im Gemüsegarten hatte ich sogar noch etwas Mangold, so mild war der Winter bisher. Cordon bleu mit Fenchel und Mangold aus dem Backofen und ein Glas Rotwein. Blauer Zweigelt. Und danach auf Netflix *Vergessene Welt*, der zweite Jurassic-Park-Film. In dem Jeff Goldblum sagt: »Ja, ja. Huaaaaaah! Das sagt jeder am Anfang! Aber dann, dann rennen alle um ihr Leben und schreien Zeter und Mordio.« Ich gehe ins Bett, lese *De kennismaking: Faxen aan Ger* (Das Kennenlernen: Faxe an Ger) von Nicolien Mizee (sie hat es wahrhaftig auch nicht leicht), stehe wieder auf. Manche Nächte sind schlechter als andere. Ich versuche herauszufinden, woran das liegt. Ein Glas Wein zu viel? Ein Glas Wein zu wenig? Zu früh ins Bett, zu spät ins Bett? Vor Kurzem wurde ich mitten in der Nacht durch lautes Gehämmer an der Schlafzimmertür aufgeschreckt. Ich hatte keine Angst. Ich dachte, ich wäre wach, habe es aber wahrscheinlich geträumt. Ich versuche, das Ticken des Regens auf dem Balkongeländer gemütlich zu finden.

Vorgestern waren Josta und Henk zu Besuch. Ich kannte sie gar nicht, aber ihr Auto mit deutschem Nummernschild hielt an, als sie mich im Garten arbeiten sahen. Gerade hatte ich die Hartriegelhecke bis auf Kniehöhe zurückgeschnitten. Ausnahmsweise regnete es einmal nicht. Ob ich Gerbrand Bakker sei? Ja, antwortete ich ziemlich widerwillig und schnitt noch ein paar senkrechte knallrote und hellgrüne Zweige ab. Wir plauderten ein bisschen, sie auf der Straße, ich im Garten. Josta erzählte, sie lese gerade mein Buch und müsse die ganze Zeit lachen. Mensch, wie heißt das Buch doch gleich, Henk? Ach, alles darin komme einem so bekannt vor.

Henk wusste es im Moment auch nicht.

»*Jasper und sein Knecht?*«, fragte ich.

Ja, sie glaube schon. Sie lese es auf ihrem E-Reader.

»Hier«, zeigte ich. »Da ist er.«

Josta schaute suchend in Richtung Fichtenhecke. Wer?

»Jasper«, antwortete ich. »Ach, da sind Sie noch nicht. Sorry.« Und dann fragte ich zu meiner eigenen Überraschung: »Kaffee?«

»Ja … wenn das möglich wäre?« Wir gingen ins Haus, ich kochte Kaffee und füllte ein Schälchen mit Keksen.

»Na so was«, sagte Henk, »auch noch Kekse!«

Wir haben nur über Bücher und Autoren gesprochen. Saskia Noort habe Probleme, meinte Josta.

»So?«, fragte ich. »Womit denn?«

»Mit Männern«, erklärte Josta. Dann erzählte sie, Kluuns *De weduwnaar* (Der Witwer) habe ihr unglaublich gut gefallen und sie sogar tief berührt.

»Aha«, sagte ich. »Die beiden hatten übrigens vor Kurzem was miteinander.«

Ja, das wusste Josta, und auch, dass es schon wieder aus war. Sie lebt da unten auf Ibiza, sagte sie, ganz allein.

»Wir lesen verdammt viel«, sagte Henk. Er habe gerade Pfeijffers *Grand Hotel Europa* gelesen. »Dafür muss man schon was übrighaben«, meinte er. »Josta gefallen einfachere Sachen besser.«

»Ach ja«, sagte Josta, »ich glaube, Tommy Wieringa hat Sie neulich in einer Kolumne erwähnt.«

Sie siezten mich hartnäckig, obwohl wir doch alle Niederländer waren und ich mindestens anderthalb Jahrzehnte jünger. »Tatsächlich?«, fragte ich.

»Ja, er erwähnte jemanden, der in die Eifel ausgewandert ist.«

»Das wundert mich ein bisschen«, sagte ich. Und dann: »Es könnte natürlich auch Pauline Slot sein.«

Ja, überlegte Josta, die wohne ja auch in der Gegend.

»Ist das großartig«, sagte Henk. »Dass wir einfach reinkommen durften. Durch dieses Buch sind Sie sehr leicht aufzuspüren. Ich hab zu Josta gesagt: Den finde ich, pass auf.«

»Das war ein bisschen dumm von mir«, sagte ich. »Seltsamerweise ist mir erst beim Lesen der deutschen Übersetzung, für die ich etliche Namen ändern musste, der Gedanke gekommen, dass ich aus Schwarzbach etwas anderes hätte machen können. Weißbach. Oder Steinbach.«

Josta sagte, noch ein Buch habe sie mit großem Vergnügen gelesen, von, ähm, na ... Van der Vlugt? Über die Fahrt nach und durch Frankreich, mit den vielen Zwischenstopps an Tankstellen. Das komme ihnen so bekannt vor, weil sie jeden Sommer mit dem Wohnwagen nach Frankreich fahren.

»Simone?«, fragte ich.

»Ja, Simone van der Vlugt.«

»Das Buch kenne ich nicht.«

»Tja«, sagte Josta, »sollen wir dann mal wieder los? Sie haben ja doch gar nicht gern Besuch.«

»Dürfen wir noch einmal vorbeikommen und Ihnen eine Flasche Wein bringen?«, fragte Henk an der Haustür. »Weil Sie uns so freundlich eingeladen haben?«

»Gern«, sagte ich. »Weißwein, bitte. Trocken.«

»Wunderschön hier«, meinte Josta, als wir draußen standen. »Ist das da oben auch ein Wohnzimmer?«

»Nein«, antwortete ich. »Das ist mein Schreibzimmer.«

Freundliche Leute. Nicht aufdringlich. Sie haben beide jeweils genau einen Keks gegessen.

– 72 –

Was habe ich damals im Fernsehen gesehen? *Escape to the Country*, *Rail Away*, *Tijd voor MAX*. Ach, Martine van Os, und, ach ja, *We zijn er Bijna!*, auch genau richtig. Oder lief das im Oktober und November gar nicht? Ich weiß es nicht mehr. Wenn es lief, habe ich es auf jeden Fall gesehen. Nachrichten hielt ich nicht mehr aus, keine Filme, keine Talkshows. Sehr vieles hielt ich einfach nicht aus, manchmal schlüpfte etwas Schreckliches durch, ein Krimi zum Beispiel, weil Neffe Casper im Wohnzimmer fernsah und ich kein Spielverderber sein wollte oder konnte. Etwas Anspruchsloses bis Dümmliches musste es sein. Leicht Konsumierbares. *Pointless* auf BBC, *Antiques Roadshow*, *Flog it*, *Money for Nothing*. Die Briten haben genau die richtigen Sendungen für Depressive. Man kann es – wenn man das Nichts wieder halbwegs in ein Etwas verwandelt hat – als Beweis für ihren kollektiven Irrsinn betrachten. Auch *The World's Most Extraordinary Homes* auf Netflix sah ich sehr gern. »Award-winning architect Piers Taylor and acclaimed actress / property enthusiast Caroline Quentin travel the world to tour unconventional homes in extreme places.« Die beiden Protagonisten sind erst einmal gewöhnungsbedürftig, oder vielmehr, sie bleiben gewöhnungsbedürftig. Dieser Taylor ist der Inbegriff einer Schwuchtel – und einer der eitelsten Briten, die ich je gesehen habe –, ist aber »normal« verheiratet und hat sogar Kinder. So etwas gibt es nur im Vereinigten Königreich. Wenn er seine Sonnenbrille aufsetzt, muss man den Blick abwenden. Eigentlich kann man ihm gar nicht zusehen oder zuhören. Quentin wiederum hat eine Schnute. Nicht einfach, diese Schnute zu ignorieren. Ich glaube, man nennt so etwas ein Duckface, und fast alle Menschen müssen sich anstrengen, um ein solches Gesicht zu ziehen, aber Caroline nicht.

Sie hat es von Natur aus. Als Schauspielerin arbeitet sie kaum noch, sie ist jetzt also »property enthusiast«. Auch ihr zuzusehen und zuzuhören ist verdammt schwierig. Was machen die beiden? Sie bereisen die ganze Welt auf der Suche nach außergewöhnlicher Architektur. Haben sie welche gefunden, besichtigen sie das großartige Haus und kommentieren, was sie sehen. Oft bekommen sie den Schlüssel ausgehändigt und streifen stundenlang ohne die Besitzer umher. Wenn es einen Pool gibt, schwimmt Quentin. Taylor lässt sich gern unter der Dusche filmen. Und trotz alledem konnte ich die Sendung sehen. Ich konnte mich auf die Architektur und auf die Landschaften konzentrieren, in denen die wundervollen Häuser meistens stehen. Und je mehr Folgen ich sah, desto besser konnte ich auch diese beiden Menschen ertragen. Im Grunde war schon nach einer Folge alles durch und durch vorhersehbar. Es war immer das Gleiche, egal ob sie in Indonesien oder in Mexiko waren, in Schweden oder in Portugal.

Das muss das Entscheidende gewesen sein: das Vorhersehbare, immer Gleiche. Harmlose. Übersichtliche. Tag für Tag. Kontinuität. Morgen ist alles wieder gut. Oude Rutte. Martine van Os. Alexander Armstrong. Die so vertraute *Rail Away*-Stimme von Bob van der Houven. Morgen bin ich wieder da. Paul Martin. Weißwein. Alprazolam. Ins Bett. Schlafen. Aufstehen. FreeCell. Alprazolam. Escitalopram. An Piers Taylor und Caroline Quentin denken. Nein, noch nicht. Nicht schon morgens den Fernseher einschalten. Panik. Meinetwegen Eckhart Tolle. Jeden Satz immer und immer wieder lesen, weil ich seine Bedeutung einfach nicht erfasse. Jeden Satz immer und immer wieder lesen, weil ich nicht zum nächsten weiterwill oder -kann. Ratlosigkeit. Ich will Jetzt *The Power of Now*! FreeCell. Wordfeud. Nun spielt doch! Liefert mir ein Wort! Dann lege ich für euch ein Gegenwort!

Heute Abend habe ich wieder einmal eine Folge von *The World's Most Extraordinary Homes* gesehen und wollte eigentlich die ganze Zeit ausschalten. Jetzt lache ich Piers Taylor herzlich aus, wenn er seine Schwuchtel-Sonnenbrille aufsetzt. Jetzt krümme ich mich, wenn Caroline Quentin einen Südstaaten-Akzent zu imitieren versucht. Damals habe ich nur auf den Bildschirm gestarrt. Ließ ich alles über mich ergehen. Waren sie, trotz ihrer fürchterlichen Britishness, meine Freunde. Jetzt löste es ein unangenehmes Gefühl aus, ungefähr so, als würde ich morgens beim Aufwachen noch ganz schlaftrunken denken: Da war doch was, aber was?, und mich dann erinnern, dass mein Hund gestorben ist.

Ich bringe es jetzt kaum noch fertig, auf meinem iPad FreeCell zu spielen. Damals habe ich es stundenlang, tagelang getan. Und dabei gezählt. Still, im Kopf. Karten ablegen und zählen. Manchmal schaute ich auf die Uhr. Wie viel Zeit war vergangen? Wenn ich jetzt im ersten Spiel nicht weiterkomme, mache ich verärgert Schluss. Statt FreeCell zu spielen, habe ich nach Monaten zum ersten Mal wieder eine Kolumne für *De Groene Amsterdammer* geschrieben. Über den Brexit. Über Wut. Über ein verrücktes Volk. Über Zuckerdosen ohne Zuckerlöffel und britische Toiletten mit schmutzigen dicken Teppichen. All das, weil ich von Politik kaum etwas verstehe und trotzdem plötzlich den Drang verspürte, mich zu dem zu äußern, was gerade in jenem Land geschieht.

– 73 –

Schwarzbach, 16. März 2019

Lieber Koos,

tausend Dank für *Hooiberg*, das die Briefträgerin heute Morgen in meinen Briefkasten gesteckt hat. Ich saß beim Frühstück, als der gelbe Transporter vorfuhr. »Mensch, Post«, dachte ich. Ich bekomme hier fast nie Post. »Anstelle von Briefen«, schreibst du auf die Titelseite. Das finde ich ungeheuer aufmerksam von dir. Ich bin nicht auf den Gedanken gekommen, dir voriges Jahr im März mein Buch zu schicken. Ich bin aber auch nicht besonders aufmerksam. Hast du ein Buch, das *Echte Bäume weinen nicht* heißt? Wenn nicht, schicke ich dir gerne noch nachträglich ein Exemplar zu.

Die Briefe, die wir uns vor zwei Jahren geschrieben haben, waren keine richtigen Briefe. Es waren Texte, die wir beide für jeweils eigene Zwecke gebrauchten. Du schreibst: »Im Rückblick glaube ich, dass mein Beitrag zu unserer Korrespondenz dazu diente, auszuprobieren, ob ich so zu einem neuen Buch kommen könnte, und dass ich mein Interesse verlor, als das nicht funktionierte.« Ich habe meine Briefe, wie du weißt, im Zusammenhang mit einem neuen Buch geschrieben, aus dem ebenfalls nichts wurde. Mindestens die Hälfte des Textes, den ich damals schon hatte, bestand aus Briefen an dich und Anton Dautzenberg. Antons Briefe an mich stehen zum Teil in *Ik bestaat uit twee letters* (Ich sind zwei). Meine Briefe an ihn sind nirgends veröffentlicht. Sie sind nur in meinem Laptop, und ich bin der Einzige, der da hineinkommt.

Ich weiß im Grunde gar nicht, ob Anton das schade findet. Ich glaube nicht. Dass die Briefe, die wir uns geschrieben haben, nirgends zu lesen sind, finde ich nicht tragisch. Na ja, deine waren schon schön, du bist ein viel besserer Stilist als ich. Das steht auch auf der Rückseite des Buchumschlags: »Stilistisch hat Van Zomeren kaum seinesgleichen« (Hans Maarten van den Brink). Du bist so unglaublich *präzise*. Deine Briefe liegen hier, ein kleiner Stapel, genau acht. Einen Moment: Ich schlage das Buch auf, blättere ein wenig – ich vermute, du machst das auch, wenn du schreibst: hin und wieder etwas in die Hand nehmen, blättern, stöbern und dann weiterkönnen – und lese: »Hooiberg an Gerbrand.« So ist es doch noch für etwas gut gewesen. Und ich schließe daraus auch gleich, dass du Hooiberg bist. Vielleicht finde ich beim Lesen heraus, wie es dazu gekommen ist.

Jetzt kommt die Sonne durch, genau mir gegenüber, hinter den kahlen Buchen. Es regnet hier schon seit Tagen. Der Vorteil: kein Frost. Weil ich keine Lust hatte, nass zu werden, habe ich nur ein paar überschaubare Arbeiten im Garten gemacht, in den Regenpausen. Die schönste Arbeit: das Reparieren des vierzig Zentimeter hohen Spaliers aus Zweigen, das später, im Sommer, die Stockrosen stützen soll. Die Sonne ist schon wieder verschwunden, und der Wind pfeift ums Haus. Auch merkwürdig: schon seit Tagen stürmischer Wind, obwohl es hier sonst fast nie stürmt. In der Mehlbeere schaukelt doch tatsächlich ein Dompfaff. Die sehe ich hier selten.

Vielleicht sind wir zwei Menschen, die sich gar keine Briefe schreiben sollten. Sondern eher schweigend nebeneinandersitzen. Du mit deinem neuen Hund, ich ohne meinen. Und dann manchmal, in dem einen oder anderen Buch, einander kurz erwähnen: Du bist noch da, ich bin noch da. Und alle fünf Jahre zusammen irgendwo auftreten wie vor ein paar Jahren in Den Haag. Oder war es Rotterdam? Am Festabend zum fünfzigjährigen Jubiläum der Privé-domein-Reihe. Als wir gezwungenermaßen schon sehr bald zum Ende kamen, du musstest dich beeilen, um noch deinen Zug nach Amsterdam zu erwischen, weil vor uns Ilja Pfeijffer schamlos Zeit und Raum für sich beansprucht hatte. Man darf nie eine Veranstaltung mit mehr als zwei Autoren organisieren, darüber waren wir uns damals einig. Das bringt immer Ärger, wenn nicht für die Besucher der Lesung, dann bestimmt für die Autoren. Andererseits: Es passte auch zu uns »bescheidenen Naturschriftstellern«, die, ob verkannt oder nicht, am Rande des Literaturbetriebs arbeiten. Als du weg warst, habe ich mich noch mit Arie Storm und Josje Kraamer und Gustaaf Peek und Christiaan Weijts betrunken. Das war gemütlich.

Du bist noch da, und ich bin noch da, und mein augenblickliches Dasein beschreibe ich in einem Buch, das *Knecht, allein* heißen soll. Nur verständlich für Leser, die *Jasper und sein Knecht* kennen. Nicht umsonst habe ich oben geschrieben: ich ohne meinen. Aus dem Titel ergibt sich der Inhalt, das habe ich auch noch nie erlebt. Du? Ich habe eine schreckliche Zeit hinter mir, mit der ich dich nicht weiter belästigen werde. (Ich sollte dir gar keine Fragen stellen, weil du sonst gezwungen bist, mir doch wieder einen Brief zu schreiben, und dir ist sicher auch schon klar, dass dieser Brief nicht allein an dich gerichtet sein wird.)

Wenn ich überhaupt einmal jemandem einen Brief schreibe, was seit unseren Briefen mit Hintergedanken nicht mehr vorgekommen ist, merke ich, dass ich einen bestimmten Ton anschlage, der mir nicht besonders gefällt. Vielleicht ist das ja bei jedem so. Ich lese gerade den zweiten Teil von *Faxen aan Ger* von Nicolien Mizee. Und obwohl ich dieses Buch sehr gut finde (manchmal so gut, dass ich beim Lesen im Bett vor lauter Scham ins Schwitzen komme, wenn ich an mein jetziges Geschreibsel denke), entdecke ich auch bei ihr einen gewissen Ton, einfach deshalb, weil es Briefe (Faxe) an Ger Beukenkamp sind, den Dramatiker und Theatermann. Ich glaube, Mizee ist auch nicht ganz einfach im Kontakt mit anderen. Wenn ich damit fertig bin, fange ich gleich mit deinem Buch an. Ich habe richtig Lust drauf. Hast du schon Rezensionen bekommen? (Nein, nichts fragen.)

Ein neuer Hund, fragst du. Nein. Bisher nicht, obwohl ich gerade einen im Auge habe. Einen Hund, der Jasper sehr ähnlich ist – äußerlich – und jetzt noch in Doetinchem lebt. Er heißt Shaffy, und er kommt aus Spanien und ist ungefähr vier Monate alt. Ich konnte ihn nicht besuchen, weil ich im Begriff stand, in die Eifel zu fahren, als ich mit der Frau vom Tierheim Kontakt aufgenommen habe. Ich habe ihr noch geschrieben, dass sie natürlich nicht auf mich warten und den Hund ruhig abgeben soll, wenn sich in der Zwischenzeit jemand melden sollte, der ihn will. So mache ich das also jetzt: Ich lasse die Umstände entscheiden, statt selbst einen Entschluss zu fassen. Wäre das gut für den Hund, wenn er am Ende tatsächlich zu mir käme? Ich weiß es nicht. Andererseits: Wenn er einmal da ist, bin ich an ihn gebunden, und es geschieht, was geschehen muss. Ich muss dann für ihn sorgen, und gegen Gesellschaft habe ich jetzt auch nichts einzuwenden. Ein bisschen scheue ich mich aber doch davor. Und noch einmal: *Knecht, allein*: Es gibt niemanden, der jetzt oben im Wohnzimmer auf dem Sofa sitzt und im Fernsehen Tirreno–Adriatico oder Paris–Nizza (die Klassiker der langen Schatten) sieht und der auf den Hund aufpassen kann, wenn ich wegmuss.

So weit, so gut. Schreib mir vielleicht doch eine kurze Antwort, vor allem, wenn du das Buch haben möchtest. (Und: Weil niemand anders im Wohnzimmer auf dem Sofa lag und Radrennen verfolgt hat, habe ich es selbst getan. Ich habe nicht mitbekommen, wer die Paris-Nizza-Etappe gewonnen hat, weil ich vorher eingedöst bin.)

Mach's gut!
Gerbrand

– 74 –

Der Dompfaff ist geblieben. Auch ein Dompfaffweibchen ist hier. Es kann fast regungslos mitten auf der Futterstation sitzen und allein durch seine Anwesenheit sämtliche anderen Vögelchen auf Distanz halten. Manchmal entscheidet die Größe eines Vogels darüber, wer das Sagen hat. Im Deutschen heißt der Dompfaff auch Gimpel. Auf Niederländisch *goudvink* und auf Englisch *bullfinch*. Er hat nämlich einen großen Kopf und einen dicken Hals. Wie ein Stier. Den Namen Dompfaff verdankt er seiner schwarzen Kappe, die an einen Geistlichen erinnert. Alles schön und gut, aber die beiden dürfen nicht die Futterstation annektieren. In meinem Garten herrscht

Gleichheit, ich bin ja nicht umsonst Spatz mit den Spatzen, Spinne mit den Spinnen. Vertreibe ich Elstern oder Häher? Nein. Laufe ich wegen eines Igels schneller als wegen eines Eichhörnchens? Nein. Nachbarkater Felix hat glücklicherweise aufgehört, in mein neues Hochbeet zu scheißen.

Gestern kam Pauline in den Garten, zusammen mit Saar. Ich arbeitete gerade hinter dem Haus. Ich freute mich, sie zu sehen, schon eine ganze Weile hatte ich nicht mit ihr gesprochen, im Grunde seit der Buchvorstellung. Ich habe ihr Buch gelesen, natürlich, und weiß nicht, was ich davon halten soll. Das macht die Sache schwierig. Wir tranken Kaffee. Ich fragte nach ihrem Befinden, sie sah ein bisschen angeschlagen aus. Sie fühle sich sehr allein, sagte sie. Ich erzählte, dass Henk mich gefragt hat, wie es mir in der Eifel geht, und ich gesagt habe: »Gut, ein bisschen einsam.« In seiner Antwort schrieb er, dass er sich auch allein fühle.

»Wir fühlen uns alle drei allein«, sagte ich zu Pauline.

Das ist etwas, das uns verbindet. Wäre es mir während unserer Reise gut gegangen, wäre es bestimmt ein sehr schöner Urlaub gewesen: drei einsame Menschen zusammen im Auto unterwegs. Heute Nachmittag fahren wir zum Globus. Ich brauche neue Betttücher und ein paar Himbeersträucher und einen Eimer Vogelfutter.

Irgendwann musste ich etwas über ihr neues Buch sagen. »Ich werde dein Buch noch einmal lesen«, sagte ich. »Ich weiß nicht genau, was ich davon halten soll.« Okay, meinte sie, macht nichts. Die schreckliche Zeit, wenn man ein Buch fertig hat, die Stille, hier und da eine Besprechung, oder keine Besprechung, das schwarze Loch nach dem Erscheinen, etwas abgeschlossen haben und danach auf irgendeine Weise weitermüssen. Wenn das Buch erscheint, hat man den schönsten Moment schon hinter sich: den Augenblick, in dem man das Ergebnis seiner Arbeit zum ersten Mal in der Hand hält. Monatelang hat man daran gearbeitet – mal dachte man, es ist großartig, und am nächsten Tag: was um Himmels willen mache ich hier eigentlich? –, und nun ist es wirklich fertig, weitere Menschen haben ihren Beitrag dazu geleistet – Lektorin, Herstellerin, Umschlaggestalter, Drucker –, und nun ist es meins und für mich ganz allein. Mein Buch, nagelneu, knisternd, unverdorben, unbesprochen, voller Verheißung.

Ich erinnere mich an die Vorstellung der Originalausgabe von *Jasper und sein Knecht*, vor der Atheneaum-Buchhandlung am Spui. Mehrere Privé-domein-Bände wurden gleichzeitig präsentiert. Fast niemand interessierte sich dafür, Leute gingen vorbei, unterwegs zu anderen Dingen, anderen Orten. Mit diesem typischen Blick, den Menschen in dieser Stadt oft haben und der sagt: Lass mich in Ruhe, geh zur Seite, mach das woanders. Unrast. Herrliches Wetter, Sonne, Wärme. Juni. Ein öffentliches Gespräch mit Anton de Goede, das ziemlich chaotisch verlief; irgendjemand, es könnte ein Mitarbeiter des Verlags gewesen sein, rief dazwischen: »Vier Sterne im *NRC*!« Es dürfte also ein Freitag gewesen sein. Steck dir deine Sterne sonst wohin, dachte ich. Lass mich hier einfach nur in Ruhe mit diesem Buch in der Hand stehen.

– 75 –

Den größten Teil des gestrigen Tages habe ich damit verbracht, das Spalier für den Blauregen auszubessern. Es steht im hinteren Garten und besteht aus dicken Ästen, die ich um den Stumpf eines Apfelbaums herum zusammengeschraubt habe. Die Äste vermodern manchmal und manchmal nicht, das ist unvorhersehbar. Allerdings habe ich gemerkt, dass sie länger halten, wenn man sie entrindet. Ich entfernte jeweils einen Ast und brachte ihn nach dem Entrinden wieder an, sodass der jetzt noch ziemlich dünne Blauregen ungefähr an derselben Stelle hängen blieb. Meistens gibt es kurz nach seinem Austreiben noch ein paar Frostnächte, was zur Folge hat, dass er wieder von vorn anfangen muss und nicht zum Blühen kommt. Ohnehin dauert es Jahre, bis Blauregen zu blühen anfängt, Wisterien sind Kletterpflanzen, die sich an dem Ort, an dem man sie gepflanzt hat, erst heimisch fühlen müssen. Es war einer dieser Tage, an denen die Zeit vergeht, ohne dass ich es merke. Vor allem das Entrinden mit dem Schweizer Taschenmesser ist eine schöne Arbeit. Auf dem Hügel gegenüber von meinem Haus, jenseits der Straße, habe ich illegal Haselnusszweige abgesägt. Im Garten allein zu sein, ist nicht schlimm, es ist sogar angenehm. Wenn ich Herbert auf seinem Grundstück sehe, verstecke ich mich, denn Herbert kann nicht nichts sagen, und wenn er mir etwas zuruft, muss ich hinhören, was mich dann von der Arbeit abhält. Florian aus Feuerscheid rannte vorbei, er trainierte für einen Canicross-Lauf; das bedeutet, dass Hund Sascha an einer Leine, die an einem Laufgürtel um die (Florians) Taille befestigt ist, vor ihm hergaloppiert. Ich brüllte ihm etwas zu, etwas Blödes (»Was treibst du denn da?!«), woraufhin Sascha dachte: Aha, hier muss ich nach links, diese Stimme kenne ich; doch das war falsch, Sascha bekam die Anweisung, geradeaus weiterzurennen, und Florian hatte keine Zeit, mich zu grüßen. Canicross. Sport für Mensch und Tier. Am Vortag war Suzanne aus Feuerscheid, Florians Freundin, auf ihrem Schimmel Charlie von der anderen Seite gekommen. Hier bei mir hielt sie nicht, aber weil Herbert draußen war und nicht nichts sagen konnte, musste sie vor seinem Haus Halt machen. Vor ein paar Tagen war ich auf ihrer Weide, Charlie stand etwas abseits, und Suzanne rief ihn. Der Wallach kam angaloppiert, ich blieb stehen, wo ich war. »Sieh mal an«, sagte Suzanne, »du hast keine Angst vor Pferden.« Nein. Was könnte im schlimmsten Fall passieren? Dass es einen umrennt?

Ein Rotkehlchen flog in den Hauswirtschaftsraum, und als ich es hinausjagen wollte, sah es die offen stehende Tür nicht und wollte durch eine Fensterscheibe ins Freie. Fast hätte ich es zu fassen bekommen, ich spürte seine Flügelchen, irgendwann sogar das wild klopfende Herzchen, aber dann begriff es, dass die Tür sperrangelweit offen stand. Gerade ließ es sich kurz auf dem Balkongeländer nieder, um zu sehen, was ich mache. Vielleicht ist es dankbar und verwundert zugleich, weil ich es nicht umgebracht habe. Man weiß nie, was in den Köpfen von Tieren vorgeht. Was Sascha, Charlie oder dieses Rotkehlchen denken. Wie sie uns einschätzen. Es war ein schöner Tag. Ein guter Tag. Alles lief mehr oder weniger so, wie es sollte. Bitte mehr solcher Tage. Und am liebsten keinen Frost mehr, ich möchte doch den Blauregen einmal erleben, ohne dass er erfriert. Heute Abend fahre ich zurück nach Amsterdam. Morgen Abend Bücherball. Essen im Bordbistro des ICE. Urlaubsgefühl.

In ein paar Wochen fahre ich mit dem ICE nach Baden-Baden. Suhrkamp hatte angefragt, ob ich für eine Radiosendung mit Denis Scheck, anlässlich des Erscheinens von *Echte Bäume weinen nicht*, zu haben sei. Das war ich. Es folgte noch ein E-Mail-Wechsel, auch weil ein Hotelzimmer reserviert werden musste. Baden-Baden liegt nicht um die Ecke. Aus einer der letzten Mails ging hervor, dass es sich nicht um eine Radio-, sondern eine Fernsehsendung handelt, *Lesenswert*. So gehen die Damen von Suhrkamp mit mir um. Sie denken, dass ich sofort nein sage, wenn ich etwas von Fernsehen höre. Ich bin Denis Scheck bisher einmal begegnet. Man könnte ihn als Nachfolger von Marcel Reich-Ranicki bezeichnen, obwohl niemand so viel Ansehen genießt, dass er Reich-Ranicki wirklich ersetzen könnte. Zu dieser Begegnung kam es bei einem sogenannten Kritikertreffen in der Villa von Suhrkamp-Verlegerin Ulla Unseld-Berkéwicz, und sie verlief nicht gut. Schlecht, sollte ich sagen. Er stand mit ein paar Leuten zusammen und verkündete laut, *Duell* von Joost Zwagerman sei ein großartiges Buch und in den Niederlanden ein Superbestseller gewesen. Ich hörte es und dachte hilfsbereit: Das sollte ich kurz berichtigen. Ich ging zu ihm und erklärte, die niederländische Ausgabe sei ein Bücherwochengeschenk gewesen, das Buchkäufer in den Buchhandlungen ab einem bestimmten Kaufbetrag als kostenlose Zugabe erhalten. Es sei also nicht verkauft worden, als Bestseller im eigentlichen Sinne könne man es folglich schon allein deshalb nicht bezeichnen. Scheck schaute mich an, als habe er einen Irren vor sich. Ich glaube, er wusste nicht, wer ich war. Nein, das sehe ich doch falsch, meinte er. »Auf die Art kann ich auch einen Superbestseller schreiben«, sagte ich. Daraufhin ging er weg. Ui, dachte ich. Vielleicht hat er jetzt das Gefühl, von mir gedemütigt worden zu sein. Eine Stunde später kam er zu mir, den Kopf leicht gesenkt, und sagte, obwohl keine gespitzten Ohren in der Nähe waren, mit leiser Stimme, dass ich recht gehabt habe. Ob er sich daran erinnert? Baden-Baden. Ein Ortsname aus derselben Kategorie wie Sewastopol, Samarkand, Odessa, Stavanger. Magisch. Zum Glück ist es keine Livesendung.

– 76 –

Ich verstehe das alles nicht mehr. Für Leser und Leserinnen geht ein Text wie in diesem Buch einfach immer weiter. Sie bestimmen ihr eigenes Tempo. Sie können ein Buch in die Ecke werfen, wenn es ihnen nicht mehr gefällt; sie können vorwärts und zurück, aber nur dank eines fortlaufenden Textes, dank all dessen, was der Autor geschrieben hat. Ich kann nicht vorwärts, ich bin niemals weiter als an dem Punkt, den ich gerade erreicht habe. Doch im Moment verstehe ich all das nicht mehr. Ich weiß, welcher Tag heute ist, ich weiß sogar genau, wie viel Uhr es jetzt ist. Ihr nicht. Das sind Dinge, über die man nie nachdenkt, wenn man ein Buch liest. Ich trinke ein Glas Weißwein; hätte ich das nicht geschrieben, hätte es nie jemand erfahren.

»– 76 –« steht über diesem Kapitel. Ja? Und dann? Und nun? Heute Nachmittag, auf dem Fahrrad beim Onze Lieve Vrouwe Gasthuis, dachte ich: Ich verstehe das alles einfach nicht. Unmittelbar danach wusste ich nicht mehr, was. Wie in dem Gedicht *Ich dachte: Ein Gedicht müsste ich schreiben, ich dachte, es müsste handeln von …* Ja? Und dann? Und nun? Kurz danach radelte ich durch die Ruyschstraat. Bei Nummer 41 schaute ich nach oben. Das mache ich immer, schon seit Jahren. Die Wohnung dort oben durfte ich einmal besichtigen. Verwohnt, Löcher im Boden, Taubendreck, Spinnweben, gesprungene Fensterscheiben, Einsamkeit. Nein, dachte ich damals, daran sollte ich meine Wohnzeit nicht verschwenden. Wäre mein Leben anders verlaufen, wenn ich in die Wohnung in der Ruyschstraat 41 eingezogen wäre? Wenn ich über den Taubenkot und die damals herrschende Einsamkeit hinausgeblickt hätte? Wahrscheinlich ja. Und auf einmal wusste ich auch wieder, was ich nicht verstand. Liebe. Beziehungen. All das verstehe ich einfach nicht. Ich will keine Klischees, ich glaube nicht an Klischees, ich habe in meinem ganzen Leben nie lange genug an Klischees geglaubt, um sie schließlich als Wahrheit zu empfinden. Na ja, Wahrheit, das ist schon ein sehr großes Wort. Vergleichbar mit Wie-es-sich-gehört. Mit So-machen-es-nun-mal-alle. Und ich habe es immer schon falsch verstanden, ich habe – wie ich in *Jasper und sein Knecht* irgendwo geschrieben habe – immer Neid mit Verliebtheit verwechselt. Oder umgekehrt. Ich meine: Ich war wahrscheinlich nicht verliebt, ich war neidisch auf den, in den ich verliebt zu sein glaubte. Ich wollte nicht *bei* dem anderen sein, sondern der andere *sein*. Was andere Menschen Verliebtheit nennen, war bei mir eher Missgunst. In gewisser Weise bin ich genau wie mein Wetterfahnen-Freund, nur dass ich mich nicht so verhalte. Auf den großen Wer-gibt-sich-mehr-Mühe-der-andere-zu-sein-Wettkampf lasse ich mich gar nicht erst ein. In anderer Hinsicht bin ich wie ein Mensch mit Dysmorphophobie: Die Achtung und Bewunderung, die ich für Männer mit schönen, großen Händen empfinde, führt dazu, dass ich manchmal meine eigenen Hände zwischen den Oberschenkeln verstecke, obwohl ich, verdammt noch mal, gar keine kleinen Hände habe! Sei doch mal ein bisschen normal! Sieh die Dinge, wie sie sind.

All das sehr vage irgendwo in meinem Hinterkopf, oder nicht einmal das. Vielleicht jetzt rekonstruiert. Unterdessen war ich längst nach links in die Weesperzijde abgebogen. Die Ulmen standen in voller Blüte. Trügerischer Frühling: jetzt grün, bald braun und erst irgendwann im Mai die ersten Blätter. Blöde Bäume. Blöde Amstel. Blöde Hausboote. Blöde, Nester bauende Krähen. Blöde Menschen in viel zu dünnen Sachen. Ich kriege nie einen Mann, dachte ich. Nicht einmal, wenn Dolf und Gerard mich mit dem Kommissar des Königs in Friesland zu verkuppeln versuchen oder ich mich selbst mit dem schriftstellernden Freund meines Therapeuten. Ich habe auch keine Lust darauf. So sollte das nicht sein. Oder doch?

Es ist beschissen. Vielleicht verstehe ich es. Vielleicht auch nicht. Erst war ich heilfroh, der Hölle entronnen zu sein, jetzt – schon wieder Monate später – wird mir klar, dass man sich von einer solchen Phase tatsächlich erholen muss. Dass das eine Weile dauern kann, trotz Tabletten. Ich gebrauche das Wort »beschissen«, um es zu umschreiben, was schon ein Fortschritt ist. Vor nunmehr sehr vielen Kapiteln waren Ausdrücke wie »beschissen«, »unerfreulich« oder »zum Kotzen« furchtbar unzulänglich, und ich war sehr wütend auf Menschen, die sie mir gegenüber gebrauchten. Vorgestern haben mich die Organisatoren des Bücherballs zur Weißglut gebracht, weil »man«, ohne dass ich davon wusste, beschlossen hatte, dass nur mit Bankkarte bezahlt werden konnte. Ich war wie jedes Jahr mit einer Gesäßtasche voller Bargeld hingegangen. Es wurde der billigste Bücherball aller Zeiten für mich, weil ich alle an meiner Wut teilhaben ließ und alle mir ihre drei beim Eingang erhaltenen Münzen überließen. Marieke Lucas Rijneveld packte mich gleich am Kragen, weil ich in *Trouw* etwas Hässliches über ihr Buch geschrieben hatte. Unter anderem Folgendes: »Diese Sturzflut an Bildern und Metaphern erschlägt alles, es interessiert mich nicht im Geringsten, was den Personen passiert.«

»Es bezieht sich doch auf das, was du schreibst«, sagte ich. »Nicht auf dich.«

»Ja«, sagte sie, »das ist mir schon klar, trotzdem …«

»Und in der Talkshow machst du deine Sache richtig gut.« Ich strich ihr über den Rücken, sie fühlte sich zerbrechlich an. »Wie viel wiegst du eigentlich?«, fragte ich.

»Ein halbes Kalb?«, antwortete sie.

Das besänftigte meine Wut schon erheblich.

Um sechs Uhr morgens, die Amseln fingen schon an zu singen, fragte mich Pieter Waterdrinker, warum ich bloß immer so wütend auf ihn sei. Auf ein solches Gespräch hatte ich keine Lust, zumal ich gerade erst Johan de Boose, der zusammen mit Waterdrinker aus De Balie gekommen war, zu seiner Nominierung für den Libris Literatuurprijs gratuliert hatte. »Das klingt stalinistisch«, sagte der flämische Schriftsteller zu Waterdrinker, nicht zu mir. Vielleicht, weil der genaue Wortlaut meiner Gratulation der folgende war: »Ach ja, du stehst auf der Libris-Shortlist. Glückwunsch!« Trotzdem begreife ich nicht, was daran »stalinistisch« sein soll, aber ich war es zu diesem Zeitpunkt einfach leid, alles Mögliche an den Kopf geworfen zu bekommen, nachdem ich den ganzen Abend lang etlichen Leuten zu diesem und jenem gratuliert hatte. Vielleicht spielte noch eine Erinnerung an diesen Moment mit, als ich beim OLVG dachte, dass ich nichts mehr verstehe.

– 77 –

Olympiaki Akti. Das soll Griechenland sein? Es erinnert an Callantsoog oder Groote Keeten, nur mit anderen Bäumen. Zum Glück hat die Ferienwohnung nur zwei Zimmer, ich *muss* mit Henk in einem Zimmer übernachten. Wohnzimmer plus Küche plus Schlafzimmer. Hohes Gras, dieses südeuropäische, bambusähnliche Gras, Unkraut, das überall rings ums Mittelmeer wächst. Möwen und Tauben. Vögel ohne Bedeutung. Eine einzige Straße mit Souvenirläden und Restaurants, ein bisschen heruntergekommen. Hitze. Zum ersten Mal ist das Meer ganz nah. Die Landschaft ist flach, auch wenn irgendwo in dunstiger Ferne der Olymp ist, einer jener Berge, die nicht einfach Berg sein können, weil sich so viele Mythen und Sagen darum ranken. Pauline und Henk sprechen von dem Berg, könnten wir nicht eventuell morgen einen Abstecher dort hinauf machen, wenn wir schon einmal auf dem Weg nach Süden sind? Ich höre nicht zu, denke ich. Vermutlich denke ich: Morgen, morgen bin ich wieder da, ob auf dem Olymp oder nicht. Wir gehen zum Strand. Ein hässlicher Strand: schnurgerade, schmal, nur Sand, keine Felsen zu sehen. Voller Griechen. Ich habe meine Tasche bei mir, die Tasche mit allem, was ich brauche. Kaugummi, Alprazolam, ein Buch, Wasser, Shag, zwei Bananen, das blaue Notizbuch. Pauline und Henk wollen schwimmen, gehen schwimmen. »Komm doch auch! Es ist herrlich!« Ich muss auf diesem Strand, umringt von all den Griechen, meine Badehose anziehen. Normalerweise kein Problem, jetzt beinahe unausführbar. Kinderstimmen. Ein Radio. Ein dicker, von schwarzem Körperhaar bedeckter Grieche unter einer Außendusche. Ein großes, weißes Schiff in der Ferne. Das Wasser wird sehr schnell sehr tief, der Strand fällt hier nicht wie in Callantsoog oder Groote Keeten allmählich ab. Ich habe Angst vor tiefem Wasser, immer schon. Ich will Boden unter meinen Füßen spüren. Pauline und Henk schwimmen, wie Urlauber eben schwimmen. »Wunderbar, nicht?«, ruft einer von beiden fröhlich. »Ja, herrlich!«, ruft die andere. Wenn ich mich mit dem Rücken zum Strand treiben lasse, sehe ich eine endlose Wasserfläche ohne irgendetwas. Keine Wasservögel, keine Boote, kaum Wellen. Salzwasser in meinem Mund. Ich will raus. Ich wollte gar nicht erst rein. Übermorgen. Methana. Das Haus, der Garten, das Meer, wie Meer in Griechenland zu sein hat, der Olivengarten, die Wohnung in Agios Georgios, das vegetarische Essen.

Unter den Hausbewohnern in Methana war eine Frau, Schriftstellerin natürlich, die Jean hieß, Jean Burnett. *Writes Jane Austen spoofs, travel memoirs* steht in ihrem Twitter-Profil. Eine Frau von Mitte sechzig mit dick nachgezogenen Brauen.

Pauline entwickelt gleich eine Abneigung gegen sie, sie findet sie typisch britisch, arrogant, distanziert. Während der Mahlzeiten ist sie gewöhnlich still, und wenn sie etwas sagt, steht es meistens in keinem Zusammenhang mit dem, worüber gesprochen wurde. Ich sehe sie vor allem umherirren. Wie Romi hat sie das Pech, anwesend zu sein, als Zorbas uns heimsucht, erst doch nicht und dann doch richtig. Sie ist enttäuscht. So ein Mistwetter. Es ist hier nicht so, wie Griechenland zu sein hat. Sie kann sich nicht einleben. Wenn sie sich irgendwo hinsetzen möchte, ist der Platz schon belegt. Sie fängt an, mir leidzutun. Der Regen ist so heftig, dass ausgerechnet in ihrem Zimmer auf der obersten Etage Wasser durch die Decke kommt. Sie hat zu niemandem wirklich Kontakt, auch Romi wird sie zunehmend unsympathisch. Sie trägt Papiere und ein Notizbuch mit sich herum, ihr nächstes Buch soll etwas Historisches sein. Später entdecke ich in ihrem Twitter-Profil auch Folgendes: *Alter ego Fran Kempen writes 16th century Italian mysteries*. Ich habe Mitleid mit ihr. Damals wird mir das nicht bewusst, heute weiß ich, dass ich für einen anderen Menschen etwas empfunden habe. Am Tag ihrer Abreise, sie ist nur fünf Tage geblieben, ist sie verändert. Fröhlich, munter, sie irrt nicht mehr umher. Sie bittet andere, sie vor den schönsten Aussichten zu fotografieren, im Hintergrund strahlend blauer Himmel. Ihr Rollkoffer steht schon bereit. Fotos für zu Hause, für später. Sie isst mit Appetit noch schnell ein Stück von der Torte, die Wendy aus Agios Georgios jeden Nachmittag Punkt 16 Uhr abliefert. Sie muss sich sehr unglücklich gefühlt haben. Wäre sie in den fünf Tagen so gewesen wie am Abreisetag, wäre sie niemandem unsympathisch gewesen.

Auch eine junge Französin war dort. Maya. Sie litt an spastischen Lähmungen.

Als sie mit einem Taxi ankommt, bittet mich Philip, ihm zu helfen. Während sie zum Haus geht, über eine Treppe und einen Weg, auf dem große Steine liegen, muss sie sich auf zwei Arme stützen. Maya redet wie ein Wasserfall. Auch beim Essen. Und weil ihr Mund, ihre Kaumuskeln wegen der Spastik langsamer arbeiten, sieht man, während sie spricht, ständig Nahrung in ihrem Mund. Ich will ihr während der Mahlzeiten nicht gegenübersitzen; essen ist schon schwierig genug für mich. Nach einem halben Tag hat sie fast alle zugequasselt, und wer sie kommen sieht, ergreift die Flucht. Das ist nicht schwierig, weil sie so langsam ist, das Gehen fällt ihr schwer. Eines Abends lässt sie sich zu Bekannten fahren, die sie irgendwo in Griechenland getroffen hat, einer Gruppe junger Franzosen, deren Katamaran im winzigen Hafen von Agios Georgios liegt. Sie kommt nicht zurück, anscheinend verbringt sie die Nacht auf dem Segelboot. Im Schreibhaus ist man beunruhigt. Am nächsten Morgen beobachten Henk und ich – von unserem Balkon hat man Aussicht auf den Hafen –, dass die jungen Männer laut johlend vom Boot ins Wasser springen. Maya – stellen wir uns vor – liegt noch in einer Koje, erschöpft, missbraucht. Im Laufe des Vormittags ruft sie an, sie möchte zurück, muss abgeholt werden. Ich habe Mitleid mit ihr. Sie sieht müde aus, sie zieht sich in ihr Zimmer auf der ersten Etage zurück. Nachmittags kommt sie mühsam herunter und bittet uns, still zu sein, sie müsse arbeiten. Sie isst nicht mit, irgendwann sitzt sie allein an dem großen Tisch auf der Terrasse, den Rücken dem Meer zugewandt. Sie arbeitet. Sie schreibt einen Roman. Ich kann es nicht mit ansehen. Ich empfinde Mitleid.

Wendy und ihr Mann Ian haben einen kleinen Hund. Eine Hündin namens Simelda, aber ich kenne sie als Bertie's Mum, weil Pauline sie vor zwei Jahren so genannt hat und immer noch nennt, obwohl Bertie nun tot ist, vergiftet wie fast alle anderen mehr oder weniger streunenden Hunde in der Gegend. Simelda hat einen ausgeprägten Vorbiss, es sieht unmöglich aus. Viele haben Angst vor ihr, weil man immer gebleckte Zähne sieht. Ich gehe ganz tief in die Hocke, streichle sie, schwatze auf sie ein. Sie ist so fröhlich, sie weiß nicht, wie schlimm sie aussieht. Der Weg von unserer Ferienwohnung zum Schreibhaus führt am Haus von Wendy und Ian vorbei. Manchmal begleitet sie uns durch den Olivengarten, nachdem sie sich noch einmal nach Ian umgedreht hat, und kehrt irgendwann zurück. Nie läuft sie den ganzen Weg mit. »Wiedersehen, Simelda!«, rufen wir dann. Ich habe großes Mitleid mit dem Tier. Wegen des Namens und dieser Schnauze.

Es ist also möglich: etwas zu fühlen, wenn man depressiv ist. Oder fühle ich es erst jetzt beim Schreiben? Kann man, wenn es einem wieder besser geht, eine bedeutungslose Phase nachträglich mit Gefühlen versehen? Eine graue, bedeutungslose Phase einfärben?

– 78 –

»Es hat Marieke Lucas ganz krank gemacht«, sagt Arjan Visser zu mir. (So ist das immer: Jahrelang denke ich nicht an Arjan Visser, dann schreibe ich etwas über ihn, und prompt begegne ich ihm.)

»Ja, aber, ich sage doch nichts über sie als Person«, erwidere ich. »Ich sage etwas über ihr Buch.«

»Sie ist verletzlich«, sagt Arjan.

»Tja«, sage ich.

»Es gehört mit zum Spiel?«

»Ich glaube schon.« Im Nachhinein habe ich Mitleid

mit ihr. Ich hätte das nicht schreiben müssen. Andererseits könnte man auch sagen, dass Mitleid ziemlich herablassend sein kann. Und Verletzlichkeit? Darf man gegenüber einer verletzlichen Person nichts Kritisches äußern? Sind wir nicht alle verletzlich? Sogar Arjan Visser, der hier – Café Helmers, ein von Jan van Mersbergen und Gilles van der Loo moderierter Abend, sechs Autoren lesen Texte von anderen Autoren vor, auf einem roten Sofa zwischen Jan und Gilles eingeklemmt – einen gewissen Status hat. Menschen umschwirren ihn.

»Mein Problem mit der heutigen Privé-domein-Reihe ist«, erklärt Arjan, »dass die Autoren, also auch du, wissen, dass die Texte für eine Veröffentlichung bestimmt sind.«

»Verflixt«, sage ich. »Darüber habe ich nie nachgedacht.«

»Nein?«

»Nein. Gut, natürlich weiß ich, dass viele der Autoren schon tot sind und ihre Texte posthum herausgegeben worden sind. Aber über den Unterschied, darüber hab ich nie nachgedacht.«

»Ihr wisst, dass sie veröffentlicht werden. Darauf schreibt ihr hin.«

»Das stimmt. Aber wenn ich oder andere, Anton Dautzenberg, heute so einen Text schreiben, können wir gleich selbst auf das reagieren, was wir schreiben. Relativieren. Zweifel äußern. Und uns bemühen, nicht kokett zu werden.«

»Ich finde Kokettes gar nicht schlimm.«

»Nein? Ich glaube, das ist der Grund, weshalb ich es schon seit sehr langer Zeit nicht mehr fertigbringe, einen Roman zu schreiben. Im Englischen ist kokett übrigens *coquettish*, allerdings hat David Colmer mir neulich gesagt, dass es doch eine etwas andere Bedeutung hat.«

»Welche?«

»Egal. Und hast du dir schon mal Folgendes überlegt:

Wenn ich aus jedem ich ein er machen würde, einfach das Personalpronomen gegen ein anderes austausche, dann käme ein Roman heraus. Und von einem Roman weiß der Autor ja auch, dass er für die Veröffentlichung bestimmt ist.«

»Ja, und?«

»Nichts. Oder eigentlich doch: Wo ist der Unterschied? Aber es würde gehen. Und wenn aus dem ich ein er geworden ist, kommt man plötzlich für den Libris Literatuurprijs infrage.« Ich trinke einen Schluck Bier. Es schmeckt mir nicht. »Was liest du vor?«

»Was von einem ungarischen Schriftsteller. 1936 gestorben. Schwieriger Name.«

Arjan wird von Jan van Mersbergen vorgestellt: »Arjan Visser aus Werkendam«, »Arjan Visser, der mich vor Kurzem für *Trouw* interviewt hat.« Arjan fühlt sich offenbar ein wenig unbehaglich dabei (auch er ist also verletzlich: Jan hätte seine Romane aufzählen können, seine Preise und eventuell Nominierungen, hätte auf den Sammelband mit seinen Schriftsteller-Interviews hinweisen können), aber das ist typisch Jan. Er kann nur über sich selbst und sein eigenes Werk sprechen, auch wenn er sich dafür verrenken muss. Ich glaube, es ist ihm gar nicht bewusst. Vielleicht hat es ihm nie jemand gesagt. Als Glanzstück des Abends liest Gilles eine Passage aus Jans neuem Buch vor, das noch nicht erschienen ist, deshalb liegen DIN-A4-Blätter auf seinem Schoß. Streng genommen ist das kein Verstoß gegen das Konzept des Abends, aber so etwas meinte ich mit »verrenken«: Wenn Jan nicht selbst über sich spricht, lässt er es einen anderen tun. Gilles liest Seite 67, blättert und findet Seite 68 nicht. Er stockt, sucht, blättert, und Jan sitzt betreten dabei. Vorlesen missglückt. Reinfall statt Glanzstück.

Was Arjan vorliest, ist sehr witzig, eine Geschichte über einen Kleptomanen, der ein Buch übersetzt und bei dem der Drang, Dinge zu entwenden, so übermächtig ist, dass er sogar auf Papier Juwelen, Geld, ja, ganze Schlösser unterschlägt. Ist im englischen Original von 1500 Pfund die Rede, macht er daraus 150 Pfund. Widmet der Autor mehrere Zeilen dem Familienschmuck einer adligen Dame, steht in der Übersetzung lediglich: »Gräfin Eleonora saß in einer Ecke des Ballsaals, im Festtagsgewand.« Dezsö Kosztolányi: *Der kleptomanische Übersetzer und andere Geschichten*.

Später – wieder zu Hause, der Fernseher läuft, aber ich sehe und höre nicht hin – denke ich, dass Arjan nicht recht hat. Bei den Autoren einer Reihe wie Privé-domein handelt es sich um Schriftsteller, und alle Schriftsteller, die wann auch immer ein Tagebuch geführt oder Briefe geschrieben haben, ob 1789 oder 1817 oder 1920, werden zumindest vermutet haben, dass diese Texte irgendwann, wenn nicht zu ihren Lebzeiten, dann posthum, veröffentlicht werden könnten.

– 79 –

»Ich habe von sieben bis sechs ununterbrochen getrunken, bin aber nicht betrunken geworden.«

»Das ist seltsam. Wird wohl am Escitalopram liegen.«

»Wenn man betrunken ist, wird so ein Bücherball erst richtig schön. Dann überwindet man seine Grenzen, dann passiert mal was. Voriges Jahr hab ich sogar mit Thierry Baudet geredet, nur weil ich ihn einfach scharf fand. Danach haben mir Leute auf Facebook die Freundschaft gekündigt, weil die Leute eben nicht zwischen Scharfsein und politischen Ansichten unterscheiden können.«

Dazu hat der Therapeut keine Meinung.

»So geht es nicht mehr weiter«, sage ich. »Ich fühle mich beschissen.«

»Tut mir leid, das zu hören«, sagt der Therapeut.

»Ich bin mit dem Fahrrad gekommen, die Sonne scheint, und es ist genau so, wie der Frühling sein muss. Nicht gleich dreißig Grad, ein bisschen Wind, frisch, aber trotzdem angenehm, und ich registriere das alles, aber ich spüre es nicht. Es geht an mir vorbei. Ich bin einfach depressiv.«

Er schiebt mir ein aufgeschlagenes Buch von David van Reybrouck zu. »Sieh mal hier.«

Ich nehme es und lese, was auf der betreffenden Seite steht. Dass in den Niederlanden Maarten 't Hart und Koos van Zomeren über die Natur schreiben, dass sie aber kurz nach dem Krieg geboren sind. Und dass jetzt Gerbrand Bakker über die Natur schreibt. In Belgien gebe es solche Schriftsteller nicht. Der Therapeut hat es mit einem grünen Textmarker markiert. »Ha«, sage ich. »Kann ich jetzt endlich von anderthalb auf eine runter?«

»Machen wir's so«, sagt der Therapeut. »Viel schaden kann es nicht.«

»Vielleicht wird es dann mit dem Schlafen auch wieder besser«, sage ich. Und: »Warum lesen die Flamen denn dann meine Bücher nicht? Ich schreibe schließlich auf Niederländisch.« Und: »Vielleicht kann ich dann wieder mal betrunken werden.«

Die Zitronengeranie ist verschwunden. Ihren Platz nimmt eine Grünlilie ein, eine dieser Pflanzen, die früher in jeder Studentenbude zu finden waren. Mit langen, kräftigen Blütentrieben, an deren Ende wieder die gleichen Pflanzen hängen, nur in klein; Pflänzchen, die man leicht abtrennen, in ein Gläschen mit Wasser setzen – als wären sie dafür gemacht – und schon nach einer Woche einpflanzen kann, sodass man eine neue Grünlilie hat, die ihrerseits schnell kleine hängende Grünlilien hervorbringt. »Die Zitronengeranie steht oben«, sagt der Therapeut. »An einem sonnigen Platz. Sie ist in der Reha.«

Nachdem der Therapeut mich wieder einmal darauf aufmerksam gemacht hat, dass manches an mir wirklich ins autistische Spektrum gehört, und wir über meine Hypersensitivität gesprochen haben, die dafür verantwortlich ist, dass Menschen mir nicht zu nahe kommen dürfen, erinnere ich mich an eine Zugfahrt, vor einigen Jahren. Mit einer Schriftstellerkollegin, wir waren auf einer Art Tournee mit unseren Jugendbüchern. Ich war während dieser Zugfahrt sehr offen. Das kann ich, kein Problem. Zum Problem wird es erst, wenn der oder die andere es als ein allgemeines Sich-Öffnen meiner Person, meines Wesens, interpretiert, als Einladung, sich auf das gleiche Niveau von Offenherzigkeit zu begeben. Am nächsten Tag habe ich es schon vergessen, doch der andere glaubt, zwischen uns habe sich etwas ganz Besonderes ereignet. Die Jugendbuchautorin kam mir zu nahe, was mich in Panik versetzte. Ich verstand es nicht. So hab ich's nicht gemeint!, dachte ich. Aus ihrer Perspektive betrachtet, war es vollkommen verständlich, aber sie rückte mir viel zu dicht auf die Pelle. Das ist es wahrscheinlich auch, was bei Lesungen geschieht. Im Grunde ist es das Gleiche. Ich bin sehr offen. Aber unmittelbar nach der Lesung habe ich es bereits vergessen, ist es für mich abgeschlossen, und genau das ist der Moment, in dem Leute zu mir kommen, um Bekenntnisse abzulegen und mir ihr Innerstes zu offenbaren. Weil sie mich so erlebt haben, wie ich kurz zuvor war, kommen sie mir plötzlich viel zu nahe. Damit kann ich nicht umgehen. Sie verhalten sich so, als hätten wir eine Beziehung, wovon ich nur überhaupt nichts weiß.

»Genau deshalb hast du dir ein zweites Ich ausgedacht«, sagt der Therapeut. »Deshalb bist du selbst zu dir ins Zimmer gekommen. Du warst nicht verliebt in dich selbst. Du warst der Einzige, der dir nahekommen durfte und konnte.«

»Wenn ich mir selbst in den Hintern trete, um in Gang zu kommen, komme ich auch in Gang«, sage ich.

»Genau«, sagt der Therapeut. »Führ ein Weißbuch.«

Darüber muss ich kurz nachdenken. Ein Schwarzbuch ist sicher eine Sammlung von negativen Dingen, ist ein Weißbuch folglich eine Sammlung von positiven?

»Um Gedanken fernzuhalten, die nicht förderlich sind, und du hast ja wieder so welche, du fängst ja ab und zu wieder an zu grübeln. Natürlich bist du sechsundfünfzig, aber es bringt nichts, wenn du denkst, dass in deinem Leben nichts Gutes mehr kommt.«

»Ich fahre gleich zum Verlag und hole zwei katalanische und zwei spanische *Junis* ab.«

»Richtig. Solche Sachen.«

»Und anschließend löse ich einen Büchergutschein über 50 Euro bei Scheltema ein.«

»Das brauchst du nicht zu schreiben.«

Kurz darauf halte ich in einer sehr schmalen Straße an. Ein Fensterputzer arbeitet dort, und ich will nicht mit dem Rad unter seiner langen Stange durchfahren. Er bemerkt mich und will Platz machen.

»Nein, nein«, sage ich. »Ich hab Zeit.« Ich schaue ihm einen Moment bei der Arbeit zu. »Ich habe mich immer schon gefragt«, sage ich, »wo das Wasser herkommt.«

Der Fensterputzer zeigt auf ein Gerät in etwa hundert Metern Entfernung. Von dort führt ein blauer Schlauch zum Teleskoprohr des Wischers. »Da sind tausend Liter Wasser drin.«

»Und Sie müssen nie mehr auf eine Leiter steigen?«
»Nein. Ist nicht mehr erlaubt.«
»Dann können Sie auch nicht runterfallen.«
»Genau«, sagt er.
Ich steige wieder in die Pedale. »Frohes Schaffen«, sage ich.
»Danke«, sagt er. »Schönen Tag noch.«

Solche Gespräche. Übersichtlich. Es geht um nichts – auch wenn ich jetzt weiß, woher das Wasser kommt und dass wasserführende Wischer keinen Strom brauchen –, und dieser Fensterputzer wird mir nie zu nahe kommen. Weil ich ihn gefragt habe, woher das Wasser kommt, und nicht gesagt habe, dass ich in ihn verliebt bin. Als ich einen Augenblick später quer übers Amstelveld radle, wo nach dem Schatten der Prinsengracht auf einmal Licht und Platz und Sonne ist, denke ich: Zum Glück war und bin ich nicht verliebt in mich selbst. Das ist jetzt offiziell.

Klaar (Fertig) von F. Starik (aber eigentlich auch von Vrouwkje Tuinman). *Moord op de moestuin* (Mord am Gemüsegarten) von Nicolien Mizee. *Naked* von David Sedaris.
»Sie haben noch sieben Cent übrig«, sagt der Buchhändler.
»Die schenke ich Ihnen«, sage ich großzügig.
»Möchten Sie auch das Bücherwochengeschenk?«
Das war mir noch nie aufgefallen. Dass man gefragt wird, ob man es haben möchte. Dass man die Wahl hat, auch dankend abzulehnen. »Ja, natürlich«, antworte ich. Sonst kein Schwein in der Buchhandlung. Mittwochvormittag, halb zwölf. Mitten in der Bücherwoche.

– 80 –

Ich klicke ein bisschen in den Krypten meines Laptops herum. Dabei finde ich ein Dokument, das »Depressionstagebuch« heißt. Letztes Änderungsdatum 16. Mai 2012:

An der Ostseite von Amsterdam Centraal sitzen immer ein paar Männer, die Musik machen. Ich vermute, es sind Bulgaren. Ich vermute es, weil ich eine CD von Le Mystère des Voix Bulgares habe und die klagenden Melodien dieser Musiker mich daran erinnern. Sie haben dunkle, wettergegerbte Gesichter. Manchmal kommt Polizei, manchmal werden sie verjagt, einmal habe ich beobachtet, dass sie eilig ihre Sachen zusammenpackten, als sie Polizeibeamte kommen sahen. Ich höre sie nur, wenn ich mit der Straßenbahn komme. Ich bin auf dem Weg zu einer Lesung in Münster, es ist der 15. Mai 2012, deshalb die Straßenbahn. Man braucht nur eine Nacht sein Rad auf der schwimmenden Fahrradabstellanlage an der Nordseite des Hauptbahnhofs zu lassen, und es ist weg. Als ich aussteige, sehe und höre ich sie schon, ich greife sofort nach meinem Portemonnaie, was ich noch nie getan habe. Unsagbar traurig macht mich ihre Musik, aber auch froh. Es ist also keine Traurigkeit, es ist Melancholie; Melancholie kann nämlich immer in zwei Richtungen. Ich finde einen Euro und werfe ihn in einen offenen Geigenkasten. Ich schaue sie nicht an, Geld zu geben ist immer mit Scham verbunden. Ich möchte weinen, das liegt an dieser Musik. Doch es wäre kein Weinen vor Kummer, sondern ein Weinen, das irgendwo aus der Mitte kommt, von dieser Melancholie also, von Vorbei ist vorbei, aber auch von Qué será, será. Ich gebe ihnen heute Geld, weil mir die Leute, die mit mir aus der

Straßenbahn ausgestiegen sind, und die Leute, die den Bahnhof betreten oder herauskommen, völlig gleichgültig sind. Losgelöst. Alles sehr scharf sehen und wahrnehmen und gleichzeitig abwesend sein.

Eine knappe Stunde später stehe ich im Bahnhof Amersfoort. Wegen einer Oberleitungsstörung fällt der Zug nach Berlin aus. Plötzlich soll er doch fahren, allerdings mit fünfundfünfzig Minuten Verspätung. Auskunftsbeamte und Zugbegleiter mit elektronischen Kursbüchern geben widersprüchliche Informationen. Ich muss mich entscheiden: Entweder ich fahre über Enschede, was viel länger dauert, oder ich vertraue den unzuverlässigen Auskünften über den Zug nach Berlin. Ich entscheide mich fürs Unzuverlässige, kaufe ein Würstchen im Schlafrock und einen doppelten Espresso. Ich füttere ein paar Dohlen, die seitlich hüpfend immer näher kommen. Diese Abwehrhaltung gefällt mir, ich erkenne darin etwas Menschliches: die Krümel gern aufpicken wollen, aber Angst davor haben, gepackt zu werden. Schöne Vögel, mit scharfen Augen, das Gefieder oft mit mehr Grau als Schwarz, pechschwarze Beine. Ich denke vage über die Lesung nach, was ich sagen werde, was ich nicht sagen werde. Was ich sagen kann. Immer öfter fällt mir zu meinem eigenen Werk nichts ein, jedes neue Buch ist für mich selbst schwieriger zu deuten. Lesungen in Deutschland haben deshalb einen Vorteil: Man erwartet von mir, dass ich vorlese, lange vorlese.

Gestern habe ich zwei Stunden im Garten einer Hausarztpraxis gearbeitet, den ich vor zwei Jahren zusammen mit Gartenkumpel Han angelegt habe; wir hatten dafür auch ein paar Holzschwellen und frische Gartenerde besorgt. Seitdem hat keiner der Ärzte auch nur das Geringste in dem Garten gemacht, sie benachrichtigen mich per E-Mail, wenn das Unkraut fast schon durch die Fenster hereinwuchert. Ich verstehe das nicht, ich kann mir sehr gut vorstellen, dass man nach dem Anhören einiger Patientengeschichten gerne mal eine Viertelstunde Unkraut jätet, sich danach die Hände wäscht und den Rest des Tages in ausgeglichener Stimmung weitere Patientengeschichten erträgt. Ich habe eine große Funkie an eine Stelle umgesetzt, an der Anemonen nicht wachsen wollen, nicht einmal die neuen, die ich vor einem Jahr gepflanzt habe. Zwei Müllsäcke voller Grünabfälle habe ich in dem kleinen Garten zurückgelassen. Ein blonder Junge klingelte genau in dem Moment, als ich die Tür öffnete, er erschrak, er hatte nicht mit einem Gärtner gerechnet. Anschließend fuhr ich zum Verlag, der ganz in der Nähe der Praxis ist. Eva Cossee und ich gingen zum Marcella. Es war ein Frühlingstag mit grellem Licht und einer frischen Brise. Sie sagte, vielleicht sei es eine gute Idee, darüber zu schreiben, wie es ist, depressiv zu sein. Ich könne versuchen, mich durch diese Phase hindurchzuschreiben. Ich antwortete, dass ich selbst, sehr vorsichtig und noch ganz unkonkret, auch schon darüber nachgedacht habe. Das Wichtigste bei einem solchen Projekt ist die Form. Wenn man eine Form findet, kann man anfangen. Ich aß ein Frikadellenbrot, Eva ein Brötchen mit Käse. Ein Boot legte an, ein großer Hund sprang darauf herum, er wollte von Bord. Aber er durfte nicht, stattdessen bestiegen vier Männer das Boot. Sie hatten Bier bei sich. Ich erzählte, warum ich vor knapp zwei Jahren bei der Verleihung des International IMPAC Dublin Literary Award nicht meine ursprünglich dafür geschriebene Ansprache gehalten hatte. Ich hatte sie meinen Verlegern zur Kenntnisnahme zugemailt und sie mit roten Anmerkungen und Beanstandungen zurückbekommen. Darüber regte ich mich so auf, dass ich sie sofort wegwarf. Manchmal weiß man nicht, weshalb man in einem bestimmten Moment dergleichen erzählt, anscheinend herrschte an diesem Nachmittag, gestern Nachmittag also, eine Art Vertrautheit zwischen uns. Eva wiederum erzählte, wie das Freundschaftsbuch zu meinem fünfzigsten Geburtstag zustande gekommen ist und wie sie und Christoph mit dem Rad zu mir gefahren sind, um es mir zu geben, in der Nacht vom 27. auf den 28. April.

Fünfzig Jahre.
Vier Romane geschrieben. Sie sind übersetzt worden, für Preise nominiert worden, mit Preisen ausgezeichnet worden. In den zurückliegenden Monaten bin ich durch ganz Europa gereist. Ich hätte auch Einladungen in die Vereinigten Staaten, nach Australien oder Israel annehmen können, doch das ist unmöglich, ich traue mich in kein Flugzeug. Bas Pauw vom Literaturfonds nennt mich den Dennis Bergkamp der niederländischen Literatur.
Verliebt, in Dänemark. Zum ersten Mal seit Jahren, am 12. Mai, vor vier Tagen erst. In Jacob Berner Moe. Einen dänischen Schriftsteller. Er hat eine Norwegische Waldkatze, einen Kater namens Benny. In der Küche seines Ökohauses zog er die Hose aus, weil sie bei einem Spaziergang nass geworden war. Ich saß am Esstisch und sah heimlich zu. Ich hätte auch gern die Hose ausgezogen. Es war nicht in Kopenhagen, sondern auf dem Land, wo er mit seiner Frau und zwei Kindern wohnt. Jacob Berner Moe. Was für Aussichten auf eine Beziehung.
Schon vier Monate Lexapro.
Und nun?

»Sitzt er tatsächlich in der Unterhose am Tisch und lässt einen fliegen.«

Gartenkumpel Han und Trijntje sitzen in der Küche. Für mich ist es ein Zeichen von Intimität, wenn Leute hier in der Unterhose am Frühstückstisch sitzen. Es zeugt von noch größerer Intimität, wenn sie einen fliegen lassen. Ich weiß, andere sagen »fahren lassen«, aber ich sage schon mein Leben lang »fliegen«. An der Vogelfutterstation zwei Distelfinken. Große Aufregung. Nie zuvor waren hier Distelfinken.

»Donna Tartt«, sagt Trijntje.

Ein Spatz ist damit beschäftigt, einen der Keramik-Nistkästen zu kolonisieren. Das ist auch noch nie da gewesen. Er oder sie fliegt hin und her, Hälmchen im Schnabel. Seit gestern richtet er oder sie sich über einem Insektenhotel ein. Im Globus hatten wir Insektenhotels gesehen, sauteuer. »So was kann ich auch selbst bauen«, sagte ich. Nach einem Tag Arbeit war es fertig, und im Gegensatz zu dem Globus-Exemplar hat es auch Backsteine mit Löchern. Da es den Insekten – ganz allgemein – sehr schlecht zu gehen scheint, habe ich wahrscheinlich ein gutes Werk getan. Es wäre großartig, wenn Trijntje jetzt Jet entwollen würde, dann hätten die Spatzen und eventuell größere Insekten (Mauerbienen?) Nistmaterial im Überfluss.

»Wie findet ihr mich mit *einer* Tablette?«, frage ich Han und Trijntje.

»Ich hab den Eindruck, es funktioniert gut«, sagt Trijntje.

»Fein«, sage ich. Ich kämpfe immer noch mit der Frage, wie ich mich fühlen sollte oder müsste; was normal ist.

Die Zeit ist wieder einmal brutal umgestellt worden. »Eigentlich ist es jetzt …«, sagen wir ständig. Ich tue mich immer schwer damit, es dauert lange, bis ich in den neuen Rhythmus hineinkomme. Gestern Abend haben wir etwas mit Kidneybohnen gegessen, und in der Nacht hatte ich Bauchschmerzen. Ich fürchte, ich darf nie wieder Appetit auf Bohnen haben. Außerdem bin ich erkältet, und das ist nachts am schlimmsten, mit verstopfter Nase, trockenem Mund und Hustenanfällen. Zeitumstellung, Erkältung, Bauchweh: Ich war froh, dass ich aufstehen konnte. Die Sonne scheint, die Tulpen müssten jeden Moment aufblühen, einige Wochen früher als gewöhnlich. Auch die Clematis schlägt bereits aus, und wenn ich möchte, kann ich das Gras zum ersten Mal mähen. Hoch überm Haus legen sich drei Krähen mit einem Bussard an. Obwohl der Bussard ein Greifvogel ist, gewinnen die Krähen. Die Kamerunschafe von Nachbar Max beginnen aufgeregt zu blöken, als ich Anmachholz spalte.

Koos hat auf meinen Brief geantwortet. Wenn es in *Echte Bäume weinen nicht* nur ums Gärtnern gehe, möchte er das Buch lieber nicht; wenn auch anderes darin vorkomme, gern. Koos drückt sich klar aus, er scheut sich nicht zu sagen, dass er weder Zeit noch Lust hat, etwas übers Gärtnern zu lesen. Es ist Sonntag, heute Abend fahren wir ab. Ein Tag, der bis zu einer Abreise gefüllt werden muss, ist völlig anders als ein Tag, der einfach nur ein Tag ist.

Und ich kann es wirklich: plötzlich durch eine Anwandlung von Liebe oder Zuneigung, oder wie immer man es nennen möchte, überfallen werden. Gartenkumpel Han verließ seinen Platz am Außentisch und ging weg. »Komm mal her, Han«, sagte ich. Han blieb stehen und drehte sich um. Ich nahm ihn fest in die Arme und streichelte ihm über den Rücken. Er erwiderte das Streicheln. »Machst du das für dich selbst oder für mich?«, fragte er. »Nein«, antwortete ich, »das mache ich für dich. Ich hab gesehen, dass du's jetzt brauchen konntest.« Han und Trijntje sind lieb. Jet ist auch lieb. In den schwierigen Monaten war ich jede Woche einmal zum Essen bei ihnen, in Haarlem. Jede Woche. Und ich habe mich nicht selbst eingeladen, das haben sie getan. Jedes Mal, wenn ich kam, pinkelte Jet vor Freude ein bisschen in die Diele und leckte mich von oben bis unten ab. Manchmal hatten sie andere Hunde in Pension, Sjors und Sjimmie und Zazou, dann leckten mich alle vier von oben bis unten ab. Ein schwaches Vorzeichen beginnender Genesung war, dass ich sagte: »Und jetzt kommt ihr mal wieder zu mir zum Essen.«

Wieder in Amsterdam, sehe ich auf Netflix *Independence Day: Resurgence.* Ein unglaublich schlechter Film, aber ach, man ist wieder zwei Stunden beschäftigt. Jeff Goldblum spielt die Hauptrolle, immer ist es Jeff Goldblum, der retten muss, was noch zu retten ist. Ein außerirdisches Raumschiff mit einem Durchmesser von dreitausend Meilen landet auf der Erde, Jeff fliegt in einem Erd-Raumschiff irgendwann an der gerade einstürzenden Tower Bridge in London vorüber. »Yeah«, sagt er gleichgültig, obwohl er Todesängste aussteht. »They always go for the landmarks.« Ein unterschätzter Darsteller.

– 82 –

Bled, nordwestliches Slowenien. Henk hat gute Laune (»Eigentlich würde ich auch gern nach Hause fahren«, hat er am Vorabend in Skradin, Kroatien, gesagt), Pauline macht einen etwas verstörten Eindruck, rastlos und geistesabwesend. Eine Ferienwohnung mit orangefarbenen und violetten Wänden, ein Balkon, der unter den Füßen nachgibt, wenn man ihn betritt. Betten mit synthetischen Bezügen. Das Haus steht an einer schmalen Straße, auf der Leute hauptsächlich joggen und Hunde ausführen. Während der Fahrt hierhin habe ich, wenn ich mich nicht getäuscht habe, ein Schild mit der Aufschrift ZAGREB gesehen und gedacht: Da ist ein Flughafen. Von da kann ich jederzeit nach Hause fliegen. Ansonsten kann ich mich von der Route Skradin–Bled an nichts erinnern. Dies ist die letzte Zwischenstation. Ein Flughafen ist nicht mehr nötig. Morgen knapp tausend Kilometer Fahrt, und dann bin ich zu Hause. In meinem deutschen Zuhause. Ich kann es mir nicht vorstellen, weil ich mir mich selbst nirgendwo vorstellen kann, es gibt keine Zukunft, und wenn doch einmal, in einem unerwarteten Gedanken, ist es eine Unendlichkeit voller Angst. Wir gehen auf einem Feldweg ins Städtchen. Ich kann mich an kaum etwas erinnern. Eine Eissporthalle gibt es dort, mitten in der Stadt. Ich gehe hinein, Kälte schlägt mir entgegen. Eine Eishockey-Jugendmannschaft trainiert, schrille Stimmen, ununterbrochen knallen Pucks gegen die Bande. Kälte hat keine Bedeutung, Pucks haben keine Bedeutung. Bled kann mir gestohlen bleiben, oder nicht einmal das. Bled ist Bled. In einem Park an einem See werden Filmaufnahmen gemacht. Junge Leute in triefnassen Sachen, Boote. Maskenbildner, Scheinwerfer, dicke Kabel. Boote haben keine Bedeutung, ebenso wenig der See. Ich glaube, auf einer Insel im See steht ein weißes Schloss. Wir erledigen ein paar Einkäufe. Es kommt zu einem kleinen Tumult, als ein vierschrötiger Mann Henk ein Foto auf seinem Smartphone zeigt. Ein Foto von seiner Freundin. Wo ist diese Freundin? Henk habe sie gesehen, behauptet der vierschrötige Mann, gerade eben beim Auto, auf dem Parkplatz. Der vierschrötige Mann ist wütend. Niemand begreift, was los ist. Ist sie vor ihm weggelaufen und versteckt sich zwischen den Regalen? Will der vierschrötige Mann ihr etwas antun? Will er ersatzweise Henk etwas antun? Ich suche nach

Bananen. Pauline kauft nur für sich ein, als wäre sie schon zu Hause, allein. Ich sehe es, verbinde aber nichts damit. Ich registriere es. Noch *eine* Nacht. Dann wird alles wieder gut. Dann ist Hilfe in der Nähe. Hilfe hat keine Bedeutung. Und da weiß ich noch nicht einmal, dass die Zitronengeranie des Therapeuten vor sich hin kümmert.

– 83 –

HUBERT

An einem Tag im frühen Frühjahr 2018 hing an der Klinke meiner Haustür in der Eifel eine Flasche Wein. Ein trockener Spätburgunder. An der Flasche ein Kärtchen von einem gewissen Hubert. Hubert hatte auch einen Nachnamen, den ich hier aber nicht nenne, vor allem, um ihn zu verschonen. Hubert ist auch nicht sein richtiger Vorname. Auf dem Kärtchen die Mitteilung, dass er eins meiner Bücher kaufen und von mir signieren lassen wolle. Dazu eine Telefonnummer. Es war der Mann, der schon einmal vorbeigekommen war, als nur Elektriker Lothar anwesend war und ich nicht. Lothar hatte ihm gesagt, er solle es später noch einmal versuchen. Ich trank die Flasche Wein. Sehr lecker. Wegen dieser Flasche fühlte ich mich verpflichtet, Hubert anzurufen. Er konnte nicht kurzfristig kommen, aber irgendwann nach dem 8. April. Wir werden sehen, dachte ich. Am 11. April rief er an, um mir zu sagen, dass er am 13. kommen könne. Prima, sagte ich, kommen Sie aber bitte nach siebzehn Uhr, weil ich vorher mit meinen Verlegern spazieren gehe. Am fraglichen Tag herrschte unterwegs viel Betrieb, während des Spaziergangs mussten wir uns mit so vielen Leuten unterhalten, dass wir doppelt so lange brauchten wie eigentlich nötig. Und als wir gegen vier Uhr vor dem Haus Schwarzen Johannisbeersaft tranken, kam ausgerechnet Lothar vorbei; er bremste und fuhr zurück. Auch für Lothar ein Glas Schwarzen Johannisbeersaft. Christoph und Eva brachen zu ihrer Pension auf. »Das sind vielleicht großartige Leute«, sagte Lothar. »Das merkt man sofort.« Ich erzählte ihm, dass der Mann, der mit ihm gesprochen hatte, mich besuchen wollte. Es interessierte ihn nicht. Dann kam Nachbar Klaus. Kaum ist das Wetter schön, sitzen ständig Leute in meinem Garten. Die beiden gingen zusammen weg.

Etwa zehn Minuten danach fuhr ein Kleinbus vor. Ich hob die Hand. Ein ziemlich kleiner, dicker, kahlköpfiger Mann stieg aus. Er trug eine Lederjacke, sein Hemd war bis ungefähr zum Nabel offen. In der Hand hatte er eine weiße Plastiktüte.

»Ach, Sie haben das Buch ja schon«, sagte ich.

Ja, richtig. Und er habe es auch schon ganz gelesen. Außer dem Buch enthielt die Tüte zwei Packungen Kuchen. »Was Süßes«, sagte Hubert. »Schmeckt immer.«

Ich schlug vor, draußen zu bleiben, und fragte, ob er Kaffee wolle. Ja, Kaffee wollte er, er fragte sich aber auch laut, warum wir nicht ins Haus könnten. Als ich in die Küche ging, um Kaffee zu kochen, blieb er in der offenen Haustür stehen.

»Kommen Sie doch rein«, sagte ich.

Er kam in die Küche und holte gleich zwei Zeitschriften aus seiner Innentasche. Die eine war ein Blatt mit Ausgehtipps für Schwule in Köln, die zweite, die er feierlich neben die Espressokanne legte, ein Fotomagazin, auf dem Umschlag ein nackter junger Mann mit steifem Schwanz. Ich witterte Unheil. »Kennen Sie Köln?«, fragte Hubert. Er schwitzte ein wenig.

»Nein«, log ich.

»Wir könnten zusammen hinfahren«, sagte Hubert.

»Ach«, sagte ich. Dann grapschte er nach mir. Nach meinem Schwanz, meinem Hintern, und dabei wollte er mich auch noch küssen. Er keuchte schwer, es war fast ein Brummen, und er versuchte mich zu überwältigen.

Ich schob ihn weg, sagte: »Na, na!«, goss ihm seinen Kaffee ein und ging nach draußen. Dort entspann sich ein unmögliches Gespräch, denn ich wollte nur noch, dass er sich wieder verzog, ich sah seinen Kleinbus auf der Straße vor meinem Haus stehen, und ich wusste, dass er meine Telefonnummer gespeichert hatte. Aber wie wird man mit so einer Situation fertig? Er erzählte, dass er Brot verkaufe.

»Ach«, sagte ich. »Backen Sie das Brot selbst?«

Nein, er kaufe es ein und verkaufe es auf verschiedenen Märkten. Er sagte mir, wo er wohnte, in einem kleinen Dorf, etwa fünfzehn Kilometer entfernt. Lothar kam aus dem Haus von Nachbar Klaus und ging zu seinem Auto, das immer noch vor meinem Haus stand. Ich hob die Hand, ich dachte: Rette mich!, aber er winkte nur und rief fröhlich, er werde nächste Woche wieder vorbeikommen. Ich zeigte Hubert den Garten, auch hinterm Haus, obwohl ich genau wusste, dass ich dort in Gefahr war, weil einen von der Straße aus niemand sieht. Zurück am Gartentisch, signierte ich das Buch. Er las aufmerksam, was ich geschrieben hatte, und bat mich dann, darauf zu spucken, dann könne er es ablecken.

»Sind Sie bescheuert!?«, fragte ich. »Ich spucke doch nicht in mein eigenes Buch!« Dann sagte ich, meine Verleger würden zum Abendessen kommen und ich müsse vorher noch kochen.

Ja, dafür hatte Hubert Verständnis. Er fuhr weg.

Während des Kochens bekam ich eine SMS. »Bitte entschuldige, dass ich eben so aufdringlich war, du siehst sehr gut aus. Gruss Hubert.«

Was geht in so einem Mann vor? Ich schätze ihn auf Anfang sechzig. Ob er das schon sein Leben lang macht? Einfach alles begrapschen, was er begrapschen kann? Egal, wo und wann? Das Schlimme ist, dass er mir auch noch leidtat, und dieses Mitleid war der Grund dafür, dass ich Hubert nicht gleich von meinem Grundstück verjagt habe. Außerdem finde ich eine solche Situation dermaßen bizarr, dass es mir eine Art masochistisches Vergnügen bereitet zu sehen, wie sie sich weiterentwickelt. Ist er wie der dicke junge Mann in *Little Britain*, der angeblich *the only gay in the Welsh village* ist? Nicht wirklich, denn wenn der in straff sitzendes Lycra gekleidete junge Waliser jemandem begegnet, der eventuell der andere *only gay in the village* sein könnte, wird er wütend, sieht er eben nicht die Gelegenheit, zusammen *the only two gays in the village* zu werden. Hubert muss verzweifelt sein. Anscheinend denkt er: Ah, Moment, diesem Buch zufolge wohnt ganz in der Nähe jemand wie ich. Und er denkt: Eins plus eins gleich zwei. Hubert kommt in seiner Verzweiflung gar nicht auf den Gedanken, dass der andere, in seinen Augen so gut Aussehende, eine eigene Meinung über Huberts Aussehen haben könnte. Hubert ist wie ein Tier, ein Tier, das wittert und schnüffelt und sucht und sieht und geil wird und, wie Tiere es eben tun, das Begehrte bespringt. Gott ist mit den Grapschern, den Dreisten gehört die halbe Welt, und ein Versuch kann nicht schaden. Es macht mich fassungslos. Auf seine SMS habe ich nicht geantwortet. Allerdings habe ich in der Nacht von ihm geträumt und in den Wochen danach jeden Abend sorgfältig das Haus abgeschlossen. Erst später fragte ich mich: Woher wollte er eigentlich – ohne dass er *Jasper und sein Knecht* gelesen hatte – wissen, dass ich »zu haben« war?

Während des unmöglichen Gesprächs hatte er erzählt, dass er hin und wieder zur Mosel fahre und dort einige Kartons

Wein kaufe. Trockenen Weißwein. Ob ich auch mal einen Karton haben wolle. Ja, hatte ich gesagt. Eine Woche später rief er an, um mir mitzuteilen, dass er den Wein geholt habe. Ich beschränkte mich auf knappe Antworten, brachte es aber nicht über mich, ihm zu sagen, er solle besser wegbleiben. Er kam. Diesmal war sein Hemd bis auf den obersten Knopf zugeknöpft. Es war schönes Wetter, ich war draußen. Wir sagten fast nichts. Er stellte den Karton mit Weißwein auf den Gartentisch, ich ging ins Haus, um Geld zu holen. Ich gab ihm das Geld und sagte: »Tschüs.« Er fuhr weg.

Ein paar Wochen später rief er noch einmal an. Ob er vorbeikommen und mir ein Glas Aroniamarmelade bringen dürfe. Ich schwieg einen Moment und sagte dann: »Das scheint mir keine so gute Idee zu sein. Ich glaube, Sie sollten nie mehr zu mir kommen.« Ich musste nachsehen, was Aronia ist. Apfelbeere, *Aronia arbutifolia* und *Aronia melanocarpa*. Anders gesagt, ich konnte ihn nicht fragen, ob es sich um Filzige oder Schwarze Apfelbeere handelte. Ich habe ihn nie wiedergesehen.

Es war das letzte Mal, dass jemand versucht hat, mich zu küssen, dass jemand aus purer und unbezähmbarer Geilheit nach meinem Schwanz und Hintern gegrapscht hat. Aber, lieber Gott, wie froh war ich, dass ich wieder allein war. Und dass aus Hubert kein Stalker geworden ist.

– 84 –

Ohne Umwege zum UMC gefahren. Heute Vormittag fiel mir auf, dass sich an den Eingängen der Uniklinik sehr viele Dohlen aufhalten. Wieder das kleine Zimmer in der Abteilung Gynäkologie. Möglicherweise hat die Abteilung Sexologie gar keine eigenen Räume. Ob vom vorigen Gespräch etwas bei mir hängen geblieben sei. »Na ja«, antworte ich, »mir ist aufgefallen, dass es Gespräche sind, bei denen Sie gern auf die Vergangenheit zu sprechen kommen.«

»Ja«, sagt die Therapeutin. »Ich versuche festzustellen, was sich verändert hat. Warum es jetzt so ist, wie es ist.«

»Das verstehe ich«, sage ich.

»Ich schalte mein Telefon wieder ein. Hier hängt immer noch keine Uhr.«

»Ich mache mir Notizen«, sage ich. »Wenn Sie nichts dagegen haben?«

»Aber nein«, sagt sie.

»Ich würde es allerdings auch dann tun, wenn Sie doch etwas dagegen hätten. Ich schlage nämlich gern zwei Fliegen mit einer Klappe.«

Sie lacht.

Viel Aussicht hat man hier nicht. Ein Flachdach mit Kies, dahinter ein Seitenflügel der Klinik. Das Zimmer ist ungemütlich. Ein schwarzes Sofa, ein schwarzer Sessel, ein Waschbecken, ein Schreibtisch mit PC. Und natürlich eine Schachtel Taschentücher auf dem Tisch. Immer diese Schachteln mit Taschentüchern. Man sieht sie schon beim Eintreten und fragt sich: Wird hier jemand weinen? Oder: Anscheinend müssen in diesem Zimmer alle weinen, nur ich nicht. Es kommt übrigens ein Moment, in dem ich unerwartet Rührung empfinde, gegen Ende des Gesprächs, als ich mich sagen höre: »Ich habe meine Oma und meinen Opa so geliebt.«

»Es hat ziemlich lange gedauert«, sage ich, »bis ich mich gelockert habe, was Sex angeht. Ich meine, bis ich mich hingeben konnte. Nach diesen Sexspielchen in der Grundschule, an denen mir vor allem das Selbstverständliche so gut gefiel, kam der Freund auf dem Gymnasialzweig, und wir waren nicht ineinander verliebt. Wir hatten Sex, weil wir dachten, das gehört einfach dazu. Es war fast mechanisch. Dann gibt es kaum etwas, dem man sich hingeben könnte. Mein erster Freund in Leeuwarden hat jedes Mal früher oder später gesagt: ›Ich will es selbst machen.‹ Na ja, das respektiert man dann. Ich habe übrigens zu ihm gesagt: ›Kümmer dich nicht um mich, ich komme fast nie.‹ Mit meinem dritten Freund, mit dem hatte ich sexuell eigentlich überhaupt nichts, der hatte einen sehr zufriedenen kleinen Pimmel, und er roch oft nach Pferden. Pferde selbst riechen wunderbar, aber ein Mensch mit Pferdegeruch, das ist doch nicht ganz so angenehm. Erst viel später hat mich einer, während wir Sex hatten, vor einen mannshohen Spiegel geschleift, und dieses Spiegelbild von ihm und mir hat irgendwie etwas in mir gelöst. Danach konnte ich mich hingeben.«

»Haben Sie überhaupt darauf geachtet, was mit Ihnen selbst vorging?«

»Ich glaube nicht. Deshalb habe ich den anderen gesagt, dass sie sich nicht um mich kümmern sollen.«

»Aber warum denn nicht?«

»Tja, meine Güte, ich glaube, eben weil ich mich nicht hingeben konnte. Und ich bin in gewisser Weise ein Autist. Bis hierhin und nicht weiter. Jetzt kommst du mir zu nahe. Vielleicht hat es deshalb so lange gedauert, bis ich gelernt habe, mich beim Sex hinzugeben.«

»Beim letzten Mal ist mir schon aufgefallen, dass Sie außergewöhnlich gut darin sind, sich selbst zu beobachten. Das ist schön und gut, aber es kann natürlich auch ein enormer Störfaktor sein. Früher hat sich das wohl beim Sex nie ausgewirkt, aber jetzt anscheinend doch.«

»Ja, wenn man sich nicht hingeben kann, wird Sex schnell

lächerlich. Und sobald Sex eine komische Seite hat, erschlägt das jede Erregung.«

»Und Masturbieren als Test, das sollten Sie lieber lassen. Sie halten an etwas fest, das vielleicht nicht mehr da ist. Oder das jetzt anders ist.«

»Vor Kurzem habe ich wieder einmal Pornos gesehen. Das macht auch fast nichts mehr mit mir. Ich sehe Männer mit nackten Schwänzen und Hintern, aber das ist alles.«

»Alte Rezepte bleiben nicht immer die richtigen. Und Sie waren letztes Mal auch wütend.«

»Ja, das finde ich ganz natürlich. Da setzt man ein Medikament ab, das die Libido vermindert, weil man gern wieder mal Sex genießen würde, und dann verschwindet die Libido praktisch völlig!«

»Aber Wut ist keine Lösung.«

»Das weiß ich. Ich weiß sogar, dass man in neun von zehn Fällen eigentlich auf sich selbst wütend ist, wenn man glaubt, auf einen anderen wütend zu sein.«

Ich mache ein Foto von einer Art Diagramm, das auf dem Tisch liegt. Auch beim vorigen Mal hat es dort gelegen, und bei den beiden Erstgesprächen. Offensichtlich ist es etwas sehr Wichtiges. *Der sexuelle Reaktionszyklus*.

»Warum möchten Sie ein Foto davon haben?«, fragt die Sexologin.

»Weil ich all das so seltsam finde«, sage ich. »Ich bin jemand, der in gewisser Weise den Gedanken nicht erträgt, dass Menschen niemals wirklich zusammenkommen können. Niemals wirklich miteinander verschmelzen. Immer bleibt man in seinem eigenen Kopf und seinem eigenen Körper gefangen, immer betrachtet man die Welt ausschließlich mit den eigenen Augen.«

»Und?«

»Und dieser sexuelle Reaktionszyklus beweist das. Sogar in dem Moment, in dem man sich am nächsten kommt, wenn man sich einem anderen und sich selbst hingibt, gibt es zwar längere Phasen von ›Interaktion‹, aber auf dem Gipfel des Berges, wo senkrecht das Wort ›Orgasmus‹ steht, ist man ›solo‹.«

»Manchmal ist das natürlich nur eine Sache von Sekunden.«

»Trotzdem. Solo. Keine Interaktion. Irgendwie finde ich das merkwürdig.«

Plötzlich erzähle ich die Geschichte von Zen. Ich hatte der Sexologin gesagt, dass ich mich wegen des Abhandenkommens meiner Libido vor einiger Zeit schon gefragt habe, ob ich überhaupt schwul sei. Es kommen einem dann die unwahrscheinlichsten Dinge in den Kopf. Sie fragt, ob ich den Begriff *genderfluid* kenne. Natürlich, antworte ich. »Ich bin auch nicht so dogmatisch, ich habe auch mit Frauen geschlafen. Und ich hatte sogar Erlebnisse mit Tieren. Nicht, dass ich mit Hühnern gevögelt hätte, das nicht«, versichere ich ihr.

»Sie sind auf einem Bauernhof aufgewachsen, nicht wahr?«

»Ja. Kuh mit den Kühen. Schaf mit den Schafen, Moschusente mit den Moschusenten. Ich stelle mich nicht über die Tiere.«

»Was war das mit dem Pferd?«

»Kennen Sie Pferde?«

»O ja.«

Zen war ein ausgemustertes Sportpferd. Ein Arabisches Vollblut mit einem schiefen Kopf. Vielleicht hätte er blitzschnell traben oder turmhoch springen können, doch das zählte nicht, weil er diesen komischen, schiefen Kopf hatte. Zen war auf einem nicht mehr bewirtschafteten Bauernhof auf dem Wogmeerpolder untergekommen. Eines Abends, nach dem Essen, nachdem ich einen ganzen Tag zusammen mit anderen im Garten, in den Gemüsebeeten, in der Windschutzpflanzung und im Obstgarten gearbeitet hatte, ging ich nach draußen, um zu rauchen, und als ich mit dem Rauchen fertig war, in den Pferdestall. Der uralte Schimmel Kevin und Shetlandhengst Rakker standen zusammen in einer Box, Zen allein in der Box daneben. Kevin döste beim Zermahlen des Heus immer wieder kurz ein. Rakker – hier bereits im Kapitel über Dachdecker Rudi erwähnt – fraß viel schneller (so ist das bei neidischen Tieren) und ließ alle paar Minuten einen dröhnenden Furz. Ich ging weiter, zu dem großen Pferd. Mit Zen war ich eine Viertelstunde lang in einem Zustand vollständiger Hingabe. Er legte seinen Kopf – diesen seltsamen, schiefen Kopf – auf meine Schulter und atmete mir absichtlich ins Ohr, ich atmete in seine Nüstern; er graste an meinen Ohren und meinem Haar; wenn ich weggehen wollte, schwang er seinen langen Hals vor meinen Oberkörper, wie um mich festzuhalten; er ließ diesen Hals plus Kopf – gut und gern anderthalb Meter Pferd – vor meinem Leib herunterhängen und knabberte auf Kniehöhe an meiner Hose, ein Gefühl, als würde ein beweglicher, atmender Baumstamm auf mir hängen; minutenlang standen wir reglos da, die Wangen aneinandergeschmiegt, während sein rehbraunes Auge weise ins Nichts starrte. Eigentlich glaube ich, dass es sich hier gar nicht mehr um »Mensch« und »Pferd« handelte, sondern um Höheres, das beispielsweise so etwas wie »Sex« unendlich weit deklassierte.

»Schön«, sagt die Therapeutin. »Auch das sind zweifellos Momente, die zählen. Auch das ist Erregung und Hingabe.« Sie schaut mich nicht befremdet an. Sie versteht es. »All das ist Teil Ihrer *lovemap*«, erklärt sie. Sogar was ich über meine

Großeltern gesagt habe, sei Teil meiner *lovemap*. Und wie ich mich als kleiner Junge zu Kühen auf den Boden gelegt und mich an sie geschmiegt und mit Kälbern geschmust habe. Ich hatte noch nie von einer *lovemap* gehört, doch schon jetzt sehe ich, dass eine solche »Liebeskarte« unendlich viel mehr umfasst, als einem bewusst ist. »Nicht mehr testen«, sagt sie. »Altbekanntes loslassen. Neues Erkunden. Nicht festhalten. Nicht wütend sein.« Eine knappe Minute bevor der Weckton ertönt, holt sie ihr Telefon aus der Tasche.

Während ich zu meinem Fahrrad gehe, um es loszuschließen, stakst ein Blässhuhn mit einem gebrochenen Flügel über das Stück Rasen zwischen der Straße und dem Klinikgebäude. Als ich einen Schritt in seine Richtung mache, läuft es auf die Straße. Ein Auto kommt. Es bremst. Das Blässhuhn überquert die Straße, der Wagen bleibt stehen, damit auch ich auf die andere Seite kann. Das Blässhuhn kehrt um, der Flügel schleift über den Asphalt. Und wieder kehrt es um, jetzt will es zum Wasser. Ich fahre so langsam wie möglich hinter ihm her und halte kurz bei ihm an, um zu sehen, ob ich es fangen könnte. Gehetzt und verwirrt läuft es hin und her, vielleicht ist es vor wenigen Augenblicken angefahren worden, vielleicht hat es Schmerzen, aber keine dazugehörigen Laute zur Verfügung. Ich sehe mich selbst mit dem Blässhuhn im Arm nach der Nummer der Tierrettung fragen. Im Wasser neben dem Radweg schwimmt ein zweites Blässhuhn und nimmt völlig unberührt Nahrung auf. Ich schüttele den Kopf und fahre weiter. So viel Leid. So wenig, was man dagegen tun kann. Loslassen. Nicht festhalten.

– 85 –

Gibt es eigentlich Menschen, die wirklich verstehen, was sie tun, wie sie sind? Ich sehe sie um mich herum, ich erlebe sie und wundere mich immer wieder über ihre Selbstsicherheit, über das Selbstverständliche ihres Tuns und ihrer Äußerungen. Aber mir ist auch klar, dass all dies nur Schein sein kann. Vermutlich plagen sich alle in irgendeiner Weise, und es gibt gute, mittelmäßige und schlechte Schauspieler. Und manchmal regelrechte Fehlbesetzungen. Neulich schrieb der frischgebackene Astrid-Lindgren-Memorial-Preisträger Bart Moeyaert auf seiner Website in einer Schilderung seiner Leseeindrücke von *Jasper und sein Knecht*:

> Ich habe den Mann schon ein paarmal live erlebt und war immer wieder überrascht von der Heftigkeit, mit der er mich anging. Man darf mir ruhig eins auf die Nase geben, aber ich spüre nichts, wenn ich nicht weiß, warum, wenn die Argumente fehlen. Natürlich kann es sein, dass einen jemand einfach nicht mag, aus welchen Gründen auch immer, aber in diesem Fall dachte ich jedes Mal: *whatever.* Ich mag Bakkers Bücher, ich mag ihn, dann ist das eben eine Einbahnstraße. Ich finde, dass er gut schreibt, und ansonsten ist sein Verhältnis zur Welt seine Sache.

Was?, dachte ich. Ich versuchte, mich an die paar Begegnungen zu erinnern. Das letzte Mal habe ich noch gut im Gedächtnis. Es war beim Bücherball, kurz vor Schluss. Ich hatte ihn dort nicht erwartet. Wir hielten uns aneinander fest – ich trotz gewaltigen Bierkonsums nicht betrunken –, wir küssten und knuddelten uns, er verkündete, dass er gerade mein Tagebuch lese, ich erwiderte irgendetwas, wir knuddelten uns noch einen Moment, dann packte ich ihn an den Oberarmen und schob ihn weg. »Was hast du hier überhaupt zu suchen?«, fragte ich. »Du bist doch Kinderbuchautor!« Das war ein Scherz, der Standardscherz für alle flämischen Autoren beim Bücherball. Manchmal füge ich – gegenüber Tom Lanoye oder Saskia De Coster oder David Van Reybrouck beispielsweise – noch hinzu: »Habt ihr selbst keinen Bücherball oder etwas in der Art?« Ist das so schlecht angekommen? Und habe ich bei früheren Begegnungen ähnliche Bemerkungen gemacht? Ich kann ihn ebenso gut leiden wie er – seinem Website-Text zufolge – mich. Die Bücher von ihm, die ich gelesen habe, gefallen mir gut. Was mich betrifft, kann von einer »Einbahnstraße« keine Rede sein. Wie kommt er bloß darauf, dass ich ihn nicht mag? Ich verstehe da etwas nicht, und er versteht etwas nicht. Und so wie ich es nicht ertrage, dass Menschen nie wirklich zusammenkommen können, so finde ich es zumindest seltsam, dass zwei Menschen so unterschiedliche Vorstellungen von demselben Ereignis im Kopf haben können. Es läuft auf dasselbe hinaus, denke ich. Wir plagen uns alle mit dem Leben ab, erst schreibt der eine etwas, dann der andere, und so erklären wir uns gegenseitig oder versuchen wenigstens, uns gegenseitig zu erklären, wie alles in Wahrheit ist. Soweit es überhaupt möglich ist, etwas darüber zu schreiben oder zu sagen, wie alles in Wahrheit ist.

Vielleicht wird auch dies ein Teil der vorgestern von mir entdeckten *lovemap* sein, die ja unendlich viel mehr umfasst, als einem bewusst ist. Wenn das Pferd Zen und meine Großeltern darauf Platz finden, dann erst recht Bart Moeyaert.

Trotzdem gibt mir die Sache zu denken. Erst neulich hat Henk einmal zu mir gesagt: »Ich weiß ja, wer es sagt.« Womit er meinte: Wenn ich dich nicht kennen würde und du so etwas (ich weiß wirklich nicht mehr, was) zu mir sagen würdest, dann würde ich dir eine reinsemmeln. Ist das autistisch? Bin ich nicht fähig, Situationen richtig einzuschätzen? Überschreite ich, ohne mir dessen bewusst zu sein, Grenzen? Deshalb gibt es mir zu denken. Es besteht schließlich kein Grund, Menschen grob zu behandeln, die es nicht selbst provoziert haben.

– 86 –

Ich höre das *Requiem* von John Rutter. Ich kann wieder Musik ertragen. Die Mirabelle steht kurz vor der Blüte, die Pflaume hat dicke, wollüstige Knospen. Ich war nur wegen des Termins mit der Sexologin nach Amsterdam gefahren. Anscheinend lerne ich es nie, ein bisschen vernünftiger zu planen, auch wenn ich in den paar Tagen noch einen Termin beim Friseur und mit meinem Steuermenschen untergebracht und mit Freund Henk einen völlig überflüssigen Film gesehen habe, *Mary Queen of Scots*. Jetzt wieder, allein, in der Eifel.

Ich bin als Kind nicht missbraucht worden. Weder körperlich noch psychisch. Ich bin nicht viel geschlagen worden, und wenn doch einmal, hatte es einen Grund, dann hatte ich etwas getan, das ich nicht durfte, und die Strafe stellte das noch einmal klar. Kein Problem. Ein einziges schreckliches Ereignis gab es in meiner Jugend: Mein kleiner Bruder ertrank. Sonst nichts. Das war ja auch schrecklich genug. Ich bin nicht vernachlässigt worden. Vermutlich war ich ein unproblematisches Kind. Meine Eltern haben keine Dramen mit mir erlebt. Sie haben ihre Kinder erfolgreich großgezogen, alle sechs sind in ihrem Leben gut zurechtgekommen, nur ein paar Scheidungen hat es gegeben. Aber Scheidungen sind keine Katastrophen. Alle haben Arbeit, alle haben Kinder. Außer mir. Und auch das ist keine Katastrophe. Niemand säuft, niemand nimmt Drogen, wir haben alle ein Zuhause oder sogar mehrere. Meine Geschwister besitzen alle ein Auto. Niemand ist krank. Meine Eltern leben noch, und sie leiden nicht an Demenz. Darüber kann ich kein Buch schreiben. Ich war ein unproblematisches, fügsames Kind. Keine rebellische Phase, allein schon, weil es nichts gab, wogegen ich hätte rebellieren können. Eine sorglose Jugend. Wir waren viel draußen, wir hatten Tiere. Wir durften tun, was wir wollten, niemandem wurde verboten, das zu tun oder zu lernen, was er oder sie wollte. Ob es ein liebevolles Zuhause war, kann ich im Grunde nicht sagen. Liebe will in unserer Familie mit einem gewissen Feingefühl erspürt werden. Meine Schwester sorgt in dieser Hinsicht seit einigen Jahren für Veränderung, indem sie bei jeder passenden oder unpassenden Gelegenheit zu einem von uns »Ich hab dich lieb!« sagt. Hin und wieder sagt dann einer von uns das Gleiche zu ihr. Es war ein gutes Zuhause. So kann ich es umschreiben. Nicht übertrieben warm, sicher nicht kalt.

Auch in meinem späteren Leben ist nichts Aufsehenerregendes passiert. Ich habe dies und das erlebt. Mal ist jemand gestorben, aber ständig sterben Menschen. Mein Hund ist gestorben. Ich tat dies und das. Auf der ganzen Welt tun Menschen tagaus, tagein dies und das, erleben dies und das. Ich fand Freunde, ich verlor Freunde. Ich machte Urlaubsreisen, meistens war das schön. Im Fernsehen höre ich einen jungen Vater in Elternzeit sagen, er bekomme viel Besuch, denn »Die Leute wollen den Kleinen doch gerne mal sehen«, und ich denke: Glaubst du das wirklich? Ich habe einen Garten angelegt, ich habe selbst angebautes Gemüse gegessen, womit jetzt allerdings Schluss ist, denn der Gemüsegarten hat sich in eine Beerenplantage verwandelt: Stachelbeeren,

Schwarze und Rote Johannisbeeren, Himbeeren. Den ganzen Winter und Frühling über können ich und eventuelle Besucher selbstgemachte Marmelade essen. Ich habe unzählige Stunden, Tage, vielleicht sogar Monate in Zügen verbracht. Ich habe Bücher geschrieben. Ich liebe mittlerweile Narzissen, es hat eine Weile gedauert, weil meine Mutter keine Narzissen mag, »steife, strenge Blumen, und dann noch so gelb«. Was man seine Mutter ein Leben lang hat verkünden hören, das lässt sich nur mit Mühe überwinden.

Trotz des oben geschilderten Lebens leide ich unter Depressionen. Meine Geschwister nicht. Allerdings scheint sich bei einigen der Kinder meines zweitältesten Bruders, der auf dem Hof wohnt, etwas Ähnliches bemerkbar zu machen. Tabletten werden eingenommen, Therapeuten sind im Spiel. Ist es also doch etwas Erbliches? Und waren die anderthalb Jahre in den Achtzigern, als mein Vater »überarbeitet« war, in Wahrheit eine depressive Phase? Spricht man heute eigentlich noch von Überarbeitung? Wie dem auch sei, irgendwo in meinem Gehirn ist etwas nicht ganz in Ordnung. Es liegt aber nicht an der Erziehung oder der Umgebung, dass ich der bin, der ich bin. Es ist *nature*, nicht *nurture*. Natürlich gibt es Umgebungsfaktoren, wie ich selbst in Kapitel 5 geschrieben habe. Diese manische Freundin, Hund Elvis, der ein anderes Tier töten wollte. Beides zusammen habe mich ziemlich »fertiggemacht«, schreibe ich dort. Vermutlich lassen sich immer Faktoren ausmachen, die mich vom »Es geht schon« zum »Jetzt ist eine Grenze erreicht« befördern. Wenn man depressiv ist, muss man wahrscheinlich immer gut auf sich achtgeben und gut für sich sorgen. Einfache Dinge: gut essen, rechtzeitig schlafen gehen, nicht übermäßig trinken, gedankenfrei im Garten arbeiten, schwierigen Menschen soweit möglich aus dem Weg gehen, einen Hund anschaffen, sich regelmäßig sagen: Komm, gib dir Mühe und versuche freundlich zu sein. Bücher für die Privé-domein-Reihe schreiben, sich wenn nötig aus Situationen mit zu vielen Menschen zurückziehen, frühzeitig erkennen und erspüren, was kommt. Und wenn man einmal etwas völlig Verrücktes machen will, kann man versuchen, die Depression als »Kameraden« zu betrachten und sich mit sich selbst zu »versöhnen«.

Ich schicke dem Therapeuten eine Mail. Er hatte mich gebeten, ihn auf dem Laufenden zu halten, was die Reduzierung der Dosis von anderthalb auf ein Escitalopram betrifft. »Hi, A. Es scheint tatsächlich gutzugehen. Jedenfalls wird es nicht schlechter.«

– 87 –

Das *Requiem* von Rutter ist übrigens wunderschön. Außerdem kurz, nur sechsunddreißig Minuten. Ich war zu Besuch bei Rinus und Lien. In der vergangenen Nacht hat ein Fuchs sechs Hühner gerissen. Ein weißes Huhn ist verschwunden, dem Hahn hat der Fuchs den Kopf abgebissen, vier weitere Hühner sind ebenfalls mausetot. Ein Barnevelder Huhn ist verletzt. Es saß still und zusammengeduckt in einem Winkel des Auslaufs oder tappte vorsichtig ein bisschen hin und her. Es gab keinen Laut von sich, es ist unmöglich festzustellen, ob so ein Tier Schmerzen hat. Das einzige übrig gebliebene weiße Huhn schaute regelmäßig nach ihm. »Das Huhn darf hier in Ruhe sterben«, sagte Rinus. »Ich bringe es nicht um.« Als ich zum Haus zurückging, sah ich das Barnevelder Huhn bedächtig Futter aufpicken, das vor dem Stumpf eines Nadelbaums ausgestreut war. »Solange man isst, stirbt man nicht.« Ein Spruch meiner Mutter. Im Gegensatz zu ihrem

Urteil über Narzissen halte ich ihn in Ehren. Während ich dies schreibe, fällt mir ein, dass ich vor einigen Monaten, so lange liegt das nun schon zurück, mindestens sechs Wochen lang kaum etwas gegessen habe. Kaum etwas essen konnte; mein Körper gab mir einfach nicht die entsprechenden Signale. Hätte ich mich nicht zum Essen gezwungen, wäre ich gestorben.

Bei ihrem letzten Besuch hat Trijntje eine Tasche voll Stoffresten mitgebracht. Ich hatte sie darum gebeten. »Du kennst die Farben in meinem Haus«, schrieb ich. Die Tasche enthält deshalb ausschließlich grüne Stoffreste. Ich hatte mir immer vorgestellt, dass ich auf die Frage des Quizmasters in der Quizshow, an der ich irgendwann teilnehmen würde, »Und was sind deine Hobbys, Gerbrand?«, mürrisch antworten würde: »Ich habe keine Hobbys.« Das stimmt nicht, ich weiß jetzt, dass ich Astrid Joosten oder Herman van der Zandt oder Alexander Armstrong antworten werde: »Ich nähe gerne Kissen.« Besser gesagt: neue Kissenbezüge. Per Hand, mit Nadel und doppeltem Faden. Es gibt nichts, fast nichts, was ich lieber mache. So gut wie alle Kissen in meinem Eifelhaus haben meine eigenen Bezüge. Nichts beruhigt mich so. Nichts ist von so großem therapeutischen Nutzen, wie geduldig Stich für Stich zu machen, und wenn ich es gut mache, fällt niemandem auf, dass die Kissenbezüge nicht aus einer Nähfabrik in China oder Bangladesch stammen. Die Tasche steht in einer Ecke der Diele. Im Augenblick laden weder das Wetter noch meine Stimmung zum Nähen ein.

Wie sich das eine zum anderen fügt: Ich hatte die vage Vorstellung, dass ein Kapitel »irgendwo in den Achtzigern« das letzte sein wird, und nun habe ich von der Sexologin (auch wenn es nicht dieselbe wie am Anfang des Buches ist) die Vokabel *lovemap* gelernt. Alle Kapitel mit Titeln, eigenständige Kapitel, werden durch diese *lovemap* miteinander verbunden. Alle Männer in meinem Leben, von denen keiner je zu einem festen Partner geworden ist, sind auf dieser Karte verzeichnet. Sie waren da, sie sind da, und sie bleiben. Auch wenn ich nun allein bin, die *lovemap* lässt unendlich viel Raum, und abgeschlossen ist sie erst beim Großen Abschluss.

Caecilia Andriessen ist am 6. August 2019 gestorben. »Witwe von Tan Crone« steht auf der Trauerkarte, und »Ritter des Ordens von Oranje-Nassau«. Tochter des Komponisten Hendrik Andriessen und Schwester von Jurriaan und Louis, beide ebenfalls Komponisten. Achtundachtzig ist sie geworden. Und so wurde zum Jahreswechsel 2019/2020 nicht Rummikub gespielt, kein Wodka auf einem hölzernen Spielsteine-Ständer verschüttet, und es wurden keine echten Haager Apfelteilchen in dem Haus in Friesland mehr gegessen. Ihr Haushalt wurde aufgelöst, auch ich bekam etwas aus ihrem Nachlass. Ein Buch. *Mrs Keppel and Her Daughter* von Diana Souhami. Die Tochter im Titel ist nicht Sonia, die Großmutter von Camilla Parker Bowles, sondern Violet, die mit einem Colonel Trefusis verheiratet, aber auch die Geliebte von Vita Sackville-West war, ihrerseits verheiratet mit Harold Nicolson, nur dass Nicolson es lieber mit Männern trieb. Tja, Briten, sie sind und bleiben ein besonderes Volk.

Die Folge aus der SWR-Serie *Lesenswert* wurde im Mai 2019 ausgestrahlt. Die Aufnahmen waren zur allgemeinen Zufriedenheit verlaufen. Zu meiner Überraschung fanden sie im Freien statt, im Park eines großen Landhauses. Im ersten Teil machten Moderator Denis Scheck und ich einen kleinen Spaziergang zu einem gefällten Mammutbaum. Scheck fragte, was ich dazu sage. Ach, antwortete ich, deswegen könne ich nicht weinen, da ich den Baum nicht gekannt habe. Die Aufnahmen dauerten ungefähr eine Stunde, und das Gesagte entsprach dem Geist meiner ersten Bemerkung.

Man hatte mir gesagt, ich sei der Hauptgast und die Sendung werde eine Stunde lang sein. Eine Weile spielte ich mit dem Gedanken, sie mir gar nicht anzusehen, das kommt bei mir öfter vor, aber dann habe ich doch Christa in Nimshuscheider Mühle eine WhatsApp-Nachricht mit der Frage geschickt, ob sie sich die Sendung ansehen wollte. Ich empfange viele deutsche Sender nicht mehr, seit der letzte Sturm meine Satellitenschüssel verdreht hat. Ja, Christa wollte die Sendung sehen, und ich sei herzlich willkommen. Ich nahm im Sessel von Dachdecker Rudi Platz, ein Glas Bier in der Hand. Die erste Viertelstunde verging mit einem Gespräch zwischen Scheck und einer Kritikerin über drei Bücher. »Jetzt ist mein Bier schon alle!«, sagte ich zu Christa. »Und kann diese Frau nicht mal was anderes machen?« Christa holte ein zweites Bitburger für mich, und dann kam ich an die Reihe. Von den Aufnahmen war viel weggeschnitten worden, aber ich – meinte Christa – sah in meinem schönen blauen Hemd und dem grauen Jackett tadellos aus. Nur meine Joggingschuhe stachen unvorteilhaft davon ab, ich hatte angenommen, sie würden unter einem Tisch versteckt bleiben. »Hahahaha«, machte Christa, als ich mich, vor die Wahl zwischen einer Rose und einer Orchidee gestellt, ohne Zögern für die Rose entschied und erklärte, die Orchidee sei für mich eine »Hurenpflanze«. »Na, da wirst du wohl wieder etliche Bücher mehr absetzen«, meinte sie.

Plötzlich wurde unten etwas eingeblendet: GERBRAND BAKKER, SCHRIFTSTELLER UND NATURSCHÜTZER. Was?, dachte ich. Der Name war richtig (das erste r in meinem Vornamen wird sehr leicht übersehen), und Schriftsteller, ach ja, warum nicht, aber »Naturschützer«? Wer war denn auf die

Idee gekommen? Ich jedenfalls nicht. Zigtausende Zuschauer konnten es lesen, und wenn etwas im Fernsehen verkündet wird, ist es wahr. »Mensch, ich bin Naturschützer«, sagte ich zu Christa. »Wusstest du das?« Nein, das hatte Christa bis zu diesem Moment auch nicht gewusst. Der Schluss war dann wieder gut: Denis Scheck empfahl den Zuschauern, mein Buch zu lesen, man könne daraus viel lernen. Anschließend nahm er auf einem Stuhl Platz, um über Kafkas *Verwandlung* zu sprechen, es war nämlich die »Woche der Insekten«. Aus unseren Aufnahmen hatte man aber ausgerechnet das ganze Gespräch über Insekten herausgeschnitten. Zehn Minuten. Ich trank mein Bier aus und verabschiedete mich von Christa. Drei Tage später bekam ich eine Überweisung in Höhe von 400 Euro, eine angenehme Überraschung, denn von einem Honorar hatte niemand etwas gesagt. Aber gut, wenn man schon einen neuen Job angedichtet bekommt, darf der auch ruhig etwas einbringen.

QUELLEN

Die Rezension »Eine ewige Plauderei« von Andreas Gebbink in Kapitel 14 erschien am 28. September 2016 in der *Neuen Rhein Zeitung*.

Das auszugsweise in Kapitel 61 zitierte Interview aus *Psychologie heute* erschien unter dem Titel »Vieles bleibt unsagbar« in der Ausgabe vom 9. Januar 2019.